W0243488

The colour beneath my soul

blue

Bisher von Cassidy Davis erschienen:

You make me wanna love
Don’t steal my heart
The colour beneath my soul – white
The colour beneath my soul – blue

paid love (feat. Sophia Berg)
paid love 2 (feat. Sophia Ber)
paid love 3 – Phoebe (feat. Sophia Berg)

Coming soon
Love is all around – Adam&Lou

The colour beneath my soul

blue

Ein Roman von Cassidy Davis

Impressum

All rights reserved by © Cassidy Davis Oktober 2015

cassidydavis.novelist@gmail.com
www.cassidy-davis.com

Korrektorat: Ruth Rademacher, www.rr-text.de

Coverdesign von Sabrina Dahlenburg unter Verwendung von:
© ASjack, Fotolia.com
http://art-for-your-book.weebly.com

Layout von Cassidy Davis unter Verwendung von:
© sayasha, Fotolia.com

ISBN-13: 978-1518695339
ISBN-10: 1518695337

Herausgeber
V.i.S.d.P.
Autorencentrum.de
Ein Projekt der BlueCat Publishing GbR
Peter Maassen
Gneisenaustr. 64
10961 Berlin
E-Mail: bluecatmedia@web.de
Tel.: 030 / 61671496

Handlung und handelnde Personen sind frei erfunden, jede Ähnlichkeit zu lebenden Personen und Organisationen ist unbeabsichtigt und rein zufällig. Markennamen sowie Warenzeichen, die in diesem Buch verwendet werden, sind Eigentum ihrer rechtmäßigen Eigentümer.

Alle Rechte vorbehalten. Nachdruck, auch auszugsweise, nur mit vorheriger schriftlicher Genehmigung des Autors. Dies schließt die Verwendung oder Vervielfältigung durch elektronische, digitale und fotografische Methoden sowie die digitale Speicherung und Verbreitung ausschließlich mit ein

1.

Ich brauche keinen Mann. Es ist genauso simpel, wie es sich anhört. Ich, Kacey Croft, komme wunderbar ohne das männliche Geschlecht in meinem Leben zurecht. Leider teilt nicht jeder Mensch in meinem Bekanntenkreis die Ansicht. Schon gar nicht die Frau, die sich meine beste Freundin schimpft.

»Was ist mit dem da hinten?«, fragt Vanessa und deutet mit den Augen nach rechts. Ich mache mir nicht einmal die Mühe, mit dem Blick ihrer Geste zu folgen. Stattdessen bitte ich sie, ihr Glas zu heben, damit ich den Wasserfleck unter ihrem Glas beseitigen kann, ehe das Holz Schaden nimmt. Mit einem Augenverdreher hebt sie ihren Cocktail und nimmt sogleich einen kräftigen Schluck von dem Getränk. Ich hingegen greife unter die Theke und hole einen Lappen hervor, beuge mich ein Stück nach vorne und wische gleich die halbe Theke mit ab. Dann lege ich ihr eine Serviette vor die Nase, auf die sie das Glas stellen kann.

»Du weißt, wie ich auf Wasserflecken reagiere«, verteidige ich mich, als ich ihren tadelnden Blick auf mir spüre.

»Du brauchst Sex. Wenn du dich ordentlich rannehmen lassen würdest, wärst du viel entspannter, was Wasserflecken auf deiner Theke angeht. Also brauchst du einen Mann.«

»Vanessa«, seufze ich genervt, »lass es einfach bleiben. Du kennst die Gründe besser als ich, warum ich keinen Mann will. Ich habe ein Restaurant zu führen, eine Schwester an der Uni und nebenbei noch einen Goldfisch namens Timmy zuhause, der auch seine Portion Aufmerksamkeit wünscht. Wo soll ich bitte noch Zeit für einen Mann hernehmen?«

»Männer sind flexibel. Sie können an allen möglichen Orten Sex haben. Dann gibt es etwas, das sich Quickie nennt. Du musst deine Zeit also nicht einmal mit dem An- und Ausziehen deiner Klamotten verschwenden. Ziehe einfach einen Rock an, trage keine Unterwäsche drunter und die Nummer läuft.« Sie schnippt mit Daumen und Zeigefinger.

Ja, so einfach läuft die Nummer in Vanessas Universum. Ich habe nicht einmal dafür Zeit, mich für mein Bett auszuziehen und kann mich nicht daran erinnern, wann ich das letzte Mal in meiner Wohnung geschlafen, geschweige denn mein Bett unter mir gehabt habe. In der Regel sprinte ich vor Ladeneröffnung nach Hause, um schnell zu duschen, mit Laurie, meiner jüngeren Schwester, ein kurzes Gespräch führen, Timmy zu füttern und die Post mit zurück in den Laden zu nehmen. Das schaffe ich aber auch nur, weil Guy die Frühschicht übernimmt und den Laden für mich von 6 bis 14 Uhr schmeißt, ehe ich für den Rest des Tages übernehme. Bis weit nach Mitternacht renne ich von A nach B und wieder zurück, um das Geschäft am Laufen zu halten. Sobald der letzte Gast verschwunden ist und die Mitarbeiter im Feierabend sind, beginnt meine eigentliche Arbeit als Geschäftsführerin – die Buchhaltung.

»Wann hast du das letzte Mal Sex gehabt?«

Ich werfe Vanessa einen genervten Blick zu, den sie gekonnt ignoriert. Sie arbeitet für irgendeine Modelagentur hier in London. Dies bedeutet, dass ich jemanden vor mir sitzen habe, der genauso gut zurück in einen Modekatalog hüpfen könnte. Sie hat die Looks, die ihr jede Frau vom Körper reißen würde, wenn es denn möglich wäre. Sie wird von ihrem Arbeitgeber mit Designerkleidung überhäuft, trägt Handtaschen für Geld durch die Gegend und hat das Wort »Geldsorgen« aus ihrem Vokabular gestrichen. Warum sonst sollte sie mittags an meiner Theke sitzen, Cocktails schlürfen und keine anderen Probleme haben, als mein Sexleben?

Manchmal habe ich das Gefühl, Vanessa lebt auf einem anderen Planeten. Wir haben uns an der Uni kennengelernt. Obwohl wir verschiedene Fächer studierten, liefen wir uns ständig über den

Weg. Vanessa studierte Modedesign, ich Innenarchitektur. Jedoch hat mich der Beruf nach dem Ende meines Studiums nie gereizt und ich beschloss, stattdessen mein eigenes Restaurant zu er-öffnen. Mittlerweile ist es eher ein Café-Restaurant, da ich ohne die berufstätigen Menschen Londons, die jeden Morgen ihr Frühstück und ihren Kaffee bei mir kaufen, anfangs nicht über die Runden gekommen wäre. Als es dann gut lief, habe ich es nicht ändern wollen, da ich viele Stammgäste dadurch gewonnen habe.

Morgens Café, abends Restaurant, mittags Cocktailbar für beste Freundinnen, die nicht merken, wann man über ein Thema nicht mehr reden möchte.

»Ich kann dir nicht einmal sagen, wann ich das letzte Mal acht Stunden am Stück geschlafen habe. Wie soll ich mich da an den letzten Sex in meinem Leben erinnern?« Ich spreche mit gesenkter Stimme, da mein nicht-existentes Sexleben meine Gäste nichts angeht. Vanessa scheint das offensichtlich anders zu sehen, oder sie hat schon zu viel getrunken, als dass ihr auffällt, wie laut sie spricht.

»Im Ernst jetzt? Du weißt nicht, wann das letzte Mal ein Schwanz in dir gesteckt hat? Weißt du überhaupt noch, wie Schwänze aussehen?«

»Vanessa, bitte sprich leiser«, ermahne ich sie, während ich Gläser poliere.

»Du tust mir leid«, erwidert sie schließlich und mustert mich mit diesem mitleidigen Blick, der für verwaiste Hundewelpen reserviert sein sollte.

»Mir geht's gut. Ich habe einen Job, ein Leben, das mich jeden Tag aufs Neue fordert und eine beste Freundin, die meinen Tag zum Strahlen bringt.«

»Das hast du so süß gesagt.« Vanessa zieht ihren Mund zu einer Schnute und drückt sich ihre perfekt manikürten Hände auf das Herz.

»Ja. Zeit für dich, nach Hause zu gehen«, sage ich mit einem strengen Unterton, damit sie nicht einmal auf die Idee kommt, mir

Widerworte zu geben. Sie ist schon immer die Partymaus gewesen, wohingegen ich die Vernünftige bin.

»Quatsch«, winkt sie ab. »Wir haben gerade so viel Spaß.«

»Ich korrigiere dich nur ungern, aber du hast Spaß. Ich muss arbeiten.«

»Kannst du im Service helfen?«, fragt mich eine meiner Aushilfen, als sie mit einem vollen Tablett an mir vorbeihuscht.

»Siehst du – ich muss arbeiten«, sage ich belehrend zu Vanessa, die sich im Restaurant umblickt, als würde sie mich gar nicht wahrnehmen. Mit dem Haargummi an meinem rechten Handgelenk binde ich meine dunklen Haare zu einem unordentlichen Zopf.

»Tisch 24«, säuselt Vanessa plötzlich, worauf ich den Blick vom Bildschirm des Kassensystems hebe. Ich wollte gerade nachschauen, welche Tische noch nicht bedient worden sind. Vanessa deutet mit dem Kopf in die Richtung von Tisch 24 und ich folge ihrer Geste. Ich kann beobachten, wie ein gut aussehender Geschäftsmann nicht viel älter als ich, dort Platz nimmt. Ich werfe Vanessa einen grimmigen Gesichtsausdruck zu, da sie das Männerthema einfach nicht sein lassen will. Sie erwidert ein erfreutes Lächeln, da sie ihren Plan aufgehen sieht. Was auch immer das sein mag ...

Sobald ich mein Gesicht wieder den Gästen zuwende, habe ich ein höfliches Lächeln auf den Lippen. Ich greife in die Tasche meiner weinroten Schürze, die das Logo meines Restaurants *K.C.'s* trägt und ziehe einen Notizblock hervor. Obwohl alle meine Servicekräfte mit einem PDA ausgestattet sind, laufe ich mit einem stinknormalen Notizblock in meinem Restaurant herum. Für mich ist es einfach Gewohnheit. Zudem bin ich nicht die Hellste, was mein Kassensystem angeht. Meine erste Amtshandlung war, das gesamte System zurückzusetzen, als ich ein bisschen herumprobiert habe. Seitdem hat Guy die Zugangsdaten, um sich als Administrator einzuloggen, damit das nicht erneut passiert. Also lasse ich brav meine Hände von der Elektronik und begnüge mich mit

Papier und Stift. Auch wenn mein Serviceteam jedes Mal den Kopf schüttelt, wenn einer von ihnen die Bestellung nachträglich ins System eintragen muss, damit der Gast seine Order erhält.

Vor dem neuen Gast bleibe ich stehen und lächle ihn höflich an. »Willkommen im *K.C.'s.* Was darf ich Ihnen bringen?«

Er runzelt die Stirn, während er in die Mittagskarte schaut, die immer auf den Tischen stehen. Er hebt aber nicht den Blick, um mich anzusehen.

Ich linse zur Seite und erblicke Vanessa, die sich auf ihrem Barhocker herumgedreht hat, an ihrem Cocktail schlürft und mich mit neugierigen Augen beobachtet. Sie wird mir ansehen, dass sie mit allem, was sie eben sagte, recht hat.

Auch wenn ich keinen Mann als Dauergast in meinem Leben will, ist zumindest ein kurzer Besuch dringend nötig. Ich seufze resignierend auf.

»Tut mir leid, wenn ich Sie langweile«, sagt plötzlich der Gast und blickt mir direkt ins Gesicht.

»Was?«, frage ich für einen Moment unbeholfen nach, da das Seufzen nicht ihm gegolten hat, er aber davon ausgeht. Seine warmen und braunen Augen sind auf mich gerichtet. »Lassen Sie sich alle Zeit der Welt«, füge ich schnell hinzu und werde Vanessa für diese peinliche Situation nachher eigenhändig den Hals umdrehen. Denn es ist ihre Schuld, dass ich mich überhaupt darin befinde.

»Ich kann mich einfach nicht entscheiden«, sagt er und deutet auf die Karte.

»Vielleicht kann ich Ihnen helfen«, biete ich an und bin froh, dass wir die Peinlichkeit hinter uns gelassen haben.

»Den italienischen Salat oder die kalte Pasta.«

Ich mustere ihn erneut. Gepflegte, blonde Haare, ein selbstsicheres Lächeln und ein Anzug, der nicht von der Stange ist. Mein typischer Gast zu dieser Zeit und in der Gegend, in der ich mein Restaurant vor über sieben Jahren eröffnet habe. Auch ein Grund, warum Vanessa hier in der Mittagspause immer abhängt – sie will ihr Spielzeug für den Abend aufgabeln.

»Kalte Pasta«, erwidere ich überzeugt.

Sein Lächeln wird breiter und kleine Lachfältchen bilden sich in seinen Augenwinkeln. »Dann haben Sie meine Bestellung«, sagt er und will mir die Karte zurückreichen.

Ich nehme sie ihm ab und stelle sie aber wieder auf den Tisch. »Die bleibt in der Regel hier«, sage ich mit einem Schmunzeln. »Was darf es denn zu trinken sein?«

»Entscheiden Sie für mich, Sie scheinen ein Händchen dafür zu haben.«

»Ich überlege mir was«, erwidere ich mit einem Zwinkern, da er die Spezialität unseres Hauses bekommen wird – Mineralwasser mit einem Spritzer Zitronensaft. Wenn die Geschäftswelt bei mir zu Mittag isst, darf in der Regel kein Alkohol getrunken werden. Säfte sind unmännlich, Softdrinks ungesund. Schlichtes Wasser ist langweilig, weswegen Guy und ich auf die Idee kamen, es mit Zitronensaft aufzupeppen. Hinzu kommt eine halbe Zitronenscheibe, die hübsch aussieht. Auch wenn es den männlichen Gästen egal ist, gefällt es meinem Auge.

Ich schreibe die Kürzel für die Bestellung auf meinen Block und will mich gerade umdrehen, als ich von hinten geschubst werde. Durch das unerwartete Geschehnis verliere ich sofort das Gleichgewicht und falle wie ein nasser Sack um. Glücklicherweise schlage ich nicht unsanft auf den Boden auf, sondern lande geradewegs in den Armen meines Gastes, der die Situation begriffen hat und mich auffängt. Ich sitze auf seinem Schoß und klammere mich nach Luft schnappend an seinem Sakko fest. Stift und Block sind auf den Boden gefallen. Jetzt bin ich ihm so nahe, dass ich seinen Duft einatmen kann und meine Libido sich meldet. Ja, von so einem Duft eingehüllt in einem großen Bett mit seidenen Laken verführt zu werden, entspricht jeder weiblichen Fantasie. Seine Hände liegen auf meiner Hüfte und alleine von der Berührung seiner warmen Finger tobt ein Feuer des Verlangens in mir.

»Oh Gott! Das tut mir leid! Ich habe Sie nicht gesehen!«, flötet Vanessa und hält sich erschrocken eine Hand an das Gesicht.

Sie hat ihre Handtasche in der Armbeuge hängen und ihre Sonnenbrille wieder aufgesetzt.

Nicht gesehen, von wegen! Das war volle Absicht!

Ich blicke sie grimmig an und warte darauf, dass sie mir ihre Hand anbietet, damit ich von dem Schoß des Gastes grazil herunterkomme. Aber nichts dergleichen plant die Frau.

»Geht's Ihnen gut?«, fragt sie mit gespielter Besorgnis.

»Mir geht's gut«, murmle ich und befreie mich nun von selbst aus der unfreiwilligen Intimität zwischen mir und meinem Gast. Der Fremde lässt mich sofort los. »Danke«, sage ich schnell zu ihm, streiche meinen Rock glatt und sehe zu, dass ich hier wegkomme.

Ich eile an meiner ehemals besten Freundin vorbei und hechte hinter die Theke in einen Bereich, von dem aus ich nur von einem kleinen Teil der Gäste und Bediensteten des Restaurants gesehen werden kann. Ich nenne der ersten Servicekraft die Bestellung für Tisch 24, damit der arme Mann nach meinem Überfall nicht verhungert und verdurstet. Für ihr eigenes Wohlergehen hat Vanessa das Restaurant verlassen, ehe ich sie klammheimlich für die Aktion umbringen konnte. Auch wenn ich es in diesem Augenblick nicht tun kann, werde ich es mit Sicherheit in die Tat umsetzen, sobald ich die Frau in meine Finger kriege.

Mit hochrotem Kopf verziehe ich mich in die Küche, um nachzuschauen, ob ich hier aushelfen kann. Mein rotes Gesicht ist aber nicht mein einziges Problem – die plötzliche Nähe zu einem attraktiven Mann haben ganz andere Sehnsüchte in mir hervorgerufen, die nicht so leicht zu ignorieren sind, wie ich es mir wünschen würde.

2.

Mein Team ist so kompetent, dass es ohne mich bis zum Feierabend auskommt. Ich helfe Marko in der Küche aus, bringe den Müll raus und stehe irgendwann im Weinlager, um zu notieren, welche Sorten und Jahrgänge nachbestellt werden müssen. Immerhin bringt mich meine Arbeit dazu, den peinlichen Vorfall von heute Mittag zu verdrängen. Ich sollte mir Vanessa zur Brust nehmen und ihr sagen, dass sie ihre Kuppelspielchen gerne in meiner Freizeit tun kann, aber nicht bei Gästen.

Als ich beim letzten Weinregal angelangt bin, seufze ich auf, setze einen Strich unter die letzte Notiz und gehe zurück ins Restaurant. Nur noch wenige Gäste sind da. Die Küche ist mittlerweile geschlossen und nur die Bar ist noch geöffnet. Ein Blick auf die Uhr verrät mir, dass auch die letzten Gäste in weniger als 40 Minuten das Restaurant verlassen werden. Feierabend für meine Belegschaft, aber nicht für mich. Ich will auf jeden Fall noch die Weinbestellung per Mail abschicken. Ich frage Lucy, ein Mädchen aus dem Service, ob es irgendwelche Probleme gab, sie schüttelt mit dem Kopf.

»Lief alles super, Kacey«, sagt sie und fährt damit fort, die Tische für morgen Früh fertigzumachen. Die Menükarten verschwinden, und statt der Tischdecken, die wir für den Mittagstisch und das Abendgeschäft haben, legt sie weinrote Läufer über die dunklen Holztische. Der hintere Teil des Restaurants wird für Frühstücksreservierungen eingedeckt, der vordere Teil für die Laufkundschaft, die spontan vorbeikommt. Ein Konzept, das anstrengend ist, dem Laden am Ende des Monats aber ein dickes Plus erbringt.

Mein Großvater hat mir immer eingebläut, man soll nicht versuchen, auf zu vielen Hochzeiten gleichzeitig zu tanzen. Ich bin aber der Meinung, man muss nur wissen, wie es geht.

Mein Magen knurrt und mir wird bewusst, dass ich heute kaum etwas gegessen habe. Da Lucy die letzten Gäste im Griff hat, beschließe ich, bei Marko in der Küche vorbeizuschauen, vielleicht kann er mir noch etwas auf die Schnelle zaubern. Kaum betrete ich die Küche, empfängt er mich mit einem breiten Grinsen. Er hat seine Kochmütze abgenommen und fährt sich durch das strubbelige, blonde Haar. Er ist noch recht jung, hat aber genau das kulinarische Talent, das ich für mein Restaurant brauche. Zudem liebt er es, für mich zu arbeiten, weil ich kein Problem mit den unzähligen Tattoos auf seinen Armen habe, die er nicht immer verstecken kann.

»Du bist heute spät dran«, sagt er und öffnet den Kühlschrank. Er zaubert einen Teller hervor, der noch mit einer Folie bedeckt ist. Er stellt den Teller vor mir ab, reicht mir eine Gabel und zieht die Folie von dem Gericht.

Kalte Pasta.

»Du bist ein Schatz«, erwidere ich und stecke mir sogleich eine Portion in den Mund. »Das ist im Übrigen das beste Gericht, das du je für mich entworfen hast«, sage ich mit vollem Mund. Ich weiß, dass es sich nicht gehört, aber Marko stört das nicht im Geringsten.

»Man braucht eben einfach die richtige Inspiration«, sagt er mit einem Schulterzucken, schnappt sich ein Handtuch und wischt die Arbeitsflächen trocken. Ich beobachte ihn und spieße eine Nudel mit einer gehörigen Portion Rucola und ein paar getrockneten Tomaten auf. Wenn ich mir jemals ein Gericht vor meinem Tod wünschen darf, dann dieses hier.

Plötzlich hält Marko inne und schaut zu mir hinüber. Ich hebe fragend die Augenbrauen, da mein Mund nun wirklich so voll ist, dass ich etwas von dem Essen verlieren würde, wenn ich meine Lippen öffne.

»Du solltest langsamer essen«, tadelt er mich.

Ich kaue schnell, schlucke und erwidere: »Nicht, wenn es so lecker ist.«

»Dann erst recht. Essen sollte man genießen.«

»Für so etwas habe ich keine Zeit.«

»Dann nimm dir Zeit, Kacey. Du arbeitest viel zu hart. Du brauchst auch mal eine Pause.«

Ich stelle den Teller ab, da das mit Sicherheit ein längeres Gespräch wird. »Ich brauche die Arbeit, das weißt du.«

Er spielt mit dem Handtuch in seinen Händen herum. Er ist neben Guy, der einzige von meinen Mitarbeitern, der lange genug für mich arbeitet, um zu wissen, warum ich mir keine Pause erlaube.

»Okay«, sagt er schließlich und schenkt mir ein zögerliches Lächeln. »Schling dein Essen hinunter, aber pass einfach auf dich auf, in Ordnung?«

Ich nicke. »Ich weiß deine Besorgnis zu schätzen.«

»Du wolltest doch ein paar neue Desserts ...«, setzt er nun an, wirft das Handtuch über die Schulter und stützt sich auf der metallenen Arbeitsplatte ab.

Ich nicke und stecke mir erneut eine volle Gabel in den Mund.

»Mir kam da eine Idee. Aber die ist ein bisschen verrückt.«

»Ich liebe verrückt.«

»Sicher? Das ist wirklich verrückt.«

»Dann klär mich auf.«

»Ich glaube, es ist besser, wenn du dich vom Gesamteindruck überraschen lässt.«

Ich lächle ihn an. »Dann setz es mir die nächsten Tage vor. Ich bin gespannt.«

Er will etwas erwidern, hält aber inne, als die Schwingtür zur Küche aufgeht und Lucy ihren Kopf reinsteckt. »Da will dich jemand sprechen«, sagt sie zu mir.

»Mich?«, frage ich verwirrt und blicke zur großen Küchenuhr.

»Du bist die einzige, Kacey, die hier arbeitet«, sagt sie mit einem Augenzwinkern und verschwindet wieder.

»Hat da jemand einen Verehrer?«, witzelt Marko und kann sich ein dämliches Grinsen nicht verkneifen. Ich strecke ihm die Zunge raus, schnappe mir eine Servierte und tupfe mir den Mund ab, während ich die Küche verlasse.

Vielleicht jemand, der wegen der Stelle kommt, die Guy letzte Woche schon besetzt hat? Ich betrete das Restaurant. Mittlerweile sitzen nur noch zwei Herren in Anzügen vor ihrem Feierabendbier. Das bedeutet, dass ich heute eventuell vor Mitternacht nach Hause komme und eine schöne lange Dusche nehmen kann. Ich blicke mich im Restaurant um. Meine Augen bleiben an einem blonden Haarschopf hängen, breite Schultern, lässig in die Hosentaschen gesteckte Hände. Ich sehe ihn nur von hinten, weiß aber, dass ich ihn nicht kenne. Er trägt einen dunklen Anzug.

Ich fahre mir mit den Fingern über die Mundwinkel, falls doch noch etwas von meiner späten Mahlzeit hängen geblieben ist. »Ja, bitte?«, frage ich, sobald ich in Hörweite bin, und setze mein professionelles Lächeln auf.

Er dreht sich zu mir und erwidert das Lächeln. Mir hingegen fällt es schwer, es in meinem Gesicht nicht aufgesetzt wirken zu lassen.

Es ist Mister Unbekannt, auf dessen Schoß ich heute Morgen unfreiwillig gelandet bin.

»Hey«, erwidert er und kommt einen Schritt auf mich zu. Nahe genug, dass es intim wirkt, aber weit genug entfernt, sodass wir keinen Körperkontakt haben. Ich schlucke und versuche, mir die plötzliche Nervosität in seiner Gegenwart nicht anmerken zu lassen. Er hingegen scheint nicht eine Zelle im Körper zu haben, die angespannt ist. Er ist die Ruhe selbst.

Vehement blicke ich ihm in die Augen, obwohl ich lieber weglaufen würde. »Wie kann ich helfen?«, frage ich mit einem Räuspern und bete, dass mein plötzliches Unbehagen, das seine Gegenwart in mir auslöst, nicht allzu sichtbar ist. In seiner Gegenwart ist mein gesamtes Selbstbewusstsein wie weggeblasen. Vielleicht liegt es daran, dass mich ein Mann seit einer Ewigkeit nicht mehr so angesehen hat. So *sehnsüchtig* und *verführerisch.*

Er unterbricht den Augenkontakt und greift in seine Sakkoinnentasche. Dann reicht er mir meinen Notizblock und den Bleistift. Die Sachen, die ich heute Mittag in dem Tumult völlig vergaß, wieder aufzusammeln. Ich nehme sie entgegen.

»Danke«, sage ich. »Es hätte aber keinen Anlass geben müssen, sie mir persönlich zurückzugeben.« Wenn ich mich nicht täusche, beginne ich, auf den Wangen rot zu werden.

»Doch«, widerspricht er mir mit einem selbstsicheren Lächeln. »Ich wollte sie dir heute Mittag schon persönlich zurückgeben, aber du warst plötzlich verschwunden.« Er zieht fragend seine perfekten Augenbrauen nach oben.

»Ich hatte viel zu tun. Hinten. Im Büro«, plappere ich drauf los und bin dankbar für den Stift und den Block in meinen Händen, damit ich nicht auch noch anfange, unsinnig mit meinen Händen in der Luft herumzufuchteln.

»Dann habe ich ja Glück, dich jetzt noch erwischt zu haben.«

Der Klang seiner Stimme lässt mich erst auf die Unterlippe beißen, dann meine losen Haarsträhnen nervös hinters Ohr streichen. Welchen Floh hat Vanessa mir bloß heute Mittag ins Ohr gesetzt? Kann eine Frau wirklich nicht ohne Sex glücklich sein?

Offensichtlich nicht ...

»Hast du Feierabend?«, fragt er mich und blickt sich in dem Restaurant um. Die letzten beiden Gäste zahlen gerade bei Lucy.

»Eigentlich nein«, gebe ich wieder. Immerhin will ich noch die Weinbestellung machen.

Er legt den Kopf leicht schief, so als würde er darauf warten, dass ich meine Antwort zurücknehme. Aber ich tue es nicht.

»Eigentlich?«, fragt er schließlich nach.

Ich blicke ihm in die Augen und weiß, dass er mir wahrscheinlich für den Rest des Abends jeden Wunsch von den Augen ablesen wird. Ist es nicht das, was normalerweise in solchen Situationen passiert? Man begegnet einem Fremden und er erfüllt alle verborgenen Sehnsüchte?

Ich setze einen entschuldigenden Blick auf. Ich kann das nicht. Ich bin noch nicht so weit. Ich kann nicht einfach mit einem Fremden mitgehen, dessen Namen ich nicht einmal kenne. »Es tut mir leid, aber ich habe wirklich noch viel zu tun.«

Er scheint mir meine Entschlossenheit anzusehen und akzeptiert es glücklicherweise. Wenn ich ihn mir anschaue, hätte er nämlich die Fähigkeit, mich vom Gegenteil zu überzeugen, wenn er es lange genug versuchen würde. Meine Libido hat sich bereits in den Gedanken verliebt, seine warmen Hände nicht nur auf meiner Hüfte, sondern auch zwischen meinen Beinen zu spüren.

»Vielleicht überlegst du es dir ja noch«, sagt er schließlich und zieht eine Visitenkarte hervor. Er reicht sie mir und ich nehme sie an. »Ich bin auch jemand, der gerne nachts arbeitet. Also zögere nicht, wenn du Lust auf einen Drink hast, sobald du hier fertig bist.« Er lächelt mich an und wendet sich dann ab. Er nimmt die Türklinke in die Hand, zieht die Tür auf und geht hindurch.

Ich höre jeden einzelnen Herzschlag in meinen Ohren pochen. Noch kann ich ihm hinterher. Noch ist er nicht weg. Noch ...

Die Tür fällt hinter ihm ins Schloss und ich schließe die Augen, um zu Atem zu kommen. Es ist besser so. Ich bin einfach noch nicht dazu bereit, einem Mann so weit zu vertrauen, dass ich mich fallen lassen kann.

»Wer war das?«, ertönt Markos Stimme hinter mir. Er klingt neugierig. Als ich mich zu ihm umdrehe, wandert sein Blick direkt auf die Visitenkarte in meiner Hand.

»Niemand«, sage ich so gleichgültig wie möglich.

Marko greift nach der Karte und liest sie sich durch. »*Niemand?*«, fragt er nach und mustert mich.

»Jemand, der mich auf einen Drink einladen wollte«, erwidere ich geschlagen. Er kennt mich sowieso zu gut, als dass er mir die Antworten auf die Fragen, die er mir stellt, nicht von der Körpersprache ablesen kann.

»Und du hast Nein gesagt?«

»Ich habe noch zu tun.«

»Was denn?«

»Die Weinbestellung.«

»Die kannst du auch morgen machen. Vor morgen Abend wird sie vom Zulieferer sowieso nicht bearbeitet.«

»Marko ...«, seufze ich. »Ich kenne nicht einmal seinen Namen.«

»Doch. Aiden. Steht hier«, sagt er und hält mir die Karte vor die Nase.

Aiden. Ja, der Name passt zu den eindrucksvollen Augen.

Marko legt die Karte auf die Theke. »Warte hier«, sagt er in einer Tonlage zu mir, der ich mich nicht widersetzen will.

Er verschwindet im hinteren Bereich des Restaurants, wo die Küche und das Büro liegen. Sobald er verschwunden ist, nehme ich die Karte wieder an mich.

Aiden Harrison. Arbeitet für die *SBB – South Britannien Bank*.

Auf der Rückseite der Karte ist das Logo der Bank. Sie befindet sich ganz in der Nähe, weswegen es mich nicht wundert, dass er zum Mittagessen herkam.

Marko kommt wieder, aber nicht mit leeren Händen. Er drückt mir meine dünne Jacke und meine Tasche an die Brust. Bevor ich Widerworte geben kann, löst er die Schleife der Schürze in meinem Rücken und zieht sie mir vom Körper.

»Aiden steht noch da draußen und hat es noch nicht geschafft, sich ein Taxi heranzuwinken. Also viel Spaß! Lass dir von dem netten Kerl einen Drink spendieren. Das Leben wartet nicht ewig auf dich.« Ich habe nicht einmal die Chance, eine Antwort zu geben. Mit beiden Händen schiebt er mich zur Tür. Er zieht sie auf und schubst mich auf die Straße. »Ich schließe ab!«, ruft er noch, verriegelt die Tür von innen und winkt mir fröhlich zu.

Ich fasse mir verlegen an die Stirn und drehe mich von der Tür weg. Dann begegne ich unwillkürlich Aidens Blick, der auf mir klebt. Er steht einige Meter von mir entfernt und lächelt mich zufrieden an. Ich lächle zurück.

Er kommt auf mich zu. »Das ging schnell«, sagt er.

»Ein Kollege hat angeboten, meine Arbeit zu übernehmen, damit ich eher gehen kann«, fliegt mir die erstbeste Notlüge über die Lippen, die mein seltsames Verhalten erklärt.

»Da habe ich Glück gehabt.« Sein Blick bohrt sich wieder in meinen und mein Herz macht einen Hüpfer.

Ein freies Taxi kommt auf uns zu und Aiden winkt es sofort heran. Der Fahrer stoppt am Straßenrand und Aiden hält mir gentlemanlike die Tür auf. Ich steige ein und rutsche ans Fenster durch. Aiden steigt nach mir ein und nennt dem Fahrer ein Hotel an der Park Lane.

Für einen Moment verspüre ich ein Kribbeln im Nacken, das mich zur Vorsicht ermahnt. Ich kenne diesen Mann nicht und lasse mich direkt von ihm in ein Hotel bringen. Aiden greift meine Hand und fährt mir zärtlich mit dem Daumen über den Handrücken.

»Nur ein Drink«, flüstert er mir zu, als er sich zu mir herüber beugt. Ich spüre seinen warmen Atem am Hals. »Der Barkeeper dort mixt erstklassige Martinis«, fügt er hinzu. Sein Mund ist meiner Haut unter meinem Ohr so nahe, dass es beinahe als Kuss zu bezeichnen wäre. Er richtet sich wieder auf und ich seufze sehnsuchtsvoll darüber auf, dass seine Lippen mich dort nicht berührt haben. Ich begegne wieder seinem Blick und kann die unausgesprochenen Worte in seinem Blick ablesen.

Ein Drink. Ein Drink und wenn ich mehr will, ist es lediglich eine Fahrstuhlfahrt, bis ich es bekomme.

Ich schlucke die Angst hinunter und werde mich auf das Abenteuer einlassen. Es ist eine Nacht. Keine Gefühle, keine Verpflichtungen. Einfach nur ein Mann und eine Frau, die die gemeinsame Zeit genießen. Vanessa hat recht damit, wenn sie sagt, ich muss mich endlich wieder verführen lassen.

Es fühlt sich gut an. Aidens Gegenwart beschert mir ein ungeahntes Verlangen nach Berührungen aller Art. Auch wenn es nur eine Nacht ist, will ich es mittlerweile mit jeder Faser meines

Körpers. In Aidens Nähe fühle ich mich begehrt, sexy und erotisch. Etwas, das ich seit Ewigkeiten nicht mehr gespürt habe. Und jetzt, wo ich Blut geleckt habe, will ich alles.

Ich fasse seine Hand fester und er schaut mich überrascht an. »Servieren sie die Drinks auch auf dem Zimmer?«, frage ich und bin über den verruchten Ton meiner Stimme am meisten überrascht. Ich dachte, ich hätte es verlernt und es würde mich jede Menge Überwindung kosten, einem Mann wieder näher zu kommen. Aber in Aidens Gegenwart ist es mir ohne Schwierigkeiten möglich.

Seine Mundwinkel verziehen sich zu einem sündhaften Lächeln. »Ja. Sie servieren die Drinks auch direkt in der Suite.«

»Suite?«, erwidere ich und komme ihm noch ein Stück näher. »Viel Platz und viele Möglichkeiten ...«, stelle ich fest. Die Worte fliegen butterweich über meine Lippen. Jede Anspannung hat sich mittlerweile von mir gelöst und ich konzentriere mich ganz auf den Unbekannten, der es mir so einfach macht.

Mit seiner freien Hand greift er an mein Gesicht. Seine Finger berühren meine Wange, streichen eine widerspenstige Strähne hinter mein Ohr und fahren über meinen Hals. Ich lege den Kopf nach hinten, schließe die Augen und genieße die Berührung. Ich kann nicht glauben, dass ich alleine von dem geringen Kontakt feucht werde. Aber die Nässe zwischen meinen Beinen ist mittlerweile kaum zu ignorieren. Aidens intensive Blicke, seine Anspielungen und die zärtlichen Berührungen, die mir so viel mehr für den Rest des Abends versprechen, reichen aus, um mich die Realität vergessen zu lassen und in eine Traumblase abzutauchen. Einen Traum, der nur aus ihm, mir und meinem süßen Verlangen, das jede erdenkliche Erfüllung erfahren wird, besteht.

Aiden lässt seine Hand unter mein Ohr gleiten, dann beugt er sich vor und haucht mir einen sanften Kuss auf die Lippen. Ein Kuss, der nichts Verruchtes an sich hat, mein Inneres aber zum Glühen bringt.

»Warum ich?«, flüstere ich, als er sich von mir gelöst hat.

»Weil mir das Schicksal dich geradewegs auf den Schoß geschickt hat.«

»Dann hat das Schicksal einen Namen – Vanessa«, erwidere ich mit einem Lächeln.

»Richte *Vanessa* einen Dank von mir aus. Außerdem hast du heute Mittag genau meinen Geschmack getroffen.«

»Ach ja?«

»Die Nudeln waren fantastisch.«

»Es ist mein Job, meine Gäste lesen zu können.«

»Es ist zwar nicht mein Job, aber ich denke, dass ich ganz gut darin bin, Frauen zu lesen.«

»Und was kannst du in mir lesen?«

»Dass du das hier willst ...«, raunt er mir zu und seine Hand findet den Weg unter meinen Rock. Erst berührt er mein Knie, dann fährt er langsam meinen Oberschenkel entlang. Zunächst auf der Außenseite, schließlich wandern seine Finger auf die Innenseite. Ich schnappe erwartungsvoll nach Luft, als seine Finger sich meinem Lustzentrum nähern. Es fühlt sich so gut an. Das Ziehen in meinem Unterleib, das an der Grenze zwischen Verlangen und Erfüllung schwebt, mein wilder Herzschlag, der sich nicht beruhigen will, und meine brennende Haut an den Stellen, an denen Aiden mich berührt.

Das Räuspern des Taxifahrers reißt mich in die Realität zurück. Aiden löst sich mit einem entschuldigenden Lächeln von mir und zieht ein paar Pfundnoten aus der Tasche, die er dem Mann reicht. Dann öffnet er die Tür und reicht mir seine Hand, um mir aus dem Auto zu helfen.

Ich ergreife sie. Sobald der Körperkontakt zwischen uns wieder hergestellt ist, vibriert mein gesamter Körper vor Verlangen. Es ist, als wäre ich in dem Taxi aus einem ewig andauernden Winterschlaf erwacht.

Aiden zieht mich zielsicher zu dem Portier, der uns mit einem freundlichen Gruß die Tür aufhält. Wir bedanken uns höflich.

»Magst du noch einen Drink?«, fragt Aiden mich, als wir die

Bar passieren. Ich werfe einen flüchtigen Blick hinein. Es ist nicht viel los, aber das, was ich will, ist Zweisamkeit mit dem Mann neben mir.

»Später«, sage ich. Er versteht sofort. Auf einem der Touchdisplays vor den Fahrstühlen bleibt er stehen und tippt seine Etage ein. Dann weist uns das Display einen Fahrstuhl zu. Nummer 4. Ohne meine Hand loszulassen, führt Aiden mich vor den entsprechenden Lift.

»Bist du sicher?«, fragt er mich mit einem leichten Zögern, als sich die Türen öffnen. Ich blicke in die leere Kabine, die auf meine Entscheidung zu warten scheint. Eine Entscheidung, die mir in dem Moment abgenommen wurde, in dem ich mit Aiden in das Taxi gestiegen bin. Ich bin selbst überrascht, wie leicht man sich plötzlich fallen lassen kann, wenn man einmal beginnt, die Mauern einzureißen.

»Ich war mir selten so sicher«, sage ich und schaue ihm in die Augen. Lachfalten bilden sich in seinem Gesicht und er betritt mit mir die Kabine. Die Türen schließen sich und er drängt mich an die verspiegelte Rückwand.

»Du bist so wunderschön«, flüstert er und streicht mir über das Gesicht. Dann beugt er sich vor und küsst mich. Sanft und zärtlich. So als wäre ich etwas Kostbares, das jeden Moment in seinen Händen zerbrechen könnte. Seine Zunge streift sanft meine Unterlippe und ich gewähre ihm Einlass. Ich fasse sein Hemd, da mich dieser Kuss von den Füßen zu reißen droht. Mein Unterleib zieht sich in freudiger Erwartung zusammen und ich bin froh, dass ich den Drink übersprungen habe. Alles andere wäre eine Folter gewesen.

Aiden zieht mich an seine Brust. Seine Hände sind überall an meiner Kleidung und ich wünschte, wir wären bereits in seiner Suite, damit er sie mir vom Leib reißen kann. Ich will seine Hände auf meiner nackten Haut spüren.

Mit einem Ping öffnen sich die Fahrstuhltüren. Aiden tritt, ohne mich loszulassen, einen Schritt zurück und schaut mit einem vernebelten Blick auf mich hinunter. Ich schenke ihm ein zuversichtliches Lächeln und er zieht mich aus der Kabine. Küssend stolpern wir den langen Gang entlang. Immer wieder müssen wir stehen bleiben, da wir nicht die Hände voneinander lassen können. Ich komme mir kindisch, aber gleichzeitig auch sexy vor. Hier stehe ich und knutsche mit einem heißen Mann, der mich geradewegs in seine Suite bugsieren will.

Vor der Flügeltür am Ende des Ganges bleiben wir stehen. Er küsst mich weiter und sucht währenddessen in seinem Sakko nach der Keycard. Als er sie hat, braucht er mehrere Anläufe, bis er sie korrekt durch den Leser geschoben hat und uns das grüne Lämpchen andeutet, dass wir die Suite betreten können. Er zieht mich durch die Tür, lässt mich nach wenigen Metern aber los, um noch einmal zurückzugehen, da die Tür noch aufsteht. Mit einem gewinnenden Lächeln kommt er auf mich zu, bleibt dieses Mal aber in einem Abstand von gut zwei Metern vor mir stehen.

»Zieh dich aus«, fordert er mich auf, die Hände in die Hosentaschen geschoben. Seine Augen glühen vor Verlangen.

Langsam hebe ich die Hände und knöpfe einen Knopf nach dem anderen meiner Bluse auf. Mein Blick ist auf sein Gesicht gerichtet. Für einen Moment hat er mir noch in die Augen geschaut, dann wandern seine Augen weiter hinunter. Auf das, was ich enthülle. Als ich den letzten Knopf geöffnet habe, streiche ich die Bluse so lässig wie möglich von den Schultern und lasse sie achtlos zu Boden fallen. Dann greife ich hinter mich und öffne den Reißverschluss meines Bleistiftrocks. Ich hake meine Finger in den Bund und ziehe ihn nach unten, während ich in die Hocke gehe. Ich schlüpfe aus meinen Ballerinas und stehe dann lediglich in meiner einfachen, schwarzen Unterwäsche vor Aiden. Ich bin froh, dass ich nichts anderes als schwarze Unterwäsche habe und alles zusammenpasst. Auch wenn ich mir wünschte, in diesem Moment sexy Dessous zu tragen, fühle ich mich in meinem T-Shirt-BH und meinem Basic Slip wohl.

»Setz dich auf das Bett«, fordert Aiden mich nun auf. Seine

Stimme ist rauer geworden, was ihm einen sexy Unterton verleiht, der mich noch feuchter werden lässt. Ich tue wie mir geheißen und krabble auf das Bett. Er folgt mir und bleibt am Bettende stehen. Er streift das Sakko ab, lockert die Krawatte und nimmt sie sich vom Hals. Dann macht er es mir nach und öffnet quälend langsam jeden einzelnen seiner Hemdknöpfe. Mit jedem Knopf, den er öffnet, kann ich einen größeren Blick auf seine Brust werfen. Er verbringt mit Sicherheit einige Zeit im Fitnessstudio. Seine Muskeln sind wohldefiniert und ich kann es kaum erwarten, sie anzufassen – oder darüber zu lecken und seine Haut zu schmecken.

Er wirft das Hemd auf den Boden, öffnet die Gürtelschnalle und lässt die Hose ebenfalls zu Boden gleiten. Er greift nach unten und nimmt sich seine Krawatte. Lediglich mit seinen Boxer Trunks bekleidet kommt er zu mir auf das Bett. Ich will die Hände nach ihm ausstrecken, um ihn endlich berühren zu können, aber er macht mir einen Strich durch die Rechnung. Er fasst mit einem amüsierten Lächeln meine Hände und bindet sie an den Handgelenken mit der Krawatte zusammen. Dann drückt er mich mit seinem Körpergewicht auf die Matratze und hält meine gefesselten Hände über meinem Kopf zusammen.

»Ich will dich anfassen«, murmle ich.

»Glaub mir – das ist so viel intensiver für dich«, erwidert er. Sogleich vergesse ich meinen Wunsch, als er sich auf mich setzt, meine Hände loslässt und mich küsst. Ich brauche ihn nicht anzufassen, es reicht, wenn er mich berührt.

Nach einem intensiven Kuss, der mir seinen Geschmack im Mund hinterlässt, wandern seine Lippen meinen Hals entlang bis hin zu meinen Brüsten. Er streift mit seinen Lippen aber lediglich mein Dekolleté, seine Hände wandern meinen Brustkorb entlang bis auf meine Hüfte. Er küsst und leckt über meinen Bauch. Die sanften Berührungen treiben mich schier in den Wahnsinn, da ich einfach mehr will. Mehr von allem. Er schiebt mein Höschen ein bisschen nach unten und setzt eine Reihe Küsse dorthin, schürt meine Sehnsucht aber lediglich. Ich beginne zu wimmern und zu flehen und entlocke ihm damit lediglich ein amüsiertes Lachen.

»Aiden ... bitte«, flüstere ich nun, als er mir den Slip auszieht, meine Beine spreizt und auf mich hinunterblickt.

»Du gefällst mir genauso«, sagt er, beugt sich vor und knabbert an der empfindlichen Haut an meinem Hals.

»Ich halte das wirklich nicht länger aus ...«, seufze ich.

»Ungeduldig, hm?«

Ich öffne den Mund, um etwas zu sagen, gebe aber lediglich einen wohligen Schrei von mir, als er unerwartet mit zwei Fingern in mich eindringt.

»Gefällt dir das?«, fragt er, als er über meine Klit reibt.

»Ja«, keuche ich und fühle bereits von den wenigen Berührungen an meinem Lustzentrum, dass ich schier explodieren werde, wenn er mich zum Höhepunkt bringt – und dass er das schaffen wird, ist so sicher wie das Amen in der Kirche. Die Frage ist nur, ob es noch fünf oder zehn Sekunden dauern wird.

Meine Atmung beschleunigt sich und ich dränge mich gegen seine Berührungen, um noch mehr zu empfinden. Aiden kann die Zeichen, die mein Körper ihm sendet, leider allzu gut deuten und nimmt seine Hand aus meinem Schoß. »Nicht so eilig, meine Süße«, raunt er mir zu und greift in die Nachttischschublade. Ich höre das charakteristische Rascheln einer Kondomverpackung, als er sie aufreißt. Ich beobachte ihn dabei, wie er seine Shorts auszieht und eine wirklich pralle Erektion zum Vorschein kommt. Für einen Moment bezweifle ich, dass ich in der Lage bin, ihn in mir aufzunehmen. Er zieht sich das Kondom über und beugt sich dann über mich.

»Bereit?«, fragt er.

»Wenn du nicht endlich –«

Er verschließt meinen Ausbruch mit einem intensiven Kuss und dringt im selben Atemzug sanft in mich ein. Er füllt mich komplett aus und meine Vagina zieht sich sofort in süßer Erwartung zusammen.

»Du bist so eng«, keucht er, als er beginnt zuzustoßen.

»Es fühlt sich so gut an«, erwidere ich. Meine Hände liegen nach wie vor gefesselt über meinem Kopf. Ich verspüre aber nicht mehr den Drang, Aiden anzufassen, weil alles, was er macht, sich phänomenal anfühlt.

Er stößt kräftiger zu. Mit jedem Stoß beschleunigt meine Atmung und die süßen Qualen in meinem Schoß intensivieren sich. Aiden stimuliert mit seinen Bewegungen genau die Punkte, die mich in den Himmel katapultieren werden.

Ich stöhne und seufze auf. Dann kann ich nicht anders und lasse mich fallen. Der Höhepunkt rollt über mich hinweg und ich habe das Gefühl, in tausend Einzelteile zu zerspringen. Die Süße zieht sich durch jede Faser meines Körpers und es hört einfach nicht auf. Mit jedem neuen Stoß von Aiden intensiviert sich das Gefühl der absoluten Schwerelosigkeit. Es nimmt erst ab, als Aiden ebenfalls kommt und seine Stöße verebben.

Ich liege auf dem Rücken und versuche, zu Atem zu kommen. Ich öffne die Augen und schaue ihm in das hübsche Gesicht. Er lächelt und streicht mir wieder eine meiner Haarsträhnen von der Lippe.

»Gute Idee mit der Krawatte?«, fragt er mit einem spitzbübischen Lächeln nach.

»Oh ja ...«, keuche ich nach wie vor atemlos. Er drückt mir einen flüchtigen Kuss auf die Lippen.

»Ich verschwinde gerade im Bad«, sagt er und richtet sich auf. Er löst den Krawattenknoten und steht dann auf. Ja, meine Augen heften sich an seinen Knackarsch, als er ins Badezimmer verschwindet. Ich schließe erneut die Lider und atme tief durch.

Warum habe ich mich vor so einem Abenteuer so lange verschlossen? Es befreit und lässt mich das Gefühl erleben, am Leben zu sein.

Ich trage ein zufriedenes Lächeln auf den Lippen, als ich die Augen wieder öffne. Ich sollte Aiden ins Bad folgen und mich ebenfalls frisch machen. Vielleicht ist jetzt der richtige Zeitpunkt für den versprochenen Drink gekommen.

Ich setze mich auf die Bettkante und fahre durch meine dunklen und leicht gelockten Haare. Ein Handy vibriert und ich horche auf. Ich rutsche vom Bett und suche nach meiner Handtasche, die ich irgendwo auf dem Weg zum Bett verloren haben muss. Dann bemerke ich, dass es Aidens Handy sein muss. Ich hebe seine Hose auf und sein Smartphone purzelt auf den Teppich.

Ich will mich bücken und es aufheben, als ich in der Bewegung innehalte. Das Display zeigt die Anruferin deutlich.

›Babe‹, flackert es auf dem Bildschirm und ein Foto von einer schönen Blondine, die glücklich in Aidens Armen liegt, wird mir zudem präsentiert. Ich blicke mich panisch im Hotelzimmer um. Eine Suite. Er wohnt hier nicht. Er ist wahrscheinlich beruflich in London und hat zuhause eine Freundin sitzen.

Korrigiere – eine Verlobte, ihrem Ring am Finger nach zu urteilen.

Die Leichtigkeit, die ich eben noch zu spüren glaubte, verwandelt sich in wenigen Momenten in eine unerträgliche Schwere. Aidens süßer Geschmack in meinem Mund wird bitter.

Das Handy hört auf zu vibrieren, ich starre aber nach wie vor das schwarze Display an.

Der Mann, mit dem ich gerade phänomenalen Sex hatte, hat eine Verlobte. Und das degradiert mich geradewegs zu dem dreckigen Geheimnis. Sobald sich dieser Gedanke in meinem Kopf manifestiert hat, drehe ich mich um und sammle in Windeseile meine Sachen auf. Ich ziehe mein Höschen an und knöpfe meine Bluse so schnell zu, dass ich sie mit Sicherheit falsch knöpfe. Aber das ist mir egal. Ich will hier weg.

Ich habe gerade den Reißverschluss meines Rocks geschlossen, als Aiden zurückkommt. Sein Lächeln gefriert sofort, als er mich erblickt.

»Was ist los?«, fragt er irritiert. Er hat sich ein Handtuch um die Hüften geschlungen.

»Du hast einen Anruf bekommen«, gebe ich verbitterter als nötig von mir. Er geht an mir vorbei, bückt sich und hebt sein

Handy auf. Ein Klick und er kann sich denken, was mein Problem ist.

»Kacey«, beginnt er. »Es tut mir leid.«

»Ich bin nicht diejenige, bei der du dich entschuldigen musst«, erwidere ich und frage mich, was ich hier noch mache. »Schönen Abend noch«, sage ich und stürme zur Tür.

»Jetzt warte doch mal!«, ruft er mir hinterher. Ich ignoriere ihn aber einfach, öffne die Tür und verschwinde im langen Hotelflur. Vorhin habe ich mir geschworen, hier nicht vor morgen Früh entlangzulaufen. So sehr kann man sich irren. Ich drücke verzweifelt auf den Knopf, der mir einen der Aufzüge ruft. Ich beiße mir auf die Lippe und versuche, die Tränen der Verzweiflung zu bekämpfen. Glücklicherweise kommt Aiden mir nicht hinterhergeeilt.

Hätte ich es sehen müssen? Gab es Hinweise?

Ich weiß es nicht. Jetzt ist es auch egal.

Die Türen öffnen sich und ich steige ein. Im Spiegel sehe ich, dass ich meine Bluse sogar richtig geknöpft habe. Notdürftig richte ich meine Haare.

Durch das Foyer eile ich so schnell ich kann. Ich bin so schnell, dass der Portier keine Chance hat, mir die Tür zu öffnen und ich bereits hindurch bin, als er mich bemerkt. Vor dem Hotel hält gerade ein Taxi, aus dem drei Geschäftsleute aussteigen. Ohne zu fragen, rutsche ich auf die Rückbank, sobald der Taxifahrer bezahlt ist.

Ich nenne dem Fahrer die Adresse von meinem Restaurant. Er fährt los. Und ich beobachte die ruhigen Straßen Londons, während mir stumm die Tränen über das Gesicht laufen.

3.

Ich bezahle den Taxifahrer und warte nicht auf das Rückgeld. Ich steige aus und stehe mitten in der Nacht vor meinem verlassenen Restaurant. Für einen Moment bleibe ich vor dem Gebäude stehen und blicke auf den Namen.

K.C.'s.

Es steht für so viel.

Meine Freiheit.

Den Weg, den ich bislang gegangen bin.

Für die Frau, die ich schon immer sein wollte.

Und die Person, die ich vor einer halben Stunde noch war, als ich in Aidens Bett lag.

Ich seufze auf und ziehe meinen Schlüssel aus der Handtasche. Marko hat sein Wort gehalten und ordnungsgemäß abgeschlossen. Ich lege meine Tasche auf einen der hinteren Tische, gehe dann in den Weinkeller bis ans Ende der Regale, wo die hochpreisigen Weine lagern und betrachte das Regal.

Ich nehme zwei Flaschen des teuersten Rotweins – ein roter Burgunder aus dem Jahre 2002 – und gehe zurück ins Restaurant. Ich nehme ein Kellnermesser und entkorke die erste Flasche mit wenigen Handgriffen. Dann fülle ich ein Glas bis zum Rand auf und nehme einen Schluck.

Grässlich.

Zu trocken und zu wenig Aroma.

Aber wenn man sich betrinken will und Alkohol schmeckt, macht man etwas falsch. Mit der offenen Flasche und dem Glas gehe ich zurück zu meiner Handtasche. Ich lasse mich auf die Bank sinken und nehme noch einen Schluck.

Aber ich kann es irgendwie nicht, da es das erste Mal seit einer Ewigkeit war, dass ich mich lebendig gefühlt habe.

Ich trinke noch einen kräftigen Schluck aus dem Glas, sodass ich nachschenken muss. Ich lehne mich auf der Bank zurück und starre die Auszeichnungen an, die mein Restaurant in den letzten Jahren gesammelt hat. Sie hängen alle perfekt aufgereiht an der Wand mir gegenüber. Ich wollte sie alle in einer Schublade lagern, aber Guy hat darauf bestanden, dass wir sie aufhängen.

»Damit du dich immer daran erinnerst, was du geschafft hast, Kacey Croft«, flüstere ich seine Worte in die einsame Stille.

Und nun?

Ich weiß es nicht.

Ich nehme noch einen Schluck. Immer und immer wieder. Meine Gedanken streuen sich in alle möglichen Richtungen und ich weiß irgendwann nicht mehr, ob es überhaupt Sinn macht nachzudenken.

Immerhin lässt die Verzweiflung tief in mir mit jedem Schluck nach. Irgendwann ist die erste Flasche leer und ich schaue den letzten Tropfen zu, wie sie in mein Glas fallen. Ich stelle die Flasche zurück auf den Tisch und hole die Zweite. Dadurch, dass ich heute nicht viel gegessen habe, steigt mir der Alkohol direkt zu Kopf. Aber das ist das, was ich mit diesem sinnlosen Besäufnis bezweckt habe. Wozu habe ich ein eigenes Restaurant mit Weinkeller, wenn ich mich nicht bedienen kann, falls ich es brauche?

Ich fülle mein Glas erneut auf und starre in die Leere.

Alles hat einen Sinn im Leben.

Ich hoffe nur, dass sich mir der Sinn der heutigen Nacht irgendwann eröffnet.

»Cheers«, sage ich, hebe das Glas und tue das Unmögliche, wofür Guy mich hochkant aus dem Laden werden würde, wenn er das sähe – ich trinke das Glas in einem Zug leer.

Fuck.

300 Pfund die Flasche? Der Wein schmeckt nicht einmal ...

Aber ich bin auch keine Rotweintrinkerin. Da würde mir

selbst der teuerste Fusel nicht schmecken.

Ich verschränke die Arme auf dem Tisch und lege meinen Kopf darauf.

Du bist so wunderschön.

Das hat Aiden mir heute Nacht zugeflüstert. Und ich habe mich so gut dabei gefühlt.

Ich schließe die Augen und versuche, mich an das Gefühl, das er in mir ausgelöst hat, zu erinnern. Aber je mehr ich danach greife, desto stärker entgleitet es mir, ehe ich ihm in die tiefe Schwärze folge.

Ein lauter Knall ertönt und ich schrecke hoch. Mit müden Augen blinzle ich. Jemand hat eine der leeren Weinflaschen geräuschvoller auf die harte Holzplatte gestellt als notwendig. Die Hand um den Flaschenhals gehört Guy.

Ich reibe mir die Augen. Er trägt über seiner Arbeitskluft, die aus einem Hemd, Krawatte und Weste besteht, einen dünnen Trenchcoat und schaut fragend auf mich hinunter. Ich blicke stumm zurück. Er nimmt die Flasche nun in die Hand und liest das Etikett.

»*Domaine Dujac – Morey-Saint-Denis*. Jahrgang 2002«, liest er und seine Augen heften sich wieder an meine jämmerliche Gestalt. »Das ist unser teuerster Wein, Kacey Croft.« Wenn er meinen vollen Namen ausspricht, bedeutet es nie etwas Gutes.

»Genau«, murmle ich mit rauer Stimme. »Und siehst du die Staubschicht auf den Flaschen? Keiner bestellt den«, rechtfertige ich mich.

Guy lässt sich davon aber nicht beeindrucken. Er zieht sich den Stuhl unter dem Tisch hervor und setzt sich mir gegenüber. Dann faltet er die Hände und schaut mich eindringlich an. »Was ist passiert?«

Guy ist attraktiv. Groß, schlanke Statur und ein charmantes Lächeln. Er weiß, wie man mit Frauen flirtet, was ihn in seinem

Job schnell vorangebracht hat. Er war vor einer sehr, sehr langen Zeit einmal mit Vanessa liiert, wodurch ich ihn kennenlernte. Sie konnte die Finger aber nicht von anderen charmanten Männern lassen, weswegen die Beziehung in die Brüche ging. Die Freundschaft blieb aber bestehen, sodass ich ihn für das Restaurant gewinnen konnte. Seitdem wir uns anfangs zusammen die Nächte um die Ohren geschlagen haben, um den Laden zum Laufen zu bringen, sind wir wirklich gute Freunde geworden. Eine gemeinsame Passion schweißt zusammen.

Ich schaue ihm in die Augen und habe bereits das Wort ›Nichts‹ als Antwort auf der Zunge. Ich brauche den Gedanken aber nicht zu Ende spinnen, um zu wissen, wie diese Konversation enden wird, falls ich mit der Äußerung beginne. Immerhin habe ich gestern Gut 900 Pfund vertrunken.

»Ich hatte gestern Sex«, seufze ich und weiche seinem Blick aus. Stattdessen schnappe ich mir die Flasche, die noch halb voll ist, und beginne, an dem Etikett zu knibbeln. Ich kann mich nicht einmal daran erinnern, die dritte Flasche noch aufgemacht zu haben. Guy nimmt mir sofort die Flasche aus der Hand.

»Du hattest Sex? Mit wem?«

»So einem Kerl.«

»Diesem Kerl bist du wo begegnet?« Manchmal erinnert er mich zu sehr an meinen Vater. Dabei ist Guy gerade mal ein paar Jahre älter als ich. 34, um genau zu sein.

»Dahinten«, antworte ich und zeige auf den Tisch, an dem Aiden gestern zu Mittag gegessen hat.

»Du bist mit einem Gast ins Bett gehüpft?« Guy klingt nicht anklagend, aber gut findet er es nicht.

»Vanessa«, benenne ich die Schuldige mit einem Schulterzucken.

Er fragt nicht weiter nach, wie es dazu kam, da bei der Erwähnung unserer gemeinsamen Freundin die Sachlage klar ist.

»Und dann bist du mit zu ihm?«

»In sein Hotelzimmer. Wir hatten phänomenalen Sex und

dann ruft seine Verlobte an«, erzähle ich nüchtern.

»Autsch«, erwidert Guy und lehnt sich auf seinem Stuhl zurück. Er verschränkt die Arme vor der Brust und mustert mich eingehend.

Ich nehme mein Weinglas und fahre mit den Fingern über den Rand. »Es war der erste Sex nach«, ich hole tief Luft, ehe ich den Namen aussprechen kann, »Pierre.«

Guy zuckt nicht einmal mit der Wimper, als er den Namen hört. Dabei verspürt er eine so große Abneigung gegenüber meinem Exmann, dass es mich wundert, Pierre noch nicht beerdigt haben zu müssen.

Da Guy nichts sagt, fahre ich unbeirrt fort.

»Es hat sich wirklich gut angefühlt, mit ihm – mit Aiden. Die letzten vier Jahre habe ich mich hier praktisch im Restaurant eingeschlossen. Immerhin habe ich noch Laurie, um die ich mich kümmern muss. Und ich wollte mit Männern nichts mehr zu tun haben. Aber dann tauchte er gestern hier auf und hat mich einfach so um seinen Finger gewickelt. Ich dachte – warum nicht? Es wird Zeit, dass ich wieder rausgehe, Dinge erlebe, was anderes, als diese vier Wände hier sehen.«

Ich höre auf zu reden und blicke Guy wieder an. Er atmet tief durch. »Und was ist daran so falsch? So falsch, dass du dich mit dem schönen Wein hier betrinken musst? Du magst nicht einmal Rotwein, Kacey.«

»Weil ich ein schlechter Mensch bin, Guy, deswegen«, erwidere ich aufgebrachter als geplant.

»Wieso bist du verdammt noch mal ein schlechter Mensch?«, bringt er in derselben Tonlage entgegen.

»Der Mann hat eine Verlobte und ich helfe ihm, sie zu betrügen.«

»Woher solltest du das wissen? Es gibt selbst bei uns Männern mehr schwarze Schafe, als mir lieb ist. Du kannst dich nicht vor allem schützen. Ein Restrisiko bleibt immer. Egal, was du tust.«

»Er war so selbstsicher, er wusste, was er mit mir tun muss, damit ich wie Honig in seinen Händen zerfließe. Das hätte mich stutzig machen sollen.«

»Es hätte dich stutzig machen sollen, wenn er dir die Hände gefesselt hätte«, witzelt Guy und lacht auf. Das Lachen erstickt ihm aber sogleich im Hals, als er meinen Blick sieht. »Er hat dich gefesselt?«

Ich schweige, presse die Lippen aufeinander.

»Sag bloß, du hast unten gelegen?«

Ich schweige erneut.

Guy fasst sich ins Gesicht und weiß nicht, ob er lachen oder Mitgefühl zeigen soll. Er entschließt sich für Mitgefühl, kann sich ein Prusten dennoch nicht verkneifen.

»Was ist denn so witzig?«, frage ich schließlich zickig nach, da mein bester Freund mich gerade auslacht.

»Der älteste Trick der Welt, Kacey.«

»Was?«, erwidere ich schnippisch, da ich immer noch nicht verstehe, worauf er hinaus will.

»Wenn du als Mann fremdgehen willst, schnappst du dir ein williges Opfer, säuselst ihr süße Worte ins Ohr und hast mit ihr im bestmöglichen Fall einen Quickie. Damit die Klamotten anbleiben. Sofern du in derselben Kleidung nicht zurück zu deiner Frau musst. Die andere Option ist, die Frau in einem Bett zu verführen. Man fesselt ihr mit irgendetwas die Hände und sorgt dafür, dass sie unter einem liegt, damit sie nicht aus Lust den Rücken zerkratzt, Knutschflecken oder sonstige verräterische Male auf der Haut zurücklässt, die einen auffliegen lassen können.«

Ich starre ihn sprachlos an. »Du musst ja ziemlich oft in deinem Leben fremdgegangen sein.«

»Ich halte davon nichts. Aber andere Mistkerle, die ich mal meine Freunde geschimpft habe.«

»Ich bin so blöd«, stöhne ich auf und streiche meine chaotischen Haare aus dem Gesicht.

Guy greift über den Tisch nach meiner Hand, als sie wieder auf der Tischplatte liegt. »Du bist nicht blöd. Du bist einfach ein bisschen zu vertrauensselig. Drei Grundregeln. Erstens – keine Küsse beim ersten Date. Zweitens – kein Sex bis zum Zehnten. Und drittens – wenn der Kerl es wert ist, wird er kein Problem haben, auch noch das elfte Date abzuwarten.«

Guy blickt mich so bitterernst an, dass ich einfach lächeln muss. »Ich wette, du hast dir diese Regeln direkt verinnerlicht, sobald du Quinlan das erste Mal in den Armen gehalten hast.«

Er lächelt mich mit dieser Glückseligkeit in den Augen an, die er immer zur Schau stellt, sobald er von seiner sechs Monate alten Tochter spricht. Ein Engel mit roten Pausbäckchen.

»Bei ihr werden die Kerle bis zum 15. Date warten müssen«, knurrt er.

»Bei dem Vater warten die freiwillig auf deine schriftliche Genehmigung.«

»Endlich eine Frau, die es erkannt hat«, erwidert er mit einem Zwinkern.

»Wie geht's Fiona?«, erkundige ich mich nach seiner Langzeitfreundin, die ihm das größte Glück auf Erden geschenkt hat.

»Quinlan macht ihr zu schaffen. Aber die Kleine schläft immer besser durch. Heute sind Fionas Eltern zu Besuch, was so viel bedeutet, dass du dich hinten frisch machst und dann nach Hause gehst. Dort wirst du bis morgen Nachmittag auch bleiben.«

»Guy, ich kann nicht«, lege ich direkt Widerworte ein. »Das Restaurant ... Du kannst nicht auch noch die Abendschicht übernehmen.«

»Doch, kann ich.«

»Du trennst dich freiwillig mehr als acht Stunden von Quinlan?«

»Freiwillig nicht, aber es ist mit Sicherheit nicht gut für die Kleine, wenn ihr Daddy sie von morgens bis abends anhimmelt«, sagt er mit einem Lachen. »Außerdem bist du die drittwichtigste Frau in meinem Leben. Ich trage eine gewisse Verantwortung für dich. Und wenn ich mir die leeren Flaschen angucke, hast du mit Sicherheit noch mindestens eine Flasche von dem Zeug in deinem

Blut umherirren. So kommst du mir an keinen Gast. Nimm dir den Tag frei und kümmere dich um Dinge, zu denen du sonst nicht kommst.«

»Timmy weiß mit Sicherheit nicht mehr, wie ich aussehe«, gestehe ich nachdenklich.

»Dein Goldfisch? Der lebt bei deiner Pflege noch?«

Ich will ihm auf den Handrücken klapsen, aber er zieht die Hand zu schnell weg. »Geh nach Hause und kümmere dich um Timmy. Du kannst auch Laurie anrufen und mit ihr ein bisschen Zeit über Skype verbringen. Sie freut sich mit Sicherheit, etwas mehr von ihrer großen Schwester zu haben.«

Guy kennt Laurie und weiß, wie schwer es ihr gefallen ist, bei mir auszuziehen, um in Glasgow zu studieren. Aber es war die beste Uni. Es wäre eine dumme Entscheidung gewesen, sie nicht gehen zu lassen.

Ich versuche aufzustehen, als mir schwindlig wird und ich mich am Tisch festhalten muss. Guy springt sofort auf, um mich am Arm zu stützen.

»Oder du wartest erst einmal ein bisschen, bis ich dich nach Hause schicke«, sagt er mit einem Lächeln.

»Ich muss die Weinbestellung noch machen«, erwidere ich und stelle mich wieder aufrecht hin. Dieses Mal klappt es besser und Guy lässt mich los.

»Solange du nicht die nächste Nacht tief und fest in deinem Bett geschlummert hast, wirst du hier nichts anfassen.«

Ich blicke ihn schmollend an. »Mir geht's gut«, sage ich und gehe ein paar Schritte. Prompt lande ich in Guys Armen.

»Ja klar. Und ich bin der nächste Papst.«

»Guy, der Erste. Hört sich super an.« Ich grinse ihn an, er kann sich diesmal aber nicht zu einem Lächeln erwärmen.

»Komm«, sagt er und fasst mich sanft am Oberarm. Dann führt er mich hinter die Theke und setzt mich dort auf einen der Hocker. »Bleib da sitzen«, ermahnt er mich mit erhobenem Finger.

Ich nicke und beobachte ihn dabei, wie er alle Geräte

einschaltet und mir dann einen Tee vorbereitet. Auf das heiße Wasser müssen wir noch warten.

»Zeigst du es mir«, frage ich und kann mir ein Lächeln nicht verkneifen.

Guy wirft mir einen Blick über die Schulter zu. Er antwortet zunächst nicht, aber seinem Gesichtsausdruck nach zu urteilen, weiß er ganz genau, wovon ich rede. Schließlich dreht er sich zu mir um, zieht sein Handy aus der Tasche, tippt ein paar Mal auf das Display und reicht es mir dann.

Ich nehme es entgegen und schaue auf Quinlan. »Sie ist so süß. Sieht genauso aus wie ihr Dad.« Guy hat die Angewohnheit, jeden Morgen ein Foto von seiner Tochter zu machen und es als Display-Hintergrund zu benutzen. Sie trägt eine rosafarbene Mütze und einen passenden Strampler. Fiona hat sie auf dem Arm und lächelt glücklich in die Kamera.

Ich reiche ihm das Handy zurück. Er steckt es wieder ein, lehnt sich an die Theke und verschränkt die Arme vor der Brust. »Muss ich mir Sorgen machen?«, fragt er mit einem ernsten Unterton.

»Nein«, erwidere ich mit einem Augenverdreher. »Außerdem machst du sie dir so oder so.«

»Denk einfach an die drei Regeln für den sicheren Umgang mit Männern«, sagt er und richtet sich wieder auf. Er meint das sogar ernst. »Ich schmeiße den Wasserkocher in der Küche an. Das dauert mir hier zu lange«, sagt er. Ich schaue ihm nach, während er im hinteren Teil des Restaurants verschwindet.

Ich seufze auf. Ich liebe ihn. Er ist schon immer mein Fels in der Brandung gewesen, aber manchmal übertreibt er es einfach. Ich lehne mich an die raue Wand. Er wird mir mit Sicherheit den Wein in Rechnung stellen, was bedeutet, dass ich mich bei Marko durchschnorren muss. Aber der Mann füttert mich schließlich gerne durch, und wenn ich ihm dadurch eine erfüllende Aufgabe zukommen lassen kann, warum nicht?

Ich höre, wie das Telefon im Büro klingelt. Ich will bereits aufstehen, als ich mich daran erinnere, was Guy gesagt hat – nicht vom Fleck bewegen. Also bleibe ich einfach sitzen. Guy wird das Telefongespräch annehmen. Ein paar Sekunden später hört es auf zu klingeln und ich höre Guys gedämpfte Stimme.

Je mehr ich an mein Bett zuhause denke, desto stärker nimmt meine Freude auf den bevorstehenden Nachmittag zu. Ich male mir gerade aus, wie ich mir erst eine lange Dusche gönne, dann einen Tee nach dem anderen, vielleicht auch ein gutes Buch. Dann wird die Eingangstür zum Restaurant geöffnet. Ein junger Typ, Anfang 20 – wenn überhaupt – betritt das Restaurant und blickt sich suchend um. Er hat blondes, kurzes Haar und trägt einen dunkelblauen Anzug. Seine Krawatte hängt in einem sehr schiefen Knoten um seinen Hals. Auf dem Rücken trägt er einen Rucksack. Nach kurzer Suche bleiben seine Augen an mir hängen. Mit einem Zahnpastalächeln kommt er auf mich zugeeilt.

»Hi!«, begrüßt er mich überschwänglich.

»Hi«, erwidere ich weniger begeistert. So viel gute Laune am Morgen tut doch weh. Vor allem, wenn man einen brummenden Kopf hat.

»Ich brauche einen Kaffee. Einen fantastischen Kaffee, der so gut schmeckt, dass man so ziemlich alles vergisst.«

»Wir haben noch geschlossen«, ist meine nüchterne Antwort.

Meine Worte scheinen ihn nicht im Geringsten zu beeindrucken. »Ich brauche wirklich so einen Kaffee.«

»Wie ich bereits sagte –«

»Ich zahle Ihnen alles«, wirft er mit einem gequälten Lächeln ein.

Ich denke an den Wein von gestern Abend. »1000 Pfund?«, frage ich eher aus Spaß.

»Ja! Wenn Sie 1000 Pfund für den besten Kaffee in London wollen, zahle ich das!«

Jetzt werde ich doch hellhörig. Wenn jemand so verzweifelt ist, sollte ich vielleicht doch helfen. Auch wenn ich mit Sicherheit keinen besseren Kaffee anbiete, als die zehn anderen Läden in der

Straße.

»Na gut«, gebe ich schließlich von mir und stehe langsam auf. Glücklicherweise hält sich mein Schwindel in Grenzen und ich kann ohne Probleme einen Fuß vor den anderen setzen. »Einen Kaffee. Wenn du ihn mitnehmen willst, brauche ich den Becher«, sage ich und halte ihm erwartungsvoll meine Hand hin.

Das erfreute Lächeln in seinem Gesicht friert augenblicklich ein. »Was für einen Becher?«

»Einen Coffee-to-go-Becher.«

Er blickt mich irritiert an.

»Umweltverschmutzung. Deswegen haben einige Restaurants und Cafés in London beschlossen, keine Plastik- und Papierbecher mehr rauszugeben, sondern nur noch in mitgebrachten Gefäßen Kaffee zum Mitnehmen auszugeben.«

»Und in den 1000 Pfund ist kein Becher drin?«, fragt er nun hilflos.

»Glaubst du wirklich, ich nehme 1000 Pfund für einen Kaffee? Du bist ja nicht einmal aus der Pubertät.«

»Matt, 21, Praktikant, der gerade kurz davor steht, gefeuert zu werden«, stellt er sich vor. Der billigste Trick seit Menschengedenken – baue eine persönliche Verbindung auf und deinem Gegenüber fällt es schwerer Nein zu sagen.

»Okay, Matt«, beginne ich, »ich habe eine Lösung, die wird dir aber nicht gefallen.«

»Solange sie einen hervorragenden Kaffee beinhaltet, mit dem ich gleich durch diese Tür gehen kann, ist mir alles recht.«

»Ich habe dich gewarnt«, erwidere ich und wende mich von ihm ab. Ich öffne einen der Schränke unter der Kaffeemaschine und suche nach den Bechern von den Mitarbeitern. Einer davon gehört mir. Laurie hat ihn mir letztes Jahr zum Valentinstag geschenkt. Ich kann mich bis heute aber nicht mit dem Design anfreunden. Wenn ich ehrlich bin, kann ich ihn auch nicht gebrauchen. Ich trinke meinen Kaffee hier im Restaurant. Und dafür kann ich das Porzellangeschirr verwenden.

Der gesuchte Becher ist nach ganz hinten gerutscht. Ich ziehe ihn samt Deckel hervor. Es ist ein weißer Becher mit bunten Comiceulen und einem knallpinken Deckel.

Matt erblickt den Becher und schluckt. »Okay, wow, das ist …«

»Ich habe dich gewarnt. Was anderes habe ich nicht. Ja oder Nein?«, frage ich und wedle mit dem Becher vor seinem Gesicht herum.

»Na gut«, stimmt er schließlich zu. »Aber bitte machen Sie den verdammt besten Kaffee da hinein.«

»Ich versuch's«, erwidere ich und stelle den Becher unter die Kaffeemaschine. Dann beginne ich, das Pulver zu präparieren, kontrolliere, ob die Maschine heiß genug ist, und drücke schließlich den Knopf für den Kaffee. Während der Kaffee läuft, wende ich mich wieder Matt zu. »Was hast du verbockt?«

»Ich habe ein paar E-Mail-Adressen vertauscht.«

»Oh«, lautet mein Kommentar.

»Ja, *Oh.*«

»Und du meinst, dass ein Kaffee die ganze Sache für dich kitten wird?«

»Mein Boss ist ein Kaffeejunkie. Wenn ich ihm den besten Kaffee in ganz London bringen werde, kann er mir unmöglich kündigen.«

Der Kaffee ist durchgelaufen und ich nehme den Becher von der Maschine. Ehe ich den Deckel aber auf den Rand drücke, schaue ich zu Matt.

»Stehst du auf Risiko?«

»No risk, no fun«, erwidert er.

Ich drehe mich von ihm weg und nehme die verschiedenen Sirupe in Augenschein, die Guy angeschafft hat, um trendy zu sein. »Dann volles Risiko voraus«, sage ich, halte mir die linke Hand vor die Augen und greife mit der rechten in die Flaschen. Ich bekomme eine zu fassen und bete dafür, dass es nicht Mango ist. Ich spreize die Finger und blinzle hindurch.

Haselnuss.

»Hat dein Boss eine Nussallergie?«, frage ich.

»Nein. Nur eine gegen schlechten Kaffee.«

Ich schraube den Deckel ab und kippe einen guten Schuss in den Kaffee. Dann nehme ich eins der Holzstäbchen und verteile den Sirup.

»Milch oder Zucker?«

Matt schüttelt erneut den Kopf.

»Dann hoffen wir, dass dein Boss auf Haselnüsse im Kaffee steht.« Ich drücke den Deckel auf den Becher und reiche ihn Matt.

»Was bekommst du dafür?«

»Wenn dir trotz des genialen Kaffees gekündigt wird, arbeitest du einen Tag für mich.«

»Dir gehört der Laden?«, fragt er überrascht nach.

»Kacey Croft«, sage ich und reiche ihm meine Hand über die Theke.

Er schüttelt sie. »Freut mich, Kacey. Wenn ich gekündigt werde, arbeite ich so lange für dich, bis ich einen Job habe.«

»Deal!«, sage ich und halte ihm nun meine Hand für ein High Five in. Er schlägt sofort ein.

»Also wünsch mir Glück!«

»Mögen die Haselnüsse mit dir sein!«

Er wirft mir ein dankbares Lächeln zu und verschwindet dann aus dem Restaurant. Ich grinse stupide vor mich hin, als ich einen Blick in die verspiegelte Rückwand erhasche. Jetzt weiß ich, warum Matt mich so seltsam angeschaut hat, als ich sagte, dass der Laden mir gehört. Meine Haare stehen mir zu allen Seiten ab, mein dezentes Make-up ist total verschmiert und ich bin total bleich.

Ich brauche dringend eine Dusche.

»Wer war das?«, fragt Guy, als er mit dem Tee in der Hand zurückkommt.

»Wer?«

»Du hast mit jemandem gesprochen.«

»Ein Notfall«, erwidere ich mit einem Schulterzucken. »Du

solltest die Tür hinter dir zuschließen, wenn du morgens zur Arbeit kommst.«

»Als ich heute Morgen in den Laden kam, hatte ich im ersten Moment andere Sorgen als die offene Tür«, erwidert er ernst. »Ich dachte, du liegst tot auf dem Tisch.«

»Tut mir leid, aber du wirst meine Dummheit noch eine Weile ertragen müssen«, witzle ich.

»Kacey Cr…«

»Croft, ich weiß. Manchmal bin ich richtig froh, dass mir meine Mutter keinen Zweitnamen gegeben hat.« Ich nehme ihm den Tee aus der Hand. »Danke! Ich werde den Tee in Ruhe im Büro trinken. Und ja, ich werde nichts anfassen.«

»Du kannst den PC anmachen und dir ein Urlaubsziel raussuchen. Dahin werde ich dich nämlich demnächst verschiffen lassen. Ob du willst oder nicht.«

»Und wer kümmert sich um den Laden?«

»Nicht deine Sorge, Kacey.«

»Malediven sollen schön sein«, erwidere ich eher im Scherz.

»Eine einsame Insel ist wahrscheinlich genau das Richtige für dich, damit du entspannst.«

»Ich hab dich lieb, Guy. Ich hoffe, das weißt du. Auch wenn du mich auf eine einsame Insel schicken willst.«

Mit dem Tee verschwinde ich im Büro. Ich fahre den Laptop hoch und gebe sogleich bei Google *›einsame Insel‹* als Suchbegriff ein.

Vielleicht ist eine einsame Insel doch keine schlechte Idee, denke ich, und nippe an meinem Tee. Da laufen zumindest keine Männer herum und ich kann mir jeden Tag eine Kokosnuss von den Palmen pflücken.

4.

Zuhause angekommen setze ich mich aufs Sofa. Es war keine gute Idee, zu Fuß zu laufen. Nicht mit meinem Pegel an Restalkohol im Blut.

Ich falle mit dem Gesicht nach vorne in die Kissen. Es fühlt sich überraschenderweise unglaublich gut an, einfach zu liegen, die Augen zu schließen und zu vergessen, dass sich alles um mich herum dreht, wenn ich sie öffne.

Ich freunde mich gerade mit dem Gedanken an, einfach einzuschlafen und unbeschwert in einen schönen Traum zu gleiten, als mein Handy klingelt. Genervt taste ich nach meiner Handtasche, die irgendwo neben dem Sofa auf dem Boden liegen müsste. Ich bekomme sie zu greifen und fühle nach meinem Smartphone. Leider klingelt es immer noch, als ich es zu fassen bekomme. Blinzelnd nehme ich den Anruf an.

»Hallo?«, grummle ich. Ich habe keine Ahnung, wer am anderen Ende ist, dafür war mein Blick zu verschwommen.

»Kace?«, ertönt es zögerlich und fragend. Sofort reiße ich die Augen auf. Es gibt nur eine Person, die mich auf der ganzen weiten Welt »Kace« nennt: Und das ist meine Schwester Laurie.

»Laurie? Ist alles in Ordnung?« Panik ergreift mich. Sie ruft mich sonst nie um diese Uhrzeit an. Also muss etwas passiert sein. Mit dem Handy an meine Wange gepresst richte ich mich auf und konzentriere mich mit allen Sinnen auf das Telefonat.

»Das Gleiche könnte ich auch dich fragen. Guy hat mich eben angerufen.«

Oh, oh ...

»Was hat er denn gesagt?«, will ich wissen und reibe mir mit den Fingern über die Augen.

»Dass er dich sturzbetrunken heute Morgen im Restaurant vorgefunden hat.« Mistkerl! »Stimmt das?«, fragt sie nun.

»Ich habe gestern einfach zu lange gearbeitet.«

»Er sagte, dass du beinahe bei der vierten Flasche Wein angekommen wärst. Und genauso siehst du auch aus.«

»Was?«, frage ich verwirrt nach und nehme das Handy vom Ohr. Sie hat mich per Videochat angerufen.

»Hey Schwester«, sagt sie und winkt fröhlich in die Kamera.

»Liegst du noch im Bett?« Ich kneife die Augen zusammen, um schärfer sehen zu können. Ja, Laurie liegt noch im Bett. Ich kann lediglich die Spaghetti-Träger ihres Schlaftops erkennen und ihre wuseligen Haare. Etwas, das wir beide von unserem Vater geerbt haben – ein nicht damenhafter Aufsteh-Look.

»Meine Veranstaltung am Morgen ist ausgefallen.«

»Warum?«

Laurie seufzt auf. »Du bist nicht meine Mutter. Du musst mich nicht mehr kontrollieren, Kace.«

»Ich will dich nicht kontrollieren. Ich möchte nur wissen, warum du zuhause im Bett liegst, während sich dein Dozent einen schönen Morgen macht, den ich teuer bezahle.«

»Mein Dozent ist auf einem Kongress in New York, wenn du es genau wissen willst. Er diskutiert dort mit anderen wichtigen Leuten über weltbewegende Themen.« Ich kann erkennen, wie sie ihre Augen verdreht. Ein deutliches Zeichen, dass sie mich anlügt.

»Ree, kann ich deine Zahnbürste benutzen?«, fragt jemand in Lauries Hintergrund. Ich kneife die Augen zusammen. Es war definitiv ein Kerl und nicht ihre Mitbewohnerin.

»Wer war das?«, höre ich mich fragen und bekomme gleichzeitig ein schlechtes Gewissen. Sie ist erwachsen, sie kann ihre eigenen Entscheidungen treffen, rufe ich mir ins Gedächtnis. Den Drang, sie beschützen zu wollen, werde ich aber nie bekämpfen können. Nicht solange ich lebe.

»Das war Rachel.«

»Rachel hört sich nicht so männlich an.«

»Ich muss auflegen. Hab dich lieb!« Sie wirft mir einen Kuss zu, dann ist sie weg.

Ich lege mich zurück aufs Sofa und rufe Vanessa an. Sie nimmt direkt ab. »Wie war die Nacht mit Mister Sexy?«

»Laurie hat einen Freund und verschweigt es mir«, ignoriere ich ihre Frage.

»Gut, dass sie sich ihre Schwester in der Hinsicht nicht zum Vorbild nimmt.«

Wieso habe ich damit gerechnet, dass Vanessa mir eine Hilfe ist? Ich hätte Guy anrufen sollen. Er würde verstehen, dass ich das nicht gutheiße.

»Ich hatte gestern Sex«, verkünde ich.

»Wie war er? Genauso *groß*, wie ich es mir vorstelle?«

»Er war vor allem verlobt.«

Vanessa gibt ein kurzes ›Oh‹ von sich, weiter scheint sie dieses kleine Detail aber nicht zu stören. »Hat er es dir mit dem Mund gemacht?«

»Nein.«

»Schade. Ich dachte, er wäre einer von der Sorte.«

»Er ist insbesondere einer von der untreuen Sorte.«

Meine beste Freundin scheint es aber immer noch nicht zu stören, dass ich mit einem verlobten Mann im Bett war. Sie interessiert sich lediglich dafür, dass ich dank ihr überhaupt Sex hatte. »Du solltest mich als Dankeschön ab sofort kostenlos in deinem Restaurant verköstigen.«

»Das tue ich sowieso schon.«

»Dann besorg mir Markos Nummer. Er macht einen sehr leckeren Eindruck.«

Ich stöhne auf. »Du kennst unseren Deal.«

»Wir sollten darüber noch einmal verhandeln.«

»Nein. Du darfst mein Restaurant gerne als Singlebörse benutzen, solange du dich nicht an meine Angestellten ranschmeißt. Das gibt nur Probleme.«

»Langsam verstehe ich, warum Laurie dir von ihrem Freund nichts sagt. Du bist einfach viel zu unentspannt.«

»Bin ich nicht. Gestern Nacht war ich die Entspannung in Person, bis die Verlobte von dem Mistkerl angerufen hat«, verteidige ich mich.

»Und dann? Hast du mit ihm noch einmal Sex gehabt? Das würde eine entspannte Person tun. Eine verspannte Person macht eine Szene, verlässt wutentbrannt die Wohnung und betrinkt sich.«

»Ich habe nicht ...«

»Du bist verkatert, Schatz. Das höre ich bis hierhin. Und so wie ich Guy kenne, hat er dich nach Hause geschickt. Hör auf den Mann. Er ist die fürsorglichste Person, die ich je kennengelernt habe. Lass dir ein Bad ein, hol deinen kleinen Freund aus der Nachttischschublade und lass es dir einmal im Leben gut gehen. Und bevor ich es vergesse zu erwähnen – Laurie hat einfach nur Sex. Lass ihr den Spaß. Wenn sie Probleme hätte, würde sie zu dir kommen. Sie liebt dich zu sehr, um es nicht zu tun. Ich muss jetzt Schluss machen, wir hören uns die Tage.«

Damit ist die Leitung tot.

»Ich habe keinen kleinen Freund in der Nachttischschublade«, murmle ich zu mir selbst. Seufzend lege ich das Handy beiseite. Ich verfehle den Tisch und es landet auf dem Teppich. Meine Orientierung ist offensichtlich wieder in den Urlaub gegangen.

Das Bad, von dem Vanessa gesprochen hat, hört sich auch ohne kleinen Freund wunderbar an. Ich raffe mich auf und schwanke ins Badezimmer. Ich knöpfe mir die Bluse auf, streife sie von den Schultern und werfe sie auf den Boden. Das wiederhole ich mit meinem BH. Aus den Ballerinas schlüpfe ich heraus, ohne sie durch das Badezimmer zu kicken. Auch wenn mir danach wäre. Aber meine Fliesen sind mir zu kostbar. Ich öffne den Reißverschluss meines Rockes im Rücken und ziehe ihn samt Slip über meine Hüften.

Nackt steige ich in die Badewanne, setze mich hin und lasse dann das Wasser ein. Ich winkle die Knie an und beobachte, wie der Pegel steigt. Als das Wasser meine Knöchel umschließt, kippe ich Badezusatz hinzu. Sofort bildet sich eine Schaumkrone um die Stelle, an der das Wasser in die Wanne fließt.

Ich greife mit der Hand hinein und puste die Schaumblume von meinen Fingerkuppen. Gebannt beobachte ich, wie sie am Ende der Wanne auf das Wasser fällt und auf der gebrochenen Oberfläche unruhig hin und her getrieben wird.

Ist das mein Leben? Brauche ich die Unruhe, damit ich mir nicht Zeit nehmen kann, mich mit meinem Leben auseinanderzusetzen? Die ständigen Überstunden im Restaurant, die Nächte, die ich selbst hier zuhause durcharbeite?

Ich schlinge meine Arme um meine Knie und vergrabe mein Gesicht unter ihnen.

Ich hatte alles.

Den Mann.

Den Lifestyle.

Meinen Traum.

Und dann brach alles auseinander. Nach und nach. Bis nichts mehr von dem, was ich mir erträumt hatte, übrig war. Es lag in Trümmern vor mir und ich konnte nichts tun, außer dabei zuzusehen, wie mein Leben einem wahrgewordenen Alptraum glich.

Der Mann, den ich geheiratet hatte, begann sich zu verändern, bis er nicht mehr dem Menschen glich, den ich zu kennen glaubte. Der Lifestyle war Geschichte, weil alles Geld weg war. Und mein Traum war lediglich eine billige Illusion eines Kitschromans.

Ich richte mich auf und wische mir eine stumme Träne von der Wange. Ich löse meine verkrampfte Haltung und lege mich in die Wanne. Das heiße Wasser und der Schaum kitzeln mich, aber es ist ein angenehmes Gefühl.

Ich will nicht mehr die Frau von damals sein. Ich habe mich verändert. Ich bin stärker, selbstbewusster und insbesondere vorsichtiger geworden. Gestern habe ich meine Mauern fallen lassen und habe mich verbrannt. Das wird nicht erneut passieren.

Ich habe mein Restaurant, das blendend läuft, Laurie geht es gut, ich habe wunderbare Freunde. Mein Leben ist perfekt.

»Perfekt«, flüstere ich mit geschlossenen Augen. Ein einziges Wort, das so viel bedeuten kann und doch so aussagelos ist. Ich wüsste nicht, was ich ändern würde. Und dennoch fühle ich eine Unruhe tief in mir. Etwas, das mir sagt, dass etwas fehlt. Ein kleiner Teil, um alle Teile zusammenzufügen, die perfekt sind. Der Kleber, damit nicht wieder alles auseinanderbricht.

Mit den nassen Händen reibe ich mir über das Gesicht. Laurie würde sagen, mir fehle ein Mann, der mich liebt und respektiert. Vanessa würde sagen, mir fehle der phänomenale Sex, und Guy würde sagen, mir fehlt der Mann, der mich versteht, der in meine Augen schaut und weiß, was ich brauche, welche Worte er sagen muss, um mir ein Lächeln ins Gesicht zu zaubern.

Ich brauche keinen Mann, verdammt.

Mit der Faust schlage ich auf die Wasseroberfläche. Das Wasser spritzt auf und ein großer Schwall trifft meine Kleidung, die ich achtlos vor der Wanne liegen gelassen habe. Ich richte mich auf und blicke über den Wannenrand.

Halb so wild. Es ist nur Wasser. Ich strecke die Hand aus, um den Hahn abzudrehen. Die letzten Tropfen fallen in die Wanne, dann liege ich in völliger Stille im Wasser.

Ich tauche mit dem Kopf unter Wasser. Plötzlich kann ich meinem eigenen Herzschlag lauschen und frage mich unwillkürlich, warum ich diesem Geräusch vorher noch keine Beachtung geschenkt habe. Es hört sich wunderschön an.

Dann wird mir etwas klar.

Ich muss leben. Ich kann mich nicht ewig dem Risiko entziehen. Jeder Tag birgt Risiken, mit denen ich seit meiner Geburt zurechtkommen muss.

Es ist an der Zeit, dass ich mein Schneckenhaus verlasse und endlich wieder das Leben genieße und nicht nur meinen kleinen Zeh ins Wasser halte.

Ich will alles vom Leben, nicht nur das, was risikofrei ist.

Ich spüre, wie sich meine Mundwinkel zu einem Lächeln

verziehen. Denn ich habe schon den perfekten Plan, wie ich mein Vorhaben umgesetzt bekomme. Und das ganz ohne Mann.

5.

Safer sex is the best! Love you, Xx

Sobald ich die Nachricht an Laurie fertig getippt habe, schicke ich sie ab. Sie ist erwachsen, sie weiß, was sie tut. Meine Aufgabe als ihre verbliebene Erziehungsberechtigte ist in dem Moment in eine passive Rolle gewandelt worden, als sie vor einem Jahr ausgezogen ist. Nun muss ich ihr genug Vertrauen entgegen bringen, damit sie ihre Flügel ausstrecken kann und die Welt erobert. Wenn der Zahnbürstenausleiher so wichtig in ihrem Leben wäre, dass sie ihn mir vorstellen möchte, wird sie das früher oder später tun. Ich bete, dass es eher früher ist. Mehr kann ich nicht tun. Außer ihr einen dicken Vorrat an Kondomen zu schicken, was ich heute Morgen während des Frühstücks bereits getan habe. Wahrscheinlich wird es ihr mega peinlich sein. Aber wenn es das nicht wäre, würde ich etwas falsch machen.

Ich dränge mich durch die Menschenmengen auf dem Bürgersteig, ohne mein Handydisplay zu lange aus den Augen zu lassen. Es regnet zwar nicht, die Luft ist aber schwül und stickig. Ständig habe ich das Bedürfnis, tief Luft zu holen, bis mir bewusst wird, dass es nicht helfen wird. Ich blicke kurz in den Himmel. Bewölkt, keine Sonne in Sicht. Ein typischer Mittag für Londoner Verhältnisse.

Ich konzentriere mich wieder auf mein Handy, während ich gleichzeitig versuche, nicht mit den mir entgegenkommenden Menschen zusammenzustoßen. Wenn man aber ein Leben lang in London lebt, entwickelt man ein Gespür dafür, wann man den Blick vom Handy heben muss und wann nicht.

Mit einem Tippen auf den Touchscreen meines Smartphones schließe ich die Konversation mit Laurie und öffne den Chat, den ich mit Vanessa führe. Ich hatte vorgehabt, all das zuhause zu erledigen, aber ich habe zu lange für mein neues Projekt gebraucht, das ich in wenigen Minuten Guy vorstellen werde. Es muss ihn schlicht und ergreifend von den Socken hauen, damit er mir dafür grünes Licht gibt. Streng genommen brauche ich sein Okay nicht. Er ist aber mein bester Freund, Kollege und der Stahlpfosten in meinem Leben, der alles aufrecht hält. Er ist praktisch mein Kleber ohne Sex. Und da ich mir gestern vorgenommen habe, mein Leben in den Griff zu bekommen, ohne Mann oder Sex in den Plan mit einzubeziehen, will ich, dass Guy den Kleber mimt, bis ich ihn nicht mehr benötige und alleine zurecht komme.

Ich suche einen Moment nach den richtigen Worten für die Nachricht, die ich Vanessa schicken möchte. Irgendwann tippe ich einfach, was ich von ihr will.

›*Ich habe keinen kleinen Freund in der Nachttischschublade. Vielleicht sollte ich das ändern. Wann hast du Zeit zum Shoppen?*‹

Ich überfliege den Text nicht erneut und versende die Nachricht. Schlimm genug, dass ich ihr die Nachricht überhaupt schreibe. Aber wenn ich schon keinen Mann samt Sex in naher Zukunft in mein Leben lassen möchte, muss ich mich anders behelfen. Die Nacht mit Aiden hat mir gezeigt, wie sehr einer Frau der eine oder andere Höhepunkt auf Dauer fehlen kann. Ich will zurück ins Leben, und so wie ich es den modernen Frauenzeitschriften entnehme, ist ein Vibrator das neue Handtaschenaccessoire für Frauen. Zudem sollte ich experimentierfreudiger werden. Neue Erfahrungen, mehr Spaß im Leben. Ein kleiner Freund, mit dem ich ab und an das Bett teile, erscheint mir gerade als das Richtige.

Ich warte nicht ab, ob Vanessa oder Laurie mir zurückschreibt, sondern stecke das Handy in meine Handtasche. Ein schwarzes Gucci-Modell, das noch aus meiner Zeit mit meinem Ex-Mann stammt. Jedes Mal, wenn Vanessa sie sieht, rümpft sie die Nase, als würde sie verschimmelten Käse ansehen. Einmal hat sie sich sogar geweigert, mit mir auszugehen, wenn ich die Handtasche mitnehme. Für sie ist alles, was nicht aus den aktuellen Kollektionen der Designer stammt, mehr als *last season* – eine modische Todsünde.

Ich ziehe mein Handy erneut aus der Tasche, ignoriere die beiden Antworten von Laurie und Vanessa und schreibe in meine To-do-Liste ›*neue Handtasche kaufen*‹.

Dann stecke ich das Handy wieder weg. Ich kontrolliere meine Haare in der Glasscheibe, zupfe meine schwarze Bluse zurecht und setze das überzeugendste Lächeln auf, das ich zu bieten habe. Ich ziehe den Ordner aus der Handtasche, an dessen Inhalt ich die ganze Nacht gearbeitet habe. Damit betrete ich das Restaurant eine Stunde vor Beginn meiner Schicht, damit ich genug Zeit habe, Guy von meinem phänomenalen Plan zu überzeugen.

Ich blicke in Guys ausdruckloses Gesicht. Mir war klar, dass er keine Freudensprünge vollführen würde, aber mit der aktuellen Reaktion hätte ich nicht gerechnet.

»Guy, sag doch was«, bettle ich, während ich ihm immer noch die beiden Tortendiagramme hochhalte, deren Erstellung mich gestern mehr als drei Nerven gekostet hat. Nervös beginne ich, mit ihnen in der Luft zu wedeln. Dabei wollte ich die taffe Geschäftsfrau sein, die weiß, was sie vom Leben will und sich genau das nimmt. Guy ist aber offensichtlich eine zu harte Nuss für den Anfang.

Er lehnt sich nun zurück, verschränkt die Arme vor der Brust und betrachtet mich mit diesem kritischen Blick, der mir nicht behagt. Den habe ich von ihm bereits zu oft in meinem Leben ertragen müssen. Gerade nach der Scheidung und meinem emotionalen Absturz.

Ich lege die Diagramme auf den Tisch und lehne mich ebenfalls auf meinem Stuhl zurück. Ich funkle nun wütend zurück. Ich werde nicht ewig das dumme Mädchen sein, das beschützt werden muss. Obwohl wir in dem kleinen Büro am anderen Ende des

Restaurants sitzen, bin ich mir sicher, dass zumindest die Belegschaft unseren Streit hören wird. Aber das ist mir egal. Streiten gehört zum Leben dazu. Wenn ich nicht zu meinen Ansichten stehe und sie verteidige, wird mich nie jemand ernst nehmen. Schon gar nicht Guy, von dem ich die Anerkennung am meisten brauche.

Er seufzt auf und seine Gesichtszüge werden weicher. Wahrscheinlich, weil er mir ansieht, dass es in einem lauten Konflikt enden wird, wenn er nicht einlenkt. Er nimmt einige der Blätter, die ich ihm in den letzten 20 Minuten vor die Nase gehalten habe, während ich ihm erkläre, wie gut mein Vorhaben ist, in die Hand und betrachtet sie nachdenklich.

»Du hast dir da ausreichend Gedanken zu gemacht?«, fragt er schließlich und hebt den Blick.

Ich nicke. Die ganzen letzten zwölf Stunden. Das muss ich ihm aber nicht sagen. »Ich spiele schon länger mit dem Gedanken, ein zweites Restaurant zu eröffnen«, erwidere ich statt der trostlosen Wahrheit. »Das Restaurant läuft spitze, Guy. Wir sind jeden Abend ausgebucht, mittags rennt uns die Laufkundschaft die Bude ein. Morgens hapert es ein bisschen, aber das fangen die Gewinne am Abend alles auf. Vor vier Monaten habe ich die letzte Rate für die Hypothek überwiesen. Für das Startkapital können wir also den Laden hier beleihen. Marko hat so viel Talent. Ich will ihm den neuen Laden an die Hand geben. Er schafft das. Die Hälfte unseres Teams von hier würde mit an den neuen Standort wechseln, damit wir das Niveau halten. Ich kann pendeln. Ich habe sogar schon nach möglichen Locations geschaut.« Ich ziehe die letzten Papiere aus meinem Hefter und lege sie vor Guy auf den Tisch. Es sind Immobilienangebote, die sich für mein Vorhaben aufgrund von Lage und Optik anbieten würden. Zumindest auf den ersten Blick.

Guy beachtet die Exposés nicht, schaut stattdessen mich wieder an. »Warum?«, fragt er.

Ich weiche seinem Blick aus und starre auf die von meinen Blättern übersäte Tischplatte zwischen uns.

»Kacey, warum?«, wiederholt er die Frage. Ich blicke nun

doch wieder auf. »Als ich davon redete, dass du dir Urlaub gönnen musst, mehr Zeit für dich nehmen und hier im Restaurant mehr Aufgaben an die Mitarbeiter delegieren solltest, habe ich nicht davon gesprochen, ein zweites Restaurant zu eröffnen.«

»Aber darum geht's doch!«, erwidere ich aufgebrachter als beabsichtigt. Ich weiß, dass er es nur gut meint. Seinem fragenden Blick entnehme ich, dass er nicht versteht, worauf ich hinaus möchte. Ich atme tief durch. Ich hatte gehofft, ihm meine innere Zerrissenheit nicht auf einem Silbertablett präsentieren zu müssen. »Ich kann mich nicht zweiteilen. Wenn wir einen zweiten Laden haben, muss ich Aufgaben abtreten. Es wird mir helfen, loszulassen und mich mehr auf mich zu konzentrieren. Ich weiß, du hast gerade viel zuhause mit Fiona und Quinlan am Hut. Und mehr beruflicher Stress ist das Letzte, was du dir momentan wünschst, aber ...«

»Du brauchst es«, füllt er meine Lücke und atmet tief ein. Er legt den Kopf leicht schief. Ich kann ihm den Zwiespalt, in dem er sich befindet, deutlich in seinen Augen ansehen. »Du bist für mich mehr als eine Kollegin und eine gute Freundin, Kacey. Du bist Familie. Fiona sieht das genauso. Ich will, dass es dir gut geht und dass du jeden Moment deines Lebens mit einem Lächeln verbringst. Ich muss dir ganz ehrlich gestehen, dass ich damals nicht daran geglaubt habe, dass wir es schaffen – dass du es schaffst.« Er beugt sich vor und greift nach meiner Hand. Er drückt sie behutsam. »Und du hast mich vom Gegenteil überzeugen können.« Ein zaghaftes Lächeln umspielt seine markanten Gesichtszüge, das ich prompt erwidere. »Du bist die stärkste Frau, der ich je begegnet bin, und ich bin verdammt stolz auf dich, dass du jeden Tag aufstehst und den Laden hier im Prinzip alleine geschmissen bekommst.«

»Nein, das stimmt nicht. Ohne dich wäre ich nie so weit gekommen«, falle ich ihm ins Wort.

»Aber du bist treibende Kraft. Wenn du einen zweiten Laden eröffnen möchtest, unterstütze ich dich dabei. Aber lass dir eins gesagt sein, dass es ein Haufen Arbeit ist, der mit jedem Tag größer wird. Es wird sich irgendwann so anfühlen, als würde es dir über den Kopf wachsen. Und ich kann nicht immer an deiner Seite sein. Das würde Fiona nicht überleben.«

»Das erwarte ich auch gar nicht. Ich brauche einfach deinen Segen.«

»Den hast du. Den hast du bei allen Ideen, die in deinem süßen Dickkopf entstehen. Aber du musst mir eins versprechen.«

Ich hebe fragend die Augenbrauen.

»Du gibst mir eine Woche Zeit, deine Berechnungen durchzurechnen und mir die Sache durch den Kopf gehen zu lassen. Wenn ich aus betriebswirtschaftlicher Sicht Bedenken habe, lassen wir das sein. Ich will nicht, dass es uns hier das Genick bricht.«

Ich nicke. »Einverstanden, Partner!«, sage ich enthusiastisch und halte ihm meine Hand für ein High Five hoch. Er schlägt ein, umfasst meine Hand danach aber wieder.

»Und wenn es dir zu viel wird, brichst du es ab. Egal, wie der finanzielle Verlust am Ende aussieht«, fügt er mit ernster Stimme hinzu.

»Ja«, erwidere ich ebenso ernst. »Ehrenwort.«

Er lächelt mich an und lässt meine Hand los, damit er die Papiere auf dem Tisch einsammeln kann. Er steckt sie alle zurück in den Ordner und erhebt sich. Ich stehe ebenfalls auf und folge ihm mit einem zufriedenen Lächeln zurück in das Restaurant, um die Schichtübergabe durchzuführen.

Am frühen Abend ist nicht viel im Restaurant los. Unter der Woche beginnt die Stoßzeit erst gegen 19 Uhr. Ich stehe hinter der Theke und fummle an einem der PDA-Geräte herum. Nach der Katastrophe mit Aiden sollte ich endlich lernen, mit den Dingern zu arbeiten. Insbesondere da es für meine Mitarbeiter einfacher ist, wenn wirklich alle die Geräte benutzen. Alles andere stört den betrieblichen Ablauf.

Jedoch stehe ich mit dem System auf Kriegsfuß, seitdem Guy es eingeführt hat. Leise murmle ich fluchend vor mich hin.

»Soll ich dir helfen?«, fragt mich eine männliche Stimme plötzlich hinter mir.

Ruckartig hebe ich den Kopf und drehe mich um. »Marko«, seufze ich, da er mich erschreckt hatte. Er trägt seine Kochuniform samt Mütze.

»Gib mal her«, sagt er, beugt sich vor und nimmt mir den PDA aus der Hand.

»Du hast doch genauso viel Ahnung wie ich.«

»Warum sollte ich nicht wissen, wie ein PDA funktioniert?«, fragt er belustigt nach und beschäftigt sich mit dem Gerät.

»Weil du in der Küche stehst und weißt, wie du die besten Desserts auf einen Teller zauberst.«

»Ich bin multitaskingfähig«, erwidert er. »Wo ist dein Problem?«, fragt er und hebt den Blick.

»Alles.«

»Ich glaube, du willst dich mit den Dingern einfach nicht anfreunden.« Er legt den PDA mit einem Lächeln auf die Arbeitsplatte.

»Möglich«, sage ich und erwidere sein Lächeln.

Er lehnt sich mir gegenüber an die Wand, verschränkt die Arme vor der Brust und mustert mich neugierig. »Wie war dein Date?«

»Gut«, sage ich viel zu schnell und verschränke die Arme ebenfalls vor meiner Brust.

»So schlecht?« Er schaut mich mit Mitgefühl an. Ein bisschen Reue ist auch dabei. Immerhin hat er mich praktisch zu dem Kerl ins Taxi gesetzt.

»Eigentlich nicht. Aber er war nicht wirklich auf dem freien Markt verfügbar«, erläutere ich mit einem schiefen Lächeln.

Marko formt ein stummes ›Oh‹ mit den Lippen. Seine warmen Augen machen die Situation für mich gleich erträglicher.

»Schau nicht so traurig«, fordere ich ihn auf. Ich stoße mich von der Theke ab und stupse ihn mit der Faust gegen den festen Oberarm. »Es gibt sowieso nur einen wahren Mann in meinem Leben.«

»Ach ja?«

»Der Mann, der mich mit den weltbesten Gerichten am Leben erhält.« Ich zwinkere ihm zu und das schlechte Gewissen verfliegt aus seinem Gesicht.

»Hast du Hunger?«

»Ein bisschen«, gebe ich zu.

Nach der Schichtübergabe von Guy war ich zu sehr mit dem Restaurant beschäftigt, als dass ich ans Essen hätte denken können. Sobald es ruhiger wurde, habe ich an dem Konzept zu meinem neuen Projekt gearbeitet. Die Zeit verlor sich und ich habe es mal wieder vergessen, zu essen.

»Darf es was Süßes sein?«

»Du kennst mein Verhältnis zu Schokolade«, sage ich mit einem Lachen.

»Dann teste ich an dir meine neueste Kreation«, kündigt er mit einem breiten Grinsen an und richtet sich auf.

»Deine verrückte Idee?«

Er nickt.

»Hop Hop!«, trieze ich ihn und schiebe ihn zurück Richtung Küche.

»Das ist wohl mehr, als *ein bisschen* Hunger bei dir.«

»Nicht reden! Vollziehe deine Zauberkunst in der Küche!«

»Habe ich dir schon einmal gesagt, dass dir die herrische Art steht?«, sagt er noch, ohne ein Lachen unterdrücken zu können, bevor er wieder auf dem Weg in die Küche ist.

Mit einem Lächeln und einem Kopfschütteln wende ich mich von ihm ab. Er weiß in jeder Situation meine Laune zu heben. Vanessa hatte sich anfangs in den Kopf gesetzt, uns zu verkuppeln. Wir sind sogar auf drei Dates gegangen, damit sie endlich Ruhe gibt. Wir hatten die beste Zeit unseres Lebens – und zwar als Freunde, nicht als Liebespaar. Dabei blieb es bis heute.

Ich will mich wieder meinem PDA widmen, als ich aus den Augenwinkeln bemerke, dass neue Gäste ins Restaurant kommen. Ich werfe einen Blick auf meine Armbanduhr. 18:32 Uhr.

Zwei junge Frauen und ein Geschäftsmann im Anzug kommen durch die Tür. Nicola, eine meiner besten Servicekräfte, kümmert sich direkt um die neuen Gäste.

Ich senke den Blick und widme mich wieder dem PDA. Bevor der Ansturm für das Abendgeschäft losgeht, sollte ich wissen, wie ich mit dem PDA die Bestellungen aufnehme.

»Einen Kaffee, bitte«, sagt eine tiefe Stimme, die für meine Begriffe viel zu nahe ist.

Der Mann hat direkt mir gegenüber an der Theke Platz genommen und schaut mich erwartungsvoll an. Uns trennt kein Meter. Viele Geschäftsleute kommen hierher, da das Bankenviertel nicht weit von hier ist. Es sind meist gut aussehende Männer, die wissen, welche Wirkung sie auf Frauen haben. Diese Sorte Gäste sind auch der Grund, warum Vanessa sich gerne zur Mittagszeit bei mir aufhält.

Ich sollte den Umgang mit diesen Typen gewohnt sein, aber bei diesem Exemplar beginnt sich in meinem Kopf alles zu drehen. Etwas ist an ihm anders, und ich kann nicht einmal sagen, was.

Vielleicht, dass er abends einen Kaffee bestellt?

Ich reiße mich von dem unfreiwilligen Blickkontakt los und räuspere mich. »Einen Kaffee?«, frage ich so professionell wie möglich nach.

Er antwortet nicht, da ihm bewusst ist, dass es lediglich eine rhetorische Frage ist. Ich trete ein paar Schritte zur Seite, damit ich die Kaffeemaschine bedienen kann.

Ich versuche, mich auf den Kaffee zu konzentrieren und nicht auf den Mann unweit von mir, den ich liebend gerne noch einmal ansehen würde. Aber ich spüre, dass er mich die ganze Zeit beobachtet, weswegen ich ihm nicht die Genugtuung geben möchte, ihn unverhohlen zu mustern.

Ich warte geduldig darauf, dass der Kaffee durch die

Maschine gelaufen ist. Ich stehe so verkrampft, dass er mich für eine blutige Anfängerin halten muss. Aber es kann mir egal sein. Er ist ein Gast. Ein Gast wie jeder andere auch.

Dennoch weiß ich nicht, warum ich mich plötzlich so atemlos fühle. Habe ich doch zu wenig Schlaf die Nacht bekommen?

Der Kaffee ist fertig durchgelaufen und ich serviere ihm die Tasse. »Milch oder Zucker?«

Er deutet ein Kopfschütteln an. Wieder lässt er mich nicht aus den Augen. Ich schenke ihm ein aussageloses Lächeln und widme mich wieder dem PDA, um beschäftigt zu wirken.

Ich höre das Klirren der Tasse auf der Untertasse und blicke unwillkürlich wieder zur Seite.

Zu dem Mann.

Diesmal hat er mich nicht mehr im Blick. Er greift nach links zu der Getränkekarte, die ihm am nächsten steht. Gebannt beobachte ich, wie er sie sich nimmt, sie aufschlägt und konzentriert hineinblickt. Ich schaue auf seine Hände und ein Kribbeln durchfährt mich, als ich mir vorstelle, wie er mich damit berühren würde.

Ich will den Blick abwenden, um die Gedanken loszuwerden, aber es funktioniert nicht. Er hat etwas an sich, das mich sofort einnimmt, und ich kann nichts dagegen tun.

Sofort rufe ich mir Aiden ins Gedächtnis. Bei ihm habe ich mich ähnlich gefühlt. Und worin das geendet ist, weiß ich bestens. Die Nacht mit ihm hat einen Knoten in mir gelöst und mir gezeigt, wie sehr ich es eigentlich vermisst habe, von einem Mann berührt zu werden. Nun will mein Körper das, was ich ihm viel zu lange vorenthalten habe.

»Ist etwas nicht in Ordnung?«, höre ich mich fragen. Ich beiße mir auf die Lippe, da ich nach hinten ins Büro gehen sollte, um nicht in eine Situation zu geraten, aus der ich mich nicht wieder hinausmanövrieren kann. Aber ich tue das nicht. Ich stehe wie festgefroren auf meinem Fleck und warte darauf, dass er mich wieder ansieht und mir antwortet.

»Der Kaffee«, beginnt er und stellt den Blickkontakt mit mir erst her, bevor er weiter spricht, »schmeckt anders als der letzte.«

Irritiert hebe ich die Augenbrauen. »Anders? Inwieweit?«

Er überlegt einen Moment. »Er schmeckt einfach nach Kaffee.«

»Sollte er das nicht?«

»Nicht, wenn er von hier ist«, stellt er sachlich fest. Sein Blick bohrt sich praktisch in meinen und mich überkommt wieder das unsägliche Gefühl der Atemnot. Er nimmt noch einen Schluck von dem Kaffee. Meine Augen fliegen währenddessen über seine Erscheinung – blütenweißes Hemd, keine Krawatte, dunkelblauer Anzug. Als ich in seinem Gesicht wieder ankomme, lächelt er mich an und seine Augen sprechen das Wort aus, das jeder vermeiden möchte, der ungeniert starrt – erwischt!

»Gibt es noch anderen Kaffee?«, fragt er nun.

»Steht alles in der Karte«, sage ich, um die Kommunikation auf ein Minimum zu begrenzen.

Er nimmt die Karte wieder zur Hand. Nicola erscheint hinter ihm und schenkt mir einen vielsagenden Blick. Ja, er ist heiß. Liebend gerne würde ich ihr anbieten, die Rollen zu tauschen. Sie stellt sich hinter die Theke und klärt das Kaffeegeheimnis auf, während ich ihre Tische übernehme. Aber etwas in mir will das nicht zulassen.

»Ein Gruß aus der Küche«, sagt sie mit einem Zwinkern und reicht mir Markos neueste Kreation.

Schokonudeln.

»Danke«, sage ich mit einem zaghaften Lächeln und stelle den Teller neben mir ab. Ich werde nicht vor einem Gast essen, obwohl der Teller fabelhaft aussieht. Eine Handvoll Rigatoni, die eine mokkafarbene Verfärbung haben. Darüber eine cremige Schokoladensoße, verziert mit weißen Schokoladendrops, geschroteten Haselnüssen und einem Minzblättchen. So sehen die Desserts in den Hochglanzmagazinen aus. Und ich habe einen Mann in der Küche stehen, der mir sie ohne eine Bitte zaubert.

»Sie können ruhig essen«, sagt mein Gegenüber, ohne von der Karte hochzublicken.

»Nein, das ist schon in Ordnung«, erwidere ich.

»Ich bin nicht blind. Ich sehe, wie Sie den Teller lüstern anstarren. Essen Sie ruhig.«

»Es gehört sich nicht«, stelle ich sachlich klar.

»Haben Sie die Kaffeesorte geändert?«, fragt er mich nun.

»Nein.«

»Sind das Nudeln mit Schokoladensoße?« Er schaut auf den Teller, den er gerade noch hinter der Theke sehen kann.

»Eine neue Kreation für die Dessertkarte.«

»Ich kenne keine Frau, die lange widerstehen kann, wenn so etwas in Reichweite steht.« Er deutet auf den Teller.

»Sie werden keine Ruhe geben, oder?«, stelle ich nüchtern fest.

»Ich kann sehr hartnäckig sein.«

Ich nehme mir eine Gabel und hebe den Teller auf Brusthöhe hoch. Dann spieße ich eine Nudel samt Soße und Sahne auf, schiebe sie mir in den Mund und stelle den Teller wieder ab.

»Zufrieden?«, frage ich, nachdem ich geschluckt habe.

»Und? Ist es gut?«

»Himmlisch. Das ist jede Sünde wert.«

»Dann essen Sie mal weiter«, sagt er belustigt. »Sie essen und ich widme mich dem Kaffeemysterium.«

»Ich verstehe nicht, worauf Sie hinauswollen«, sage ich und schiebe mir erneut eine Nudel in den Mund. Es schmeckt wirklich himmlisch. Wenn man einmal davon gekostet hat, kann man nicht wieder aufhören. Auch wenn dafür die gute Etikette hinten anstehen muss. Aber er hat es mir schließlich ausdrücklich erlaubt.

»Der letzte Kaffee, den ich von hier getrunken habe, war der beste in ganz London.«

Ich schlucke und starre ihn an. Es macht Klick, bevor ich überhaupt genau greifen kann, warum. Aber seine letzten Worte haben es bewirkt.

Der Beste in ganz London.

»Haben Sie Matt gefeuert?«, fliegt es über meine Lippen, dabei geht es mich schlichtweg nichts an.

Für einen Moment ist er über meine Nachfrage überrascht, dann scheint er unschlüssig zu sein, wie er darauf reagieren soll.

»Sie sind wohl ein Fan von dem Jungen«, erwidert er.

»Haben Sie ihn tatsächlich gefeuert?« Ich bete, dass er ›Nein‹ sagt. Immerhin hat Matt ihm augenscheinlich tatsächlich den besten Kaffee in ganz London geliefert, da er ansonsten nicht mir gegenübersitzen würde und mit mir darüber philosophiert, warum der Kaffee vor ihm anders schmeckt als sein letzter.

»Nicht nur Sie sind ein Fan«, sagt er schließlich. Und ich spüre, wie mir ein großer Stein vom Herzen fällt.

»Gott sei Dank«, murmle ich unbeabsichtigt.

»Hat er Ihnen erzählt, was er verbockt hat?«

»Er sagte, er hätte E-Mail-Adressen vertauscht.«

»Er hat aktuelle interne Verhandlungsunterlagen aus Versehen an die Konkurrenz gemailt.«

»Oh ...«, gebe ich von mir.

»Ja. *Oh ...*«

»Und Sie haben ihn nicht gefeuert?«, frage ich nun doch nach.

»Hätte ich das tun sollen?«

Ich denke kurz darüber nach. Wenn jemand in meinem Team sich einen Fehler dieser Tragweite leisten würde, könnte ich ihn beim besten Willen nicht halten. Auch wenn es mir in menschlicher Hinsicht schwerfallen würde, müsste ich die Kündigung aussprechen. »Ich weiß es nicht«, beantworte ich ihm die Frage.

»Fehler passieren. Niemand ist fehlerfrei, und je eher man akzeptiert, dass sie immer wieder auftreten werden, wenn man mit anderen Menschen zusammen ist, desto leichter und souveräner fällt einem der Umgang mit ihnen.«

»Eine respektable Einstellung«, erwidere ich. »Dann danke ich Ihnen, dass Sie ihm noch eine Chance gegeben haben.«

»Ich bedanke mich bei Ihnen für den grandiosen Kaffee«, sagt er mit einem Lächeln und bringt uns auf das ursprüngliche Thema zurück.

Ich nehme den Haselnusssirup zur Hand und stelle ihm die Flasche auf die Theke. »Das ist das Geheimnis.«

Er nimmt die Flasche in die Hand und studiert das Etikett. »Haselnusssirup?«, fragt er ungläubig nach.

Ich zucke mit den Schultern. »Es war eine Chance. Und es war offensichtlich ein Volltreffer.« Ich kann mir ein zufriedenes Lächeln nicht nehmen lassen.

»Ihre Denkweise gefällt mir.« Er schraubt den Deckel ab und lässt einen Schuss des Sirups in den Kaffee fallen. Dann rührt mit dem Löffel in der Tasse. Gebannt beobachte ich, wie er davon einen Schluck nimmt.

»Geheimnis gelüftet«, sagt er.

»Was haben Sie mit meinem Becher gemacht?«

»Steht bei mir im Büro und erfreut sich großer Beliebtheit unter den Kollegen«, sagt er mit einem breiten Lächeln. »Ich wusste nicht, dass es Ihrer war. Ich werde ihn natürlich zurückgeben.«

»Nein. Geht schon in Ordnung. Ich habe ihn sowieso nicht benutzt.«

»Sie sollten mehr lächeln. Das steht Ihnen.«

Ich weiß, dass es ein nett gemeintes Kompliment war, aber bevor er mich ebenfalls in sein Hotelzimmer schleppt, ersticke ich jede Intention in der Richtung.

»Auch wenn Sie mich dazu gebracht haben, vor Ihnen zu essen – ich verabrede mich nicht mit meinen Gästen.«

Er schaut mich herausfordernd an. »Das haben Sie auch gesagt, bevor Sie in meiner Gegenwart gegessen haben.«

»Das meine ich aber ernst. Und um ehrlich zu sein, könnten Sie mich auch irgendwo auf den Straßen Londons getroffen haben – ich verabrede mich momentan mit niemandem.«

»Welchem Idioten hat mein Geschlecht das zu verdanken?«

»Einem sehr großen Idioten.«

»Geben Sie mir die Möglichkeit, es wieder gutzumachen?«

Die Frage wirft mich aus dem Konzept. Nicht, weil es eine unterschwellige Aufforderung für ein Date ist, sondern weil ich die Aufrichtigkeit in seinem Ausdruck lesen kann. Die Aufrichtigkeit darüber, dass er mir die schlechte Erfahrung nehmen möchte.

»Sie finden wahrscheinlich sinnvolleren Zeitvertreib als mich.«

»Das bezweifle ich.«

»Machen Sie das immer so?«

Er legt den Kopf leicht schief und lächelt mich an. Er weiß, wovon ich spreche, trotzdem fragt er: »Was soll ich immer *so* machen?«

»Sie suchen sich Frauen, die zu beschäftigt sind, um mit Ihnen auf eine Verabredung zu gehen, damit es ihrem Ego gut tut, wenn sie am Ende doch zustimmen.«

Anstatt den Vorwurf von sich zu weisen, beginnt er zu lachen. Ob ich will oder nicht – ich mag es, wenn er lacht. Seine weißen, geraden Zähne blitzen auf, seine sinnlichen Lippen kräuseln sich zu einem atemberaubenden Lächeln und seine Augen funkeln mit einer Mischung aus Belustigung und Ehrlichkeit.

Dabei sollte ich es nicht mögen. Ich sollte nichts an ihm mögen, um genau zu sein. Er ist ein Mann, der sich die Frauen aussuchen kann, er gehört zu den Männern, von denen ich mich fernhalten wollte. Er ist ein Gast, ich bin die Restaurantbesitzerin. Wir unterhalten uns, solange er hier sitzt, danach sehe ich ihn nie wieder.

»Den Mann, der es sich bei Ihnen verscherzt hat, den würde ich gerne einmal kennenlernen. Er muss wirklich jedes Fettnäpfchen mitgenommen haben, das es zu finden gibt.«

»Sagen wir mal so – es war nicht nur einer. Ich lege Wert auf Ehrlichkeit, Loyalität und meine Freiheit. Lügen, Eifersucht und der Drang, mich um alles auf der Welt besitzen zu wollen, sind keine Eigenschaften bei einem Mann, auf die ich viel Wert lege. Um ehrlich zu sein, sind das Eigenschaften, um die ich mittlerweile einen großen Bogen mache. Und vor allem mache ich um fremde Männer einen Bogen.«

»Wie wollen Sie ihren Traumprinzen finden, wenn Sie um alle fremden Männer einen Bogen machen?«

Ich lächle ihn zufrieden über meine kommende Antwort an. »Gar nicht«, säusle ich, während ich mich leicht zu ihm vorbeuge.

»Geben Sie es zu, Sie wollen weiterhin die Bad-Boy-Variante.«

»Ich hatte beides. Den Traumprinzen und den Bad Boy. Beides hat mir nicht zugesagt. Ich bin mit meinem Job verheiratet, da ist kein Platz für etwas anders, außer meinem Goldfisch Timmy.«

»Sie haben einen Goldfisch namens Timmy?« Er schaut mich überrascht an.

Wenn ich mich im Spiegel betrachten würde, würde ich genauso überrascht dreinblicken. Überrascht darüber, dass ich einem Fremden mehr über mein Privatleben innerhalb der letzten fünf Minuten erzählt habe, als manch einem engen Freund.

»Ja, und ich rede zu viel.«

»Das denke ich nicht. Ich mag es, Ihnen zuzuhören. Sie sind wie ein Puzzle. Um es zusammenzusetzen, muss man erst einmal alle Teile finden.«

»Dann wünsche ich Ihnen viel Spaß. Sie werden nämlich nie an alle herankommen.«

»Ich bin hartnäckig. Das hatte ich bereits am Anfang des Gesprächs gesagt.«

»Und Sie sind offensichtlich ein guter Geschäftsmann. Daher sollten Sie wissen, wann es sinnlos ist, gewisse Dinge zu verfolgen.«

»Ich weiß insbesondere, wann es sich lohnt, gewisse Dinge nicht vorschnell aufzugeben.«

Ich blicke ihm, wie so oft in den letzten Minuten, viel zu lange in die Augen und weiß, dass ich mir gerade einen dicken Fisch an die Angel geholt habe, den ich nicht wieder vom Haken bekomme.

Ich seufze auf. »Ich meine es ernst. Sie sind nett, Sie verstehen etwas vom Flirten. Und ich kann mir sehr gut vorstellen, warum

Frauen Ihre Gesellschaft genießen. Aber ich bin weder für einen One-Night-Stand noch für eine Beziehung zu haben.«

»Ich weiß«, erwidert er, als wäre ihm all das bereits klar gewesen. »Aber Menschen ändern ihre Meinung häufiger, als sie zugeben würden.«

»Ich bin dann die Ausnahme.«

»Selbst die Ausnahmen gehören zu irgendeiner Regel. Und ich gedenke, Sie weder für einen One-Night-Stand noch für eine Beziehung zu gewinnen. Eine Sache haben Sie nämlich nicht aufgezählt.«

»Sklavin?«, kommt es aus meinem Mund.

Seine Mundwinkel heben sich wieder. »Ein reizender Gedanke. Aber dafür sind Sie nicht unterwürfig genug. Ich müsste jedes Mal mit Widerworten rechnen.«

Wie gut er mich nach wenigen Momenten einschätzen kann.

Er greift in seine Sakkotasche und zieht einen 20-Pfund-Schein hervor.

»Der Kaffee geht aufs Haus«, komme ich ihm zuvor und hebe abwehrend die Hand. Er ignoriert mich aber. Stattdessen zieht er ebenfalls einen Kugelschreiber mit irgendeinem Firmenlogo hervor, das ich nicht erkennen kann. Er schreibt etwas auf den Schein und schiebt ihn zu mir herüber. Dann trinkt er in einem Zug den restlichen Kaffee aus und erhebt sich von dem Hocker.

»Es hat mich wirklich gefreut, Sie kennenzulernen.« Ein letztes Lächeln von ihm, dann dreht er sich um und verlässt das Restaurant.

Erst als die Eingangstür zufällt, strecke die Hand aus und nehme die 20-Pfund-Note an mich. Ich hatte erwartet, dass er seine Telefonnummer, Hoteladresse samt Zimmernummer oder dergleichen darauf geschrieben hat. Aber es stehen lediglich vier Worte darauf, die mein Herz unwillkürlich höher schlagen lassen.

Bis zum nächsten Mal.

6.

Bis zum nächsten Mal.

Der Satz geht mir nicht mehr aus dem Kopf, seitdem ich ihn vor ein paar Tagen das erste Mal gelesen habe. Er hat sich dort festgesetzt wie ein unliebsamer Ohrwurm. Ich habe Nein gesagt. Und er ist verdammt gut darin, dieses Nein mit allen Mitteln zu umschiffen. Ich hätte den Geldschein in die Trinkgeldkasse stecken sollen. Die Nachricht wäre dann nicht mehr als eine Notiz von einem Gast auf einem Pfundschein gewesen. Aber ich tat es nicht. Ich steckte ihn ein. Warum zum Teufel ich das gemacht habe? Ich weiß es nicht. Mein Kopf sagt mir ganz klar, dass ich mich nur verbrennen kann, wenn ich mehr in das Gespräch hinein interpretiere, als gut für mich ist.

Es ist nur ein Geldschein.

Wahrscheinlich werde ich den ehemaligen Besitzer nicht wiedersehen. Nicht, wenn Guy mir am Ende der Woche das Okay gibt und ich mich in das Büro einschließen werde, um das zweite Restaurant voranzubringen. Zu allererst brauchen wir eine Location, dann ein Konzept, das Personal und vor allem das Geld. Heute Morgen habe ich Männern noch abgeschworen, und nicht einmal zwölf Stunden später gerate ich an eins der wenigen Exemplare in London, die mir durch ein einziges Gespräch den Kopf verdrehen können?

Ich werde vom Pech verfolgt.

Ich muss lediglich eine Regel befolgen, damit mein Leben nicht wieder ins Chaos stürzt, sondern endlich in normalen Bahnen verläuft – ich werde zu allem ›Nein‹ sagen. Ich werde mit ihm keine Handynummern austauschen, mit ihm auf kein Date gehen, ihn nicht an mich heranlassen. Zumindest nicht näher, als er schon gekommen ist.

Vorausgesetzt, es gibt tatsächlich ein nächstes Mal. Irgendetwas verrät mir aber, dass es das geben wird. Ob ich will oder nicht. Er hat mir die Kontrolle darüber entzogen. Und das treibt mich bereits jetzt in den Wahnsinn.

Ich verlasse die kühle Luft draußen auf der Straße und betrete mein Wohnhaus. Im ersten Stock liegt meine Drei-Zimmer-Wohnung. Für mich ist sie zu groß, seitdem Laurie ausgezogen ist. Sie hat aber ihr Zimmer noch und ich bringe es nicht über mich, in eine kleinere Wohnung zu ziehen und ihr ein Schlafsofa anbieten zu müssen, wenn sie mich besuchen kommt. Also zahle ich die viel zu hohe Miete für Wohnraum, den ich kaum benutze, geschweige denn von innen sehe. Wenn ich die nächsten Wochen, wahrscheinlich auch Monate mit der Eröffnung eines zweiten Restaurants beschäftigt bin, werde ich mich noch weniger in meinen eigenen vier Wänden aufhalten.

Seufzend schließe ich meine Wohnungstür auf und bleibe perplex in der Tür stehen. Überall brennt Licht.

»Hallo?«, rufe ich und betrete die Wohnung, bleibe aber in Reichweite der Wohnungstür stehen und schließe sie nicht.

»Kacey!«, begrüßt mich Vanessa. Sie trägt ein rotes Cocktailkleid, das gerade ihren Po bedeckt und die Sicht auf ihre endlos langen Beine freigibt. Auf der einen Seite ist es schulterfrei, die andere wird von einem breiten, asymmetrischen Träger gehalten. Ihre langen blonden Haare hat sie zu einer Partyfrisur hochgesteckt.

Ich ahne Böses.

»Was tust du hier?«, frage ich sie und schließe die Wohnungstür.

»Auf dich warten, Dummerchen«, erwidert sie mit einem Lachen und legt einen Arm um mich. Dann zieht sie mich ins Wohnzimmer und dirigiert mich zum Sofa. »Du hast meine Nachrichten nicht beantwortet. Also habe ich die Sache selbst in die Hand genommen.«

Mein Gehirn versucht mir irgendetwas zu sagen, aber ich kann es nicht greifen. Was kann sie selbst in die Hand genommen haben?

»Ich kenne dich und weiß, dass du sowieso keine Zeit gefunden hättest. Du bist die Königin der Ausreden«, fährt Vanessa unbeirrt fort. »Du hast die Wahl.«

Wenn sie mir eine Wahl lässt, habe ich die Möglichkeit, mich zwischen einem Abgrund und einem noch tieferen Abgrund zu entscheiden. »Die da wäre?«, frage ich, obwohl ich es gar nicht wissen will. Der Abend war anstrengend. Das Restaurant war voll, eine Servicekraft war ausgefallen und ich wundere mich, warum ich meine Füße noch spüre. Zu allem Übel, konnte ich mich kaum konzentrieren, weil ich zu sehr mit dieser blöden Nachricht beschäftigt war, die mir ein Fremder vor ein paar Tagen auf einen Schein gekritzelt hat und sich wahrscheinlich heimlich ins Fäustchen lacht, dass ich mir darüber den Kopf zerbreche. Und nun steht Vanessa vor mir und will mich durch das Londoner Nachtleben zerren. Was die Alternative dazu ist, möchte ich mir nicht ausmalen.

»Entweder du kommst mit.«

»Wohin?«

»Entscheide ich spontan. Ich kann leider nicht hellsehen, wo sich die heißen Kerle momentan aufhalten. Aber irgendwo in Soho.«

Den ersten Treffer habe ich damit versenkt. »Mir ist die Lust auf heiße Kerle vergangen«, murmle ich zu meiner Verteidigung, da ich einfach nur ins Bett möchte.

»Das ist wie Fahrradfahren, Kacey. Wenn du herunterfällst, musst du sofort wieder aufsteigen und weitermachen, damit du keine Panik davor entwickelst. Der Mistkerl in deinem Restaurant war ein Fehlgriff. Das sehe ich ein. Aber bevor du wieder Ewigkeiten in Abstinenz lebst, sehe ich meine Pflicht als beste Freundin darin, dich wieder in den Pool der Glückseligkeit zu werfen.«

Manchmal frage ich mich, ob sie diese Reden zuhause auf

Karteikarten schreibt und auswendig lernt, bevor sie sie in meinem Wohnzimmer, in irgendeiner Damentoilette eines Clubs oder am Telefon zum Besten gibt.

»Ich befinde mich in einem wunderbaren Pool voll mit Glückseligkeit.«

»Ich rede von Sex, Kacey Croft.«

Bis heute frage ich mich, wer von den beiden – Guy oder sie – zuerst damit angefangen hat, mich ständig beim vollen Namen zu nennen und wer es sich abgeguckt hat.

»Sex ist auch schön und gut, aber ich kann auf Männer momentan verzichten.«

Ihr anzügliches Grinsen verrät mir endlich, was mein Kopf vorhin noch nicht ganz greifen konnte. Ich erinnere mich vage an eine SMS, die ich ihr vor ein paar Tagen geschrieben habe und die besser nie in irgendein Telefonnetz hätte gespeist werden sollen. Vanessa verschwindet aus meinem Blickfeld und kommt mit einer schlichten Plastiktüte wieder. Sie stellt sie auf meinen Wohnzimmertisch und kippt sie mit beiden Händen aus. Zum Vorschein kommt eine Flut an Sexspielzeugen.

»Wo hast du die her?«, frage ich und bereue diese blöde SMS. Aber ich hatte gute Laune und fühlte mich beschwingt. Das führt in der Regel zu dummen Kurzschlussreaktionen, weil mein Körper daran nicht gewohnt ist.

»Ich habe sie gekauft. Du warst nicht zu erreichen, also hatte ich keine Ahnung, welche Farbe und Größe du bevorzugst. Geschweige denn welche Sonderfunktionen.« Sie wackelt mit den Augenbrauen. Kein Wunder, dass ihr das hier ungeheuren Spaß macht. Ich war zu erreichen, sie hat es nur vorgezogen, es erst gar nicht zu versuchen, mich nach meiner Meinung zu fragen, da ihr die jetzige Situation ansonsten nicht so ein dämliches Grinsen ins Gesicht setzen würde. »Wenn du also nicht mit möchtest, um dir ein Exemplar in natura mit ins Bett zu nehmen«, sie nimmt einen pinken Vibrator hoch und wedelt mit der Verpackung vor meinem Gesicht herum, »lasse ich dich mit dem Spielzeug hier alleine.

Aber lass dir eins gesagt sein – die Teile sind gut, aber es gibt nichts Besseres, als kräftige, männliche Hände, die deine Haut berühren, eine Zunge, die dir über die Haut leckt und einen –«

»Ich denke, ich habe verstanden«, unterbreche ich sie, da sie mir keinen Porno vorsäuseln muss, damit die unterschwellige Nachricht ankommt.

»Die Dinger können dem richtigen Mann nicht das Wasser reichen«, stellt sie erneut klar.

»Ich weiß, ich weiß. Hände, Zungen und so weiter und so fort.« Ich verdrehe die Augen.

»Unterschätz die Magie eines charismatischen Mannes nicht, der weiß, wie er eine Frau anfassen muss. Da werden Sehnsüchte in dir geweckt, die dir vollste Erfüllung schenken.«

»Der Sinn des Lebens ist Sex«, rezitiere ich ihren letzten Spruch, den sie auf ihre Weihnachtsgrußkarten hat drucken lassen.

»Das ist mein Mädchen!«

Ich stemme mich von dem Sofa hoch und nehme sie in den Arm. »Ich hab dich lieb, Vanessa. Und ich bin dir so unendlich dankbar, dass du meine Freundin bist. Aber ich nehme Option zwei, auch wenn es weniger spektakulär ist.« Ich drücke ihr einen Kuss auf die Wange. Dann nehme ich ihr den pinkfarbenen Vibrator aus der Hand. »Hab eine tolle Nacht mit den ganzen Sehnsüchten und Erfüllungen. Und du riechst wirklich gut.«

Mit einem Lächeln löse ich mich von ihr und gehe ins Schlafzimmer. Sie hat alleine in die Wohnung gefunden, also findet sie auch alleine wieder hinaus. Ich schließe die Tür, werfe das Sex-Spielzeug auf das Doppelbett und lege mich, ohne meine Arbeitskleidung auszuziehen, auf die Decke. Es dauert keine zwei Minuten und ich falle in einen tiefen Schlaf.

Ich stehe in meiner Küche und knibble an dem Papier des Blaubeermuffins in meinen Händen herum, während ich aus dem Fenster starre.

Zehn verdammte Tage.

Zehn Tage sind vergangen, seitdem die 20-Pfund-Note mit einer offensichtlich missverständlichen Nachricht in meinen Besitz gelangte. Ja, ich habe bei jedem Gast, der das Restaurant betrat, hektisch den Kopf gehoben und darauf gewartet, dass er es ist. Aber jedes Mal war es jemand anderes. Da ich nur nachmittags und abends im Restaurant bin, habe ich sogar Nicola gefragt, ob sie ihn während des Tages gesehen hat, da sie an zwei Tagen auch mittags dort war. Aber sie konnte sich nicht an den Mann erinnern.

Ich habe mehr als deutlich Nein gesagt. Er hat es verstanden. Und ich sollte dankbar dafür sein, meine Worte nicht in einer Endlosschleife wiederholen zu müssen.

Auch wenn ich dankbar sein sollte – es wurmt mich, dass er augenscheinlich sein Wort nicht hält. Ich hatte das Gefühl, als wäre er niemand, der Spielchen oder Lügen bräuchte. Wenn ich mir meine Vergangenheit aber in Erinnerung rufe, ist Menschenkenntnis keine Tugend, die mir vergönnt ist.

Ich stecke mir ein großes Stück Muffin in den Mund. Vanessa ist gestern Abend vorbeigekommen und hatte jede Menge der Teigteilchen dabei. Sie stammen von einem Foto-Shooting für eine neue Konditoreikette in London. Die meisten Models wollten das Gebäck nur für die Kamera anrühren. Auch wenn Vanessa in der Regel kein Interesse an Umweltschutz und menschenwürdigen Arbeitsbedingungen für die Herstellung ihrer Designerklamotten hat, kämpft sie rigoros gegen die Verschwendung von Nahrungsmitteln. Also hat sie zwei Kartons voll Muffins vorbeigebracht. Ich aß fünf, sie einen halben, während ich ihr von meiner Idee, ein neues Restaurant zu gründen, erzählte. Sie war sofort Feuer und Flamme für ein zweites Restaurant und hörte gar nicht mehr auf, darüber zu philosophieren, wie grandios es ist, dass es dann zwei Orte in London geben wird, wo sie kostenlose Cocktails bekommt und gleichzeitig Männer aufreißen kann. Vanessa eben. Dafür schätze und liebe ich sie aber. Vielleicht kann man aus einem speziellen Marketing-Konzept für Singles sogar noch einen Gewinn schlagen.

Man bucht ein romantisches Candle-Light-Dinner und bekommt den passenden Mann gratis oben drauf. Dann müssten alle Singles nur noch eine Reklametafel auf der Stirn tragen, auf der steht, wer zu wem passt und ich muss nie wieder arbeiten gehen.

»Morgen«, grummelt Vanessa und kommt barfuß in die Küche. Ihre feuchten Haare fallen in gekämmten Strähnen über ihre Schultern, während sie sich lediglich ein knappes Handtuch um die Brust geschlungen hat. »Hast du Kaffee?«, fragt sie und schnappt sich einen der Muffins. Mit Himbeeren, wenn ich richtig gesehen habe.

»Ich habe keinen Kaffee da. Sind das nicht zu viele Kohlenhydrate für dich am Morgen?« Ich zeige auf den Muffin, den sie in vier große Stücke bricht und sich eins in den Mund steckt.

Sie schüttelt den Kopf. Ich warte, bis sie gegessen hat. »Mein Kopf brummt und ich brauche dringend Zucker. Das wird ein harter Tag heute. Weswegen ich auch dringend Koffein brauche.«

»Ich besitze ein Restaurant. Dort befindet sich alles, was man zum Leben braucht.«

»Dann lass uns da hingehen. Ich brauche wirklich meinen Kaffee.«

»Meine Schicht fängt erst in vier Stunden an«, merke ich an.

»Ich will einen Kaffee, und ich muss Guy auf die Finger hauen, dass er schneller die Unterlagen liest. Währenddessen können wir zwei die heißen Kerle checken, weil du dich nicht mit Arbeit herausreden kannst.« Sie nimmt das letzte Viertel ihres Muffins und steckt es sich in den Mund. »Und glaube nicht, dass ich nicht bemerkt habe, was du mit all den schönen Spielzeugen getan hast!«, raunt sie mir zu, als sie die Küche wieder verlässt.

Für einen Moment schließe ich die Augen und reibe mir über die Stirn. Ich habe sie ganz unten in meinen Kleiderschrank gelegt und bislang nicht näher betrachtet. Ich hing zu sehr mit den Gedanken an meinem neuen Restaurant und einem Mann, den ich nicht wiedersehen werde. Da war keine Zeit, mir die

Bedienungsanleitung zu einem knallpinken Vibrator durchzulesen.

Ich knülle mein Muffinpapier zusammen, sammle Vanessas ebenfalls ein und mache mich dann fertig. Manchmal sind ihre Ideen gut. Zuhause würde mir die Decke auf den Kopf fallen.

Zwanzig Minuten später betreten wir ausgelassen mein Restaurant. Es ist viel los. Zur Mittagszeit verlagern viele Geschäftsleute ihre Business-Essen in ein ansehnliches Restaurant, um die Deals in einer neutralen Umgebung unter Dach und Fach zu bekommen. Ich nicke Guy zur Begrüßung zu, der gerade einen Weinservice an einem Tisch mit sechs Männern in Anzügen beginnt. Die Herren haben offensichtlich ihren Deal besiegelt und greifen nun zu einem Glas Wein. Guy wirft mir einen kurzen fragenden Blick zu, als er aber Vanessa hinter mir entdeckt, kräuseln sich seine Lippen zu einem Lächeln. Er weiß, was Sache ist.

»Da, ein freier Tisch«, raunt Vanessa mir im Lärm der geführten Gespräche zu und schiebt mich in die entsprechende Richtung.

»Vanessa, ich kann mich in meinem eigenem Restaurant nicht während des laufenden Betriebs an einen Tisch setzen«, zische ich. Sie ignoriert mich aber.

»Regeln sind etwas für Langweiler«, lautet ihr Kommentar und ich sitze auf der Bank. »Ich muss kurz auf die Toilette, dann besorge ich uns etwas zu trinken.« Sie rauscht ohne ein weiteres Wort davon.

»Hat sie wieder Kaffee gebraucht?«, fragt Guy mich und setzt sich mir gegenüber.

Ich lächle ihn an. »Ja. Ich bleibe hier nicht lange sitzen.«

»Doch. Bleib da sitzen.«

»Guy ...«, sage ich und mache Anstalten aufzustehen. Er greift über den Tisch und nimmt meine Hand.

»Bleib hier sitzen und guck dir die Gäste an. Dabei kannst du dir überlegen, was du für dein zweites Baby verbessern kannst.«

Für einen Moment begreife ich nicht, was er mir sagen will – oder mein Kopf ist einfach überfordert. »Du meinst ...«

»Ja. Wir machen es. Wir können uns morgen Abend

zusammensetzen. Ich habe bereits Nicola und Steven gefragt, ob sie einspringen können, damit wir uns ins Büro setzen können.«

»Guy, kommst du mal?«, ruft ihn eine unserer Servicekräfte. Er steht auf und klopft mir auf die Schulter.

»Entspann dich. Du wirst die nächsten Wochen genug Stress haben«, sagt er, ehe er zu dem Problem eilt, um das er sich kümmern soll.

Perplex starre ich ihm hinterher. Ich sollte mich freuen und Luftsprünge machen. Dafür müsste es aber erst einmal richtig in meinem Kopf ankommen. Und das wird wahrscheinlich noch eine Weile dauern.

Vor nicht allzu langer Zeit stand ich kurz davor, das Restaurant zu schließen. Und nun stehe ich kurz davor, ein Zweites zu eröffnen, weil es so gut läuft.

Ich hoffe, Vanessa bringt etwas mit Alkohol mit, da die Endorphine ansonsten den ganzen Tag noch meinen Kopf verstopfen werden. Ich trommle mit den Fingern auf der Tischplatte und blicke mich nach Vanessa um. Ich kann sie aber nicht finden. Dann stelle ich den Salz- und den Pfefferstreuer akkurat neben die Blumendekoration auf den Tisch. Als ich zufrieden bin, hebe ich den Blick und mein Herz bleibt unwillkürlich stehen.

Am Nebentisch – genau mir gegenüber – sitzt *er*.

Ich habe ihn erst nicht erkannt, weil er eine von diesen modischen Brillen mit breitem schwarzen Rand trägt. Aber er ist es. Und er schaut mich an. Wahrscheinlich hat er mich bereits die ganze Zeit beobachtet und ich war zu sehr mit allem anderen beschäftigt, als es zu bemerken.

Vor ihm stehen ein Salat und ein Laptop. Daneben liegen zwei Smartphones.

Er lächelt mich an und ich lächle dümmlich zurück.

»Und bitteschön!«, sagt Vanessa und reißt mich aus meiner Starre. Ich zucke zusammen und werfe beinahe den Cocktail um, den sie vor mir abstellt. Sie gleitet auf den Stuhl mir gegenüber und nimmt einen kräftigen Schluck durch den Strohhalm, der in ihrem Glas steckt. So viel zum Kaffee, den sie wollte. Sie war schon immer Weltmeisterin darin, ihre Meinung spontan zu ändern.

»Ist da Alkohol drin?«, frage ich, um von meiner Zerstreutheit abzulenken.

»Bei dir nicht«, erwidert sie. Ich wette, sie hat der Barkeeperin, die Wodka-Flasche aus der Hand genommen, um selbst zu bestimmen, wie hoch der Alkoholanteil in ihrem Getränk ist. Ohne zu fragen, greife ich nach ihrem Glas und führe den Strohhalm an meine Lippen. Überrascht reiße ich die Augen auf.

»Kein Alkohol?«, frage ich verwundert nach.

»Ich habe heute einen harten Tag. Wenn ich jetzt schon mit dem Alkohol anfange, werde ich an einer Alkoholvergiftung gestorben sein, bis wir den Abend erreicht haben«, winkt sie lässig ab und nimmt ihr Glas zurück. Ich sehe ihr aber an, dass es etwas anderes ist. Ihre übliche Lässigkeit ist verschwunden.

»Bist du schwanger?«, ist mein erster Gedanke.

»Nein!«, wehrt sie sofort ab. »Ich muss heute nur klarer denken können, als sonst«, sagt sie. »Willst du was essen?«

Ich schüttle den Kopf. Ich will sie wieder ansehen, mein Blick landet aber über ihre Schulter hinweg einen Tisch weiter. Ich kann beobachten, wie er ein Stück Gurke aufspießt und sie sich in den Mund schiebt. Dabei schaut er geradewegs mich an.

»Guy ist dabei«, murmle ich und nehme einen Schluck von meinem alkoholfreien Saftcocktail.

»Wobei?«, fragt Vanessa und studiert die Karte.

»Zweites Restaurant.«

Abrupt lässt sie die Karte sinken und dreht sich suchend nach Guy um. »Und ich habe ihm nicht einmal meine Meinung sagen können!«

»Sei doch froh, dass du dir das Gespräch sparen kannst«, erwidere ich und fummle an dem Schirmchen in meinen Drink herum, damit ich nicht wieder der Versuchung verfalle, über Vanessas Schulter hinwegzublinzeln.

»Streiten mit Guy ist das Beste auf der Welt. Er ist Mister Vernunft, ich Miss Unvernunft. Was meinst du, in was für einem grandiosen Versöhnungssex das geendet ist?« Sie schaut ihm wehmütig hinterher.

»Er ist glücklich. Das weißt du.«

Sie seufzt auf. »Ich bin auch glücklich für ihn. Ich hätte ihm nie das geben können, was Fiona ihm gibt. Und Quinlan ist das reinste Zuckerstück.« Sie lächelt mich aufrichtig an. »Was ist eigentlich aus der Sache mit Laurie und ihrem Freund geworden?«

»Ich habe deinen Rat befolgt und lasse sie ihre Erfahrungen sammeln. *Aber* ich habe ihr 50 Kondome geschickt.«

»Nur 50? Für deine Paranoia, was Laurie angeht, ist das eine sehr vernünftige Anzahl. Ich bin stolz auf dich, Kacey.«

»Es war eine Art Monatsabo«, gestehe ich und beiße mir auf die Lippe.

Vanessa beginnt zu lachen. »Du hast für deine Schwester ernsthaft ein Abo abgeschlossen, sodass sie jeden Monat 50 Kondome zugeschickt bekommt?« Sie greift nach einer Serviette, um sich die Lachtränen abzutupfen.

»Nicht so laut«, bitte ich Vanessa. Sie kann ein sehr lautes Organ haben, und bei der Zahl ›50‹, kombiniert mit dem Wort ›Kondom‹ werden manche Männer mit Sicherheit hellhörig. Insbesondere, wenn sie zwei junge Frauen mittags mit einem Cocktail vor der Nase erblicken.

Ich werfe einen flüchtigen Blick hinter Vanessa, um zu überprüfen, ob meine neueste Bekanntschaft davon etwas gehört hat. Er hat mittlerweile aber einen Stift in der Hand und schreibt konzentriert etwas nieder. Gut. Er hat davon nichts mitbekommen. Ehe ich die Augen aber abwenden kann, grinst er mich an und hält eine der Papierservietten hoch.

Ich lese die Nachricht und mir weicht jede Farbe aus dem Gesicht.

50 Kondome im Monat = 1,6666 mal Sex am Tag

»Oh Mist«, fliegt es über meine Lippen, als ich mir Laurie mit irgendeinem gut aussehenden Loser 1,6 Mal am Tag beim Sex vorstelle.

»Was ist los?«, fragt mich Vanessa besorgt und zieht eine Augenbraue nach oben. »Hast du ihr diese Billigmarke gekauft? Wenn ja, dann ist es definitiv ein ›oh Mist‹, wenn du sie das nächste Mal mit rundem Bauch siehst.« Es sollte lustig sein, aber ich kann nicht lachen.

Ich wollte alles richtig machen und habe genau das Gegenteil bewirkt. Ich habe meiner kleinen Schwester 50 Freischeine im Monat abonniert, anstatt sie dazu zu ermuntern, sich mit der Uni zu beschäftigen. Ich hätte ihr Lehrbücher schicken sollen!

»Du guckst, als wäre jemand gestorben.« Vanessa legt den Kopf leicht schief und saugt an ihrem Strohhalm.

»Ich bin eine miese Erziehungsberechtigte«, murmle ich zu mir selbst und ziehe mein Handy hervor.

›*Die sind nur für den Notfall!!!!*‹, schreibe ich und schicke die Nachricht an Laurie.

»Ich hätte meine Schwester geknutscht, wenn sie mir jeden Monat 50 Kondome geschickt hätte«, erwidert Vanessa und bläst Luftbläschen in ihren fast leeren Drink.

»Sie soll für die Uni lernen, einen vernünftigen Abschluss machen, arbeiten, auf eigenen Beinen stehen und dann kann sie Sex haben.«

»Kacey, *Honey* ...«, seufzt Vanessa und holt tief Luft. Dann ergreift sie meine Hand über den Tisch.

»Sie ist 19, sie ist ein heißer Feger, die Jungs stehen auf sie. Lass ihr den Genuss der Aufmerksamkeit. Sie hat das vernünftigste und beste Vorbild gehabt, das man einem Mädchen wünschen kann – dich, Kacey. Jetzt hab endlich Vertrauen in deine kleine Schwester. Sie wird es dir irgendwann danken.«

Ich fahre mir mit den Händen über das Gesicht. Vanessa hat

recht. Ich muss dringend mit meiner Paranoia aufhören. Laurie hat noch nie etwas getan, weswegen ich sie hätte anschreien müssen. Sie war jedes Mal pünktlich Zuhause, ist nicht bei betrunkenen Freunden ins Auto gestiegen und hat stattdessen mich angerufen, damit ich sie abhole, und sie hat bei all ihren Problemen jedes Mal meine Hilfe gesucht.

Sie ist erwachsen.

Sie packt das.

»Ich muss los«, verkündet Vanessa und trinkt ihren Drink leer.

»Was?«, frage ich perplex.

Sie hält ihr Handy los. »Der harte Tag, von dem ich die ganze Zeit spreche? Der beginnt früher als erwartet. Wünsch mir Glück!« Sie schultert ihre Handtasche, drückt mir einen Kuss auf die Wange und einen Moment später rieche ich nur noch den Hauch ihres dezenten Parfüms.

Ich lehne mich auf dem Stuhl zurück und nehme das Cocktailglas in die Hand. Mit der anderen führe ich den Strohhalm an meine Lippen. Ich schaue auf. Er hat mich wieder im Blick.

Diesmal lächle ich nicht, ich erwidere den Blickkontakt einfach und kann beobachten, wie seine Augen für einen Moment an meinem Mund hängen. Er lehnt sich nun auch zurück, verschränkt die Arme vor der Brust und betrachtet mich abwartend.

Soll das ein Spiel werden? Wer blinzelt zuerst?

Ich stelle den Cocktail ab, unterbreche kurz den Blickkontakt, verschränke dann ebenfalls die Arme vor der Brust und schaue ihn wieder an. Diesmal lächelt er, und ich kann nicht verhindern, dass mein Mundwinkel zuckt. Anstatt, dass er aber aufsteht und zu mir kommt, bleibt er sitzen und hebt die Hand, um eine der Servicekräfte heranzuwinken. Er bittet darum zu zahlen.

Während er auf die Rechnung wartet, räumt er den Laptop in eine lederne Umhängetasche und steckt die beiden Handys ein. Eine Servicekraft kommt mit der Rechnung und kassiert ab. Ich kann nicht sehen, wie viel Trinkgeld er ihr gibt. Ihrem überraschten Lächeln und dem überschwänglichen ›Danke‹ entnehme ich aber, dass es ein üppiger Betrag ist. Ehe er jedoch aufsteht und geht, nimmt er erneut seinen Kugelschreiber und schreibt etwas auf die Serviette. Er klemmt sie zwischen Salz- und Pfefferstreuer, schenkt mir ein letztes Lächeln und geht wortlos an mir vorbei.

Die Servicekraft will den Tisch abräumen, ich komme ihr aber zuvor.

»Ich mach das schon«, sage ich und stelle mich neben sie.

»Danke«, erwidert sie und eilt davon.

Ich drehe mich zu dem Tisch um und nehme die Serviette in die Hand. Auf der Rückseite steht eine neue Nachricht.

›Danke für den unterhaltsamen Lunch.‹

Wieder kein Name und keine Nummer.

Dennoch stecke ich die Serviette ein und räume den Tisch ab.

7.

Die Tage fliegen an mir vorbei, als wäre ich lediglich Zuschauer in meinem eigenen Leben. Abends, wenn der letzte Gast das Restaurant verlassen hat, kümmere ich mich um die Buchhaltung, Bestellungen bei den Großlieferanten, die alltäglichen Probleme, die anfallen. Danach sitze ich mehrere Stunden an der Planung für das zweite Restaurant. Guy und ich saßen bis morgens 5 Uhr zusammen und haben darüber diskutiert, was wir uns vorstellen und wie es funktionieren könnte. Wir haben uns noch nicht festgelegt, da die Location der Grundpfeiler für unsere Planung ist.

Uns schwebt eine Mischung aus trendigem Club und einer Lounge Bar vor. Eine sich ständig ändernde Menü-Karte, auf der lediglich leichte Kost, Fingerfood und Gerichte zu finden sind, für die man kein Besteck braucht, da wir lediglich gemütliche Lounge-Möbel aufstellen wollen.

Tagsüber wollen wir die Frauencliquen anlocken, die vom Shoppen eine Pause brauchen oder einen Ort, an dem sie ihre Wohltätigkeitsprojekte planen können, abends soll es ein trendiger Club sein, der aber eine ruhigere und intimere Atmosphäre verbreitet, als die anderen Läden hier in London.

Wir wollen etwas experimentierfreudiger werden und vor allem eine Location anbieten, die auch für Großevents wie Hochzeiten oder andere Feiern geeignet ist.

Große Pläne, die alle an einem einzigen Haken hängen – wir brauchen das passende Lokal, das wir uns leisten können. Guy und ich sind in einer Meinung, dass wir uns nicht übernehmen sollten. Wir wissen nicht, ob unser Projekt floppt oder genügend Gewinn abwirft.

Die letzten Tage habe ich kaum Schlaf bekommen, da ich bislang keine geeignete Location gefunden habe. Entweder waren sie alle zu weit entfernt, zu teuer oder zu klein. Ohne das Lokal brauchen wir der Bank kein Konzept vorzulegen, da die zu finanzierende Summe nicht feststeht.

Daher habe ich heute Nicola und zwei andere Servicekräfte um eine Sonderschicht gebeten, damit ich mich zurückziehen und mich der schier unlösbaren Aufgabe stellen kann, das Fragezeichen in unserem Konzept auszuräumen.

Ich wühle mich durch die Teesorten, die wir anbieten. Wenn ich noch eine Tasse Kaffee trinke, befürchte ich, in ein Koffein-Koma zu fallen, da das mein Hauptnahrungsmittel in der letzten Zeit ist. Schwarzer Tee fällt damit auch flach. Ein Kräutertee, der einem bei Konzentration und Entspannung hilft, wäre die beste Lösung.

»Genau die Frau, die ich suche«, sagt jemand von der anderen Seite der Theke. Ich hebe den Kopf und schaue Matt ins Gesicht. Er grinst mich breit an. »Du bist mein neuer Lieblingsmensch in London!«, eröffnet er mir.

»Nur in London?«, frage ich mit einem Lächeln nach und richte mich auf.

»Auf der ganzen weiten Welt«, korrigiert er sich. »Danke. Du hast mir meinen Arsch gerettet«, fügt er aufrichtig hinzu.

»Ich nehme an, dein Chef hat dich nicht gefeuert?« Ich weiß nicht, ob ich Matt sagen soll, dass sein Chef hier aufgetaucht ist und mir allmählich eine Ecke meines Verstandes mit seinen handgeschriebenen Nachrichten raubt.

»Korrekt. Er wollte es nicht zugeben, aber der Kaffee war es. Hundertpro der Kaffee! Wenn du nicht da drüben stehen würdest, würde ich dich aus Dankbarkeit abknutschen.«

Ich muss lachen. »Heb dir die Knutscherei besser für deine Freundin auf.«

Er nimmt seinen Rucksack von den Schultern und stellt ihn

auf einen der Barhocker. Dann öffnet er ihn und zieht meinen Coffee-to-go-Becher mit den pinken Eulen heraus. Perplex blicke ich auf den Gegenstand, den Matt mir auf die Theke stellt.

»Bitteschön.« Er lächelt mich an, ich kann das Lächeln aber nicht erwidern.

»Wollte dein Chef ihn nicht behalten?«, frage ich, bevor ich es verhindern kann.

Matt blickt mich leicht irritiert an. »Das ist ein Coffee-to-go-Becher mit pinkem Deckel und Comiceulen. Ich glaube nicht, dass ein Mann sich damit freiwillig in der Öffentlichkeit zeigen will.« Es ist als Witz gemeint, ich kann darüber aber nicht lachen. »Ist alles in Ordnung? Ich dachte, du würdest dich freuen, ihn zurück zu haben. Jetzt schaust du ihn an, als hättest du dir gewünscht, dass mein Boss ihn sich als Trophäe auf den Schreibtisch stellt.«

Vielleicht habe ich mir genau das gewünscht. Auch wenn ich deutlich ›Nein‹ gesagt habe, hat mir der Flirt mit Mr. Unbekannt gefallen. Es hat mich auf andere Gedanken und vor allem zum Lächeln gebracht, wenn ich die 20-Pfund-Note oder die Serviette angeschaut habe. Und das habe ich in den letzten Tagen öfter getan, als ich jemals zugeben wollen würde. Dass er den Becher nun zurückgegeben hat, deutet an, dass er mein ›Nein‹ verstanden hat.

Ich sollte dankbar und nicht so enttäuscht sein. Aber irgendetwas hatte mir gesagt, dass er hartnäckig bleiben würde und ich ihn nicht so schnell loswerde.

Aber irren ist menschlich und meine Spezialität.

»Nein. Danke, ich freue mich, ihn zurück zu haben«, sage ich schließlich und bringe ein Lächeln hervor. Immerhin kann ich aufhören, ständig zur Tür zu schauen, wenn ein neuer Gast hereinkommt und mich zu fragen, was die nächste Nachricht gewesen wäre, die Matts Boss mir geschrieben hätte.

Ich könnte Matt nach seinem Namen fragen und der Firma, für die er arbeitet. Aber ich lasse es. Ich habe meine Absichten deutlich zum Ausdruck gebracht und der Mann respektiert das.

Wehmütig bin ich trotzdem.

»Ich muss auch wieder los«, sagt Matt mit einem entschuldigenden Lächeln. »Wenn ich aber wieder etwas verbocke, komme ich bei dir Kaffee holen! Und sollte mir mein Boss mal eine Woche frei geben, helfe ich dir hier kostenlos aus.«

»Ich behalte dann mal den Becher, für den Fall der Fälle«, erwidere ich.

»Danke noch mal«, erwidert er, ehe er sich umdreht und wieder verschwindet.

Mein Lächeln verschwindet ebenfalls aus meinem Gesicht. Ich nehme den Becher in die Hand und löse den Silikon-Deckel ab. Der Becher ist gespült und sauber. So als wäre er nie weg gewesen. Ich rieche daran. Spülmittel. Kein verwegener Duft nach einem Aftershave oder einem Mann, der zu sehr in meinen Kopf gekrochen ist.

Ich stelle den Becher neben die Kaffeemaschine und fische irgendeinen Tee aus der Box. Mir ist es gleichgültig, ob es schwarzer Tee ist.

Meine Laune ist dramatisch in den Keller gefallen und der einzige plausible Grund dafür passt mir gar nicht.

Am Abend ist meine Laune immer noch am absoluten Tiefpunkt. Meine Mitarbeiter haben schnell begriffen, dass sie Probleme alleine lösen und um mich einen großen Bogen machen sollten.

Ich habe den ganzen Nachmittag nach Locations gesucht und nicht eine Einzige gefunden, bei der es sich lohnen würde, einen Besichtigungstermin zu vereinbaren. Es ist zum Verzweifeln.

Gegen 22 Uhr hielt ich es in dem Büro nicht mehr aus. Das Licht der grellen Neonröhre verursachte mir Kopfschmerzen und die stickige Luft ließ mich unwohl fühlen. Da das Büro kein Fenster hat, nahm ich meinen Laptop und alle meine Unterlagen und setzte mich in eine Ecke ins Restaurant.

Die letzten Gäste sind bei ihren Drinks angekommen und würden nicht mehr lange bleiben. Alle Mitarbeiter, bis auf Nicola, sind bereits nach Hause gegangen. Sie putzt die Theke und kümmert sich darum, dass alle Getränke aufgefüllt sind. Ich werde ihr einen Extra-Anteil des Trinkgelds von heute auszahlen, da sie den Laden im Prinzip alleine geschmissen hat.

Während ich mich durch die Anzeigen auf den Immobilienseiten klicke, kassiert sie die letzten Gäste ab. Dann kommt sie zu mir herüber.

»Kacey?«, fragt sie vorsichtig.

»Hm?«, grummle ich müde, aber nicht unfreundlich und nehme den Blick von dem Bildschirm.

»Soll ich die Kasse noch machen?«

»Nein. Ist schon in Ordnung. Ich mache das. Du hast dir deinen Feierabend verdient«, erwidere ich mit einem dankbaren Lächeln und streiche mir die Haare aus dem Gesicht.

»Ich habe morgen frei. Ich kann das noch machen. Das ist kein Problem. Ich sehe ja, dass du viel mit der Neueröffnung zu tun hast.«

»Es hat sich also schon unter euch herumgesprochen?«

Sie lächelt zaghaft. »So etwas kann selbst Guy nicht geheim halten, der alte Geheimniskrämer«, sagt sie mit einem Lachen. »Aber du kannst dir sicher sein, dass du die volle Unterstützung des gesamten Teams hast.«

»Danke.« Ich klinge aufrichtig und meine es auch so. »Aber geh nach Haus und mach Schluss für heute. Ich werde dich aller Wahrscheinlichkeit nach die nächsten Wochen öfter um Sonderschichten bitten müssen.«

»Du weißt, dass du immer auf mich zählen kannst«, sagt sie und wendet sich ab.

Mein Laptop kündigt mir eine E-Mail an. Ich öffne sie. Sie ist von Guy.

›*Bist du immer noch im Restaurant?*‹

Ich tippe schnell meine Antwort und drücke Enter. ›*Nein.*‹

›*Lügnerin*‹, kommt es sofort zurück.

Wie kam ich auch auf die Idee, er würde mir das glauben?

›*Kann Quinlan nicht schlafen?*‹, frage ich.

›*Sie liegt in meinen Armen und macht ihrem Dasein als Engel alle Ehre. Geh nach Hause. Es gibt nichts, was du nicht auch morgen erledigen kannst.*‹

›*Ja,* Dad. *Gute Nacht.*‹

Mit einem guten Gefühl schließe ich das E-Mail-Programm. Guy hat recht. Ich werde sowieso nichts Vernünftiges zustande bekommen. Ich befürchte, dass wir uns noch einmal zusammensetzen müssen, um unser Konzept zu überdenken. Wenn wir kein geeignetes Lokal finden, müssen wir eben unsere Idee an die Realität anpassen. Am besten bitten wir alle Mitarbeiter hinzu und fragen sie um ihre Meinung, wenn wir nicht weiterkommen. Oder wir lassen es am Ende ganz sein.

Meine Augen fühlen sich schwer an und ich bin für mein gemütliches Bett bereit. Ich unterdrücke ein Gähnen, als ich beobachte, wie Nicola die letzten Gäste zur Tür bringt. Dann verabschiedet sie sich auch von mir, nachdem sie sich versichert hat, dass ich alleine zurechtkomme. Sie legt ihre weinrote Schürze ab und ich lasse Nicola vorne raus. Ich schließe die Tür ab.

Zurück im Restaurant bleibt mein Blick an dem Coffee-to-go-Becher hängen, den Matt mir heute zurückgebracht hat.

Jeder Traum endet irgendwann, denke ich wehmütig. Ich will mir gerade die Kasse vornehmen, als es an der Tür klopft. Erst ist es ein dumpfer Schlag, dann wird das Klopfen vehementer. Mit dem Schlüssel in der Hand gehe ich zurück zum Haupteingang und schließe die Tür auf. Wahrscheinlich ist es Nicola, die noch etwas vergessen hat.

Ich öffne die Tür und blicke geradewegs in das Gesicht, das ich nie wieder zu sehen geglaubt hatte.

»Habe ich mir doch gedacht, dass du noch da bist«, sagt er sichtlich zufrieden darüber, mich noch anzutreffen.

»Wir haben geschlossen«, gebe ich von mir, da mich die Anwesenheit von Mr. Unbekannt vollkommen aus dem Konzept bringt. Vor allem um diese Uhrzeit und ohne das Sicherheitsnetz von Angestellten und Gästen um mich herum.

»Ich hätte nur gerne etwas wieder, was mir gehört«, sagt er und lässt mich nicht aus den Augen.

Ich lege den Kopf leicht schief. »Die 20 Pfund?«

»Hast du sie etwa aufgehoben?«, fragt er mit einem selbstsicheren Lächeln.

Wenn ich müde war, ist jede Faser meines Körpers bei diesem Lächeln wieder zum Leben erwacht. Sein dunkles Sakko ist auf und lässt meinen Blick auf seinen flachen Bauch landen, der von dem weißen Hemd betont wird.

»Nein«, sage ich schnell.

»Wieso glaube ich dir das nicht? Darf ich reinkommen?« Es ist eine rhetorische Frage, da er mir ansehen muss, dass ich nicht ablehnen werde.

Ohne darüber nachzudenken, trete ich einen Schritt zur Seite und lasse ihn eintreten. Er geht an mir vorbei und ich nehme den Duft seines Parfüms wahr. Es ist definitiv Parfüm und kein Aftershave. Der Mann ist eine riesige Rätselpackung. Ich bin mir bewusst, dass ich die Finger davon lassen sollte, auch nur eines davon herauszufischen und lösen zu wollen. Aber etwas an ihm reizt mich. Vielleicht die Tatsache, dass er nicht locker lässt, ohne aufdringlich zu wirken.

Ich drücke die Tür zu und schließe wieder ab. Den Schlüssel lasse ich aber im Schloss stecken. Immerhin werde ich ihn gleich wieder vor die Tür setzen, sobald er mir gesagt hat, was der Grund für seinen späten Besuch ist. Ich atme tief durch und folge ihm.

Er steht vor der Theke und hat den Becher mit den Comiceulen in der Hand.

»Ich sagte zwar, dass ich Matt nicht feuere, aber heute stand ich kurz davor, als *das* weg war«, sagt er mit einem belustigten Unterton.

»Du bist hergekommen, um dir den peinlichen Becher zu holen?«

»Du wolltest ihn nicht zurück haben, also ist er offiziell

meiner.«

Er trägt heute seine Brille nicht und ich kann ihm in die dunklen Augen schauen, die zu seinem schwarzen Haar perfekt passen. Er ist attraktiv. Daran gibt es nichts zu bestreiten. Alles an ihm wirkt harmonisch. Seine Gestik, seine Mimik, seine Worte, die er wählt. Es ist ein Leichtes, sich in seiner Gegenwart zu verlieren und ihm nahe sein zu wollen. Ich spüre, wie meine Fingerspitzen zu kribbeln beginnen, als ich mir vorstelle, ihm mit den Fingerkuppen unter das weiße Hemd zu fahren ...

»Matt hat ihn mir heute vorbeigebracht, weil er dachte, dir wäre es zu peinlich, damit gesehen zu werden«, versuche ich beim Thema zu bleiben und mich von meinen unangebrachten Gedanken abzulenken.

Er schüttelt den Kopf. »Ich gebe doch nicht die einzige Geisel frei, die ich habe. Ich weiß nämlich, dass ihr Frauen auf solche Becher steht und du ihn mit Sicherheit irgendwann zurück haben willst.«

Meine Mundwinkel heben sich zu einem Lächeln. »Sehr selbstsicher, der Herr. Aber um ehrlich zu sein, war ich froh, ihn los zu sein. Ich gehöre zu den Frauen, die diese Becher wirklich peinlich finden.«

»Und wieder glaube ich dir das nicht, Kacey.«

Es ist das erste Mal, dass er meinen Namen ausspricht. Und ich schmelze alleine von dem Ton dahin und wünschte, er würde ihn noch mindestens hundertmal aussprechen, wenn nicht sogar leise in mein Ohr flüstern.

»Woher weißt du meinen Namen?« *Dumme Frage.*

»Steht an der Tür und ebenfalls *dort.*« Er deutet auf meine Brust, wo mein Namensschild hängt.

»Klar, sorry«, sage ich.

Er kommt auf mich zu und streckt mir seine Hand entgegen. »Logan.«

Zögernd lege ich meine in seine. Er umfasst sie mit seinen warmen und kräftigen Fingern und mein gesamter Arm beginnt nun zu kribbeln. Er hält sie einen Tick zu lange fest und schaut mir ewig in die Augen, sodass mein Herz meint, einen Marathon schlagen zu müssen.

Ich sollte ihn schnellstmöglich vor die Tür setzen, wenn ich meine Fassung nicht verlieren will. Männer wie er kommen mit Gepäck. Sehr viel Gepäck, das ich nicht mehr in meinem Leben haben will. Aber dieser Entschluss schwirrt als leere Drohung in meinem Kopf herum. Meine Empfindungen interessiert das überhaupt nicht.

Er lässt meine Hand wieder los und blickt sich um. »Du arbeitest noch?«, fragt er und betrachtet meinen Laptop.

»Ich wollte noch die Kasse machen und dann in ein warmes Bett fallen.«

»Das mit dem Bett hört sich gut an«, erwidert er mit einem anzüglichen Lächeln, das meinen Puls lediglich weiter anheizt und meine Befürchtung bestätigt. Er sollte gehen. Und wenn er nicht gehen will, sollte ich gehen.

»Alleine. Ich möchte *alleine* in ein Bett fallen«, stelle ich klar und verschränke die Arme vor der Brust, um die Mauer aufzubauen, die ich erfolglos versuche in meinem Kopf zu errichten.

Er antwortet nicht direkt, betrachtet mich lediglich eine Weile schweigend. »Darf ich dir dann helfen?«

»Warum?«, lautet meine kritische Nachfrage.

»Weil ein Gentleman das tun würde. Du siehst müde aus und wirst dich mit Sicherheit verrechnen. Also lass mich dir helfen, damit du zügig in ein warmes Bett fallen kannst. *Alleine*«, betont er.

Ich schenke ihm einen bedenklichen Blick.

»Ich bin gut mit Zahlen«, fügt er hinzu.

»Bist du Buchhalter?«, frage ich nach und gehe an ihm vorbei, um die Einnahmen sowie die Abrechnung für den Tag zu holen.

»So in etwa«, erwidert er und wechselt dann schnell das Thema. »Hast du mich so sehr vermisst, dass du keinen Schlaf gefunden hast?«

»Überlegst du dir die Sprüche vorher oder kommen die einfach heraus?«, frage ich, kann ein Lächeln aber nicht unterdrücken. Immerhin hat er es geschafft, meine Laune lediglich mit seiner Anwesenheit zu heben.

»Ich habe einfach eine gute Beobachtungsgabe.«

»Ich habe momentan viel zu tun. Schlafen gehört nicht zu den Dingen, für die ich viel Zeit habe.«

Ich warte auf den letzten Ausdruck des Kassensystems und bringe die Sachen zu dem Tisch, auf dem mein Laptop steht. Logan steht dort bereits und wirft einen Blick auf die offenen Unterlagen.

»Du willst einen zweiten Laden eröffnen?«

»Shit«, fluche ich und schlage mit der freien Hand die Mappen zu, sodass einiges davon zu Boden fällt.

Er bückt sich sofort und hebt sie auf. »Wenn ich von der Konkurrenz wäre und dich ausspionieren wollen würde, hätte ich andere Wege gefunden.«

»Du könntest die Informationen immer noch an die Konkurrenz verkaufen wollen«, sage ich, nicht erfreut über meine Unachtsamkeit.

»Kacey«, sagt er und verschränkt die Arme vor der Brust. »Ich habe so etwas nicht nötig. Ich bin nicht von der Konkurrenz und ich habe nicht einmal eine Ahnung, wem ich so etwas anbieten müsste, um dafür zehn Pfund zu bekommen.«

Ich seufze auf. »Okay. Tut mir leid. Der Schlafmangel lässt mich paranoid werden.«

Er nimmt mir meine Sachen aus der Hand und legt sie auf dem Tisch ab. Dann fasst er mich sanft am Arm und schiebt mich auf die Bank. Anstatt sich auf einen der Stühle zu setzen, lässt er sich direkt neben mir nieder.

Zu viel Körperkontakt.

Viel zu viel Körperkontakt, denke ich, und rücke so weit es geht an den Rand. Er ignoriert es und nimmt sich die Kassenauszüge vor.

»Du willst mir wirklich helfen?«, frage ich verwundert nach, da ich davon ausgegangen bin, dass es zu seinem Plan gehört, sich von mir ein erneutes Nein einzufangen. Auch wenn ich selbst nicht mehr daran glaube, Nein sagen zu können. Selbst wenn mein Leben davon abhinge.

»Ja. Ich stehe zu meinem Wort«. Ohne weitere Ausführungen beginnt er, die Auszüge zu überfliegen. Gebannt beobachte ich ihn dabei. Entweder ist er wirklich gut mit Zahlen, oder er hat das schon öfter gemacht.

Nur mit Mühe kann ich ein erneutes Gähnen unterdrücken. Für einen Moment schließe ich die Augen und es fühlt sich zu gut an. Die Dunkelheit greift praktisch nach mir. Selbst der Gedanke daran, dass ich einen praktisch Fremden mit den Tageseinnahmen hantieren lasse, können mich nicht länger wach halten. Plötzlich spüre ich einen Arm um mich und falle gegen eine weiche Brust. Ich atme den angenehmen Duft ein und kann mich nicht länger dagegen wehren, der Müdigkeit nachzugeben.

Ich murmle ein »Danke«, weiß aber nicht, ob ich es wirklich ausspreche oder nur träume. *Aber das hier fühlt sich definitiv besser als ein warmes Bett an*, ist der letzte Gedanke, den ich fassen kann, ehe es um mich herum schwarz wird.

8.

»Ich hasse dich!«, zische ich, sobald ich außer Atem vor Vanessas Schreibtisch stehe. Obwohl ihr Tisch eher einem Podium gleicht, von dem aus sie zu ihren Untertanen spricht. Eine riesige weiße Echtholzplatte, auf der ein Stift und ein Tablet liegen. Plus der obligatorische Haufen Modezeitschriften, durch den sie sich in ihren Pausen blättert, oder wenn sie die Models, die sie in ihrem Büro hat, langweilen – was ihren Erzählungen nach zu urteilen sehr häufig geschieht.

Momentan sitzt sie in einem ihrer Designerfummel, Sonnenbrille auf der Nase und frisch toupierten Haaren hinter ihrem Regententisch und nippt an einem Kaffee. Ich bleibe vor dem Tisch stehen, verschränke die Arme vor der Brust und funkle sie bitterböse an.

Seitdem ich heute Morgen alleine in meinem Restaurant aufgewacht bin, suche ich krampfhaft nach der Person, die Schuld an meiner Misere trägt. Ein halber Tag Grübelei lieferte mir die Antwort auf einem Silbertablett – Vanessa. Sie steht am Anfang der Kette von Verknüpfungen, die zu meiner momentanen Situation führten. Ich habe die Nummer zu einem Handy, die ich nicht haben sollte. Und ich habe das Bedürfnis, diese Nummer zu wählen, das ich ebenfalls nicht haben sollte.

Als ich heute die Augen aufschlug, lag ich auf der Bank, den Kopf auf ein paar Sitzkissen gebettet und mit Logans Sakko zugedeckt. Er hatte die Abrechnung für gestern gemacht und mir alles fein säuberlich aufgeschrieben sowie ordentlich auf den Tisch gelegt. Ich habe keine Ahnung, wie lange er geblieben war. Als er ging, schloss er ab und warf den Schlüssel durch den Briefkastenschlitz in der Tür. Neben den ganzen Unterlagen befand sich ein

Zettel.

Der peinliche Becher befindet sich wieder in meinem Besitz.
Ruf mich an, wenn du aufwachst.
L

Ich bin aufgewacht und habe ihn natürlich nicht angerufen. Warum auch? Ich habe Nein zu allem gesagt, was ihn an mir interessieren könnte. Wenn ich ihn anrufe, revidiere ich meine Aussage. Ich hatte meine Sachen gepackt und habe das Restaurant verlassen. Wenn Guy mich dort erneut gefunden hätte, wäre mir keine gute Erklärung eingefallen und er hätte das Projekt abgeblasen. Dabei ist der zweite Laden das Einzige, was momentan meine Nerven zusammenhält. Zuhause legte ich mich ins Bett. Anstatt zu schlafen, grübelte ich nach. Ein Verlangen tief in mir meldet sich mit jeder Minute vehementer zu Wort und befiehlt mir, ihn anzurufen. Und ich habe das Gefühl, dem nicht länger widerstehen zu können.

»Welch grandiose Leistung habe ich vollbracht?«, fragt Vanessa neugierig, rutscht mit ihrem Stuhl ein Stück nach hinten und schlägt ihre perfekten Beine übereinander. Ihr Rock ist so kurz, dass ich wahrscheinlich ihre Unterwäsche sehen könnte, wenn ich zu genau hinschauen würde.

Ich löse meine verkrampfte Haltung und balle meine rechte Hand zur Faust, mit der ich hilflos auf der Suche nach den richtigen Worten in der Luft herumwedle. »Alles! Du mit deinem blöden Vortrag über Männer und meinem nicht-existenten Sexleben, was nebenbei bemerkt großartig war!« Mein Frust erreicht gerade seinen Höhepunkt.

»Oh ...«, säuselt sie und ein breites und zugleich wissendes Lächeln platziert sich in ihrem Gesicht. »Du hast wieder Blut geleckt!« Sie hebt ihre Hand und zeigt mit ihrem Zeigefinger samt feuerroten Nagellack direkt auf mich. »Und jetzt findest du keinen Mann, der es dir noch einmal macht«, schlussfolgert sie.

»Falsch«, korrigiere ich sie direkt. »Mein Körper denkt bei jedem Mann an Sex und ich kann mich nicht auf meine Arbeit konzentrieren!«, fluche ich.

»Kombiniere Arbeit mit Vergnügen. Das funktioniert super.«

»Für dich vielleicht. Für mich nicht.«

»Was ist mit Marko? Soll er nicht den neuen Laden als Geschäftsführer übernehmen? Während er seine Makkaroni in dir hat, könnt ihr über die Karte philosophieren.«

Ich verziehe das Gesicht. »Genau solche Vorschläge ruinieren mein Leben!«

»Sie geben dir endlich ein Stück Lebensqualität zurück, meine Süße. Ein kleiner, aber feiner Unterschied.«

»Ich hasse dich trotzdem«, knurre ich.

»Liebe und Hass sind auch zwei Dinge, die sehr nahe beieinanderliegen. Du kannst mir mal helfen. Ich brauche die Meinung einer Frau, die zu viele Hormone im Kreislauf hat«, sagt sie und beendet damit das Thema. Typisch Vanessa.

»Was denn?«, frage ich mit einem Seufzen nach. Wieso kam ich überhaupt auf die Idee, ihr eine Szene machen zu wollen? Es läuft jedes Mal nach dem gleichen Schema ab – sie sieht es als Kompliment an und ich wundere mich, warum ich überhaupt versucht habe, ihr klar zu machen, an welcher Stelle ihre Lebensphilosophie Schwächen hat.

»Ich muss ein Model für eine neue Parfüm Ad finden. Ich kann mich nicht entscheiden.« Sie bückt sich, zieht aus einer Schublade zwei Mappen und reicht sie mir über den Tisch. Ich nehme sie entgegen. Gerade, als ich eine aufschlagen will, hält sie mich davon ab. »Warte!«, ruft sie und zieht einen aussagelosen Flakon hervor. »Das ist der Duft.« Sie greift nach meinem Handgelenk und sprüht das Parfüm auf meine Haut. Zögernd schnüffle ich an meiner Hand und muss gestehen, dass es ein sehr angenehmer Duft ist. Nicht zu aufdringlich, aber auffallend genug, um wahrgenommen zu werden. Zudem männlich und sommerlich zugleich.

»Riecht gut«, sage ich. Vanessa nickt zustimmend. Dann nimmt sie endlich ihre Sonnenbrille von der Nase und ich sehe ihre Augenringe, die sie versucht hat zu überschminken, aber immer noch deutlich sichtbar sind.

»Was ist los?«, frage ich sofort besorgt.

Sie winkt ab. »Aus dem einen anstrengenden Tag ist eine ganze Reihe anstrengende Tage geworden.« Sie verlagert ihr Gewicht von einem Bein auf das andere.

»Ist da ein Mann im Spiel?« Ich kneife die Augen ein Stück zusammen, um nichts an ihrer seltsamen Reaktion zu übersehen.

Sie stöhnt auf und lässt sich zurück in ihren Stuhl fallen. Dann blickt sie mit müden Augen zu mir auf. »Meine Mutter ist in der Stadt.«

»Wow. Mit allen Sätzen, die du mir hättest sagen können, habe ich mit dem am wenigsten gerechnet«, gestehe ich.

Wenn der Duden jemals eine Definition für das Wort ›Rabenmutter‹ braucht, sollen sie einfach ein Bild von Vanessas Mum drucken. Die Frau hätte niemals im Leben Kinder bekommen sollen. Sie hat ihre Tochter mit 14 in die Bulimie getrieben und ihr beinahe ihr gesamtes Leben ruiniert, wäre ihr Vater nicht eingeschritten. Er holte Vanessa zu sich und sie erlebte eine halbwegs normale Jugend. Dennoch hat sie einen Knacks fürs Leben bekommen, was ihr Aussehen betrifft. Sie ist viel zu sehr auf Äußerlichkeiten fixiert, sodass sie sich häufig in nebensächlichen Dingen verbeißt. Gerade was Männer angeht.

»Was will sie?«, frage ich vorsichtig nach und setze mich ihr gegenüber. Die Mappen lege ich auf meinen Schoß ab.

»Sich entschuldigen«, erwidert sie mit einem unechten Lächeln. »Sie will die verlorene Zeit aufholen und meine beste Freundin werden. Aber weißt du was?«

Ich antworte nicht, da sie die Frage in wenigen Sekunden selbst beantworten wird.

»Der Platz ist schon vergeben. Und zwar an die weltbeste Freundin, die man sich wünschen kann – dich. Auch wenn du mich gerade hasst, ändert das nichts«, sagt sie diesmal mit einem aufrichtigen Lächeln.

»Du weißt, dass ich dich nicht wirklich hasse.«

»Ich weiß. Ich tue nur das, was für dich am besten ist. Du hast mich durch die Uni gebracht, ich bringe dich durchs Leben.« Sie zwinkert mir zu.

Ich öffne den Mund, um etwas zu sagen, sie lässt aber keine Widerworte zu.

»Jetzt such dir einen der hübschen Kerle aus«, sagt sie und deutet auf die Mappen auf meinen Schoß. »Stell dir vor, du hast Sex und den Duft in der Nase«, sie wedelt mit dem Flakon, »welchen Kerl würdest du dabei lieber anschauen?«

Ich schlage die erste Mappe auf und ein durchaus attraktiver Mann mit blonden Haaren, strahlend blauen Augen und einem leichten Bartschatten lächelt mich mit seinem Schlafzimmerblick an.

»Das ist Sven. Er ist Schwede. Hinreißender Mann«, schwärmt Vanessa. Ich blättere die nächsten Seiten durch, auf denen Sven überall in durchaus ansehnlichen Posen sein Äußeres in Szene setzt. Ich lege Svens Mappe beiseite und schlage die Zweite auf. Hier ist nun ein Südländer zu sehen. Bronzefarbener Teint, dunkle Haare und noch dunklere Augen, die mich sofort an Logans Augen erinnern.

»Der ist es!«, sagt Vanessa triumphierend und kommt um ihren Schreibtisch herum. Sie nimmt mir die Mappe aus der Hand und legt sie auf ihren Schreibtisch. Die von Sven lässt sie in einem der deckenhohen Schränke verschwinden.

»Wieso der?«, frage ich irritiert nach, während ich ihre Kehrseite betrachte.

»Du hast ihn angesehen und die Luft angehalten. Das ist immer ein gutes Zeichen.«

»Wählst du für alle Aufträge die Models auf diese Art und Weise aus?«

»Nein«, erwidert sie mit einem Lachen und setzt sich die

Sonnenbrille wieder auf die Nase. »Aber manchmal darf man seinem Verstand nicht vertrauen und muss eine Bauchentscheidung treffen.«

»Du weißt, dass ich momentan für so etwas nicht gerade geeignet bin?«

»Ich wette, die Ad wird ein Hit. Und wenn das der Fall ist, schicke ich dir ein Präsentkörbchen.«

»Bitte ohne Sexspielzeug«, murmle ich eher zu mir selbst, aber Vanessa hört gerade die Sachen, die nicht für ihre Ohren bestimmt sind.

»Hast du mittlerweile einen Favoriten?«

Zeit zu gehen, denke ich, und stehe auf. »Kommst du morgen im Restaurant vorbei?

»Wenn du diesmal einen Cocktail mit ordentlich viel Alkohol für mich hast.«

»Solltest du nicht nüchtern bleiben, solange deine Mutter noch in der Stadt ist?«

Sie schüttelt den Kopf. »Wir haben uns alles gesagt, was es zu sagen gibt. Sie kann wieder verschwinden, ich bin fertig mit ihr, also brauche ich mich nicht mehr zu benehmen.« Das ist die Vanessa, die ich kenne und die ich so sehr liebe.

Ich gehe auf sie zu und nehme sie in den Arm. Sie trägt ein Paar ihrer monströsen High Heels, weswegen es ein bisschen umständlich ist, aber sie drückt mich fest. Und ich weiß, sie braucht das gerade mehr als ich. »Wann dreht ihr die Ad?«, frage ich nach.

»In vier Wochen.«

»Darf ich zuschauen?« Vanessa hatte mir das bereits mehrfach angeboten, aber ich habe es immer ausgeschlagen. Aber ich brauche dringend eine sexuelle Abkühlung, da ich ansonsten noch in den Wahnsinn verfalle – oder dem einzigen Mann in London, dem ich nicht verfallen will. Auf so einem Werbedreh laufen viele Menschen herum, für die Sex einfach nur Sex ist. Ein One-Night-Stand hilft vielleicht. Und diesmal werde ich nicht ungefragt irgendwelche Handys in die Hand nehmen.

»Ja, sicher«, erwidert meine beste Freundin und löst sich von mir.

»Weinst du?«, frage ich belustigt nach, als sie sich die Augenwinkel abtupft.

»Nein.« Ihr unterschwelliges Schniefen ist aber deutlich zu hören.

»Komm her«, sage ich und drücke sie erneut an mich. Wahrscheinlich wird es ihr gut tun, wenn ich sie momentan bei ihrer Arbeit unterstütze.

»Hast du nicht Arbeit zu erledigen?«, fragt sie, während wir uns wieder in den Armen liegen.

»Den Status einer weltbesten Freundin muss man sich erst einmal verdienen. Und da bin ich gerade bei.«

»*Best friends forever?*« Sie löst sich von mir und hält mir ihren kleinen Finger hoch.

»*Best friends forever*«, erwidere ich und gebe ihr das *Pinky Promise.*

»Jetzt geh arbeiten, sonst kommt dein seelisches Gleichgewicht durcheinander, du Kontrollfreak.«

»Ruf du lieber Mister Sexy Latino an und sag ihm, dass er in vier Wochen ein Shooting hat.«

»Manche Nachrichten überbringt man lieber persönlich«, flötet sie mit einem lasziven Lächeln. Noch nie war ich auf den Sex meiner besten Freundin neidisch. Aber für alles gibt es im Leben ein erstes Mal.

»Pass auf dich auf«, sage ich, als ich mich zur Tür wende.

»Bis morgen, Kacey. Und stell mir ja den Cocktail kalt!«, ruft sie mir noch hinterher, als ich die Tür zu ihrem Büro zuziehe.

Mit einem dümmlichen Lächeln laufe ich den Gang der Modelagentur entlang, für die sie arbeitet. Ich bin nicht gerne hier. In jeder Minute, die man hier verbringt, wird einem die eigene Unzulänglichkeit bewusst. Was soll auch anderes passieren, wenn man den ganzen Tag von hübschen und makellosen Menschen umgeben ist? Zudem erinnert mich die Atmosphäre zu sehr an das Ende meiner Ehe. Ein Schaukasten – allein dazu bestimmt, der Außenwelt etwas vorzugaukeln, was schon lange nicht mehr der Realität entspricht.

Ich betrete seufzend den leeren Fahrstuhl und lehne mich an die verspiegelte Verkleidung.

Aber manchmal darf man seinem Verstand nicht vertrauen und muss eine Bauchentscheidung treffen …

Das hat Vanessa eben gesagt – und sie hat recht. Ich ziehe mein Handy aus der Tasche und tippe die Nummer von Logan ein. Anstatt ihn aber anzurufen, schreibe ich ihm eine SMS.

›*Danke für deine Hilfe gestern. Wann kann ich dir dein Sakko wiedergeben? K. x*‹

Ich muss leise kichern, als ich die SMS abgeschickt habe und mir bewusst wird, dass ich einen von Vanessas beschworensten Flirttipps genutzt habe – lasse eine Textnachricht oder E-Mail immer mit einer Frage enden, damit dein Gegenüber einen Grund zum antworten hat. Nicht, dass ich Logan einen liefern muss. Er würde sich Hunderte aus dem Hut zaubern können. Dessen bin ich mir sicher.

Ich muss nicht einmal lange auf eine Antwort warten.

›*Gut geschlafen? Ich konnte leider nicht bleiben. Die Verpflichtung hat gerufen. x*‹

Bei dem Wort Verpflichtung zieht sich meine Brust unwillkürlich zusammen.

›*Hat deine Frau etwa nach ihrem Mann verlangt?*‹ In dem Moment, in dem ich die Frage abgeschickt habe, bereue ich sie. Ich schicke noch einen Smiley hinterher, Logan ist der unterschwellige Ton mit Sicherheit nicht entgangen.

›*Eifersüchtig?*‹

›*Nein.*‹

›*Wir zwei müssen uns mal über den Wahrheitsgehalt deiner Antworten auf meine Fragen unterhalten.*‹

›*Selbst wenn, hätte ich keinen Grund, eifersüchtig sein zu dürfen*‹, schreibe ich und spüre, wie das Lächeln in meinem Gesicht immer breiter wird. Während ich auf Logans Antwort warte, halte ich mein Handgelenk näher an mein Gesicht und atme das unbekannte Parfüm von Vanessas Kunden ein. Ich stelle mir vor, wie Logan danach duftet. Der Duft würde ihm stehen.

›*Jede Frau, die mir ihren peinlichen Kaffeebecher überlässt, ersteht automatisch Besitzansprüche auf mich.*‹

›*Mit wie vielen Frauen muss ich diese Ansprüche denn teilen?*‹

Ich kann auf die Antwort nicht warten, da der Fahrstuhl im Erdgeschoss ankommt. Die Türen öffnen sich und ich beeile mich, aus dem Lift zu treten, da bereits eine Traube Menschen davor wartet. Ich drücke das Handy an meine Brust und eile durch das Foyer. Der Portier öffnet mir die Tür, ich bedanke mich mit einem Lächeln.

Die Wolken hängen heute tief über London und es nieselt leicht. Mich stört das kühle Wetter nicht. Die feuchte Luft fühlt sich auf meiner heißen Haut erfrischend an. Ich gehe den Bürgersteig zur nächsten U-Bahn-Station entlang und schaue wieder auf das Display.

›*Um ehrlich zu sein, bist du die erste Frau, die bereit war, ihren wertvollen Becher für meine Kaffeepause zu opfern. Alle anderen wollten ihn nicht hergeben.*‹

›*Hättest du ansonsten eine ganze Sammlung in einer Vitrine stehen?*‹

›*Nur, wenn sie alle von dir stammen würden.*‹

Ein Bekenntnis, das mir für einen Moment den Atem verschlägt. Dabei ist es nicht mal etwas Besonderes. Wir flirten. Ein bisschen. Und mein Herz beginnt, Dinge in eine Konversation hineinzuinterpretieren, die nicht da sind und niemals da sein werden.

Ich schreibe Logan, dass ich gleich in der U-Bahn bin und keinen Empfang mehr haben werde. Er wünscht mir einen angenehmen Arbeitstag.

Während ich die Treppen zur Station hinuntergehe, geistern mir Logans Worte durch den Kopf und ich frage mich, wann ich endlich aufhöre, mich selbst zu belügen. Der Stein, den ich ins Rollen gebracht habe, wird nicht ohne Weiteres aufzuhalten sein. Momentan trägt er ein Fragezeichen. Ein Fragezeichen, das für die Frage steht, wann ich Logan das nächste Mal wiedersehen werde. Und das vorfreudige Herzflimmern in meiner Brust nehme ich das erste Mal mit einem Lächeln wahr.

9.

Aus dem Nieselregen der letzten Tage hat sich ein handfestes Wetterchaos entwickelt. Züge fallen aus, Gullis laufen über und das Land versinkt in einem hilflosen Zustand. Gestern haben wir beschlossen, das Restaurant vorerst zu schließen. Bei dem Unwetter haben die meisten Gäste ihre Reservierungen storniert, und die, die es nicht taten, hatten wahrscheinlich keinen Strom oder Empfang, um es zu tun. Mit Laufkundschaft ist ebenfalls nicht zu rechnen.

Ich blicke in das Grau und lausche dem wilden Trommeln der Regentropfen. Vorbeifahrende Autos wirbeln die Regenmassen auf, die von der Kanalisation nicht mehr aufgefangen werden können. Immer wieder landen sie an unseren Fenstern, da die Autofahrer zu schnell unterwegs sind.

»Morgen soll zumindest der Regen aufhören«, kommentiert Guy den trostlosen Anblick, der sich uns draußen bietet.

»Laurie hat es oben in Schottland noch schlimmer erwischt. Sie sagte, dass sie seit drei Tagen nicht vor die Tür gegangen ist. Der Wind würde sie einfach umwehen.«

»Willst du sie nicht nach Hause holen?« Guy runzelt besorgt mit der Stirn.

»Damit sie in ein Zugunglück oder sonst etwas gerät? In ihrer Wohnung ist sie sicher.« Auch wenn sie dort nicht alleine ausharrt. Aber immerhin hat sie 50 Kondome – oder das, was davon noch übrig ist. Luft und Liebe ist immerhin auch eine Form der vorübergehenden Überlebenssicherung. »Willst du nicht lieber nach Hause zu Frau und Kind?«

Guy schüttelt den Kopf. »Wenn wir schon keine Umsätze mit

Gästen machen, nutzen wir die Zeit sinnvoll für unsere zweite Goldgrube.«

»Meine Damen und Herren, das Essen wird serviert«, kündigt Marko an und bringt ein Tablett in den Gästeraum. Er hat sich extra seine weiße Kochjacke angezogen, die Ärmel aber hochgekrempelt, sodass ich seine muskulösen Unterarme mit den Tattoos betrachten kann, während er das Tablett durch den Speiseraum trägt.

Guy und ich setzen uns an die beiden Tische, die wir zusammengestellt haben, und auf denen unsere gesamten Unterlagen verteilt liegen. Wir räumen die Sachen schnell beiseite und Marko stellt das für uns zubereitete Essen auf den Tisch. Tomaten-Mozzarella-Salat, Carpaccio vom Rind und warmes Brot, das frisch aus dem Ofen kommt. Ich nehme mir ein Stück, träufle Olivenöl darauf und seufze wohlig auf, sobald ich die Kombination schmecke.

»Das ist grandios, Marko«, sage ich.

Er reicht mir eine grüne Olive auf einem Zahnstocher. »Ich weiß, dass du mich für meine Kochkünste liebst, Baby«, scherzt er. Ich nehme die Olive, die ebenfalls köstlich ist.

»Pass auf, Kacey, unser Koch will lediglich mehr Geld.« Guy zwinkert mir zu.

»Ganz ehrlich? Marko, du bekommst jeden Betrag, den du haben willst«, erwidere ich mit einem Lachen und lege meine Hand auf seinen Unterarm. Er nimmt sie in seine Hände, schaut mir betont in die Augen und säuselt: »Babe, für dich arbeite ich auch umsonst. Alleine deine Liebe ist Lohn genug.« Dann fasst er sich theatralisch an die Brust, wo sein Herz sitzt.

»Da hast du dir ja einen ganz ausgezeichneten Romeo angelacht«, ist Guys Kommentar und kann sich ein breites Lächeln nur schwer verkneifen.

»Nur die Besten sind ihrer würdig«, erwidert Marko und lässt mit einem Grinsen meine Hand los.

»Da sind wir uns einig. Also, wo waren wir stehen geblieben?«

»Guy!«, ermahne ich ihn. »Lass uns doch erst einmal essen.«

Immerhin sitzen wir schon seit mehreren Stunden hier und diskutieren über verschiedene Konzepte.

»Essen steigert die Kreativität und die Konzentrationsfähigkeit«, wirft Marko ein.

Ich schenke ihm einen bösen Blick. »Aber nicht, wenn man zu viel isst. Und das könnte bei allen Lebensmitteln, die du in den Fingern hattest, leicht passieren.«

»Und schon sind wir beim Thema«, lenkt Marko ein. Er nimmt einen Schluck Wasser und räuspert sich dann. »Wie oft wollt ihr die Karte ändern?«

Ich schaue Guy an, der den Blick prompt erwidert. »Das überlassen wir dir«, sagt er. Ich habe mit Guy lange darüber gesprochen, wie viele Entscheidungskompetenzen Marko bekommen soll. Am Ende waren wir uns einig, dass er so viel wie möglich selbst entscheiden soll.

»Ist das euer Ernst?« Überrascht schaut er in die Runde.

»Als Geschäftsführer gehört das dazu«, sage ich so beiläufig klingend wie irgend möglich. Ich muss mir aber auf die Lippen beißen, um nicht in ein Lachen zu verfallen. Markos Gesichtsausdruck ist einfach göttlich. Bislang dachte er, er würde als Küchenchef eingestellt werden, wie auch hier.

Von der Neuigkeit völlig überrannt, blickt er zwischen mir und Guy hin und her. Er öffnet mehrere Male den Mund, sagt aber nichts. »Okay Leute, wo ist der Haken?«

»Es gibt keinen«, erwidert Guy.

»Wie, *es gibt keinen*? Es muss einen geben. Kacey?« Jetzt blickt er mich hilflos an.

»Hast du eine Freundin?« Ich kenne die Antwort auf die Frage.

»Nein. Kommt die mit der Stelle?«

Ich lache auf. »Soll sie? Darüber müssen Guy und ich erst noch sprechen.«

»Was Kacey damit sagen möchte, ist, dass du kein Privatleben mehr haben wirst. Wenn du eine Freundin hättest, würdest du sie wahrscheinlich gar nicht mehr sehen. Gewöhn dich einfach an den Gedanken des Singlelebens, bis der Laden aus dem Gröbsten raus ist.«

»Beziehungen sind sowieso überbewertet.«

»Wohl wahr ...«, stimme ich ihm unbewusst zu und lenke damit die Aufmerksamkeit beider Männer auf mich. Ihre Gesichter sprechen Bände.

»Willst du uns etwas mitteilen?«, fragt Guy und lehnt sich ein Stück nach vorne.

»Nein«, erwidere ich und lenke schnell von meinem Kommentar ab. »Die Karte. Da waren wir stehen geblieben.«

»Genau«, greift Marko den Gesprächsfaden wieder auf. »Während ich eben in der Küche stand, habe ich mir eure Ideen durch den Kopf gehen lassen. Es kommt natürlich auf das Lokal an, das wir am Ende bekommen, aber ich denke, internationale Küche sollte das Stichwort sein.«

»Hört sich gut an«, wirft Guy ein.

»Ihr wollt ein weltoffenes Image, etwas wozu jeder einen Bezug hat. Euer Klientel wird viel um die Welt reisen, also warum nicht die Erinnerungen an kulinarische Besonderheiten hier in London wieder erwecken?«

»Gefällt mir. Was stellst du dir vor?«, frage ich und nehme mir noch ein Stück Brot samt Tomate und einem Stück Mozzarella.

»Im Vier-Wochen-Rhythmus ändern wir die Karte nach Regionen – Kontinenten vielleicht. Zwei Drittel werden exotische Speisen sein, die sich ändern, ein Drittel eine fixe Karte, die sich nicht ändert. Das könnten Krabbencocktails oder dergleichen sein. Standardspeisen.«

»Was stellst du dir unter exotischen Speisen vor?« Guy hat sich mittlerweile in seinem Stuhl zurückgelehnt und hört Marko interessiert zu.

»Es müssen Gerichte sein, die als Fingerfood klassifizierbar sind und ohne Besteck gegessen werden können. Für Asien könnte dies natürlich Sushi sein. Könnte man im kleineren Format zubereiten. Rinderhackfleischbällchen mit einer süßsauren Soße oder gegrilltes Gemüse mit entsprechender Marinade. Das Gemüse kann man auch kalt als Salat servieren. Für Europa sind wir natürlich mit Italien und entsprechenden Antipasti-Gerichten ebenfalls sehr gut aufgestellt. Eine Geheimwaffe käme aus Deutschland.«

»Ach ja?« Ich hebe fragend die Augenbrauen.

»Flammkuchen. Schon mal probiert? Kann man super in kleine Stücke schneiden und mit der Hand essen.«

»Flammkuchen?«, fragt Guy nun nach.

»Eine Art Pizza, die aber nicht mit Tomatensoße bestrichen wird, sondern mit Creme Fraîche. Schmeckt grandios.«

»Hast du dafür ein Rezept?«, ist Guys nächste Frage.

»Ich könnte nach Deutschland fahren und irgendwo eins klauen«, sagt Marko mit einem Grinsen in meine Richtung gewandt.

»Kein Geklaue. Wir klauen nichts«, erwidere ich sofort, kann aber nicht so ernst bleiben, wie ich es gerne hätte. Marko müsste lediglich ein deutsches Restaurant ausfindig machen, das einer hübschen Blondine gehört. Sie würde es ihm zwischen den Laken ins Ohr flüstern. So viel ist sicher.

»Damit kämen wir zu einem anderen Punkt«, beginnt Marko. »Ich habe keine Ahnung, wie viel Geld ihr in den Laden stecken wollt, aber mit dem Ansatz internationaler Gerichte wäre es eine Möglichkeit, mit Gastköchen zu arbeiten. Dann müsste ich nirgendwo klauen gehen.«

»Du meinst, dass wir für die Region, aus der die Speisen auf der wechselnden Karte kommen, einen Koch anheuern?«

Marko nickt. »Wenn ihr mit dem Geld um euch schmeißt, könntet ihr natürlich entsprechende Namen einkaufen. Ansonsten ist es mittlerweile üblich, den einen oder anderen Koch für ein befristetes Arbeitsverhältnis auszuleihen. Ist eine Win-win-Situation für das Restaurant, das ihn gastweise an den Herd stellt und für das Restaurant, das ihn auf die Reise schickt.«

»Wir bräuchten dann weniger festes Personal«, sagt Guy in

meine Richtung.

»Und Marko könnte entlastet werden, wenn er nicht jeden Abend in der Küche stehen muss.«

»Ihr meint das mit dem Geschäftsführer wirklich ernst?«

»Willst du es schriftlich?« Ich lächle ihn an. Obwohl er ein Mann ist und Männer sich von Natur aus schwertun, Freude zu zeigen, ist sein Blick gefüllt von Stolz und Dankbarkeit.

»Das Gehalt ist natürlich Verhandlungssache. Darüber können wir aber erst sprechen, wenn wir die Räumlichkeiten haben«, sagt Guy und fährt sich mit beiden Händen über das Gesicht. Die Suche nach dem perfekten Lokal zermürbt uns beide. Ich habe bereits aufgehört zu zählen, mit wie vielen Maklern ich die Woche telefoniert habe. Bislang war noch nicht das Richtige dabei. Viele Makler versprachen, sich umzuhören und, wenn sie etwas Entsprechendes fänden, sich zu melden. Darauf setze ich aber meine Hoffnungen nicht.

»Am besten bauen wir einfach unser Eigenes«, werfe ich müde ein.

»Wenn ich Geld scheißen könnte, würden wir das tun«, erwidert Guy. Dass er in einen umgangssprachlichen Tonfall verfällt, deutet an, wie anstrengend die letzten Wochen auch für ihn waren.

»Ich sagte doch, Essen macht müde«, sage ich und lehne mich zurück.

»Ein Baby macht müde.« Guy unterdrückt ein Gähnen.

»Was macht die Kleine?«, fragt Marko.

»Scheißt Windeln voll. Leider nicht mit Geld.«

»Das haben Babys so an sich.«

»Aber sie kann mit den Windeln machen, was sie möchte, ich gebe sie nicht wieder her.« Mit einem stolzen Lächeln spricht Guy von seiner Tochter. Wenn er das macht, könnte ich ihm stundenlang zuhören. Er ist ein so liebevoller Vater, der für Quinlan gerade in der Pubertät zum Feindbild Nummer 1 werden wird – besonders in Bezug auf Jungs –, aber wenn sie einmal da durch ist, wird sie ihn noch mehr zu schätzen wissen.

»Wir sollten für heute Schluss machen. Es hat aufgehört zu regnen«, sage ich mit einem Blick nach draußen.

»Ich korrigiere dich nur ungern, aber es hat lediglich aufgehört zu schütten, als würde die Welt untergehen. Es regnet immer noch«, wirft Marko ein.

»Es ist jetzt aber nicht mehr lebensgefährlich, nach Hause zu gehen«, verteidige ich mich.

»Soll ich dich bringen?«, bietet er mir sofort an.

»Ich bin ein großes Mädchen, ich schaff das alleine.«

»Ich möchte nur nicht, dass meiner Herzensdame etwas passiert.«

»Du willst nur nicht, dass deinem zukünftigen Job etwas passiert«, erwidere ich mit einem Lachen.

»Clevere Frau.« Marko zwinkert mir zu. »Ich verschwinde dann in meinem Reich und räume dort die letzten Sachen weg.« Damit steht er auf, nimmt ein paar leere Teller vom Tisch mit und geht in den hinteren Teil des Restaurants.

Für einen Moment hängen Guy und ich unseren eigenen Gedanken nach. Das Rauschen der von Autos aufgeschleuderten Wassermengen auf der Straße ist das einzige Geräusch, das ins Restaurant dringt. Dann räuspert sich Guy und ich hebe den Kopf. Er sieht ernst und besorgt zugleich aus.

»Ist mit Vanessa alles in Ordnung?«

Ich weiche seinem bohrenden Blick aus, was für ihn Antwort genug ist. Sie war am nächsten Tag nicht zur Mittagspause ins Restaurant gekommen, um ihren Cocktail zu trinken. Auch auf SMS und Anrufe reagierte sie seitdem nicht mehr. Ich habe mir eingeredet, dass sie lediglich viel zu tun hat, dabei weiß ich, dass etwas nicht stimmt. Mit der Sorge um Laurie bei dem Unwetter und den Plänen für das neue Restaurant habe ich Vanessa unbewusst aus meinen Gedanken geschoben, was mir mittlerweile ein unglaublich schlechtes Gewissen bereitet. Sie war immer für mich da, wenn ich sie brauchte. Jetzt braucht sie mich und ich bin mit anderen Dingen beschäftigt.

»Ich wollte nachher bei ihr vorbeischauen«, sage ich und blicke Guy wieder an.

Er legt den Kopf leicht schief. »Was ist es?«

Ich seufze. »Ihre Mutter ist in der Stadt.«

Guys Miene wird düster. Er war nicht mehr als ein Jahr mit ihr zusammen, aber sie hat ihm zum Anfang der Beziehung alles erzählt. Normalerweise macht sie das nicht, aber Guy war ihr wichtig. Sie hatte Gefühle für ihn und wollte es nicht ruinieren, also bereitete sie ihn auf das vor, was passieren könnte. Am Ende war ihr eigenes Unwohlsein stärker und sie verfiel in alte Muster.

»Ich fahre bei ihr vorbei«, stellt er klar. Das war kein Vorschlag.

»Guy, nein ...«, erwidere ich. »Das ist keine gute Idee.«

»Warum?« Sein vorwurfsvoller Blick spießt mich praktisch auf.

Ich habe Vanessas Gesichtsausdruck vor Augen, als sie das letzte Mal über Guy sprach. »Weil du das Gute in ihrem Leben warst. Ihre Mutter ist dabei, sie wieder zu zerstören und sie versucht sich an die Dinge zu klammern, die sie gerettet haben. Du warst eins davon. Sie wird etwas Dummes tun, wenn du in ihre Nähe kommst, Guy. Und ich habe Angst, dass du nicht Nein sagen kannst, weil sie dir genauso wichtig ist wie mir.«

Ich sehe ihm an, dass er Widerworte geben will, aber er presst stattdessen die Lippen aufeinander und gesteht sich ein, dass ich recht habe. Ich weiß, dass er niemals etwas tun würde, was Fiona oder Quinlan verletzt. Vanessa hebelt aber die Realität aus. Sie hat ihre Maschen, genau das zu bekommen, was sie will und ist sehr erfolgreich darin. Das ist wahrscheinlich einer der Gründe, warum sie sich momentan von mir fernhält.

»Du schaust nach ihr?«, fragt er mich.

Ich nicke. »Mache ich.«

»Und wenn du Hilfe brauchst, rufst du mich sofort an.«

Wieder nicke ich. »Ich weiß, dass sie nicht einfach eine Ex-Freundin von dir ist.«

Er hatte ihr einen Heiratsantrag gemacht. Sie sagte überschwänglich Ja und sie lagen den ganzen Abend zusammen im Bett und sprachen über die Hochzeit. Mitten in der Nacht verschwand sie. Zwei Tage war sie nicht zu erreichen gewesen. In diesen zwei Tagen hatte sie mit mehr Männern geschlafen, als ich an einer Hand abzählen kann. Guys Absichten versetzten sie in Panik. Sie war der Meinung, dass er zu gut für sie war und etwas Besseres verdient hatte. Dass sie ihm ultimativ das Herz brechen würde, weswegen sie es direkt am Anfang tat.

Guy wirft einen Blick nach draußen. »Ich räume hier auf. Du kannst nach Hause gehen«, sagt er.

»Okay, danke«, erwidere ich und erhebe mich. Ich weiß, dass ich mit ihm darüber nicht zu streiten brauche. Außerdem sollte ich mich um Vanessa kümmern.

Ich packe meine Sachen zusammen, verabschiede mich von Marko und trete in den Regen hinaus. Der Wind peitscht mir die feuchte Luft auf die Haut und ich ziehe die Kapuze meines Regenmantels tief ins Gesicht. Nach wenigen Metern bin ich durchgefroren und nass. Ich beschließe, mir den Weg zur U-Bahn zu sparen und ein Taxi zu Vanessa zu nehmen. Mit ausgestreckter Hand stehe ich am Bürgersteig und versuche, eins der schwarzen Autos heranzuwinken, ohne von den anderen Wagen völlig durchnässt zu werden.

10.

Vanessa ist nicht zu Hause. Ihre Wohnung liegt in einer düsteren Stille. Ich schaue trotzdem in jedem Zimmer ihrer Designerwohnung nach. Ich finde aber nichts als diese unheimliche Leere vor. Es gewittert mittlerweile draußen und der Regen hat wieder zugenommen. Das Lichtzucken der Blitze erhellt für wenige Momente die Räume. Ich war bereits oft hier und weiß, wie es hier aussieht. Keine Fotos, keine persönliche Note, eine reine Katalogwohnung, wie man sie für Fotoshootings verwendet.

Ich versuche erneut, sie auf dem Handy zu erreichen. Es geht direkt die Mailbox an. Auch meine SMS werden nicht mehr zugestellt, was bedeutet, dass ihr Handy aus ist. Oder sie hat keinen Empfang.

Ich schultere meine Handtasche, die von Wasser trieft, ziehe die Kapuze meines Regenmantels wieder über den Kopf und verlasse Vanessas Wohnung. Wenn sie nicht gefunden werden will, findet man sie nicht. Eine Eigenschaft, die ich zugleich an ihre liebe und hasse – sie will den Menschen, die sie liebt, nicht zur Last fallen. Dabei sind wir genau in den Momenten für sie da. Aber wie erklärt man das einem Menschen, der von der eigenen Mutter immer als Last empfunden wurde?

Der Taxifahrer hat glücklicherweise zugestimmt, für ein extra Trinkgeld auf mich zu warten. Ich laufe die paar Meter zu dem Wagen und steige ein. Ich bedanke mich erneut bei dem Fahrer, ziehe die Kapuze von meinem Haar und nenne ihm meine Adresse.

Einen Moment überlege ich, Guy anzurufen. Vanessas Verschwinden wird ihn lediglich beunruhigen. Heute Morgen habe ich bei ihrer Agentur angerufen und man sagte mir, dass sie gerade in einem Meeting war. Immerhin geht sie zur Arbeit. Ich schließe die Augen und atme tief durch. Sie ist ein großes Mädchen und kann auf sich selbst aufpassen.

Als ich die Augen wieder öffne, scrolle ich durch meine Konversationen und bleibe bei Logans und meiner hängen. Mit einem zaghaften Lächeln öffne ich sie.

›*Hast du einen guten Tag erwischt?*‹, schreibe ich. Ich kann eine Aufmunterung gut gebrauchen.

Wie immer muss ich nicht lange auf eine Antwort warten. Die letzten Tage haben wir häufig kurze Konversationen geführt. Er ist aber nicht mehr in meinem Restaurant aufgetaucht oder hat ein Treffen vorgeschlagen. Auf der einen Seite bin ich dafür dankbar, auf der anderen würde ich mir wünschen, ihn wiederzusehen. In seiner Gegenwart kann ich entspannen. Auch wenn es mir schwerfällt, das zuzugeben, aber er hat etwas an sich, was mir ein Gefühl der Sicherheit gibt.

›*Er war miserabel. Bis jetzt.*‹ Ein paar Worte von ihm und ich trage ein Lächeln im Gesicht.

›*Wieso miserabel?*‹ Ich versuche, seine Flirtversuche zu ignorieren. Meistens gelingt es mir aber nicht.

›*Seit 24 Stunden sitze ich in Dublin am Flughafen fest. Aber dank dir sehe ich das Licht am Ende des Tunnels.*‹

Dublin. Das erklärt, warum er nicht uneingeladen bei mir vorbeigeschaut hat. So wie sonst immer.

›*Haben sie dir schon etwas zu einem möglichen Rückflug gesagt?*‹

›*In drei Stunden wollen sie einen Flug nach London freigeben. Vielleicht klappt es diesmal.*‹

›*Muss Matt ganz ohne dich auskommen?*‹

›*Der Junge sitzt neben mir und holt mir regelmäßig Kaffee. Der ist aber bei Weitem nicht so gut, wie deiner X.*‹

›*Wenn du wieder da bist, komm vorbei, ich mach dir den weltbesten Kaffee X.*‹

›*Wenn das Flugzeug nicht fliegt, komme ich geschwommen!*‹ Sobald ich das lese, muss ich laut loslachen. Gleichzeitig hoffe ich, dass er dieses blödsinnige Unterfangen nicht in die Tat umsetzt.

›*Mach das besser nicht. Sonst hat Matt keinen Job mehr und ich niemanden, den ich belästigen kann, wenn mir langweilig ist.*‹

›*Ich hoffe, du weißt, dass du mich auch belästigen kannst, wenn dir nicht langweilig ist.*‹

›*Sorry, meine Langweile ist verschwunden. Bis zum nächsten Mal X.*‹

Ich warte nicht auf eine Antwort, stecke das Handy in meine Handtasche und ziehe stattdessen mein Portemonnaie heraus, um den Taxifahrer zu bezahlen. Ich gebe ihm das versprochene Trinkgeld und steige aus. Mit schnellen Schritten stehe ich in dem Eingang zu dem Mietshaus, in dem meine Wohnung liegt, und schließe die Tür auf. Im Trockenen angekommen betrachte ich meine Handtasche. Sobald Vanessa wieder aufgetaucht ist, kann ich ihr eine gute Nachricht mitteilen – meine Handtasche hat das Zeitliche gesegnet. Damit ich ihre Laune heben kann, werde ich ihr erlauben, mir eine neue zu kaufen – oder mir eine abgetragene aus ihrem Fundus zur Verfügung zu stellen. Wobei abgetragen bedeutet, dass die Tasche neuwertig ist, sie lediglich aus der letzten Saison stammt.

Ich wische mir die Nässe aus dem Gesicht, bevor ich meine Wohnung aufschließe.

Dann höre ich sie, bevor ich sie sehe.

Meine Augen gewöhnen sich schnell an die Dunkelheit und ich kann Vanessas Gestalt auf dem Boden im Flur ausmachen. Sie sitzt mit dem Rücken an die Wand gelehnt, das Gesicht zwischen ihren Knien vergraben und schluchzt. Ihr Körper wird immer wieder von einem Zittern erschüttert.

Die Tür fällt hinter mir ins Schloss, ich lasse alles fallen und knie mich sofort neben sie. Obwohl ich den nassen Regenmantel trage, schlinge ich meine Arme um sie und sie erwidert die Umarmung sofort. Ihr Körper ist kalt und sie ist ebenfalls nass. Sie ist hergekommen, ohne eine Jacke zu tragen.

Nachdem sie sich beruhigt hat, löse ich mich von ihr und wische ihr die Tränen von der Wange. Ihr gesamtes Make-up ist ruiniert. Die Wimperntusche läuft in schwarzen Schlieren über ihr hübsches Gesicht.

»Du zitterst immer noch. Du brauchst ein heißes Bad«, sage ich bestimmend. Sie gibt keine Widerworte und lässt sich von mir hochziehen. Ich schalte das Licht im Badezimmer an und führe Vanessa an der Hand hinein. Ohne ihre Hand loszulassen, öffne ich den Wasserhahn für die Badewanne. Ich fühle die Temperatur. Als sie stimmt, drehe ich den Hahn noch weiter auf und wende mich dann Vanessa zu. Ihre Wangen sind eingefallen und ihre Augen haben den üblichen Glanz verloren.

»Zieh dich aus«, fordere ich sie auf. »Ich hole Handtücher.« Sie lässt zögerlich meine Hand los und entledigt sich ihrer nassen Klamotten.

Mit Handtüchern und Wäschekorb komme ich zurück ins Badezimmer. Vanessa sitzt bereits in der Badewanne, die Beine angewinkelt. Sie beobachtet mich, während ich die nasse Kleidung von ihr einsammle. Dann ziehe ich mich ebenfalls bis auf die Unterwäsche aus, die glücklicherweise trocken geblieben ist, und ziehe mir eine bequeme Jogginghose sowie ein T-Shirt über. Barfuß setze ich mich auf einen kleinen Hocker neben Vanessa. Sie hat den Blick nun abgewandt und starrt den steigenden Wasserspiegel an.

»Willst du Badezusatz? Ich habe alles Mögliche hier. Rose, Lavendel, Orchidee ...«

»Rose«, flüstert sie mit brüchiger Stimme, ohne aufzublicken. Ich greife nach der Flasche und kippe etwas davon ins Wasser.

»Ist dir das Wasser zu heiß? Oder zu kalt?«

Sie schüttelt den Kopf.

Ich betrachte ihre blonden Haare, die ihren Werbelook verloren haben. Farblos fallen sie ihr über die Schultern und ich überlege, was ich sagen kann, damit sie sich mir öffnet. Mir fallen aber nur Belanglosigkeiten ein, die alle aus meinem Mund sprudeln wollen. Vielleicht ist stupides Gebrabbel genau das, was sie braucht.

Ich öffne den Mund, um über Marko, seine Sprüche und seine Reaktion auf das Jobangebot zu philosophieren, als sie zu sprechen beginnt.

»Denkst du oft an Pierre?« Sie hat den Kopf gehoben und schaut mir nun in die Augen. Sie lässt ihn aber wieder auf ihre Knie sinken, ohne mich aus den Augen zu lassen.

»Ja«, erwidere ich. »Ich denke jeden Tag an ihn. Du weißt, was er getan hat. So etwas vergisst man nicht. Es verändert einen. Oft frage ich mich, ob ich der gleiche Mensch wäre, der ich jetzt bin, wenn er nicht gewesen wäre.«

»Du wärst nicht der gleiche Mensch«, beantwortet sie meine Frage. »Es hat dich stärker gemacht. Vorher konntest du nicht alleine scheinen – jetzt kannst du es.« Ein zaghaftes Lächeln umspielt ihre Mundwinkel, das ich erwidere.

»Ja, das stimmt.«

Wir verfallen in ein Schweigen. Als die Wanne voll ist, richte ich mich auf und drehe den Wasserhahn zu.

»Was hat sie getan?«, stelle ich die alles entscheidende Frage.

»Nichts ...«, murmelt Vanessa und ich beobachte, wie sich dicke Tränen in ihren Augen bilden, die stumm über ihre Wangen laufen. »Sie hat *nicht*s getan. Dabei hätte sie so viel tun können.« Ich strecke meine Hand aus und berühre sie an der Schulter. »Sie hat mich angerufen und gesagt, dass sie sich entschuldigen will. Dass sie alles besser machen will. Ansonsten hätte ich einem Treffen nicht zugestimmt. Ich hatte mich auf sie gefreut. Glaubst du das?«, fragt sie mit einem verächtlichen Lachen und wischt sich die Tränen aus dem Gesicht. »Ich freute mich darauf, ein Stück meiner Kindheit vergessen und mit etwas Besserem ersetzen zu können. Und dann kam sie her. Von der ersten Sekunde an ging es nur um sie. Ihre Therapeutin hat ihr geraten, dass sie sich um das Verhältnis zu mir bemühen sollte. Es würde ihrer Psyche helfen.

Also kam sie her. Sie erwartete Vergebung, damit sie sich besser fühlen kann. Sie hat die Worte ›es tut mir leid‹ nicht einmal in den Mund genommen. Sie warf mir vor, dass ich mich zu sehr anstelle, dass ich Karriere gemacht hätte und die nur meinem Aussehen zu verdanken habe, das ich wiederum ihr zu verdanken hätte. Als dickes Mädchen hätte ich nie in der Modeindustrie erfolgreich sein können. Sie verteidigte, was sie damals getan hat.«

»Bullshit«, werfe ich erbost dazwischen.

»Ich weiß«, flüstert Vanessa und schließt die Augen.

»Deine Mutter ist ein furchtbarer Mensch.«

»Sie ist meine Mutter.«

»Nein«, gebe ich vehement von mir. »Mutter wird man nicht, nur weil man ein Kind in die Welt setzt. Mutter wird man, in dem man im letzten Atemzug behaupten kann, dass man dem eigenen Kind all die Liebe geschenkt hat, die es gebraucht hat.« Vanessa sieht mich wieder an. »Ich weiß, ich habe nie meine leibliche Mutter kennen lernen können, da sie bei der Geburt starb. Aber Lauries Mum hat mich geliebt wie ihr eigenes Kind. Als sie und Dad bei diesem schrecklichen Unfall umkamen, hatte ich das Gefühl, zwei Elternteile verloren zu haben. Ich habe um meine *Mutter* geweint. Blut ist nicht alles. Schreib dir das hinter die Ohren.«

Mein Ausbruch verleitet Vanessa zu einem Lächeln. »Laurie kann froh sein, dich zu haben. Du bist viel cooler, als jede Mutter es wäre.«

»Ach ja?«, frage ich zweifelnd nach.

»Ja. Eine Mutter wäre nach Glasgow gefahren und hätte den Kerl aus ihrem Bett gekickt. Du schickst ihr 50 Kondome im Abo.« Sie kichert leise und steckt mich damit an.

»Ich gebe zu, darüber hätte ich besser nachdenken müssen.«

»Du wirst irgendwann eine großartige Mum sein, Kacey.«

»Du mit Sicherheit auch.«

Sie schüttelt den Kopf. »Ich will meine verkorksten Gene nicht weitergeben. Mir ist der Platz als die coole Tante Vanessa gesichert.« Sie hebt ihre Hand für ein High Five. Ich schlage in ihre nasse Hand ein.

»Wir kriegen das hin«, sage ich.

»Ich weiß.«

»Deine Mutter ist ab sofort für dich gestorben.«

»Das war sie schon vor langer Zeit. Ich wollte es einfach nicht wahrhaben.«

»Wenn du noch eine Ersatzmutter brauchst, ich stelle mich gerne zur Verfügung«, scherze ich.

»Dich brauche ich als beste Freundin.«

»Ich hoffe, ich mache meinen Job gut.«

»Du machst ihn perfekt.«

»Hast du Hunger?«

»Ein bisschen.«

»Marko hat mir ein paar Sachen vorhin mitgegeben. Für den Fall, dass ich für 48 Stunden meine Wohnung nicht verlassen kann.«

»Essen von Marko nehme ich immer gerne.«

»Ist dir wärmer?«

Sie nickt. »Ja und das ganz ohne Alkohol.«

»Den habe ich im Zweifel auch noch da.« Ich erhebe mich und hole ein großes Duschtuch und halte es Vanessa hin. Sie steht auf und ich blicke unwillkürlich auf ihre Hüfte, die von Narben übersät ist. Sie hat sich geritzt. Die Narben sind ein Grund dafür, warum sie nie als Model arbeiten konnte, sondern hinter der Kamera bleiben musste. Sie wickelt sich das Handtuch um die Brust.

»Ich habe dir hier ein paar Sachen rausgelegt. Extrem *last season*, dafür aber umso bequemer.«

»Solange du mich nicht fotografierst und das Bild im Internet postest, ziehe ich alles an.«

Die alte Vanessa kommt wieder zum Vorschein und ich fühle die Erleichterung in meiner Brust. Auch wenn sie extravagant ist, mir manchmal auf die Nerven geht und einem Wirbelsturm gleicht, wenn sie einen Raum betritt, ist sie immer noch meine beste Freundin, die ich nicht leiden sehen möchte.

Sie trocknet sich ab und ich verlasse das Bad. Auf dem Weg in die Küche sammle ich meine Tasche ein, die ich vorhin habe fallen lassen. Wasser tropft auf den Boden an den Stellen, über die ich sie trage. Ich stelle sie in der Spüle ab. Ich nehme alle wichtigen Sachen heraus und lege sie auf ein Küchentuch, damit sie trocknen können. Das Essen, das Marko mir mitgegeben hat, entnehme ich direkt den Plastikbehältern und verteile es auf zwei Teller. Vanessas Portion fällt um ein Vielfaches größer aus als meine eigene.

»Was ist mit deiner Tasche passiert?« Sie kommt auf mich zu. Über der langen Schlafanzughose und dem schlichten T-Shirt trägt sie meinen Bademantel.

»Sie hat das Zeitliche gesegnet«, gebe ich mit einem Schulterzucken wieder und stecke meinen Zeigefinger in den Mund, um den Balsamico abzulecken, der dort gelandet ist.

»Heißt das, du brauchst eine Neue?« Ich brauche sie nicht anzusehen, um zu wissen, dass sie ihre Augenbrauen nach oben gezogen hat und ihre Augen das Funkeln wiedergefunden haben.

»Ja, ich brauche eine Neue«, erwidere ich und reiche ihr ihren Teller. Sie nimmt ihn entgegen, ohne die Portion zu beachten.

»Bedeutet das, dass ich dir eine neue Tasche kaufen darf?«

»Du darfst mich beraten. Bezahlen tue ich sie selbst.«

»In die Läden, in die ich dich gedenke mitzunehmen, wirst du rückwärts wieder herausgehen, wenn du die Preise erfährst. Siehe es als Dankeschön an, dass du mich wieder in die Welt der Lebenden zurückgeholt hast.« Ein trauriges Lächeln platziert sich in ihrem Gesicht. Sie weiß, dass es mit diesem einen Abend nicht getan ist, sondern, dass sie noch eine Weile daran zu knabbern hat. Damals hat sie zwei Jahre gebraucht, in denen sie während der Uni nach Amerika verschwunden ist. Wir hatten in der Zeit keinen Kontakt, da sie ihr Handy weggeworfen hat, sich eine neue E-Mail-Adresse zulegte und ich keinen blassen Schimmer hatte, wo in Amerika sie sich aufhielt. Eines Tages stand sie vor meiner Tür. So als wäre nichts gewesen. Ich schaffte es eine Woche zu schmollen, dann habe ich ihr verziehen.

»Okay, du darfst mir eine neue Handtasche kaufen«, stimme ich mit einem Augenverdreher zu.

Sie stößt einen Freudenschrei aus und würde mich wahrscheinlich stürmisch umarmen, wenn sie nicht den mit Essen beladenen Teller in Händen halten würde.

»Komm, essen wir was.« Ich schiebe sie mit zum Sofa. Wir setzen uns. Ich breite eine Decke über uns aus und wir beginnen zu essen.

»Das ist echt lecker«, sagt sie und spießt eine Tomatenscheibe von dem Salat auf. »Wenn ich nicht wüsste, dass Guy und du mir den Kopf abreißen würden, sobald ich mich an Marko ranmache, wäre der Mann schon längst in meinem Bett gelandet.«

»Wenn du dich auf eine feste Beziehung mit ihm einlassen willst, ohne den ganzen anderen Mist, den du sonst machst, hast du meinen Segen. Aber lass dir gesagt sein, dass er demnächst keine Zeit mehr für eine Freundin hat.«

»Warum?«, fragt sie alarmiert nach.

»Weil wir ihn befördern. Er soll das neue Restaurant leiten.«

»Oh wow. Ein Mann, der ausgezeichnet kochen kann, ein eigenes Restaurant besitzt und gut aussieht.«

»Ich weiß, ich bin nicht in der Position, dir Ratschläge in der Hinsicht zu geben. Aber meinst du nicht, dass dir eine Pause gut tun würde?«

»Damit ich da unten verstaube? Nein.«

»Vanessa ...«

Sie lässt ihre Gabel sinken. »Ich lasse mich nicht mehr mit irgendwelchen Pantoffelhelden ein, okay? Ab sofort achte ich auf die Qualität.«

Ich weiß, dass es ein Zugeständnis ist und dass ich sie zu mehr nicht überreden kann. »Ich mag es nicht, wenn Männer dich ausnutzen.«

»Ich nutze sie aus«, erwidert sie sofort.

»Du weißt, dass es definitiv zwei Seiten in der Diskussion

gibt. Und nur weil du sie ausnutzt, heißt es noch lange nicht, dass sie dich nicht auch ausnutzen.«

»Ich gelobe Besserung.«

»Ich möchte nur, dass es dir gut geht.«

Sie schenkt mir ein Lächeln, wechselt dann aber das Thema. »Ich habe vorgestern mit Alessandro gesprochen.«

»Alessandro?«, frage ich verwirrt nach, da der Name mir nichts sagt.

»Das heiße Model für die Ad.«

»Ah ... Alessandro. Der Name klingt schon nach Sex.«

»Der Mann ist ein Geschenk Gottes an die Frauen«, seufzt sie. »Er hat sogar ein Tattoo. Auf der Schulter.«

Hätte ich mir die Mappe mal ganz angeschaut! »Was denn?«

»Einen Drachen. Wenn er im Bett genauso wild ist, wie das Vieh guckt, gnade jeder Frau Gott, die mit ihm auf einer Matratze liegt. Das muss einer Explosion von Orgasmen gleichen.«

»Denk an deinen neuen Vorsatz.«

»Er ist Qualität. Er ist definitiv Qualität! Du hast seine Fotos gesehen!«

»Hier kommt es drauf an«, sage ich und tippe auf die Stelle des Bademantels, unter der sich ihr Herz befindet.

»Der Mann hat mit Sicherheit ganz viel davon«, verteidigt sie sich.

»Ja, mit Sicherheit«, gebe ich sarkastisch wieder.

»Warten wir ab.«

»Sollen wir was im Fernsehen schauen?«, frage ich. Bei dem Thema Männer werden wir nie auf einen grünen Zweig kommen.

»Läuft irgendeine gute Reality Show?«

»›Gut‹ und ›Reality Show‹ sind zwei Wörter, die sich nicht in einem Satz vertragen.« Ich schalte trotzdem den Fernseher ein und suche nach entsprechenden Serien.

»Wenn ich mir das Drama anderer Leute anschaue, geht es mir gleich viel besser.«

Mit einem belustigten Lächeln bleibe ich bei einer Show

hängen, wo sich gerade vier Frauen um einen Kerl streiten, der gerade die Fünfte angräbt. Wenn es Vanessa hilft, lasse ich das über mich ergehen. Ich stelle meinen Teller weg und kuschle mich an meine beste Freundin, die mir sogleich erzählt, was in den letzten 200 Folgen der Serien alles passiert ist.

Vanessa ist endlich eingeschlafen. Nachdem der Sender eine Folge nach der anderen von der Reality Show sendete, beschlossen wir, nach der Sechsten ins Bett zu gehen. Wir kuschelten uns aneinander, philosophierten über die Show und Vanessas Augen fielen irgendwann zu. Sie trägt immer noch meinen Bademantel und hat sich unter der Decke eingemummelt. Ich streiche ihr sanft einige ihrer Haarsträhnen aus dem Gesicht.

Dann hebe ich die Decke vorsichtig an und schleiche mich aus dem Schlafzimmer. Ich setze mich an meinen Esstisch, wo mein Laptop steht. Schnell tippe ich eine E-Mail an Guy und informiere ihn in so kurzen Sätzen wie möglich, dass es Vanessa gut geht und er sich keine Sorgen machen muss. Den Zustand, in dem ich sie auf dem Boden in meinem Flur gefunden habe, verschweige ich ihm aber nicht. Ich überfliege den Text ein letztes Mal und schicke ihn dann ab.

Für einen Moment lausche ich dem lauten Ticken der Wanduhr in meinem Wohnzimmer. Ich stehe auf und gehe in die Küche. Mein Handy liegt auf dem Küchentuch. Ich nehme es in die Hand und entsperre das Display.

Eine Nachricht von Logan begrüßt mich. Ich lese die Frage und mein Herz schlägt sofort schneller. Eine unerklärliche Wärme breitet sich in meiner Brust aus.

›*Darf ich dich anrufen?*‹

Er hat die SMS vor sechs Stunden geschrieben.

Ich starre die Worte unschlüssig an. Ein Blick zur Uhr verrät mir, dass es 2 Uhr mitten in der Nacht ist. Ich beiße mir auf die Unterlippe, wende und drehe das Handy in meiner Hand. Dann beobachte ich den blinkenden Balken in meinem Textfeld des Chats.

Ich hole tief Luft. Ich tippe zwei Buchstaben und schicke die Nachricht ab.

›*Ja.*‹

Wahrscheinlich schläft er schon und liest die Nachricht nicht vor morgen. Oder er hat weitaus Besseres zu tun, als mich anzurufen.

Meine Gedanken werden unterbrochen, als mein Handy vibriert. Zitternd wische ich über das Display und nehme den Anruf mit einem unterdrückten Lächeln an.

»Hallo?«, flüstere ich fast, da ich Angst habe, Vanessa zu wecken.

»Wieso bist du noch um diese Uhrzeit wach?«, erwidert Logan sofort und beim Klang seiner Stimme manifestiert sich mein Lächeln in meinem Gesicht.

»Das Gleiche könnte ich dich auch fragen.«

»Ich habe mir Sorgen gemacht.«

»Worüber?«

»Über dich. Du hast mir nicht geantwortet.«

»Du hast schlaflose Nächte wegen mir?«

»Sieht so aus.«

Ich lache leise auf. »Du kennst mich doch gar nicht.«

»Ich muss lediglich zwei Dinge wissen: Dass du den weltbesten Kaffee kochst und dass ich dein Lachen mag.«

»Du musst aufhören, mir solche Sachen zu sagen.«

»Warum?«

Ich habe mich auf der Arbeitsplatte abgestützt und fummle an dem Rand des Küchentuchs herum, während ich über die Antwort nachdenke. Es gibt so viele Möglichkeiten, wie ich auf diese Frage antworten könnte. Aber keine will mir über die Lippen kommen.

»Kacey?«, fragt er nach.

»Ja?«, hauche ich, da ich weiß, dass er auf einer Antwort bestehen wird.

»Warum?«, wiederholt er seine Frage.

»Weil Freunde so etwas nicht zueinander sagen.«

»Dann hast du eine seltsame Vorstellung von Freundschaft.« Nun lacht er und mein Herz schlägt noch einen Tick schneller.

»Ich bin einfach vorsichtig. Bist du wieder in London?«, wechsle ich das Thema, bevor er mich noch dazu bringt, Dinge auszusprechen, die ich selbst nicht ganz begriffen habe.

»Ja. Mein Flieger ging schließlich. Nachdem wir zwei Stunden an der Startbahn gestanden haben und die Erlaubnis immer wieder aufgehoben wurde.«

»Das ist gut ... Das ist wirklich gut«, schwafle ich, da ich gedanklich immer noch an dem ›Warum‹ hänge. Und die Tatsache, dass wir uns in derselben Stadt befinden, beruhigt mich nicht im Geringsten.

»Wie läuft deine Planung für dein zweites Restaurant?«

Erleichtert atme ich auf. Das ist ein sicheres Thema. Hierüber kann ich die ganze Nacht sprechen. »Gut. Es geht voran. Abgesehen von einer Kleinigkeit.«

»Die da wäre?«

»Die Räumlichkeiten. Wir haben eine ziemlich konkrete Idee von dem, was wir suchen und was wir wollen. Die passende Location dafür zu finden, erweist sich schwieriger als gedacht. Aber wir müssen wahrscheinlich einfach abwarten. Die guten Dinge passieren eben nicht über Nacht.«

»Da muss ich dir widersprechen. Die erfolgreichen Dinge passieren nicht über Nacht, aber die guten Dinge passieren innerhalb von einem Moment.«

Er spricht es nicht aus, aber ich denke sofort an den Augenblick zurück, in dem Logan das erste Mal vor mir stand. Wie er an der Bar Platz nahm und mit mir über den Kaffee diskutierte. Der Moment, in dem ich begriff, dass er Matts Boss ist und meinen peinlichen Eulenbecher bei sich im Büro stehen hat.

Ich schlucke fest, richte mich auf und drehe Kreise in meiner Küche, da ich nicht mehr stillstehen kann. »Das mag sein«, ist meine lahme Antwort.

»Ich bin mir ziemlich sicher, dass es so ist.«

»Du bist dir über ziemlich viele Dinge sicher, hm?«

»Situationen richtig einschätzen zu können, gehört zu meinem Job. Was mich momentan jedoch weitaus mehr interessiert, ist dein Job. Erzähl mir von eurem Konzept.«

»Wir werden unseren jetzigen Chefkoch zum Geschäftsführer machen. Er hat diese grandiose Idee, mit Gastköchen aus aller Welt zu arbeiten, um regionale Gerichte auf die Karte zu bringen. Es soll aber alles Fingerfood sein, oder kleine Snacks, da wir eher eine Lounge-Bar anstreben, als ein vollwertiges Restaurant, wie wir es jetzt haben. Aber wie gesagt – das Konzept kann noch so gut sein, ohne entsprechende Räumlichkeiten können wir das vergessen.«

»Was hast du morgen vor?«

Überrascht von der plötzlichen Frage, bleibe ich mitten in der Küche stehen. »Ich arbeite.«

»Wann beginnt deine Schicht?«

»14 Uhr.«

»Was hältst du davon, mich um 12 Uhr am *Piccadilly Circus* zu treffen?«

»Soll das ein Date werden? Du weißt, was meine Antwort darauf sein wird.«

»Das weiß ich, deswegen ist es ein Treffen zwischen zwei Freunden.«

»Freunde?«, frage ich kritisch nach.

»Freunde.« Wenn er das Wort ausspricht, klingt es so einfach.

»Okay«, erwidere ich, ohne die geringste Ahnung zu haben, worauf ich mich einlasse.

»Bis morgen, Kacey. Ich freue mich.«

»Bis morgen«, flüstere ich. Dann höre ich das Klicken in der Leitung und die Verbindung ist unterbrochen. Eine Ewigkeit stehe ich in der Küche, das Handy in der Hand und bewege mich nicht.

Freunde.

Das ist ein Konzept, mit dem ich umgehen kann. Ich mag

Logan. Er bringt mich zum Lächeln und ich fühle mich wohl bei ihm. Freunde ... Das passt.

Ich lege das Handy zurück auf das Handtuch und gehe zurück ins Schlafzimmer. Vanessa hat die Decke im Schlaf beiseitegetreten und ist auf meine Bettseite herüber gerollt. Ich schalte das Licht im Flur aus und gehe auf die andere Seite. Ich decke Vanessa wieder zu und lege mich mit unter die Decke.

Dann liege ich bis zum Morgengrauen wach im Bett und versuche, Logans Stimme aus dem Kopf zu bekommen.

Freunde.

Wir sind Freunde.

Mehr nicht.

Immerhin ist es doch genau das, was ich wollte. Oder?

11.

Am nächsten Morgen stehe ich in der Küche und koche Kaffee. Vanessa ist bereits seit einer halben Stunde im Bad, um sich fertigzumachen. Ich besitze nicht viel Make-up, was sie mit verkniffener Miene zur Kenntnis genommen hat. Sie stand bereits kurz davor, mich zu *Boots* zu schicken, um ihr einen Satz Notfall Make-up zu organisieren. Dann schien sie sich aber das Wetter ins Gedächtnis zu rufen und die Tatsache, dass sie dabei ist, den Bogen wieder zu überspannen. Sie drehte sich auf dem Absatz um und murmelte: »Ich versuche, mit dem zurecht zu kommen, was du da hast.« Seitdem habe ich sie nicht mehr gesehen.

Der Kaffee ist fertig durchgelaufen und ich fülle ihn in eine Kanne um. Dann kümmere ich mich um den Toast, stelle Butter und Marmelade raus.

Ich höre, wie die Badezimmertür aufgeht, und hebe den Blick. Vanessa tritt unsicher heraus. Sie trägt eine schlichte, schwarze Jeans von mir und eine ärmellose Bluse mit Faltenoptik am Ausschnitt. Ihre langen blonden Haare hat sie zu einem Knoten am Hinterkopf hochgesteckt und im Gesicht ist lediglich ein Hauch Make-up zu sehen.

»Wow«, sage ich sofort. »So seriös hast du noch nie ausgesehen.«

»Dankeschön. Du hast einen größeren Hintern als ich«, lautet ihre Retourkutsche und sie zieht an dem Stoff am Po, um mir zu demonstrieren, dass es dort nicht passt.

»Ich bin eben anders gebaut als du.« Mit einem Lächeln mustere ich sie.

»Vor allem kleiner und rundlicher.« Ihr Grinsen verrät mir, dass sie mich nur aufziehen will. Ich war mit meinem Körper schon immer im Reinen. Lieber zu viel als zu wenig. Die tägliche Bewegung im Restaurant hält mich aber fit.

Die Jeans ist ihr zu kurz, sie geht aber als 7/8-Hose durch, wenn sie ihre hohen Schuhe wieder anzieht.

»Du solltest öfter so etwas anziehen.«

»Stangenware von Marks&Spencer?«

»Kleidung, die dein wahres Ich zum Vorschein bringt, und nicht die Outfits, die dich zu etwas machen, was du nicht bist.«

Sie setzt sich aufs Sofa und ich folge ihr mit dem Kaffee und dem Frühstück. Ich stelle das Tablett auf dem Wohnzimmertisch ab und lasse mich neben sie in die weichen Kissen sinken.

»Ich habe nachgedacht«, beginnt sie und gießt den Kaffee in die beiden Tassen, die ich mitgebracht habe. »Ich möchte mein Leben ändern.«

Dankend nehme ich ihr die Tasse aus der Hand. »Wie meinst du das?«, frage ich nach und nehme einen Schluck. Ich trinke meinen Kaffee immer schwarz. Vanessa hingegen rührt noch Milch ein.

»Ich will meinen Job kündigen.«

Überrascht reiße ich die Augen auf. »Du liebst deinen Job!«

»Ich liebe die Mode, aber nicht das Business. Weißt du, wie viele Menschen ich vor meinem Tisch sitzen habe, deren größter Traum es ist, sich an den großen Werbewänden in New York zu sehen? Auf den Bussen hier in London? 99 Prozent von denen muss ich den Traum zerstören, weil sie einfach keine Chance haben. Und nicht wenige von denen, die es schaffen, erwachen schneller in der Realität, als ihnen lieb ist. Ich will das nicht mehr.«

»Gut, aber was willst du stattdessen machen?«

»Ich habe über die letzten Jahre viele Angebote bekommen, als Personal Shopper zu arbeiten. Ich musste sie immer ausschlagen, weil es mit meinem Job nicht kompatibel war. Woher hätte ich die Zeit noch nehmen sollen? Vielleicht ist jetzt der Zeitpunkt gekommen, an dem ich eine Änderung vornehmen sollte.«

»Hört sich großartig an«, sage ich und meine es ernst. Ich schenke ihr ein stolzes Lächeln und drücke ihre Hand. »Du weißt, dass ich immer Küchenhilfen suche«, füge ich mit einem Lachen hinzu.

»Solange Marko mit in der Küche steht, spüle ich alles«, erwidert sie.

»Glaub mir, mit Marko willst du nicht in einer Küche stehen. Der Mann wird zum Stier, wenn er die Verantwortung für das kulinarische Erlebnis der Gäste hat. Da wird keiner so schnell glücklich.«

»Ich weiß dein Angebot dennoch zu schätzen«, sagt sie und beginnt, sich ein Toastbrot zu schmieren.

Ich greife ebenfalls zu einer Scheibe Brot, als es an der Tür klingelt. Verwundert über den morgendlichen Besuch stehe ich auf und öffne die Tür. Meine Gegensprechanlage ist kaputt, weswegen ich lediglich die Tür öffnen und oben an meiner Wohnung warten kann. Ich höre jemand aus dem Erdgeschoss fluchen, dann ein paar undefinierbare Geräusche, die ich nicht zuordnen kann, ehe ich die Schritte auf der alten Holztreppe wahrnehme.

Erst sehe ich einen roten Haarschopf, dann die Sommersprossen.

Es ist Fiona, die Quinlan auf dem Arm trägt. Im Gegensatz zu ihrer Mutter ist Quinlan von Kopf bis Fuß trocken. Fiona hebt den Kopf und lächelt mich freundlich an. »Hey, Kacey«, sagt sie, sobald sie oben bei mir angekommen ist. »Ich habe den Buggy samt Regenjacke unten stehen lassen. Und schau dir das an«, mit ihrer freien Hand zieht sie an ihren Haaren, »trotz Regenjacke klitschnass.«

»Was machst du hier?«, frage ich verwundert. Das sollte nicht unhöflich klingen, aber sie war erst ein einziges Mal bei mir. Wir haben uns immer gut verstanden, aber seitdem sie Quinlan hat, kommt sie selten ins Restaurant und verbringt jede freie Minute mit Guy.

»Ist Vanessa noch da?«

Ich nicke.

»Wunderbar«, sagt sie mit einem Lächeln und geht an mir vorbei in die Wohnung. Kritisch schließe ich die Tür und folge ihr. Vanessa und sie wussten von Anfang an nicht, wie sie miteinander umgehen sollen. Höflich distanziert beschreibt es am besten.

»Hallo Vanessa«, begrüßt Fiona sie fröhlich.

Vanessa lässt irritiert ihren Toast sinken und starrt abwechselnd Fiona und mich an. Ich zucke mit den Schultern, um ihr zu verstehen zu geben, dass ich keine Ahnung habe, was Fiona hier will.

»Gut siehst du aus«, fährt Fiona fort und setzt sich auf meinen Platz neben Vanessa.

»Magst du was trinken?«, biete ich an.

»Nein, danke. Guy hat mich eben schon bestens verpflegt.« Sie streicht eine ihrer nassen Strähnen hinter das Ohr. Ihr Bobschnitt ist aber zu kurz, als dass die Haare lange dort bleiben. Plötzlich nimmt sie Quinlan von ihrem Schoß und reicht sie Vanessa. Meine beste Freundin ist so überrumpelt, dass sie das Baby annimmt und in einem gebührenden Sicherheitsabstand von sich festhält. So als würde es sie jederzeit anspucken können.

»Ich bin nicht gut mit Kindern«, sagt Vanessa unsicher.

Fiona scheint es nicht im Geringsten zu stören. »Du bist toll mit Kindern. Siehst du – Quinlan liebt dich schon.«

Verwundert schaut Vanessa der Kleinen direkt ins Gesicht. »Sie sieht genauso aus wie Guy«, stellt sie erstaunt fest und setzt sie dann vorsichtig auf ihrem Schoß ab, sodass sie ihr immer noch ins Gesicht blicken kann.

»Sie kommt ganz nach dem Papa«, stimmt Fiona zu. Fiona setzt sich auf ihrem Platz um, sodass sie sich ganz Vanessa widmen kann. Einen Arm hat sie auf der Sofalehne abgelegt und stützt ihren Kopf darauf ab. »Du bist ein wunderbarer Mensch, Vanessa.« Verdutzt blicken sowohl Vanessa wie auch ich Fiona an. Fiona ist sich unserer Irritation bewusst. »Guy hat mir deine E-Mail gezeigt«, sagt sie unverblümt zu mir. Vanessa wird sich denken können, wovon Fiona spricht. »Er hat mir erzählt, was damals passiert ist. Er hat es mir bereits erzählt, als wir uns kennenlernten«, wendet sie sich nun an Vanessa. »Es tut mir leid, dass ich dir gegenüber immer so reserviert war. Aber ich bin nicht blind und ich sehe, welche Verbindung ihr immer noch habt.«

»Fiona, ich würde nie –«, setzt Vanessa an, wird von Fiona aber unterbrochen.

»Ich weiß. Für Guy bist du Familie und wirst es immer bleiben. Also gehörst du auch für mich zur Familie, und wenn es einem Mitglied meiner Familie schlecht geht, lasse ich das nicht zu.«

»Danke, aber –« Wieder kommt Vanessa nicht zu Wort, weil Fiona einfach weiterspricht.

»Ich bin zwar erst seit Kurzem Mutter, aber es ist das Wertvollste, was einem geschenkt werden kann.« Mit einem liebevollen Lächeln blickt sie Quinlan an, die gebannt die Szene beobachtet. »Und deine Mutter ist eine Versagerin auf ganzer Linie. Egal, was sie dir gesagt hat – glaube kein Wort davon. Guy spricht in höchsten Tönen von dir, Kacey ebenso und Quinlan liebt dich jetzt schon.«

»Du bist den ganzen weiten Weg hierher gekommen, um mir das zu sagen?« Vanessa scheint Fionas Vortrag noch nicht richtig einordnen zu können. Ich ebenso wenig.

»Nein. Guy und ich möchten, dass ihr beide die Patentanten von Quinlan werdet.«

Mir wird sofort warm ums Herz. »Ernsthaft?«, frage ich nach und setze mich endlich den beiden gegenüber.

»Ja, ernsthaft.«

»Das ist verrückt«, wirft Vanessa ein.

»Warum?«, fragt Fiona. »Schau dir das Umfeld von der Prinzessin an. Ein Vater, der die Wörter ›Vorsicht‹ und ›Vernunft‹ seit ihrer Geburt gefressen zu haben scheint, eine Mutter, die den ganzen Tag nur besorgt ist, und eine Patentante, die ebenfalls kein risikofreudiger Mensch ist – nimm mir das nicht übel, Kacey«, entschuldigt sie sich im selben Atemzug bei mir. »Sie braucht etwas Verrücktes im Leben, Vanessa. Bitte sei ihre ganz persönliche Portion Verrücktheit, die ihr erklärt, wie man den ersten Jungen küsst, wie man flirtet, wie man Dinge im Leben macht, an die man sich sein Leben lang erinnern wird, die die Eltern aber besser nie erfahren sollen.«

»Ich kann das wirklich nicht annehmen«, erwidert Vanessa.

»Das ist keine Bitte«, stellt Fiona klar.

»Hey, wir werden Quinlan zum coolsten Mädchen von ganz London machen!«, sage ich motiviert.

»Das ist der *Spirit*, den ich hören wollte.« Fiona lacht auf und Vanessa lächelt nun zaghaft das Baby auf ihrem Schoß an.

»Danke«, sagt sie schließlich an Fiona gewandt. »Das bedeutet mir wirklich sehr viel.«

»Wunderbar. Bekomme ich jetzt einen Kaffee? Ich hatte erst Schiss, dass ihr mich wieder hinauswerft.«

»Warum?«, frage ich nach.

»Ihr macht doch immer euer Ding zu zweit. Ich wollte mich nicht dazwischen drängen.«

»Wir sind jetzt offiziell zu viert«, sagt Vanessa und drückt Quinlan nun fest an sich.

»Drei durchgeknallte Frauen und ein Baby«, erwidert Fiona. »Das gefällt mir.«

»Ich nehme an, koffeinfrei?«, frage ich, als ich aufstehe.

»Wenn du welchen da hast. Ansonsten tut es auch ein Tee.«

»Ich schau mal.«

Ich verschwinde in der Küche und bereite einen koffeinfreien Kaffee für Fiona zu. Währenddessen lausche ich Vanessa und Fiona, wie sie sich das erste Mal im Leben ausgelassen unterhalten können.

Ich blicke immer wieder auf mein Handydisplay, um nach der Uhrzeit zu sehen, während ich über den Leicester Square eile. Einige

U-Bahn-Stationen sind durch die Unwetter überschwemmt worden und die Linien daher ausgefallen. Zudem haben Fiona, Vanessa und ich uns einfach verquatscht, bis ich panisch aufsprang, stotternd nach einer Ausrede suchte, warum ich plötzlich weg muss und aus der Wohnung eilte.

Logan und ich sind für 12 Uhr verabredet. Jetzt ist es bereits 12.18 Uhr und ich brauche mindestens noch zehn Minuten, bis ich am Picadilly Circus bin.

Glücklicherweise hat der Regen nachgelassen. Es ist schwül und die Feuchtigkeit der letzten Tage hängt nach wie vor in der Luft. Ich schwitze unter meinem Regenmantel, eile aber trotzdem weiter die Straße entlang. Als mein Handy 12.20 Uhr anzeigt, wähle ich Logans Nummer und halte das Handy an Ohr.

»Kacey? Alles in Ordnung?«, beantwortet er sofort meinen Anruf.

»Ja«, sage ich außer Atem. »Ich bin auf dem Weg. Gleich da. Die U-Bahn und –«

»Bleib stehen und hole Luft«, unterbricht er mich mit einem Lachen.

Mit einem Lächeln bleibe ich stehen und hole erst einmal tief Luft.

»Ich warte hier von mir aus den ganzen Tag.«

»Hör auf, solche Sachen zu sagen«, ermahne ich ihn.

»Vielleicht ist deine Interpretation das Problem?«

»Ist sie das?«

Eine kurze Pause entsteht. »Vermutlich nicht«, gesteht er schließlich.

Langsam gehe ich weiter. »Tut mir leid, dass du warten musst.«

»Entschuldige dich nicht für Dinge, die du nicht zu verantworten hast.«

»Was, wenn doch?«

»Selbst dann brauchst du dich nicht zu entschuldigen. Du bist auf dem Weg. Das ist das, was zählt.«

»Du erscheinst mir aber wie jemand, dessen Zeit in der Regel teuer bezahlt wird.«

»Das mag unter anderen Umständen richtig sein, aber Geld ist nicht alles, Kacey.«

»Ich weiß«, erwidere ich und laufe schnell über die Coventry Street, als ich kein Auto ausmachen kann. »Also was hast du mit mir vor?«, frage ich.

»Gehörst du zu den Frauen, die Überraschungen nicht ausstehen können?«

»Wenn ich dazugehören würde, hätte ich mich gar nicht erst mit dir verabredet.«

»Dann lass dich überraschen.«

»Ich revidiere meine Aussage.«

»Zu spät«, erwidert er mit einem Lachen. Und ich weiß, dass er mich nun extra lange auf die Folter spannen wird.

»Du hast da Spaß dran, mich zu ärgern.«

»Ich ärgere dich nicht.«

»Wie nennt man das denn in deinem Universum?«

»Necken.«

Was sich neckt, das liebt sich, schießt es mir sofort in den Kopf. Ich erwidere nichts, dabei hätte ich etwas sagen sollen, damit Logan nicht denkt, ich würde wieder das Richtige in seine Aussage hineininterpretieren.

»Wo bist du?«, fragt er schließlich.

»Ich bin da«, sage ich und betrete in dem Moment über die Regent Street den Picadilly Circus. Suchend blicke ich mich nach Logan um.

»Ich stehe beim Eros«, sagt er und meint die Statue auf dem Platz. Ich überfliege die Menschenmenge, die sich dort versammelt hat. Die meisten sind Touristen. Dann erblicke ich Logan in dem Moment, in dem er mich auch entdeckt. Er nimmt das Handy vom Ohr, beendet das Gespräch und steckt es weg. Ich tue es ihm gleich und gehe auf ihn zu.

»Hey«, sage ich, als ich direkt vor ihm stehe.

»Hey«, erwidert er und blickt mich mit diesem verwegenen Ausdruck im Gesicht an, den er häufig trägt.

»Wohin geht's?«, frage ich und mustere ihn unauffällig. Er hat heute wieder seine Brille auf, trägt einen dunklen Anzug, aber keine Krawatte. Die obersten Knöpfe seines Hemdes stehen auf und erlauben mir einen Blick auf seine gebräunte Haut.

»Dahinten hin«, sagt er und zeigt in Richtung der Glasshouse Street, dort befinden sich viele Restaurants und Cafés.

Er setzt sich in Bewegung und ich folge ihm. Ich gehe so nahe neben ihm, dass ich seinen Duft wieder einatmen kann. Er riecht so verdammt gut.

»Was gibt es dort zu sehen?«

Logan lacht auf. »Das mit der Geduld üben wir noch mal.«

»Ich bin ein sehr geduldiger Mensch. Dafür muss ich aber wissen, worauf ich warten muss.«

»Fünf Minuten, Kacey. Dann sind wir da.«

Der Klang meines Namens, wenn er ihn ausspricht, regt jedes Mal etwas tief in mir. So, als hätten meine Eltern mich Kacey genannt, damit genau dieser eine Mann diesen Namen auf seine Art und Weise aussprechen kann.

Ich gebe keine Widerworte, da ich weiß, dass es aussichtslos wäre. Stattdessen gehe ich stumm neben Logan her und genieße das Gefühl der Freiheit, das mich überkommt. Ich habe Vanessa lange nicht mehr so viel lachen gehört, wie heute Morgen. Guy ist mit Fiona und seiner Tochter glücklich. Marko bekommt die Chance, die er sich ehrlich verdient hat. Und ich kann mich mit einem Mann treffen, ohne eine Paranoia zu entwickeln oder alles an ihm zu hinterfragen. Ich fühle mich seit einer sehr, sehr langen Zeit, das erste Mal wieder wohl in meiner Haut. Das Gefühl, endlich wieder die volle Kontrolle über mein Leben zu haben und darüber lächeln zu können, beflügelt mich beinahe.

»Erzähl mir mehr von deinem Traum«, sagt Logan und schaut mich interessiert an.

»Ich hatte mal viele Träume. Die sind dann alle geplatzt«,

erwidere ich melancholischer als beabsichtigt.

»Wenn du nicht einen Traum hättest, wärst du nicht hier.«

»Stimmt.«

»Warum willst du also dieses Restaurant eröffnen? Dein Jetziges muss doch gut laufen.«

»Hast du manchmal das Gefühl, mehr vom Leben zu wollen? Du fühlst, dass du auf dem richtigen Weg bist, das Ziel ist aber noch zu weit weg?« Ich drehe den Kopf und blicke ihm direkt in die Augen. »Das neue Restaurant ist meine Art und Weise, mir zu beweisen, dass ich den Weg gehe und das Ziel nicht aus den Augen verloren habe.«

»Klingt nach einer langen Geschichte.«

Ich nicke. »Eine sehr lange und nicht erzählenswerte Geschichte.«

»Das musst du den Zuhörer entscheiden lassen. Und vielleicht erweist du mir irgendwann das Vertrauen, mit mir darüber zu sprechen.« Logan bleibt stehen, zieht einen Schlüssel aus der Tasche und geht auf einen Gebäudeeingang zu. Wir stoppen vor einer modern verglasten Eingangstür. Durch das Glas kann ich auf den Treppenbereich blicken, der neu renoviert zu sein scheint und ebenfalls sehr schlicht gestaltet ist. Die eckigen Formen vermitteln den Eindruck, in einem Neubau zu sein. Die Fassade lässt es einen aber besser wissen.

»Nach dir«, sagt Logan und hält mir die Tür auf.

Ich trete ein. Der Geruch von frischer Farbe und Sägespänen hängt in der Luft. »Wo sind wir?«

Logan ignoriert meine Frage. Er schließt die Tür, legt seine Hand in mein Kreuz und führt mich zu der Treppe. Durch die dünne Bluse spüre ich die Wärme seiner Finger deutlich und versuche das Gefühl, das sie in mir auslöst, zu ignorieren.

Wir steigen immer weitere Treppen nach oben. Es müsste das. 7. oder 8. Stockwerk sein, als wir das Ende erreicht haben. Die Tür, vor der wir stehen, ähnelt im Design der Eingangstür. Im Gegensatz zu den anderen Türen in dem Gebäude, die aus massivem Holz waren und in das Konzept des Innenlebens von dem Gebäude nicht mehr zu passen scheinen. Im Vorbeigehen habe ich einige der Beschilderungen gelesen – insbesondere kleinere Marketingfirmen haben hier ihren Sitz.

Logan schließt die Tür auf und lässt mir erneut den Vortritt. Erst betrete ich einen kleinen Empfangsbereich, dann trete ich in einen riesigen leeren Raum ein. Die Renovierungsarbeiten sind noch nicht abgeschlossen, da überall Werkzeug, Planen und Verpackungsmaterial herumliegen. Auch hier hängt der Geruch von frischer Farbe in der Luft. Eine Seite des Raumes ist mit einer riesigen bodentiefen Fensterfront ausgestattet. Sie führt um die Ecke und gibt einen phänomenalen Panoramablick über London frei. Man kann auf den Piccadilly Circus blicken. Selbst das London Eye und den Big Ben kann man von hier sehen. Auf einer Seite lassen sich die Fenster auf ganzer Front öffnen und führen auf eine Dachterrasse.

»Wie hast du dir die Räumlichkeiten für dein neues Restaurant vorgestellt?«, fragt Logan.

Ich drehe mich zu ihm um. Er hat die Arme vor der Brust verschränkt und seinen Blick auf mich fixiert.

»Das fragst du noch? Genau so«, erwidere ich und gehe zu der Fensterfront. Vor der Glasscheibe bleibe ich stehen und beobachte die Menschen auf der Straße. An dem Glas kleben immer noch Regentropfen. Obwohl der Himmel grau verhangen ist, liebe ich die Aussicht auf meine Heimatstadt.

»Die Renovierungsarbeiten dauern in etwa noch acht Wochen. Der Boden muss noch verlegt, die Entlüftungsanlage installiert und die Inneneinrichtung muss beschlossen werden. Momentan steht hier alles, weil das Konzept für den weiteren Innenausbau fehlt. Es wurde bislang noch kein geeigneter Pächter gefunden.«

Mit großen Augen fliegt mein Blick wieder zu Logan. »Du meinst, das hier ist noch zu haben?«

»Ja. Dein Konzept gefällt mir. Es passt in das, was wir uns hier vorgestellt haben. Einen Club können wir hier nicht eröffnen.

In dem Haus sitzen zwar nur Firmen, die von einer eventuellen Lärmbelästigung nicht tangiert wären, aber die umliegenden Wohnungen sind ein Problem. Wir haben die Genehmigungen für den Umbau nur unter strengen Auflagen erhalten. So wie ich dich verstanden habe, plant ihr eher so etwas wie ein Bistro. Etwas, was den ganzen Tag über besucht werden kann, aber auch abends, bevor man in einen Club geht oder eben danach, um den Abend ruhiger ausklingen zu lassen. Ein Szenelokal.«

»Ja«, erwidere ich und wende mich wieder den Räumlichkeiten zu. Es wäre perfekt. Genau das, was wir uns vorgestellt haben.

»Das Glas ist mehrfach schallisoliert, sodass selbst bei einem Event in den Räumen keine Lärmbelästigung auftreten sollte. Auch die Wände, die Decke und der Boden wurden entsprechend isoliert. Für ausreichende Belüftung werden wir ein System installieren, das die Luft umwälzt und für genug Frischluftzufuhr sorgt, sodass man nicht gezwungen ist, die Fenster zu öffnen. Wenn die Terrasse mit benutzt wird, muss man natürlich auf den Lärmpegel achten. Aber wir befinden uns hier am Piccadilly Circus. Wer sich hier eine Wohnung nimmt, macht dies nicht, um Entspannung und Ruhe zu finden.«

Mit der Euphorie des Anblicks und der Möglichkeiten, die sich mir bieten, kommt bei seinen Worten die Ernüchterung.

Wir sind hier am Piccadilly Circus. Richtig. Die Immobilienpreise sind astronomisch.

Mein Lächeln verschwindet aus meinem Gesicht. Logan bemerkt meine Stimmungsschwankung sofort.

»Gefällt es dir nicht?«, fragt er sogleich.

»Logan«, beginne ich vorsichtig. »Das hier ist perfekt«, sage ich und deute auf alles. »Es ist das, was wir wollten. Aber ich bin Realist. Und als Realist weiß ich, dass wir uns das hier nicht leisten können. Es wäre ein Risiko, das weder ich noch mein Geschäftspartner tragen will. Wir haben nicht viel Startkapital. Wir würden viel über Fremdkapital finanzieren, und das hier ist einfach ein Schritt zu viel.«

Logans angespannte Gesichtszüge werden sanfter. »Du hast mein Angebot noch nicht gehört.«

Kritisch neige ich den Kopf leicht zur Seite. »Das gehört dir?« Mein Kopf schlägt erst jetzt die Verbindung.

»Nein. Es gehört einem Fonds, den ich betreue.«

»Ein Fonds? Bist du Banker?«

Er deutet ein Kopfschütteln an. »Nein, ich bin kein Banker.« Anstatt mir aber zu sagen, was er beruflich macht, fährt er mit dem eigentlichen Thema fort. »Wie eben schon erläutert, passt euer Konzept zu unserer Vorstellung. Wenn wir nicht bald jemanden finden, der bereit ist, unserer Idee Leben einzuhauchen, ist jeder Tag, an dem der Laden leer steht, ein Verlust. Ich stelle mir keine fixe Pachtgebühr vor, sondern ein erfolgsgebundenes Modell.«

»Du meinst, wenn es für uns gut läuft, läuft es für dich gut?«

»Genau.«

»Das bedeutet auch, wenn es für uns schlecht läuft, läuft es für dich auch schlecht.«

»Ein Risiko, das ich bereit bin einzugehen.«

»Logan, das ist zu viel. Das kann ich nicht annehmen. Wir kennen uns nicht einmal richtig.«

Er kommt einige Schritte auf mich zu. »Haben wir uns gestern nicht darauf geeinigt, Freunde zu sein? Und Freunde tun so etwas. Das gehört zu meiner Vorstellung, wie ich mit guten Freunden verfahre.«

»Was würdest du in der Regel als Pacht verlangen?«

Er schweigt, was für mich Antwort genug ist.

»Siehst du! Es ist kein Geschäft für dich. Es ist ein *Geschenk* an mich. Ich habe keine Ahnung, warum du das tun solltest, aber ich baue ein Business, an dem Arbeitsplätze hängen, nicht auf dem Wohlwollen einzelner Personen auf. Was passiert, wenn du beschließt, nicht mehr mein Freund zu sein? Ich kann das nicht machen.«

»Der Vertrag wird auf 25 Jahre abgeschlossen. Wenn du willst auch länger. 30 Prozent eures Gewinns werden als Pacht fällig.

Egal, wie hoch der Gewinn ausfällt.«

»Nein«, wiederhole ich mich.

»Ich mag das Wort aus deinem Mund nicht sonderlich.« Er lächelt mich amüsiert an.

»Nein.«

»Kacey ...«

»Warum solltest du das tun?«

»Ich werde ehrlich mit dir sein. Jeder Unternehmer würde es wahrscheinlich als irrsinnig abtun.«

»Da sind wir einer Meinung.«

»Aber Risiko war für mich noch nie ein Grund, ein gutes Geschäft sausen zu lassen. Ich kann dir die Räumlichkeiten nicht einfach so anbieten. Ich brauche deinen Businessplan, ich muss mit den anderen Verantwortlichen sprechen. Risiko ist kein Problem, wenn es gut kalkulierbar ist.«

»Was versprichst du dir davon? Geht es dir darum, mich ins Bett zu bekommen? Denn wenn das der Fall sein sollte, muss ich dich enttäuschen. Obwohl ich sagen muss, dass ich von deiner Kreativität wahrlich beeindruckt bin. Ich weiß nicht, wo du den Schlüssel hierfür hast, aber diese Geschütze hat noch keiner aufgefahren.«

»Kacey«, versucht er meinen Redefluss zu unterbrechen, aber meine Paranoia und mein Misstrauen sind zu groß. Vor fünf Minuten fühlte ich mich noch beflügelt – hätte schwören können, dass ich Pierre und die Jahre, die ich mit ihm verbracht habe, aus meinen Erinnerungen streichen kann. Aber jetzt stehe ich hier in einer Immobilie mit jemandem, der sie mir aus unerfindlichen Gründen überlassen will, und Pierres wütende Geständnisse peitschen mir durch den Kopf.

Glaubst du wirklich, ich hätte so viel Erfolg gehabt, wenn ich nicht mit ihnen geschlafen hätte? Glaubst du, ich hätte dir all das bieten können? Bist du wirklich so naiv, dass du an Liebe glaubst? Erfolg ist das, was im Leben zählt ...

Ich schüttle den Kopf und schlucke mein Unbehagen herunter.

Ich habe lange dafür gekämpft, davon loszukommen. Erfolg ist nicht alles im Leben. »Wahrscheinlich wäre es ein geringer Preis, mit dir ins Bett zu gehen, aber ich bin nicht so jemand. Das müsstest du begriffen haben. Es tut mir um die Zeit leid, die du mit mir verschwendet hast.«

Abrupt wende ich mich ab und eile zu der Tür, bevor meine Stimme bricht. Logan ruft noch meinen Namen, ich regiere nicht darauf. Ich laufe die Treppen nach unten und hole erst wieder Luft, als ich draußen vor dem Gebäude stehe.

Tränen bilden sich in meinen Augen. Wieso muss mich meine Vergangenheit immer dann einholen, wenn ich dachte, sie hinter mir gelassen zu haben?

12.

Es ist über eine Woche vergangen, seitdem ich vor Logan geflüchtet bin. Keine Anrufe, keine SMS. Lediglich ein Umschlag, der mir am nächsten Nachmittag ins Restaurant gebracht wurde und sämtliche Pläne, wie mögliche Innendesigns für die Räume, die Logan mir gezeigt hatte, beinhaltete.

Mit jedem Tag frisst mich mein schlechtes Gewissen mehr auf. Ich weiß, dass ich ihm unrecht getan habe. Er wollte nett sein. Mir einen Gefallen tun, und ich mache ihm diese unsäglichen Vorwürfe, für die ich mich schäme. Ich habe weder Guy noch Marko von dem möglichen Lokal erzählt, da ich nicht einmal weiß, ob Logan nach wie vor bereit ist, mir einen Vertrag vor die Nase zu legen.

Meine Stimmung hat den Tiefpunkt erreicht. Ein Lächeln ist mir beinahe nicht mehr möglich und ich erledige meinen Job wie ein Roboter. Vanessa geht in ihrem neuen Selbst auf, und Guy ist zu sehr mit der Arbeit beschäftigt. Lediglich Marko hat bemerkt, dass mit mir etwas nicht stimmt. Einmal hat er vorsichtig nachgefragt, als ich jedoch das Thema wechselte, ließ er es bleiben.

Ich fühle mich nicht alleine. Ich fühle mich einfach nur schlecht.

»Ich bin ein mieser Mensch«, flüstere ich zu Timmy, der in seinem Aquarium Runden dreht. Ich habe mich rittlings auf einen meiner Küchenstühle gesetzt und schaue dem Fisch zu. »Pierre hat mich zu einem miesen Menschen gemacht ...«

Ich seufze auf. Manchmal rede ich mir ein, dass mich die Zeit mit ihm nicht verändert hat. Aber in den Momenten belüge ich mich selbst. Er hat aus mir jemanden gemacht, der nicht mehr vertrauen kann, der in allen Gesten und Worten etwas Hinterhältiges entdecken will, jemand, der die Unbeschwertheit aus seiner Jugend völlig verloren hat. Logan war dabei, mir ein Stück meiner selbst zurückzugeben – und ich ruiniere es.

Ich greife nach dem Fischfutter für Timmy und lasse ein paar Flocken auf die Wasseroberfläche rieseln. Dann beobachte ich ihn dabei, wie er sie alle nacheinander frisst.

Laurie hat mir Timmy geschenkt, als sie auszog. Ich hatte mit den Tränen zu kämpfen und dann zog sie ihn in einer Plastiktüte aus der Tasche. »Damit du jemanden zum Reden hast«, hatte sie mit einem Augenzwinkern gesagt.

Am nächsten Tag kaufte ich ein Aquarium und Timmy konnte von der Salatschale in ein richtiges Zuhause umsiedeln.

Ich stehe auf und hole mein Handy. Ich wähle Lauries Nummer und setze mich wieder vor das Aquarium.

»Hey«, begrüßt mich Laurie direkt.

»Hey«, erwidere ich, darum bemüht gutgelaunt zu klingen.

»Was gibt es?«

»Ich wollte einfach nur fragen, wie es dir geht.«

»Dank der 100 Kondome, die ich mittlerweile von dir habe, geht es mir gut.«

»Du hast noch alle 100?«, frage ich sofort nach.

Eine kurze Pause entsteht, Laurie kichert und sagt: »Willst du, dass ich dich jetzt anlüge?«

Ich muss lächeln. »Nein. Es ist in Ordnung. Ich weiß ja, dass du kein kleines Mädchen mehr bist.«

»Jetzt wo wir schon einmal miteinander reden ... Also ...« Laurie druckst herum, was sie selten macht.

»Was ist es?«

»Ich habe da jemanden kennengelernt.«

Ich lege den Kopf auf meinen Arm, der auf der Stuhllehne liegt. Am liebsten würde ich ihr einen Vortrag darüber halten, dass Jungs an der Uni nichts anderes als Sex im Kopf haben und es nicht ernst meinen. Dass sie nur ihr Herz gebrochen bekommt und ihre Leistungen darunter leiden werden. Aber ich tue es nicht. Ich sage das, was Logan ihr wahrscheinlich gesagt hätte.

»Erzähl mir von ihm.«

Überrascht zieht Laurie die Luft ein, ehe sie nichts mehr halten kann. »Er heißt Braden. Er ist einfach die Wucht. Er sieht super gut aus, alle Mädchen schauen sich nach ihm auf dem Campus um. Und er kann küssen, da zieht es dir das Höschen aus!«

»Bleiben wir bei jugendfreien Themen«, werfe ich mit einem kurzen Lachen ein.

»Okay. Also ... Ich weiß gar nicht, was ich als Erstes erzählen soll!« Lauries Wangen glühen mit Sicherheit gerade, ihre Brust hebt und senkt sich vor Aufregung und sie spielt aufgeregt an ihren Haaren herum.

»Wie habt ihr euch kennengelernt?«

»Ich war abends mit ein paar Freundinnen weg. Wir waren in dieser Bar und dort war er auch mit ein paar Kumpels. Er schaute die ganze Zeit zu mir herüber. Rachel sagte, ich solle hingehen, aber ich habe mich einfach nicht getraut. Wir sind dann weitergezogen. Ein paar Tage später sprach er mich auf dem Campus an, als wir aneinander vorbeiliefen. Es war so romantisch, Kacey!«

»Was hat er gesagt?«

»Er hat gestottert. Kannst du dir das vorstellen? Da ist dieser Kerl, der vor Selbstbewusstsein nur so strotzt und stottert, als er mir gegenüber einen geraden Satz herausbringen soll. Ich habe mich nicht besser angestellt. Wir lachten beide los und das Eis war irgendwie gebrochen.«

»Ich freu mich für dich, Laurie. Du hast ein bisschen Glück verdient.«

»Ein bisschen? Ich habe das Gefühl, das Universum lädt es lasterweise bei mir ab.« Ihr Lachen erfüllt mich mit Wärme. Sie ist glücklich, weil ich ihr vertraut habe. Ich habe darauf vertraut, dass sie vernünftig ist und mich nicht weiter eingemischt.

Im Hintergrund höre ich jemanden nach meiner Schwester

rufen.

»Ich muss auflegen, Kacey. Wir sprechen uns am Wochenende, ja?«

»Ja. Und dann erzählst du mir mehr von Braden.«

»Mach ich!«

Ein Klicken ertönt und ich lausche dem Freizeichen. Timmy hat mittlerweile sein Futter restlos aufgefressen und schwimmt wieder seine gewohnten Kreise.

Verdammt.

Bevor ich es mir anders überlegen kann, wähle ich Logans Nummer. Nervös starre ich das bläulich schimmernde Wasser an, in dem Timmy schwimmt.

Wie der Ozean. Du wolltest so sein wie der Ozean ...

Ich schließe die Augen, als es das erste Mal klingelt. Dann springt direkt die Mailbox an. Bevor ich Logans Stimme hören kann, beende ich schnell den Anruf. Er hat mich weggedrückt. Etwas anderes habe ich auch nicht verdient.

Als ich die Augen wieder öffne, laufen mir zwei dicke Tränen über die Wange. Mit dem Handrücken wische ich sie fort, als mein Handy vibriert. Eine SMS. Sie ist von Logan.

›*Sorry, kann gerade nicht reden. X*‹

›*Es tut mir leid. Ich wollte nicht stören.*‹

›*Du störst nie. Es geht nur gerade einfach nicht :)*‹

›*Dann hör auf, mir zurückzuschreiben ...*‹ Ich schniefe und lächle zugleich.

›*Können wir reden?*‹

›*Das habe ich gerade versucht. Du hast mich aber weggedrückt.*‹

›*Ich meine persönlich.*‹

Für einen kurzen Moment halte ich inne. Ich habe keine Ahnung, ob ich ihm all das, was ich ihm sagen will, persönlich sagen kann. Aber ich schulde es ihm.

›*Ja. Das würde mich freuen.*‹

›*Ich bin hier in 20 Minuten fertig.*‹

Ich beiße mir auf die Unterlippe und schaue an mir herunter. Ich trage schon meinen Pyjama. Ich schüttle alle Zweifel ab und schicke ihm meine Adresse.

›*Bis gleich X*‹

›*Bis gleich X*‹, schreibe ich zurück. Ich atme einmal tief durch und springe auf, um mir etwas anderes anzuziehen.

30 Minuten später ist Logan da. Ich lasse ihn unten ein und warte oben an der Wohnungstür auf ihn. Obwohl der Ton unserer SMS-Konversation nicht nachtragend gewirkt hat, bin ich nervös. Dabei habe ich mir angewöhnt, taff zu wirken, niemanden in mein Inneres schauen zu lassen. Bei Logan werden aber alle meine Regeln außer Kraft gesetzt. Ob ich will oder nicht.

Er kommt die Treppe hoch und lächelt mich an. Jedoch kann ich in seinem Gesicht eine Spur Zurückhaltung und Unsicherheit erkennen.

Ich habe eine schwarze Jogginghose angezogen und ein Sweatshirt mit langen Ärmeln. Gegenüber Logan fühle ich mich underdressed. Dabei weiß ich, dass ich vor Logan nichts mehr von mir verstecken kann, sobald er über die Türschwelle getreten ist. Daher ist es egal, was ich trage.

Unschlüssig bleibt er vor mir stehen und schaut mir direkt in die Augen. Ich blicke zurück. Er trägt seine Brille heute wieder nicht und ich kann direkt in das tiefe und dunkle Braun blicken. Dann überkommen mich meine Schuldgefühle. Ich presse die Lippen zusammen und reiße meine Hände vors Gesicht. Ohne zu zögern, zieht Logan mich an sich. Ich nehme sofort seinen Duft, gepaart mit dem Geruch von frischem Regen wahr. Sein Sakko ist vom Nieselregen feucht, aber das stört mich nicht.

»Es tut mir so leid ...«, flüstere ich irgendwann, als ich wieder ruhig atmen kann und meine Gefühle unter Kontrolle habe.

»Es ist okay«, erwidert er und nimmt meinen Kopf in seine Hände. Sein Blick bohrt sich wieder in meinen. »Erklärst du mir, was das war?«

Ich nicke. Dann trete ich beiseite. Logan betritt meine Wohnung. Ich schließe die Tür und gehe an ihm vorbei ins Wohnzimmer. »Magst du was trinken?«

»Nein, danke.« Er zieht sein Sakko aus. Für einen kurzen Moment zieht Timmy seine Aufmerksamkeit auf sich. »Du hast tatsächlich einen Goldfisch.«

Ich lächle zaghaft. »Ja. Ein sehr genügsamer Kerl.«

Logan legt sein Sakko über die Sofalehne und setzt sich. Ich nehme ihm gegenüber auf meinem Sessel Platz. Dann schauen wir uns eine gefühlte Ewigkeit an, ohne dass einer von uns den Blick abwendet oder etwas sagt.

»Ich ...«, beginne ich, breche aber wieder ab.

»Nimm dir die Zeit, die du brauchst«, sagt Logan mit sanfter Stimme und beugt sich vor, um mir näher zu sein.

Ich schließe die Augen für einen Moment und sammle den Mut, um endlich die Dinge auszusprechen, die ich schon längst hinter mir lassen wollte. »Ich war 19, als ich ihn – Pierre – kennenlernte. Ich hatte gerade zu studieren begonnen, er war Gastdozent. Es passierte so schnell, dass ich mich gar nicht mehr an alles erinnern kann. Er war zwölf Jahre älter als ich, aber das störte weder ihn noch mich. Für mich war es die große Liebe. Als es ernst wurde, kündigte er die Stelle an der Universität. Als ich meinen Abschluss machte, waren wir bereits verheiratet. Er arbeitete im Immobiliensektor und war sehr erfolgreich. Er hatte Geld, was mir aber egal war. Ich liebte den Mann dahinter. Den Mann, den ich an der Uni kennenlernte. Es wurde aber immer mehr Geld und alles begann sich zu verändern. Wir stiegen gesellschaftlich auf und Pierre wollte immer mehr. Er wollte nicht zu denjenigen gehören, die mit ihrem Geld noch nicht prahlen konnten.« Für einen Moment halte ich inne, um meine Gefühle wieder unter Kontrolle zu bringen, die bei den Erinnerungen Achterbahn fahren. »Er begann, sehr risikoreiche Investments zu tätigen. Spekulierte mit Dingen, von denen er keine Ahnung hatte. Er verlor die Kontrolle. Das war der Zeitpunkt, an dem er begann, mich kontrollieren zu wollen. Er war ein Machtmensch und brauchte das Gefühl, irgendetwas dominieren zu können. Als es beruflich nicht klappte, wendete er sich seinem Privatleben zu. Ich hatte damals schon das Restaurant. Meiner Großmutter gehörte das Gebäude, was sie mir vererbte, als sie starb. Ich beschloss, ein Restaurant zu eröffnen. Ich hatte Spaß an der Arbeit und die Zahlen stimmten auch. Als Pierre jedoch jede Menge Geld verlor, verkaufte er das Gebäude hinter meinen Rücken. Er fälschte meine Unterschrift dafür. Mit dem neuen Besitzer handelte er einen Pachtvertrag aus, damit ich davon nichts erfuhr. Damit das auch so blieb, drängte er mich, das Restaurant zu verkaufen. Anfangs waren es lediglich Kommentare, dann wurde er immer vehementer. Ich weigerte mich, gab die Leitung aber schließlich ab, da ich nicht mehr mit Herzblut dabei war. Pierre bestimmte irgendwann, was ich tragen sollte, wann ich das Haus verlassen durfte, mit wem es mir gestattet war, Kontakt zu pflegen. Ich verlor fast alle meine Freunde. Ich lebte nach einem Plan, den mein Ehemann mir vorgab. Wenn ich davon abwich, wurde er so wütend, dass es mir Angst machte.«

»Hat er dich angefasst?«, fragt Logan, wobei ich das Entsetzen in seinem Gesicht ablesen kann.

»Das brauchte er nicht«, flüstere ich und wische mir eine stumme Träne von der Wange. »Ich machte es freiwillig. Er brauchte mich nicht zwingen. Ich wollte nicht, dass es jemals so weit kam ...«

»Mein Gott, Kacey ...«

»Eine Zeit lang konnte ich der Außenwelt eine perfekte Ehe vorspielen. Irgendwann ging es nicht mehr. Meine beste Freundin bemerkte es. Sie brauchte nur zu fragen und alles sprudelte aus mir heraus. Sie fuhr mit mir in das gemeinsame Apartment, packte das Nötigste und nahm mich mit zu sich. Am nächsten Tag machte sie einen Termin bei einem Scheidungsanwalt. Ich traf Pierre noch einige Male, aber nur im Beisein einer dritten Person. Er ließ sich ohne Widerworte von mir scheiden. Erst bei der Scheidung erfuhr ich, dass er das Gebäude verkauft hatte. Ich kaufte zumindest das Untergeschoss zurück. Etwas anderes konnte ich mir nicht leisten. Lange Zeit sah es so aus, als müsste ich es wieder verkaufen und das Restaurant schließen, aber am Ende schaffte ich es mit der Hilfe von einigen Leuten, die mir sehr viel bedeuten.«

Logan hört mir aufmerksam zu, ohne mich aus den Augen zu lassen. Ich brauche einen Moment, um mich zu sammeln, ehe ich fortfahren kann.

»An dem Tag, an dem ich die Scheidungspapiere zugestellt bekam, fuhr ich ans Meer. Ich saß einfach stundenlang am menschenleeren Strand und beobachtete die stürmischen Wellen. In dem Moment beschloss ich, so zu sein wie der Ozean. Unbezwingbar, unkontrollierbar, mit einem freien Willen, der nicht gebrochen werden kann. Ich wollte mich nie wieder in eine Situation begeben, in der ich hilflos einem anderen Menschen ausgeliefert bin. Als du mit mir in dem Lokal standest ...«

»Du hattest das Gefühl, ich würde dich kontrollieren wollen. Dass ich dich manipulieren würde, dich einenge«, führt er meinen Satz zu Ende.

Ich nicke zögerlich, begegne trotzdem seinem Blick. »Es kam alles wieder hoch ... Und ich verfiel einfach in Panik. Ich wollte diese Dinge nicht zu dir sagen.«

»Ich weiß.« Logans Stimme ist nicht mehr als ein Flüstern, trotzdem höre ich jede Silbe klar und deutlich.

»Das zweite Restaurant ... Es soll mir helfen, die Kontrolle wieder abzugeben. Ich will mich von Pierre nicht mein ganzes Leben kontrollieren lassen. Und dafür muss ich diesen Zwang loswerden, über alles die Oberhand haben zu müssen. Ich will Menschen wieder vertrauen können und nicht in jeder Geste und Hilfsbereitschaft eine Hinterhältigkeit sehen.«

»Lass mich dir helfen.«

»Ich weiß nicht, ob du der Richtige dafür bist. Du bist zu nah ... Du ...«, ich hole erneut tief Luft, bevor ich das Bekenntnis über die Lippen bringe, »ich verliere ständig die Kontrolle in deiner

Nähe.«

Sofort umspielt ein Lächeln Logans Mundwinkel. »Ist das nicht gut?«

»Nein. Es ist nicht gut«, erwidere ich sofort. »Du hast gesehen, was passiert.«

»Das war ein unbedeutender Moment, Kacey. In den anderen – den viel bedeutenderen Momenten – öffnest du dich und bist die Frau, die du sein willst. Eine Frau, die das Leben auf sich zukommen lässt, die mit vollen Zügen am Leben teilhaben möchte.«

Erstaunt reiße ich die Augen auf. »Ich will aber nicht –«

»Mich erneut bezichtigen, dass ich aus egoistischen Gründen Dinge für dich tue? Wenn ja, ist das nicht falsch. Denn ich mag es, dich lächeln zu sehen.«

»Weil Freunde so etwas füreinander tun, hm?«

»Ja. Und jetzt kannst du mich nicht mehr davon abhalten, dich zum Lächeln bringen zu wollen. Denn du hast es mehr als verdient.«

Ich will etwas darauf erwidern, ich weiß aber nicht, was. Logan blickt auf seine Armbanduhr. »Es ist spät und du siehst müde aus«, sagt er.

Ich muss an die schlaflosen Nächte denken, die mir mein schlechtes Gewissen bereitet haben. Die Erleichterung, die meine Scham ersetzt, bringt ebenso die Müdigkeit zurück.

»Musst du gehen?«, frage ich mit einem sehnsuchtsvollen Unterton. Ich habe Logans Anwesenheit in meinem Leben in den letzten Tagen unglaublich vermisst. Ihn hier zu haben, erfüllt mich mit innerlicher Ruhe.

»Es ist besser.« Er steht auf und streift sich sein Sakko wieder über. Ich erhebe mich ebenfalls. Logan kommt auf mich zu und nimmt mich erneut in die Arme. Dankbar erwidere ich die Umarmung.

»Ich habe dich vermisst«, gestehe ich schließlich.

»Dein ständiges *Nein* hat mir gefehlt.«

Bei seinen Worten muss ich lächeln. Ich vergrabe mein

Gesicht an seiner Brust und wünschte, wir könnten auf ewig so stehen bleiben. Seine linke Hand fährt meinen Rücken entlang, meinen Nacken hinauf, bis er seine Finger in meinem dichten Haar vergräbt. Ich öffne die Augen und schaue zu ihm auf.

»Lass mich die Person sein, die dir zeigt, wie lebenswert die Gegenwart sein kann.« Dann beugt er sich vor. So als würde er mich küssen wollen. Aber lediglich unsere Gesichter berühren sich.

Es ist eine Geste, die viel intimer ist, als jeder Kuss es je sein könnte. Vor allem ist es eine Geste, die mit Freundschaft nicht viel zu tun hat.

»Schlaf gut, Kacey«, sind seine letzten Worte, dann löst er sich von mir. Er schenkt mir ein letztes Lächeln und verschwindet dann aus meiner Wohnung.

Mit wild pochendem Herzen stehe ich in der Mitte meines Wohnzimmers und starre in den Flur. Seinen Duft habe ich immer noch in der Nase und er wird mich noch die ganze Nacht umhüllen.

Freunde.

Ein Konzept, mit dem ich umgehen kann, das aber nicht mehr auf die Beziehung zwischen mir und Logan zu passen scheint. In keiner Weise.

13.

G*uten Morgen, Kacey. Lust auf einen gemeinsamen Lunch?‹*

Obwohl ich noch nicht ganz wach bin, werden meine Gesichtsmuskeln mit einem Lächeln malträtiert, das meine Augen ebenfalls zum Strahlen bringen muss. Unter meiner Decke eingemummelt fliegen meine Finger über das Display.

›*Wann und wo?*‹

›*12 Uhr, Westminster Bridge?*‹

›*Welche Uferseite?*‹

›*Ostufer.*‹

›*Ich freu mich X*‹

›*X*‹

Ich strecke mich, drehe mich auf die Seite und grinse die ersten Sonnenstrahlen, die durch meine Vorhänge scheinen, an. Wenn Logan in der Stadt ist, sehen wir uns meist für einen Kaffee oder eben für ein gemeinsames Mittagessen. Die letzte Woche war er in Amerika. Ich habe unsere Treffen vermisst. Wenn wir nicht gerade damit beschäftigt sind, andere Lokale auszuspähen, um Ideen für mein Konzept abzugreifen, reden wir über alles Mögliche. Ich kann mit ihm offen über alles sprechen und fühle mich dabei gut. Jeden Tag öffne ich mich ihm ein Stück mehr. Jede SMS bringt mich zum Lächeln und ich habe das Gefühl, durch jeden Tag zu schweben. Als wäre ich eine Feder und Logan der Wind. Es ist so einfach und doch so kompliziert.

Den komplizierten Teil verdränge ich und konzentriere mich auf das Einfache. Beschwingt werfe ich die Decke beiseite, öffne die Vorhänge und tänzle summend ins Badezimmer. Ich habe selbst das Gefühl, dass Timmy mit mir tanzt.

»Wer ist es?«

»Spuck's aus.«

»Kacey!«

Ich poliere Gläser und ignoriere die beiden Fragemonster mir gegenüber an der Theke.

»Sag schon!«, stichelt Vanessa weiter.

Fionas Blick steht ihrem in nichts nach. Quinlan sitzt auf Fionas Schoß und beobachtet ihren Vater gebannt bei der Arbeit. Wenn Guy gerade nicht in Sichtweite ist, spielt sie mit dem bunten Strohhalm in Fionas alkoholfreiem Cocktail. Vanessa hingegen hat die Variante mit Alkohol vor sich stehen und hat das Glas in einem Sicherheitsabstand zu dem Kind stehen. Quinlan nuckelt nämlich gerne an Strohhalmen.

»Ich habe nicht den blassesten Schimmer, wovon ihr redet«, sage ich und räume die polierten Gläser beiseite.

»Lasst sie in Ruhe«, steht mir Guy endlich bei. Er nimmt Quinlan auf den Arm, die sogleich anfängt zu lachen, als ihr Daddy ihr die gebührende Aufmerksamkeit schenkt.

»Genau, Schatz! Nimm du das Kind, damit ich Kacey weiter ausquetschen kann.«

»Es gibt da nichts zum ›Ausquetschen‹!«, gebe ich nun ungehalten von mir.

»Oh doch ...«, widerspricht mir Vanessa. »Du rennst ohne Grund lächelnd durch die Gegend, bist ständig mit deinem Handy beschäftigt und starrst Löcher in die Luft.«

»Mit anderen Worten – jemand blockiert deine Gedanken«, fügt Fiona hinzu.

Hilfesuchend schaue ich zu Guy, der mich nun ebenfalls neugierig mustert. »Gibt es da wen?« So viel zum männlichen Beistand.

»Nein«, presse ich hervor und weiche allen Blicken aus.

»Dann verrate uns doch«, beginnt Vanessa.

»Warum du dich dann so seltsam verhältst?«, beendet Fiona ihren Satz.

»Mich interessiert das jetzt auch«, wirft Guy ein und setzt sich neben seine Frau.

Weil ich einen Mann kennengelernt habe, der mich vergessen lässt, wer ich bin und mich die Person sein lässt, die ich sein möchte ...

»Ich habe ein Lokal gefunden«, kommt es stattdessen über meine Lippen. Ich wollte es Guy am Wochenende sagen. Aber wenn ich jetzt nicht etwas gesagt hätte, was die Meute ruhig stimmt, hätten sie mich gefesselt und hier gefangen gehalten, bis ich die Wahrheit ausgespuckt hätte.

»Wo?«, fragt Guy sofort und reicht Quinlan seiner Frau zurück, um sich ganz auf das Gespräch zu konzentrieren.

»Soho.«

»Soho?«, wiederholen Vanessa und Guy unisono. In beiden Gesichtern kann ich dieselbe Ungläubigkeit erblicken.

»Ja, Soho«, wiederhole ich und schnappe mir einen Block, um den Getränkebestand zu überprüfen.

»Wo in Soho?«, fordert Guy zu wissen.

»Glasshouse Street.« Meine Stimme wird immer leiser und undeutlicher. Ich habe mir dieses Gespräch so nicht vorgestellt. Ich hätte so oder so mit jeder Menge Feingefühl an das Thema herangehen müssen. Jetzt hilft nur noch Augen zu und durch und hoffen, dass Guy von der Idee begeistert ist.

»Das ist wie ein Sechser im Lotto für euch«, stellt Vanessa fest und starrt unglaubwürdig zu Guy, der mich fest im Blick hat.

»Wo ist der Haken, Kacey?« Sein Ton hat an Schärfe gewonnen.

»Es gibt keinen.«

»Und was soll der Spaß kosten?«

»Das ist ein bisschen komplizierter. Das würde ich gerne am Wochenende in Ruhe mit dir besprechen.« Ich mag mir selbst kaum zuhören. Mein Selbstbewusstsein hat sich verabschiedet und ich gleiche einem nervösen und unsicheren Wrack. Ich will mich zusammenreißen, aber mein Kopf ist mit zu vielen Dingen auf einmal beschäftigt.

»Nein. Jetzt«, sagt Guy. Er dreht sich weg und ruft eine Servicekraft zu sich. Er raunt ihr etwas zu. Dann reicht er Quinlan Fiona zurück, kommt um die Theke, packt mich unsanft am Arm und führt mich zu dem Büro. Mit einem lauten Knall fällt die Tür ins Schloss. Er stemmt die Hände auf die Hüften und fixiert mich abwartend mit seinen Augen. Ich werde hier nicht herauskommen, solange ich ihm nicht alles erzählt habe. Und damit meine ich jedes Detail, das mir so unwichtig vorkommt.

Ich setze mich auf den Bürostuhl und ziehe aus einer Schublade das Dossier, das Logan mir gegeben hat. Ich werfe es auf Guys Tischseite. Er geht zwei Schritte auf mich zu, nimmt die Mappe an sich und schlägt sie auf. Er überfliegt den Text und schaut die Grafiken des möglichen Innendesigns an.

»Wieso hast du mir davon nichts gesagt?«, fragt er mich und hält die Mappe hoch. Ich sehe ihm an, dass er es gut findet. Dass es genau das ist, wonach wir gesucht haben.

Das ist die Frage, deren Antwort ich mir haarscharf überlegen muss. Jedes Wort zählt. Ebenso meine Tonlage.

»Ich sehe keinen Preis«, fährt Guy fort. Dann blickt er mich wieder an.

Dein Einsatz, Kacey ...

»40 Prozent des Gewinns.« Nachdem Logan meinen Businessplan bekommen hat, musste er den Satz erhöhen. Unsere Prognosen waren zu unsicher, gerade da wir mit viel Fremdkapital arbeiten müssen.

Guys Augen werden schmal. »Was verschweigst du mir?«

Ich bleibe stumm und überlege fieberhaft, was ich sagen soll.

»Kacey Coft, wenn du nicht –«

»Es gibt da jemanden, okay?«, blaffe ich unfreundlicher als beabsichtigt zurück.

Guy entspannt sich und fasst sich an den Kopf. »Wen? Seit wann? Was hat er hiermit zu tun?« Er wedelt wieder mit der Mappe in der Hand.

»Er heißt Logan. Es ist eine lange Geschichte. Wir sind gute Freunde. Ich habe ihm von unserem Businessplan erzählt, dann zeigte er mir die Räumlichkeiten.«

»Wieso habe ich vorher noch nie etwas von ihm gehört?«

»Muss ich dir jeden vorstellen, mit dem ich privat Kontakt pflege?«

»Nein, aber wenn dieser jemand einen enormen Part in unserer Business-Planung einnimmt, wäre es angebracht.«

»Ich wollte ihn dir am Wochenende vorstellen. Und dann sind die beiden da draußen wie Aasgeier über mich eingefallen.«

»Läuft da was zwischen diesem Logan und dir?«

Ich zögere einen Moment zu lange mit meiner Antwort. »Nein, wir sind einfach nur Freunde.«

»Du magst ihn, stimmt's?«

Ich schweige. Wieso soll ich die Wahrheit bestreiten? »Es ist kompliziert.«

»Kacey ...«, seufzt Guy und fasst sich hilflos in den Nacken. »Ich muss dir ehrlich sagen, dass ich keine Ahnung habe, was ich dir sagen soll. Ich freue mich für dich, das musst du mir glauben. Aber ...«

»Schlechtes Timing«, erwidere ich mit einem erschöpften Lächeln.

»Ja, ganz schlechtes Timing. Was ist, wenn er dir dein Herz bricht? Wenn irgendetwas passiert und wir unser Geld in etwas hineingesteckt haben ...«

»... was auf unnötigen Gefühlen basiert?«

»Ja.«

Ich stehe von dem Stuhl auf und streiche meinen Rock glatt. »Vertraust du mir?«

»Natürlich vertraue ich dir. Ich mache mir einfach nur Sorgen, dass du dich in etwas verrennst.«

»Ich weiß. Ich habe nichts unterschrieben und ich werde auch nichts unterschreiben. Ich möchte, dass du die Handhabe darüber hast. Ich habe dir versprochen, dass wir das abbrechen, wenn es mir ab irgendeinem Zeitpunkt damit nicht gut geht. Aber mir geht es gut. Mir geht es so gut wie lange nicht mehr. Logan würde sich gerne mit dir und Marko an einen Tisch setzen und die Details besprechen. Ich sollte nicht dabei sein.«

»Du wirst dabei sein.«

»Aber ...«

»Er ist dein Freund. Du wirst dabei sein. Ziehe dich nicht in dein Schneckenhaus zurück.« Er stupst mir mit dem Zeigefinger auf die Nase. »Du machst Sachen«, murmelt er schließlich eher zu sich selbst. »Hast dieses Lokal im Schreibtisch liegen und sagst das niemandem ...« Aus dem Vorwurf wird schnell Belustigung. Er hat bereits den Türgriff in der Hand, als er sich noch einmal zu mir umdreht. »Bei welchem Date seid ihr?«

Ich muss unwillkürlich lächeln. »Zehn«, erwidere ich.

»Jedem Mann, der dich zum Lächeln bringt, schulde ich etwas.«

»Das tut er oft, Guy.«

Er schüttelt den Kopf und lächelt mich gleichzeitig an. »Ich habe keine Ahnung, wie ich die Pubertät mit Quinlan überleben soll.«

»Dafür hat sie ja Vanessa.«

»Gerade das macht mir Sorgen«, erwidert er mit einem Grinsen. »Versprichst du mir, dass du das Engelchen auf ihrer Schulter bist, wenn Vanessa das Teufelchen ist.«

»Versprochen.«

Er schenkt mir ein dankbares Lächeln. Dann drückt er die Klinke nach unten und verschwindet wieder im Restaurant. Ich atme tief durch, ziehe dann mein Handy aus der Tasche und schicke Logan eine SMS, dass er sich am Wochenende für das Kreuzverhör bereit machen kann.

»Darf ich?« Logan streckt die Hand aus, um mir eine Strähne aus dem Gesicht zu streichen, hält aber inne und wartet auf meine Erlaubnis.

»Ja«, erwidere ich und lasse die Tüte Pommes in meiner Hand sinken.

Mit seinen Fingern berührt er mich zuerst zaghaft an der Wange, dann streicht er die Haarsträhne behutsam hinter mein Ohr. Seine Hand lässt er einen Moment zu lange an meinem Gesicht liegen und meine Gefühle explodieren augenblicklich in alle Richtungen. Das passiert immer, wenn er mich berührt. Sei es Absicht oder ein Versehen. Obwohl ich nicht davon ausgehe, dass Logan etwas aus Versehen tut – er scheint jedes Wort, jede Geste zu kalkulieren. Vielleicht fühle ich mich deswegen so wohl bei ihm. Er gibt mir das, wonach ich mich nach Pierre so sehr gesehnt habe – Kontrolle. Zumindest was meine Gedanken betrifft. Meine Gefühle sind schon längst verloren.

Er lässt seine Hand sinken und lächelt mich an. Ehe er die Hand aber zurücknimmt, klaut er mir eine Pommes.

»Ey!«, empöre ich mich mit einem Grinsen und klapse ihm gegen den Arm. »Du wolltest keine.«

»Eine darf ich«, erwidert er.

Vor einer Stunde hatte ich ihn angerufen und gefragt, ob er Zeit hat. Er war gerade im Hyde Park joggen und bot mir an, ihn dort zu treffen. Ich fuhr sofort hin. Immerhin ist es die letzte Möglichkeit, mit ihm zu sprechen, bevor wir uns am Wochenende mit Guy und Marko an einen Tisch setzen, da Logan morgen ins Ausland fliegt.

Meine Augen hängen an seinem schlichten Sport-T-Shirt, der Jogginghose und den Turnschuhen. Es ist das erste Mal, dass ich ihn nicht im Anzug sehe und ich kann von diesem Anblick nicht genug bekommen. Seine Unnahbarkeit hat Risse bekommen. Er wirkt so normal – wir wirken so normal.

Sein T-Shirt weist Schweißflecken auf und einzelne Tropfen kleben ihm an den Schläfen und im Haar. Es überdeckt aber nicht seinen eigenen Duft, an den ich mich mittlerweile so sehr gewöhnt habe und nach dem ich beinahe süchtig bin. Manchmal – wenn ich ihn zu sehr vermisse – stecke ich meine Nase in das Jackett, das ich immer noch von ihm habe. Er hat es nicht zurückgefordert und ich ihm dementsprechend nicht zurückgegeben.

»Wo geht es morgen hin?«, frage ich und esse meine Pommes weiter.

Wir sind bis zur Westminster Bridge gelaufen. Wir lehnen am Geländer, genießen den trockenen Wind und beobachten die Touristen um uns herum, die vom London Eye kommen und zum Big Ben wollen.

»Deutschland«, sagt Logan und betrachtet ein Schiff, das unter der Brücke hindurchfährt.

»Was machst du dort?«

»Verträge aushandeln, das Übliche.« Ein Schulterzucken deutet mir an, dass er nicht weiter darüber reden will. Wahrscheinlich, weil er mich nicht langweilen möchte.

»Hast du Zeit, dir auch etwas von Deutschland anzusehen? Soll schön dort sein.«

»Ich bin häufig dort. Es gibt ein paar sehr schöne Flecken, man muss nur wissen, wo man sie findet.«

»Vielleicht zeigst du sie mir irgendwann.« Sobald der Satz über meine Lippen gekommen ist, blicke ich zaghaft zu Logan auf. Er hat mich fest im Blick. Unsere letzten Gespräche verliefen alle ähnlich. Ich beginne, mit ihm zu flirten und er bemerkt es.

»Vielleicht«, erwidert er mit einem undefinierbaren Ausdruck in den Augen.

»Wo genau wirst du sein?«

»Ich muss zu verschiedenen Standorten.«

»Wenn du was Leckeres zum Essen findest, bringst du mir etwas davon mit?«

»So eine bist du also.« Er lacht auf und ich freue mich, dass ich ihn zum Lachen bringen konnte, da ich es mag, seine Stimme zu hören. »Ich bring dir ein Geschenk mit, versprochen.«

»So war das nicht gemeint«, verteidige ich mich.

»Ich weiß.« Er beugt sich vor und schnappt sich erneut eine Pommes.

»Die sind echt gut«, sagt er.

»Du kannst dir auch noch eine Portion holen, die du dann mit mir teilst.«

Er blickt auf die Uhr und richtet sich dann auf. »Ich würde liebend gern, aber ...«

»Du musst dich auf den Flug vorbereiten.«

Er lächelt mich entschuldigend an. »Ich werde dich vermissen, Kacey.«

»Mich oder die Pommes?« Ich halte ihm mit einem frechen Grinsen die Papiertüte hoch.

»Genau diese Situationen.«

»Freunde sind doch ständig in solchen Situationen.« Ich versuche, gleichgültig zu klingen. Aber es will mir nicht gelingen.

»Ich melde mich bei dir.« Er legt seinen Arm um meine Hüfte und zieht mich an sich. Es ist eine von diesen Umarmungen, die freundschaftlich wirken sollen, es aber nicht sind. Nicht in meinem Empfinden. Ich schließe für einen Moment die Augen und wünschte, ich könnte die Berührung genießen. Aber zu wissen, dass sie jedes Mal die Letzte sein könnte, schafft eine spürbare Anspannung in mir. Ich lege die Stirn an seine Schulter und atme seinen Duft ein, auf den ich die nächsten Tage verzichten muss. Genauso wie auf seine Wärme und seine Gegenwart, die mir jedes Mal ein Gefühl der Sicherheit geben.

Viel zu früh löst er sich von mir. Er zieht etwas aus seiner Hosentasche und hält es vor mein Gesicht. Es ist eine Serviette von dem Imbiss, an dem ich auf dem Weg vom Hyde Park zur Westminster Bridge meine Portion Pommes geholt habe. Ich nehme sie an und erneut wird von dem Wind eine Strähne in mein Gesicht geweht. Diesmal streicht er sie mir hinters Ohr, ohne mich um Erlaubnis zu fragen.

»Bis Samstag«, sagt er, unterbricht den letzten Körperkontakt und wendet sich ab.

»Bis Samstag«, flüstere ich ihm hinterher. Aber er hört es nicht mehr, da er schon längst in der Menge von Touristen verschwunden ist. Ich falte die Serviette auseinander.

›*Don't miss me – I will always wish you good night*‹, steht dort geschrieben.

Vermisse mich nicht – ich werde dir jeden Abend eine gute Nacht wünschen.

Ich hebe den Blick in der Hoffnung, ihn noch einmal sehen zu können, aber ich entdecke ihn nicht. Seufzend wende ich mich dem kühlen Geländer der Brücke zu und starre in die Ferne.

Es braucht nicht viel Verstand, um zu wissen, dass ich an einem Punkt angelangt bin, an dem ich mehr will als Freundschaft. Aber mein Kopf weigert sich nach wie vor. Vor allem, weil ich Angst habe. Angst davor, dass ich den gleichen Fehler noch einmal mache und diesmal daran zerbreche. Logan hat bereits alle Sicherheitsmechanismen, die ich mir aufgebaut habe, ausgehebelt. Lediglich die Tatsache, dass er mein Nein respektiert, hält diese hauchdünne Mauer zwischen uns aufrecht, die die Grenze von Freundschaft zu mehr markiert.

Ich falte mit einer Hand die Serviette zusammen und stecke sie in meine Hosentasche. Ich habe immer noch keine neue Handtasche, und da ich nur die eine besaß, laufe ich seit Wochen ohne Tasche durch London. Vanessa versuche ich aus dem Weg zu gehen, da sie mich lediglich wegen Logan sticheln wird. Obwohl sie meine beste Freundin ist, möchte ich mit ihr noch nicht darüber sprechen. Es soll mein Geheimnis bleiben, bis ich bereit bin, es aufzugeben. Bis ich genug von Logan bekommen habe. Dabei weiß ich, dass ich nie genug von ihm bekommen kann.

14.

Logan hält sein Versprechen – jeden Abend schickt er mir eine SMS oder eine E-Mail und wünscht mir eine gute Nacht. Unabhängig davon, ob wir am Tag bereits miteinander gesprochen haben oder nicht.

Das Wetter in London hat sich endlich wieder beruhigt und die Sonne weckt mich jeden Morgen. Logan schickt mich abends mit einer SMS in meine Träume, ich wecke ihn morgens. Auch wenn er manchmal vor mir wach ist, schicke ich ihm die SMS trotzdem. Es lässt mich ihm nahe sein, auch wenn er in einem anderen Land ist.

Ein Blick auf die Uhr verrät mir, dass er bereits im Flugzeug sitzt und auf dem Weg zurück nach London ist. Ich atme tief durch. Noch zwei Stunden, bis er hier ist. Ich zähle bereits die Minuten und mir fällt es schwer, mich auf die Quartalsabrechnung zu konzentrieren. Zu viele Gedanken kreisen um Logan und das bevorstehende Gespräch mit Guy und Marko anstatt um meine Arbeit.

Ein Seufzen kommt über meine Lippen und ich lasse meinen Kopf auf die kühle Tischplatte sinken.

Ich habe mich in Logan verliebt.

Warum soll ich mir das weiter ausreden, wenn es doch so ist?

Vielleicht ist Liebe ein Wort, das nicht ganz passend ist. Aber Freunde sind wir nicht. Dafür fliegen viel zu viele Funken zwischen uns, wenn wir uns ansehen oder uns berühren. Zudem haben die SMS und E-Mails zwischen Freunden nicht so viele unergründliche Untertöne, die man als unverbesserliches Flirten bezeichnen könnte. Wenn ich ehrlich bin, flirten wir miteinander, seitdem er das erste Mal in meinem Restaurant aufgetaucht ist.

Obwohl ich deutlich Nein zu allem Darauffolgenden gesagt habe, ist es doch einfach passiert ...

Ich will ihn küssen, ich will in seinen Armen liegen, ich will ihn überall berühren.

Ich will so vieles von ihm und weiß nicht, ob ich das von ihm verlangen kann – insbesondere, ob ich das von mir verlangen kann. Mich erneut in ein Abenteuer stürzen, obwohl meine gesamte Konzentration auf die Planung des neuen Lokals ausgerichtet sein sollte. Aber da ist sie einfach nicht. Sie ist bei Logan und meinen Gefühlen für ihn, die nicht da sein sollten.

Vanessa würde sagen, ich solle Sex mit ihm haben. Ihn aus meinem System bekommen. Mit Männern ist es wie mit den Gelüsten nach Schokolade. Einmal satt gegessen hat man erst einmal Ruhe.

Aber wie soll ich mit einem Mann Sex haben, der für mich mehr ist, als einfach nur Sex? Ich bezweifle, dass ich meinem Herzen nach einer gemeinsamen Nacht begreifbar machen kann, dass es eine einmalige Sache war und wir wieder Freunde sind.

Freunde.

Wie ich das Wort mittlerweile hasse ...

»Lass die Augen zu«, raunt jemand hinter mir. Reflexartig richte ich mich sofort auf und schlage die Augen auf. Bevor ich aber etwas sehen kann, werden mir die Augen mit einer Hand zugehalten.

»Marko!«, empöre ich mich.

»Versprich mir, dass du die Augen zu lässt«, erwidert er und ignoriert mein Gezappel.

»Ja«, sage ich schließlich und verhalte mich ruhig.

Er nimmt die Hand von meinem Gesicht und dreht den Bürostuhl zu sich. Er muss vor mir knien.

»Augen zulassen und Mund auf.«

Ich reagiere nicht. Mir behagt es nicht, dass er mich mit irgendetwas füttern möchte.

»Kacey ...«, bittet er mich mit sanfter Stimme. »Bitte.«

»Hat es etwas mit Schokolade zu tun?«

Er lacht, antwortet mir aber nicht.

»Mistkerl«, grummle ich, bevor ich den Mund öffne. Es dauert ein paar Sekunden, dann spüre ich seine Finger an meinen Lippen. Sogleich liegt etwas auf meiner Zunge. Es ist Schokolade. Ich schließe den Mund und versuche, den Geschmack zuzuordnen. Zartbitter, aber etwas anderes ist da noch. Ich brauche einen Moment, ehe ich den Geschmack als Zimt betiteln kann. Dann bricht die Schokoladenhülse auf meiner Zunge und eine kühle Masse ergießt sich in meinem Mund. Scharf und süß zugleich. Ich öffne die Augen und blicke Marko an, der immer noch vor mir hockt und mich gespannt beobachtet.

»Eine Zartbitter-Praline mit Zimthaube und einer Füllung aus Kirsch-Chilli-Sirup«, erläutert er.

Ich strecke den Daumen nach oben, da ich den Mund noch voll habe.

»Ich nehme an, es hat geschmeckt.«

Ich nicke heftig. Dann schlucke ich. »Phänomenal!«, bringe ich schließlich heraus.

»Ich probiere an der Dessertkarte herum.«

»Dank dir werden noch alle Frauen in London fett«, witzle ich und fahre mit dem Daumen über meine Lippen.

»Ich fasse das als Kompliment auf.« Er steht auf. »Sag mal ...«, beginnt er, hält aber unschlüssig inne.

»Hm?«, ermuntere ich ihn, weiter zu reden.

»Vanessa. Ist mit ihr alles in Ordnung?« Seine Besorgnis steht ihm ins Gesicht geschrieben.

»Ja. Sie hat ein paar harte Tage hinter sich. Aber langsam kommt bei ihr wieder alles in Ordnung. Warum?«

Er zuckt unbeteiligt mit den Schultern. »Nur so. Sie wirkt anders. Glücklicher, selbstsicherer. Alles andere bei ihr war vorher eine Show. Es ist, als wäre sie aus ihrem Ei geschlüpft.«

»Du bringst es auf den Punkt«, erwidere ich mit einem Lächeln.

»Also dein Freund nachher –«, wechselt er das Thema.

»Er ist nicht mein Freund. Nicht so ein *Freund.*«

»Guy wird das Geschäftliche einen feuchten Kehricht interessieren. Ich hoffe, dass ist dir bewusst.«

Ich stöhne auf. »Ja. Ich weiß. Er wird Logan grillen. Und das nicht in Bezug auf das Business.«

»Was macht der Kerl noch einmal beruflich?«

Eine einfache Frage, auf die es auch eine einfache Antwort gibt, die ich aber nicht weiß. »Das ist kompliziert.«

»Ist es das wirklich?«

»Marko, fang du nicht auch noch an.« Ich drehe mich von ihm weg.

Aus den Augenwinkeln kann ich beobachten, wie er in einer entschuldigenden Geste die Hände hebt.

»Ich habe gesehen, was dieser Kerl vor ein paar Wochen mit dir gemacht hat. Du standest wieder am Abgrund, Kacey. Und das war nur Sex. Das mit dir und Logan scheint viel mehr zu sein.«

»Mach dir keine Sorgen. Konzentrier dich auf das Business«, sage ich so sanft wie möglich.

»Okay«, lenkt Marko ein, da er bemerkt, dass er bei mir nicht weiterkommen wird. »Willst du noch mehr von den Pralinen? Ich habe jede Menge Testobjekte in der Küche liegen.«

»Das fragst du noch?«

»Bei euch Frauen weiß man ja nie«, scherzt er.

Ich schüttle lächelnd den Kopf, und Marko will gerade mein Büro verlassen, als er beinahe in jemanden hineinrennt. Er will sich entschuldigen, hält aber inne.

Ich hebe den Blick und schaue direkt Logan an.

Mein Herz braucht keine extra Einladung, es fängt ohne Vorwarnung an, wie bekloppt zu schlagen. Mein Mund wird trocken und ich hocke wie versteinert auf meinem Stuhl, zu nichts anderem fähig, als ihn atemlos anzustarren.

»Hey«, begrüßt er mich und lehnt sich im Türrahmen an. Ich bin nicht in der Lage zu antworten. Gerade eben ist ein Loch unter mir aufgegangen und ich stehe kurz davor, einfach hineinzufallen.

Marko wirft ein paar Blicke zwischen uns hin und her, ehe er begreift, wer das sein muss.

»Sie müssen Logan sein. Marko – der Küchenchef«, übernimmt Marko souverän meine Aufgabe und stellt sich selbst vor. Logan wendet den Blick von mir ab und schüttelt Marko die Hand.

»Freut mich sehr.«

»Wunderbar. Dann hole ich mal die Pralinen und ihr könnt noch ... *Dinge* besprechen.« Mit den Worten verschwindet Marko. Aber nicht, ohne mir einen letzten Blick zuzuwerfen, den ich zu deutlich lesen kann.

»Netter Kerl«, kommentiert Logan die Begegnung und richtet seine Aufmerksamkeit wieder auf mich.

»Du bist zu früh«, sage ich mit einem Räuspern.

»Ich habe einen Flug eher bekommen. Alles verlief bestens und ich habe mir die Chance nicht nehmen lassen, früher bei dir zu sein.«

Mein Kopf ist leer. Da ist einfach nichts, was ich greifen könnte. Ein pures Nichts. Keine Worte, die über meine Lippen kommen könnten, und keine Anhaltspunkte, die mir eine Ahnung geben, wie ich mich jetzt verhalten sollte.

Logans Gegenwart vereinnahmt mich völlig und ich kann dagegen nichts tun. Ich habe die Kontrolle über alles verloren. Panik steigt in mir auf. Und das scheint Logan mir auch anzusehen.

»Kacey«, spricht er sanft meinen Namen aus und kommt auf mich zu. Er hat eine Aktentasche dabei, die er auf dem Tisch ablegt, schließlich bleibt er direkt vor mir stehen. Ich stehe abrupt auf. Ich will nicht sitzen, wenn er über mir steht. Das Machtverhältnis bekommt mir nicht.

Logan streckt seine Hand nach mir aus und berührt mich an der Wange. »Was ist es?«

»Nichts.« Das Wort ist schneller ausgesprochen, als ich es hätte in Gedanken formen können.

»Lügen passen nicht in eine Freundschaft.«

»Wir sind keine Freunde.« Es ist eine Tatsache, die wir beide seit Anfang an gespürt haben, die sich aber offensichtlich keiner von uns bislang getraut hat, auszusprechen. Ich breche das Tabu, da ich keine Ahnung habe, wie ich mit den widersprüchlichen Gefühlen in mir ansonsten umgehen soll. Logan gibt keine Widerworte. Sein Blick bohrt sich lediglich immer weiter in meinen. Er nimmt seine Finger von meinem Gesicht.

»Nein, das sind wir nicht«, gibt er mir recht.

Ich atme tief aus. Mir war nicht bewusst gewesen, dass ich die Luft angehalten hatte. »Was sind wir dann?«, stelle ich die alles entscheidende Frage.

»Sag du es mir.«

»Ich weiß es nicht ...« Meine Stimme ist ein kaum hörbares Flüstern.

Ich will ihn küssen.

Ein Gedanke, der ohne Vorwarnung in meinen Kopf geschlüpft ist und sich dort wie ein Lauffeuer ausbreitet. Wenn ich ihn küsse, kann ich Klarheit schaffen. In meinem Kopf, in meiner Brust, in meinem Leben.

Ich stehe vor ihm und blicke ihm ins Gesicht. Erst in die Augen, dann auf den Mund. Meine Entschlossenheit wächst. Unwillkürlich fasse ich mir an die Lippen. Meine Finger lösen ein wildes Kribbeln aus und ich wünschte, es wäre die Berührung von Logans Mund, den ich spüren würde.

Ich will die andere Hand nach ihm ausstrecken, als Guy ins Büro kommt.

»Hey, Marko meinte –« Er bleibt stehen und hält abrupt inne, als er bemerkt, dass er ungelegen kommt. Er lässt sich davon aber nicht weiter beirren und wirft mir lediglich einen fragenden Blick zu. Ich drehe mich schnell von Logan weg. Ich verhalte mich, als hätten wir etwas Verbotenes getan und ich müsste mich schämen. Dabei ist das absurd.

»Hi. Ich bin Guy, ihr –«

»Bester Freund«, sagt Logan mit einem freundlichen Lächeln

und streckt die Hand aus. Die beiden Männer schütteln sich zur Begrüßung die Hände.

»Und Geschäftspartner«, ergänzt Guy. Er ist freundlich, aber eine gewisse Reserviertheit kann er nicht unterbinden. »Wenn ihr nichts mehr zu besprechen habt, können wir direkt loslegen.«

»Nein, wir haben nichts mehr zu besprechen«, antworte ich, bevor Logan etwas sagen kann. Ich nehme die Papiere, die ich vorhin noch überarbeitet habe, an mich und eile an Logan und Guy vorbei.

Ja, wahrscheinlich werfen sie sich verwirrte Blicke über mein Verhalten zu und wahrscheinlich denkt Guy, dass Logan irgendetwas zu mir gesagt hat, was mich verstört. Wenn ich aber nicht schnell eine Ablenkung finde, die dieses Verlangen in mir nach einem Kuss unterbindet, werde ich noch kopfloser durch die Gegend eilen.

»Marko, wir fangen an«, rufe ich in die Küche, als ich daran vorbeigehe. Am liebsten würde ich mich vor die Spüle stellen und Besteck oder Teller reinigen. Ich kann mich aber nicht in der Küche verstecken. Das wird weder Guy noch Marko zulassen.

Ich lege meine Unterlagen auf einen der hinteren Tische, wo uns die Gespräche der anderen Gäste nicht stören werden. Das sind die Situationen, in denen ich mir ein größeres Büro wünschen würde. In den neuen Räumlichkeiten ist eins vorhanden. Ich versuche, mich mit aller Willenskraft an diesem einen Gedanken aufzuhängen.

Neues Lokal.

Größeres Büro.

Lediglich dieses eine Gespräch heute Abend ist dafür nötig ...

Ich weiß, dass es so simpel nicht ist, aber nach heute Abend kann Guy sich mit Logan über das Geschäftliche auseinandersetzen und ich kann mich in irgendeinem Loch verkriechen, bis ich meine Gefühle im Griff habe.

Logan und Guy setzen sich an den Tisch, Marko stößt ebenfalls zu uns. Ich stehe nach wie vor neben dem Tisch und weiche allen Blicken aus.

»Ich habe Pralinen. Nicht sehr männlich – ich weiß. Aber Kacey hatte bereits eine im Mund und für gut befunden.« Er stellt den Teller in der Mitte ab und setzt sich zu den anderen beiden Männern.

»Was kann ich euch zu trinken bringen?«, frage ich und hebe schließlich den Kopf. Sofort begegne ich Logans Blick. So als würde er mich magnetisch anziehen.

»Einen Kaffee bitte«, erwidert er und seine Mundwinkel kräuseln sich zu einem Lächeln.

»Ein Wasser für mich«, sagt Guy, ohne von seinen Papieren aufzublicken.

»Überrasch mich«, erwidert Marko und zwinkert mir zu. Ich brauche Logan nicht anzublicken, um zu wissen, dass das Lächeln in seinem Gesicht nicht mehr echt ist.

Ich reibe meine feuchten Hände an meiner Hose ab und gehe zur Bar. Ich habe mir noch nie so viel Zeit dabei gelassen, drei Getränke zuzubereiten. Immer wieder wandert mein Blick zu den Dreien, die mittlerweile in ein tiefes Gespräch versunken sind. Ich könnte einfach abhauen. Nach Hause gehen und mich unter meiner Decke verstecken, bis ich mich besser fühle.

Aber das wird nicht passieren.

Ich presse die Lippen aufeinander, hole tief Luft und gehe dann mit dem Tablett in der Hand zurück an den Tisch. Ich serviere die Getränke, als wäre das meine einzige Aufgabe an diesem Abend. Logan nimmt mir den Kaffee direkt aus den Händen. Unsere Finger berühren sich und meine Zerstreutheit steigt ins Unermessliche.

Guy gebe ich sein Wasser und Marko stelle ich eine Maracujasaftschorle vor die Nase. Nicola, die heute Dienst hat, läuft an mir vorbei und ich drücke ihr das leere Tablett in die Hand.

»So, wo sind wir?«, frage ich und setze mich auf den freien Stuhl, direkt gegenüber Logan und neben Marko.

»Die 40 Prozent«, gibt Guy mit ernster Miene wieder. »Ich

weiß nicht, ob wir die Summe am Anfang stemmen können.«

»Warum nicht?« Logan lehnt sich in seinem Stuhl zurück und schaut Guy neugierig an. Ich beobachte Logan. Auf einmal wirkt er anders. Er hat seine Leichtigkeit, die er im Umgang mit mir hatte, verloren und wirkt ernster. Konzentrierter und vor allem weniger durchschaubarer.

Vor mir sitzt der Geschäftsmann, der er wahrscheinlich den Rest des Tages ist, wenn er sich nicht mit mir beschäftigt.

»Wenn wir die Prognosen für den Umbau zugrunde legen, dann haben wir eine Fremdkapitalquote von 78 Prozent. Die Bank wird uns keinen Kredit bewilligen, wenn wir 40 Prozent des Gewinns im ersten Jahr als Pacht abgeben müssen.«

Logan lässt sich davon nicht beeindrucken. Er schlägt seine Mappe auf und zieht mehrere Kopien hervor. Jedem von uns reicht er eine.

»Wir verpachten und verkaufen nicht. Da die Innenausstattung mit der Immobilie verbunden ist, übernehmen wir die Kosten. Dementsprechend fällt lediglich eine Nutzungsgebühr an, die in den 40 Prozent enthalten ist.«

Ich überfliege die Textpassagen und werfe Guy einen Blick zu. Er ist davon überrascht.

»Ich weiß nicht, ob das mit unserem Konzept funktioniert«, erwidert er vage.

»*Festik Designs* hat den Auftrag für die Innenausstattung. Wir haben mit dem Büro öfters zusammengearbeitet, sie wissen, was wir am Ende absegnen werden. Ihr bestimmt das Innendesign, wie ihr es braucht, wir unterschreiben am Ende den Auftrag, wenn es nichts zu beanstanden gibt. Und das senkt die Fremdkapitalquote auf, sage und schreibe, 34 Prozent.« Logan braucht dafür nicht einmal in die Unterlagen zu schauen. Er kennt die Zahl auswendig. »Funktioniert das für euch?« Fragend blickt er uns alle an.

Guy sagt nichts und schaut mich stumm an. Wir kennen uns bereits so lange, dass ich seine Gedanken lesen kann. Es ist ein Sechser im Lotto für uns. Ein Angebot, das zu gut ist, um keinen

Haken zu haben. Er lässt sich aber nichts anmerken. Er wendet den Blick ab und spricht den nächsten Punkt an.

»Du siehst erschöpft aus.« Nicola bringt benutzte Gläser zurück an die Theke und bleibt einen Moment neben mir stehen. Ich habe mir gerade eine Apfelschorle gemacht und nehme einen kräftigen Schluck. Die letzten Gäste sind bereits gegangen und wir sitzen immer noch beisammen, um über die Details zu reden.

Guy sucht fieberhaft nach dem Haken, für jeden Einwand hat Logan aber eine Alternative, die jedes Mal in unserem Sinne ist. Dabei weiß ich, wo der Haken ist.

Ich bin der Haken.

Ich weiß, dass er das für mich macht. Dass kein normaler Mensch bei einem Deal so viele Zugeständnisse machen würde. Nicht, wenn es keine moralische Ebene gäbe. Diese Ebene stelle ich mit Haut und Haar dar. Ich beobachte, wie Marko aufsteht, Logan und Guy tun es ihm gleich. Sie schütteln sich die Hände und Marko verabschiedet sich. Guy und Logan hingegen wechseln ein paar Worte miteinander. Dann gehen sie ins Büro. Ehe sie aus meinem Sichtfeld verschwinden, dreht Guy sich zu mir um.

Sein Ausdruck ist ernst.

Ich schüttle den Kopf und wische alle Gedanken beiseite.

»Wie viel ist noch zu tun?«, frage ich Nicola und helfe ihr, die schmutzigen Gläser in den Geschirrspüler für Gläser zu räumen.

»Nicht viel. Die anderen haben heute gut gearbeitet.« Sie deutet auf den Rest des Serviceteams, das am Abend den Laden alleine geschmissen hat.

»Du kannst die anderen nach Hause schicken. Ich mache den Rest.«

»Sicher?«

Ich nicke. Ich werde zuhause eh keinen Schlaf finden, dann kann ich genauso gut meine Mitarbeiter in einen wohlverdienten Feierabend schicken und mich mit Arbeit ablenken.

Mit einem dankbaren Lächeln gibt Nicola den anderen Bescheid. Sie bedanken sich alle bei mir, legen ihre Schürzen ab, holen ihre privaten Sachen und verschwinden plaudernd aus dem Restaurant.

»Ich kann dir noch helfen«, bietet Nicola an.

»Nein. Mach Feierabend. Ich mache den Rest morgen Früh«, sagt Guy plötzlich hinter ihr. Ich habe ihn nicht kommen sehen.

Dann macht auch Nicola Feierabend. Sie verabschiedet sich von uns beiden. Schweigend stehen Guy und ich uns gegenüber.

Es ist etwas. Das sehe ich ihm an. Er will es mir sagen, macht es aber nicht.

»Wir reden morgen«, sagt er in einer Tonlage, die ich von ihm nicht gewohnt bin. Sein durchdringender Blick jagt mir einen kalten Schauer über den Rücken.

»Guy«, sage ich und greife seinen Arm.

Er nimmt meine Hand. »Wir werden unterschreiben, Kacey.«

Überrascht stoße ich die Luft aus meinen Lungen. »Was?«, frage ich ungläubig nach. Alle Zeichen standen auf eine Nichteinigung. Zumindest auf Guys Seite. Ich habe gesehen, dass er Logan nicht traut.

»Wir wären dumm, es nicht zu tun. Wie gesagt – wir reden morgen.« Er drückt meine Hand freundschaftlich und wendet sich ab. »Wir telefonieren«, ruft er Logan zu, der im hinteren Teil des Restaurants stehen geblieben war und uns von dort beobachtet. Guy zieht sich seine Jacke über und verlässt ebenfalls das Restaurant.

Mit Logan bin ich nun ganz alleine. Unschlüssig gehe ich auf ihn zu.

»Das lief gut«, beginnt er.

»Sicher?«

»Wir müssen reden«, stellt er klar. Er fährt sich mit der Hand über den Mund, ohne mich aus den Augen zu lassen.

»Das sollten wir vielleicht, ja.«

Ich lehne mich an die raue Steinwand. Er kommt näher.

»Wie war Deutschland?«, frage ich und versuche, ein unverfängliches Thema anzuschneiden.

»Ich habe dich vermisst«, raunt er mir zu, ohne auf meine Frage einzugehen. Er kommt mir immer näher, bis er direkt vor mir steht. Mit dem Rücken stehe ich dicht an die Steinwand gedrückt. Sofort nehme ich seinen Duft wahr und so viele Gefühle und Erinnerungen steigen in mir hoch.

Dann platziert er seine Hände rechts und links von meinem Kopf. Seine gesamte Körperwärme strahlt auf mich ein. Es ist bedrückend und eng und fühlt sich doch so befreiend an.

»Wovor hast du Angst, Kacey?«

Er hält mich in der Position gefangen. Selbst wenn ich abhauen wollen würde, könnte ich es nicht. Er schaut auf mich hinunter. Mein Herz schlägt wild in meiner Brust und ich beiße mir für einen Moment unwillkürlich auf die Unterlippe.

Ich schlucke. »Ich habe vor nichts Angst.« Ich weiß, dass er mich erst gehen lassen wird, wenn er eine zufriedenstellende Antwort bekommen hat.

Seine Mundwinkel verziehen sich zu einem belustigten Grinsen. »Ach ja? Dann frage ich mich, warum wir zwei nicht schon längst miteinander geschlafen haben.«

Ich reiße bei seinen Worten die Augen groß auf und mein Blick schweift über sein Gesicht zu seinem Mund. Ja, eine Frage, deren Antwort ich in den letzten Tagen mehr als einmal überdacht habe.

Er kommt mir mit seinem Gesicht so nahe, dass diese Situation nur in einem Kuss enden kann. Andernfalls werde ich das nicht überleben, da mein gesamter Körper von ihm in Besitz genommen werden möchte.

Alles.

Ich will alles von ihm.

»Sag's mir, Kacey.«

Er legt den Kopf leicht schief, ohne mich aus diesem intensiven Blickkontakt zu entlassen.

»Ich habe Angst, dir zu verfallen«, flüstere ich und schaue ihm starr in die Augen.

Er lacht leise auf, sodass ich seine Lachfalten um die Augen sehen kann. Dann nimmt er seine rechte Hand von der Wand und greift stattdessen nach meiner Hüfte. Er zieht mich zu sich an die Brust und mein gesamter Körper fängt sofort Feuer. Wie konnte ich mich dem nur so lange entziehen?

»So wie ich das sehe, bist du das schon längst«, raunt er mir zu. Und ich kann nicht anders, als mich an ihm festzuhalten, ehe ich den Halt in der Realität verliere, als seine Lippen zum ersten Mal die meinen berühren.

Ich gebe ein langes, wohliges Stöhnen von mir und schmiege mich an Logan. Wir passen perfekt zusammen. Unsere Körper verbinden sich in einer Symbiose, die ich vorher noch nie gespürt habe. Dieser Kuss drückt alles aus, was ich in den letzten Wochen zwischen uns gespürt habe – sein Verlangen, seine enttäuschte Begierde und all das, was in Funken zwischen uns hin und hersprang, aber nie zur Sprache kam. Er küsst mich auf eine leidenschaftliche Art, die ich nie wieder zu spüren gewagt hatte.

Es ist nicht lediglich ein Kuss – es ist ein Statement.

Er will mich.

Mit seinen Händen zieht er mich fest an sich, während er mich gleichzeitig an die raue Steinwand drückt. Wenn der Kuss etwas Zärtliches hatte, ist es mittlerweile verschwunden. Aus vorsichtiger Neugier ist pure Leidenschaft geworden, die mich in ihren Bann zieht. Seine Zunge berührt die meine und jeder Quadratzentimeter meiner Haut geht in Flammen auf, ohne dass er mich dort berühren muss.

Seine Hände finden den Weg unter meine Bluse. Er fährt mit seinen warmen und kräftigen Händen über die Haut an meiner Hüfte und ich habe das Gefühl zu explodieren.

»*Oh Gott …*«, seufze ich an seinen Mund und weiß, dass das Wort ›Nein‹ vorübergehend aus meinem Wortschatz gestrichen ist. Ich werde zu allem Ja sagen. Zu verdammt allem, solange Logan nicht aufhört und mir die Blitze weiterhin durch den Körper jagt.

»Kacey«, spricht er leise meinen Namen aus und zieht sich wenige Zentimeter von mir zurück, seine Hände immer noch fest um mich geschlungen.

Ich blicke atemlos auf und sehe so viel in seinen Augen – die Begierde, das Feuer, das ich auch fühle, und Erleichterung. Dann aber plötzlich ändert sich sein Ausdruck. Er wird ernst und hat augenscheinlich Probleme, mich weiterhin anzuschauen. Wenn ich es nicht besser wüsste, würde ich behaupten, dass er ein schlechtes Gewissen hat.

»Hör zu ...«, setzt er an und mein wild pochendes Herz hört augenblicklich auf zu schlagen. Aus der Hitze in meinem Innern wird eine Eiseskälte, die mich frösteln lässt. Ich kenne diesen Ausdruck im Gesicht eines Mannes und insbesondere die Tonlage, in der er spricht. Das, was jetzt folgt, sind keine süßen Worte – es wird mich zurück in die bittere Realität reißen. Es ist derselbe Blick, den Guy eben auch im Gesicht trug. Es gibt einen Haken an der ganzen Situation und Guy hat die Information aus Logan herausgekitzelt. Und ich bin jetzt dran, in die bittere Realität geschubst zu werden.

Ich lege meine Hände auf seine Brust und drücke mich von ihm weg. Widerwillig lässt er mich los und tritt einen Schritt zurück. Mit gemischten Gefühlen starre ich ihn an. Auf der einen Seite will ich, dass er lacht, so tut, als wäre es ein Witz gewesen und genau da weiter macht, wo wir unterbrochen wurden. Auf der anderen Seite will ich es nicht wissen und wünschte, er würde einfach gehen. Wünschte, er wäre nie in mein Leben getreten, wenn meine Befürchtungen wahr werden sollten. Es war von Anfang an zu gut, um wahr zu sein. Er war zu gut. Ich habe mich von meinen Gefühlen verführen lassen, all meine Schutzmechanismen auszuschalten. Ich war stark und unnachgiebig.

Ich habe auf mich aufgepasst. Dann kam Logan und ich wollte immer mehr von diesem Kribbeln in meinem Bauch spüren. Egal wie.

Ich bin so naiv gewesen. Es ist, als würde jemand eine Nadel in meine Traumblase stecken. Sie zerplatzt. Der Nebel lichtet sich und ich kann endlich wieder klar sehen. Aus dem süßen Kribbeln ist ein bitterer Schmerz geworden, der sich langsam durch meinen Körper zieht.

Logan schaut mich unschlüssig an. So als wäre ich ein verschreckter Welpe, bei dem er nicht weiß, wie er auf ihn zugehen soll. Genauso fühle ich mich auch. Mein Kopf spielt sämtliche Szenarien ab. Er ist verheiratet, hat Frau und Kinder, er hat ...

»Kacey«, spricht er meinen Namen erneut aus und ich schrecke aus meinen Gedanken auf. »Ich muss dir etwas sagen, bevor wir«, er schluckt, »bevor wir einen Schritt weitergehen.«

»Ich will es nicht wissen. Ich will, dass du gehst und –« *Ich will nicht weitermachen ... ich bin schon zu weit gegangen ...*

Er tritt wieder an mich heran, ohne mich aber zu berühren. »Ich will nicht gehen. Ich will, dass das mit uns funktioniert. Das kann es aber nur, wenn du weißt, dass ...« Er schaut mir suchend in die Augen. So als würde er dort etwas finden können, was es ihm leichter macht, mir zu sagen, was ihn zu der Unterbrechung des Kusses veranlasst hat.

»Was ist es?«, frage ich. Meine Stimme hat an Schärfe verloren, die Panik lässt nach. Es ist immer noch Logan, der vor mir steht. Ein Mann, dem ich mein Vertrauen geschenkt habe. Das kann nicht umsonst gewesen sein. Guy will den Vertrag unterschreiben. Das würde er nicht machen, wenn er dafür nicht eine gute Erklärung hätte.

»Die Firma, für die ich arbeite ...«, beginnt er, bringt den Satz aber wie die vorherigen nicht zu Ende.

»Du willst jetzt über die Arbeit sprechen?«

»*Wells Media* heißt sie«, fährt er unbeirrt fort, ohne auf meinen Kommentar einzugehen.

Ich ziehe die Augenbrauen nach oben. »Wells Media? Das ist doch –«

»Ja«, fällt er mir ins Wort. »Ein ziemlich großer

Medienkonzern.«

»Ich verstehe nicht, worauf du hinaus willst.«

Sein Kiefer ist angespannt, sein Blick ist starr auf mich gerichtet, so als würde er jeden Gedanken in meinem Kopf lesen wollen. »Kacey, mein Name ist Logan Wells.«

»Wells? Ein hübscher Name«, versuche ich zu witzeln, da meine Anspannung langsam von mir abfällt. Es gibt augenscheinlich keine Frau, keine Kinder, sondern lediglich ...

Logan *Wells*.

Wells Media.

Ich höre das Klicken in meinem Kopf.

Seine Geheimnistuerei, wenn ich ihn über seine Arbeit ausfragte. Es macht plötzlich alles Sinn. Innerhalb weniger Sekunden macht alles einen Sinn. Warum er für mehrere Tage immer unterwegs war, warum er immer darauf bedacht war, mit mir in der Öffentlichkeit nicht aufzufallen. Warum er es mir jetzt sagen musste, bevor ich mit ihm geschlafen hätte. Mein Kopf wird von Erinnerungen, chaotischen Gedankengängen und Aha-Momenten durcheinandergebracht.

Ich blicke wieder auf und sehe ihm in die Augen. Er sieht verletzt aus, ungeduldig auf meine Reaktion und vor allem hilflos.

»Du ...«, beginne ich mit gebrochener Stimme und spüre gleichzeitig die brennenden Tränen in meinen Augenwinkeln. Ich fühle so vieles. Nichts davon ist so schmerzhaft wie das Gefühl, von ihm belogen worden zu sein. »Du hast mich angelogen?« Ich blicke ihm starr in die Augen.

»Nein, Kacey«, sagt er so bestimmend wie möglich. »Ich habe dich nie angelogen. Jeder Satz, jedes Wort, jeder verdammte Buchstabe war die Wahrheit.«

»Aber nur ein Teil von der Wahrheit, oder?«, frage ich mit einem verächtlichen Lachen, das so falsch ist, wie die Situation, in der ich mich befinde. Wir sollten uns weiter küssen. Da weitermachen, wo mein Herz und auch mein Kopf uns haben will.

»Ändert es etwas? Ich bin immer noch die Person, die ich vor fünf Minuten war.«

»Nein, Logan. Vor fünf Minuten warst du ein Mann, auf den ich mich verlassen konnte, der mir Halt gab und den ich so unglaublich gerne küssen wollte, bis ich keine Luft mehr bekomme. Wer du jetzt bist, weiß ich nicht mehr.«

»Kacey ...«, spricht er verzweifelt meinen Namen aus.

»Warum musstest du es mir sagen?«, rufe ich wütend und meine Hand saust auf seine Brust hinunter. »Hättest du es nicht einfach für dich behalten können?« Die ersten Tränen lösen sich aus meinen Augenwinkeln.

»Nein. Dann wäre es zu einer Lüge geworden.« Er umgreift meine Hand, die immer noch auf seinem Hemd liegt, mit seiner. Eine zärtliche Geste, die mir gerade das Herz zerreißt.

»Bitte geh«, flüstere ich mit geschlossenen Augen, damit nicht noch mehr Tränen über meine Wangen rinnen.

»Kacey«, sagt er flehend.

»Bitte geh einfach«, wiederhole ich mich.

Zögernd lässt er meine Hand los und tritt einige Schritte zurück. Ich vergrabe mein Gesicht in meinen Händen, während ich seinen Schritten zur Tür lausche. Sie geht auf, fällt zu und dann ist es still.

Logan ist aber nicht gegangen. Er ist noch da.

Ich gleite an der Wand auf den Boden. Das Einzige, das die furchtbare Stille durchbricht, sind meine leisen Schluchzer, die mir jedes Mal ein Stück mehr das Herz zerreißen.

Ich höre seine Schritte, als er zu mir zurückkommt. Er setzt sich neben mich auf den Boden. Ich weiß, dass er da ist. Er hat genug Abstand zwischen uns gelassen, sodass er mich nicht berührt.

»Guy ist nicht dumm«, beginnt er. »Ich war darauf bedacht, meinen Namen nicht auf die Papiere zu schreiben. Überall stand der Name des Fonds, über den die Immobilie vermietet werden soll. Das hat ihn stutzig gemacht. Also hat er nachgeforscht. Es war für ihn offensichtlich nicht schwer herauszufinden, dass der

Fonds zu Wells Media gehört. Er zählte eins und eins zusammen und erhielt eine glatte Zwei. Er brauchte auch nicht lange, um zu verstehen, dass du keine Ahnung hattest. Bevor er vorhin gegangen ist, hat er mich konfrontiert.«

»Was hat er gesagt?«, meine Stimme ist ein gebrochenes Flüstern. Ich habe mein Gesicht nach wie vor unter meinen Armen vergraben. Ich will ihn nicht ansehen. Vor allem kann ich ihn nicht ansehen. Es würde die Wunde tief in mir weiter aufreißen.

»Er hat mich gefragt, ob ich mir darüber im Klaren bin, was ich tue. Ob ich im Ansatz eine Ahnung davon hätte, was dir passiert ist. Ich sagte ihm die Wahrheit.«

»Die da wäre?«

Er nimmt sich einen Moment Zeit für die Antwort. »Als Matt die E-Mail-Adressen vertauschte, war er praktisch gefeuert. Sein Fehler kostete gute 60 Millionen Pfund. Ich war zu dem Zeitpunkt nicht in London. Ich wies meine Sekretärin an, dass sie ihn seine Sachen packen lassen soll. Durch ein Funkloch, oder was auch immer, kam die E-Mail nie an. Am nächsten Morgen erschien Matt zur Arbeit – mit diesem pinken Comiceulen bedruckten Kaffeebecher in der Hand. Er hatte so viel Hoffnung in den Augen und ich konnte es irgendwie nicht. Ich konnte ihn nicht feuern. Ich nahm ihm den Kaffeebecher ab und schickte Matt an seinen Schreibtisch. Den ganzen Tag über fragte ich mich, was in mich gefahren ist. Ich trank Kaffee aus einem Becher, der all meinen Managern Fragezeichen ins Gesicht setzte, nahm 60 Millionen Pfund Verlust in Kauf, nur um einem Jungen die Hoffnung nicht aus dem Gesicht zu treiben und konnte mir keinen Reim darauf machen. Ich fragte Matt, woher er den Kaffee hatte. Er nannte mir die Adresse hier, also kam ich her. Dann sah ich dich, Kacey. Ich hatte keine Ahnung, was ich hier wollte, aber als ich dich sah, wusste ich es. Mir war klar, dass du mich nicht erkannt hast. Dass du keine Ahnung hast, wer ich bin. Ich genoss deine Gesellschaft. Du hast in mir nicht den Übermenschen Logan Wells gesehen, sondern jemanden, der genauso viele Makel hat, wie jeder andere auch. Anfangs waren es egoistische Gründe, warum ich es dir verschwieg. Dann tat ich es, weil du es nicht wissen wolltest. Du hättest hartnäckiger nachfragen können, was ich beruflich mache, womit ich mein Geld verdiene, für wen ich arbeite. Du hast es nie getan. Du hast geahnt, was aus meiner Antwort resultieren würde.«

»Ich hätte dich nie wiedergesehen«, gebe ich leise von mir.

»Ja. Als ich abends in deinem Apartment war und du mir von deinem Ex-Mann erzählt hast, wusste ich, warum. Ich wusste, dass du dich niemals auf mich einlassen würdest, wenn ich deine Mauer nicht einreiße.«

»Du hast sie eingerissen, Logan. Du hast sie von Anfang an schon eingerissen.«

»Du hast mich verändert«, gesteht er mir und ich hebe den Kopf ein Stück. Schaue ihn aber nach wie vor nicht an. »Du bist der Grund, warum ich bei geschäftlichen Entscheidungen nicht mehr einfach nur schwarz und weiß sehe. Ich sehe die Farben dazwischen. Und ich sehe das Blau, Kacey. Das Blau, das deine Wünsche und Bedürfnisse widerspiegelt. Das ich jedes Mal in deinen Augen sehe, wenn ich hineinblicke. Ich weiß, dass du dich nicht für mich entscheiden kannst, ohne zu wissen, worauf du dich einlässt.«

»Ich weiß, worauf ich mich einlasse. Ich habe es bereits einmal hinter mir.« Meine Stimme ist nach wie vor gebrochen.

»Du weißt es nicht«, widerspricht Logan mir sofort. »Ich kannte Pierre.«

Das Geständnis erwischt mich unvorbereitet. »Du ... Du kanntest ihn?« Ich starre ihn an. Er wendet mir das Gesicht zu und erwidert meinen Blick.

»Ja. Ich habe im Immobiliensektor mein erstes Geld gemacht. Ich habe eine Weile gebraucht, um die Verbindung zu schlagen. Ich wusste ja nicht einmal, dass Pierre Dupard eine Frau hatte.«

»Ich habe meinen Mädchennamen nach der Scheidung wieder angenommen.«

»Ich bin nicht so wie er, Kacey. Er war ein Arschloch. Wenn

er nur halb so rücksichtslos in eurer Beziehung war, wie im Geschäft, will ich mir nicht ausmalen, durch welche Hölle du gegangen bist.«

»Ich will dir glauben, aber ...«

Er hebt seine Hand und legt seinen Finger auf meinen Mund. »Sprich es nicht aus. Noch nicht. Gib mir eine Chance. Verbringe einen Tag mit mir und ich werde dir beweisen, dass ich anders bin. Dass du keinen Grund hast, mir zu misstrauen und Angst zu haben.« Er zieht seine Hand zurück und lächelt mich zaghaft an. »Ich weiß, es ist viel verlangt. Aber ich bitte dich nur um einen Tag.«

»Was ist mit dem Vertrag?«

»Ihr bekommt ihn, so oder so. Und wenn du mich nicht mehr sehen möchtest, werde ich die Sache an einen meiner Manager delegieren, der für euch als Ansprechpartner fungiert.«

»Logan, ich ...«, wieder lässt er mich nicht aussprechen.

»Ich will jetzt keine Entscheidung, Kacey. Denk darüber nach.« Er legt den Arm um mich und zieht mich zu sich. Ich schmiege mich an ihn an und spüre den Schmerz in meinem Herzen umso deutlicher. Ich wünschte, er wäre ein ganzer normaler Mann. Jemand, der ein normales Gehalt hat, morgens um 8 zur Arbeit geht und abends um 5 wieder daheim ist. Jemand, der nicht im Fokus so vieler Menschen steht, der jeden Tag gewichtige Entscheidungen treffen muss, die so viele Personen betreffen – jemand, der mit dem Begriff Macht nichts anfangen kann und damit noch nie in Berührung gekommen ist.

In diese Vorstellung von ihm habe ich mich verliebt. Dass diese Vorstellung nicht existiert, reißt mir die Gefühle für Logan schmerzhaft aus der Brust.

Er küsst mich auf die Schläfe. Dann löst er sich von mir. »Soll ich dich nach Hause bringen?«

Ich schüttle den Kopf.

»Ruf mich an, wenn du dich entschieden hast.«

Erneut höre ich seine Schritte. Die Tür geht auf und fällt zu. Diesmal ist er gegangen.

15.

Mir läuft der Schweiß den Rücken hinunter, meine Arme und Beine kleben. Nach den Unwettern und Regenfällen der letzten Wochen erleben wir einen Wetterumschwung. Seit drei Tagen steht die Sonne am Himmel und brennt auf die Stadt hinunter. Die Fassaden saugen die Hitze auf und geben sie selbst nachts wieder ab. Es ist kaum zu ertragen. Dennoch jogge ich.

Seit dem Morgen, an dem ich aufgewacht bin und keine SMS von Logan auf meinem Handy erhalten habe, stehe ich früh auf, ziehe meine Sportsachen an und laufe, bis mir vor Anstrengung die Luft wegbleibt.

Die Sonne steht zwar schon am Himmel, die frische Luft im Schatten der Bäume macht den Sport jedoch erträglich. Ich wische mir mit der Hand über die verschwitzte Stirn. Jetzt klebe ich noch mehr.

Aber es kümmert mich nicht.

Seit Tagen versuche ich die Leere, die Logan in meinem Leben hinterlassen hat, zu füllen. Meine Seele ist leer und ich tue es meinem Körper gleich, damit Kopf und Herz wieder zueinanderfinden. Aber egal, auf welche Art und Weise ich versuche, meinem Ziel näher zu kommen – es funktioniert nicht.

Die Wut nimmt mit jedem Tag zu. Abends kann ich nicht einschlafen, und wenn ich es doch tue, wache ich am nächsten Morgen mit demselben Hass in der Brust auf. Meine Gedanken sind davon gelähmt. Ich kann mich nicht konzentrieren, selbst meine Arbeit leidet darunter.

Als gestern eine junge Servicekraft ein Tablett mit leeren Gläsern fallen ließ, erkannte ich mich selbst nicht mehr wieder. Sie wurde zum Ventil für meine Wut. Als ihr die Tränen bereits in den Augen standen, griff Nicola ein. Sie zog mich von der Szene weg und schickte mich ins Büro. Ich blieb dort sitzen und starrte minutenlang die Aktenordner an. Es hätte auch stundenlang sein können. Der Unterschied wäre mir nicht bewusst gewesen. Nicola tat das einzig Richtige in der Situation – sie rief Guy an.

Er kam ins Restaurant. Als ich ihm ins Gesicht blickte, wurde mir zum ersten Mal bewusst, dass ich nicht mehr ich selbst bin. Guy wollte mit mir reden, erfahren, was mit mir los ist. Aber ich blockte ihn ab. Ich stieß ihn verbal von mir weg. In der Zeit, die wir uns kennen, haben wir uns noch nie so böse gestritten.

Die Leere, der Hass, die Wut tief in mir – all das führt dazu, dass ich mich selbst zerfleische.

Ich laufe schneller, die Hände zu Fäusten geballt. Meine Konzentration liegt auf meinen Schritten und dem Beat in meinem Kopf. Momentan ist es David Guetta mit *Dangerous*, der mich am Laufen hält.

Die Schweißtropfen rinnen über meine Schläfen und ich spüre, wie meine Kraft nachlässt. Das Lied ist zu Ende und ich überlege kurz anzuhalten. Entscheide mich aber dagegen. Ich muss weiterlaufen, wenn ich bei Verstand bleiben will. Ich muss diese Wut in mir loswerden. Und das ist momentan der einzige Weg, den ich sehe, damit das funktioniert.

Die ersten Klänge des nächsten Liedes ertönen und ich bleibe abrupt stehen. Es war keine Kopfentscheidung, mein Körper bleibt einfach stehen und bewegt sich nicht mehr. Mit glasigen Augen fixiere ich einen Punkt in der Ferne und lausche der Interpretation von *Run*, gesungen von Leona Lewis. Die Melancholie des Liedes ergreift mich und ich habe das Gefühl zu ersticken. Panik steigt in mir auf. Ehe ich keine Luft mehr bekomme, reiße ich mir die Kopfhörer aus den Ohren und ziehe den Stecker aus meinem Smartphone.

Mit zitternden Händen fixieren meine Augen das Display.

Keine neue Nachricht.

Weder von Logan noch von Guy.

Ich unterdrücke das Verlangen, mein Handy auf den trockenen Asphalt zu schmeißen. Stattdessen wickle ich die Kopfhörer um das Gerät und stecke es zurück in meine Jackentasche. Die Wehmut, die mich einen Moment ergriffen hat, verfliegt sofort.

Ich drehe um und laufe den restlichen Weg nach Hause ohne Musik, die mich antreibt.

Sobald ich in die Straße zu meinem Wohnhaus einbiege, werde ich langsamer. Vor meiner Haustür steht Guy.

Er trägt eine Sonnenbrille und ist in Freizeitkleidung gekleidet. Eine locker sitzende schwarze Chinohose und ein schlichtes Sweatshirt. Er nimmt die Sonnenbrille von der Nase und hält sie in der Hand, während er mich mustert.

»Was willst du?«, frage ich so tonlos wie möglich, als ich vor ihm stehe. Er antwortet mir aber nicht.

Ich vermeide es, ihn anzuschauen. Ich ziehe meinen Haustürschlüssel hervor und schließe auf. Ohne ihn weiter zu beachten, betrete ich den Hausflur. Natürlich folgt Guy mir.

»Was wird das?«, frage ich, als wir vor meiner Wohnungstür stehen.

»Wir müssen reden.« Sobald ich den Schlüssel herumgedreht habe und die Tür mit einem Klick aufgeht, schiebt er mich beiseite und tritt ein.

»Ich habe keine Lust zum Reden.« Die Tür fällt leise hinter uns ins Schloss. Dabei hätte ich sie ihm genauso gut aufhalten können. Ich kann mich noch nicht bei ihm entschuldigen. Das müsste er wissen und trotzdem ist er hier.

»Das ist mir egal, Kacey.« Sein Ton hat an Schärfe zugelegt, wie auch seine gesamte Körperhaltung. »Das gestern im Restaurant war eine Situation, die niemals hätte passieren dürfen.«

Ich schweige.

»Was ist überhaupt los mit dir? Du hast dich gegen Logan

entschieden. Von mir aus – das respektiere ich. Aber –«

»Es gab nicht einmal die Möglichkeit für eine Entscheidung«, falle ich ihm ins Wort. Meine Hände sind wieder zu Fäusten geballt und meine Fingernägel schneiden mir ins eigene Fleisch. Ich heiße den Schmerz willkommen, da er mich unverhofft von dem Gefühl in meiner Brust ablenkt. »Er hat alles entschieden. Ich hatte nicht einmal die Möglichkeit, irgendetwas an der Situation, in die er mich gebracht hat, zu kontrollieren!« Ich schreie Guy mit all der Wut, die ich in mir fühle, an. Er zuckt nicht einmal mit der Wimper. Ich gehe einen Schritt auf ihn zu. »Und ich hasse ihn dafür!«, zische ich Guy zu, dann wende ich mich ab. In der Küche gieße ich mir ein Glas Wasser ein und trinke es in einem Zug leer. Mit dem Handrücken wische ich mir über den Mund. Guy ist mir in die Küche gefolgt.

»Wenn du ihn so sehr hasst, dann lass die Wut an ihm aus und friss sie nicht in dich hinein. Davon ist noch niemand glücklich geworden.«

Mein Blick schnellt zu ihm. »Du hast doch keine Ahnung.« Mein Ton ist nach wie vor angespannt. Selbst wenn ich normal mit meinem besten Freund reden wollen würde, könnte ich es nicht. Alleine Logan für eine Sekunde in meinen Gedanken gehabt zu haben und über ihn gesprochen zu haben, lässt mich innerlich überkochen.

»Ich sehe, dass du ein Problem hast.«

Ich weiß, dass ich den Mund halten sollte. Dass ich weggehen sollte, solange ich kann. Aber ich tue es nicht. Ich bleibe auf meinem Fleck in der Küche stehen. Die Versuchung, etwas von der Wut in mir loszuwerden, ist zu verlockend. »Was willst du eigentlich? Müsstest du nicht im Restaurant sein? Damit der tolle Guy alles am Laufen hält? Soll ich dir was verraten? Du bist keinen Deut besser als all die anderen Männer in meinem verkorksten Leben! Du kontrollierst alles, was ich tue! Du mischst dich in mein Leben ein, ohne zu fragen! Alles muss deinen Fingerabdruck tragen! Aber ich habe die Schnauze voll! Voll davon, mir von dir vorschreiben zu lassen, was ich zu tun und zu lassen habe!« Ich erkenne meine eigene Stimme nicht wieder. Aber es fühlt sich zu gut an, dem Chaos in meiner Gefühlswelt ein Ventil zu liefern, als dass ich damit aufhören könnte. »Ich will, dass du verschwindest! Aus meinem Leben und aus meinem Restaurant. Hörst du? Es ist *mein* Restaurant!« Ich bohre mir den Finger in die Brust, sodass es schmerzt. Aber ich ignoriere das Gefühl. Alle meine Sinne sind auf Guy gerichtet, der vor mir steht, die Lippen fest aufeinandergepresst und keinen Ton von sich gibt. Ich weiß, dass ich die Grenze längst überschritten habe und es für die gesagten Worte kein Zurück mehr gibt. Das war mir mit der ersten Silbe bewusst und wird mir mit jeder Sekunde, die ich in Guys ernstes und zugleich fassungsloses Gesicht schaue, bewusster.

»Ich werde gehen«, erwidert er schließlich betont ruhig. »Ich werde aus deinem Leben verschwinden, wenn dir das weiterhilft. Aber rechne nicht damit, dass ich dich so das Restaurant leiten lasse. Im Gegensatz zu dir bedeuten mir die Angestellten noch etwas. Ich setze nachher meine Kündigung auf, die dann rechtskräftig wird, wenn du dir darüber im Klaren geworden bist, was du mir gerade vorgeworfen hast. Vorher brauchst keinen Fuß ins Restaurant setzen. Kapiert?« Lediglich das letzte Wort gibt mir eine Ahnung davon, was in ihm vorgeht. Er sieht mich an, als hätte ich ihn geschlagen. Das wäre wahrscheinlich nicht halb so schlimm gewesen, wie der Schaden, den ich mit meinen Worten innerhalb weniger Sekunden angerichtet habe. Meine Wut verraucht allmählich. Durch den Nebel hindurch beginne ich zu realisieren, was soeben passiert ist.

Ich will den Mund öffnen und etwas sagen, aber es kommt nichts heraus. Guy dreht sich kommentarlos um, rauscht aus der Küche und meine Wohnungstür knallt hinter ihm zu. Ich zucke zusammen und löse mich aus der Starre.

Erschöpft fahre ich mir über das Gesicht und sinke an den Küchenschrank angelehnt auf den Boden. Mit dem Rücken lehne ich mich gegen die kühle Schrankoberfläche. Meine verschwitzte

Haut klebt an der Beschichtung. Den Kopf lasse ich nach unten sinken.

Ich bin ein Miststück.

Neben all der Wut und dem Hass, den ich verspüre, ist momentan die Verzweiflung darüber, was es mit mir macht, am größten. Ich habe gerade meinem besten Freund die schlimmstmöglichen Worte an den Kopf geworfen und bezweifle, das jemals wieder gutmachen zu können. Das Verwerflichste an der Situation ist, dass ich mich dafür nicht einmal so schlecht fühle, wie ich sollte. Es musste alles raus. Auf irgendeine Art und Weise brauchte ich den Katalysator. Es tut mir nur leid, dass es Guy erwischt hat.

Ich öffne meine Hand und starre die roten Flecken an, die meine Fingernägel hinterlassen haben.

Zum ersten Mal in meinem Leben verstehe ich Vanessa. Ich verstehe, warum sie sich jahrelang selbst verletzt hat. Und ich verstehe, warum sie immer wieder abgehauen ist. Wenn man sich selbst wehtun will und sich auf einem selbstzerstörerischen Pfad befindet, sollte man allen Menschen, die einem wichtig sind, aus dem Weg gehen.

Ich schließe die Augen und weiß, dass ich mich von meinen Freunden fernhalten sollte, bevor ich noch weitere Schäden anrichte.

16.

Ich halte mich von dem Restaurant fern. Das ist das Einzige, was ich tun kann, um nicht mein gesamtes Leben zu ruinieren. Auch wenn ich versucht habe, allen anderen Menschen aus dem Weg zu gehen, hält Vanessa davon nichts ab. Sie klebt an mir wie eine Klette. Jeden Morgen taucht sie bei mir auf, verschwindet wieder, um arbeiten zu gehen, nur um dann abends wieder auf der Matte zu stehen. Anfangs habe ich sie ignoriert, dann bin ich ihr gegenüber zickig geworden. Sie ließ sich aber von nichts beeindrucken.

Als ich sie in einem schwachen Moment nach Guy fragte, zuckte sie lediglich mit den Schultern und wechselte das Thema. Ich kann nicht aufzählen, wie oft ich Guys Handynummer angestarrt habe. Jedes Mal hat mir aber der Mut gefehlt, ihn anzurufen. Die Angst davor, was er mir zu sagen hat, war zu groß.

Wann immer Vanessa Zeit gefunden hat, nahm sie mich an die Hand und schleppte mich von einer Boutique in die nächste. Sie hat ihre Kündigung bereits eingereicht und betreut nebenbei die ersten Kunden privat. Ihre Begründung für meine Anwesenheit auf diesen Shoppingtrips war, dass sie sich meinen guten Geschmack zunutze machen möchte. Dabei wollte sie mich nur ablenken. Immerhin habe ich sieben neue Handtaschen im Regal liegen.

Eine davon trage ich am Ellbogen, während ich meine Strickjacke eng um mich schlinge. Meine Haare flattern mir um den Kopf und ich schiebe ständig meine Sonnenbrille den Nasenrücken hinauf. Es ist windig und die Sonne zeigt sich lediglich ab und an. Ich will den Menschen am Set des Werbedrehs für den Fernsehspot, den Vanessa betreut, nicht zeigen, wie schlecht ich aussehe. Eingefallene Wangen, trostlose Augen und eine Haut mit einem gräulichen Schimmer. Ständig pudert Vanessa mich mit ihrem Rouge, damit ich nicht aussehe wie eine Statistin aus einem Zombiefilm.

Der Spot wird auf der Westminster Bridge gedreht – das British Parliament und Big Ben im Hintergrund. Da das Drehteam keine Genehmigung für eine vollständige Straßensperrung erhalten hat, muss der Bürgersteig herhalten. Immerhin durfte der gesperrt werden. Mehrere Security-Leute halten Schaulustige fern und achten auf die Sicherheit der beiden Sternchen am Set.

Alessandro und ein Topmodel, das den weiblichen Part übernimmt.

Zu Drehbeginn hat Vanessa mich Alessandro vorgestellt. Ein sehr höflicher und netter Mensch. Wir schüttelten uns die Hände, ich versuchte zu lächeln. Aber mehr als eine verkrampfte Gesichtsregung kam bei mir nicht zustande.

Mittlerweile trägt er einen maßgeschneiderten Smoking, das Topmodel einen Traum aus Pailletten. Obwohl ich am Set sein darf, halte ich den gebührenden Sicherheitsabstand. Mit den unwichtigen Leuten stehe ich fast am Rande der Absperrung und beobachte das Treiben um mich herum.

Am liebsten würde ich einfach gehen und den Trubel hinter mir lassen. Ich weiß aber, dass Vanessa einen Herzinfarkt bekommen und mein Verschwinden ihre Arbeit ruinieren würde. Es ist das letzte Projekt, das sie noch zu Ende bringen muss. Ich möchte nicht dafür verantwortlich sein, wenn es schlecht für sie läuft.

Der Duft des Parfüms wird ab und an in meine Nase geweht. Irgendjemand sprüht ständig mit einem Flakon herum, um für den Duft bei den Schaulustigen zu werben und jeden am Set in das Gefühl zu versetzen, das der Geruch auslösen soll. Wenn mich eine Duftwolke erreicht, drehe ich mich bereits immer weg. Ich will es nicht riechen. Es erinnert mich zu sehr an Dinge, die ich vergessen will.

»Alles okay?« Vanessa taucht neben mir auf.

»Ja, warum nicht?«

Sie streckt die Hände aus und zieht mir die Sonnenbrille aus dem Gesicht. »Du siehst echt scheiße aus.«

»Das sagt du mir jeden Tag.« Ich nehme ihr die Brille wieder ab, setze sie aber nicht auf. Sie hat mich in all den Tagen, die sie an mir klebt, kein einziges Mal nach dem Warum gefragt. Eine beste Freundin steht eben einfach neben einem, hält die Hand und fragt, welchen Blödsinn man als Nächstes tun soll. Das Warum ist in keiner Lebenslage Thema.

»Alessandro ist heiß. Hast du die Nahaufnahmen gesehen? Der Mann hat einen Schlafzimmerblick, da wird dir das Höschen feucht.« Sie lacht und spielt mit einer ihrer blonden Strähnen.

»Das mag sein«, erwidere ich desinteressiert.

Ich spüre ihren Seitenblick deutlich auf meiner jämmerlichen Gestalt. »Ich bin hier fertig. Ich muss aber noch ein Outfit finden.«

»Für was?«

»Nicht für mich. Mein neuer Job. Eine Kundin braucht für ihre 16-jährige Tochter ein partytaugliches Outfit. Es darf das der Gastgeberin nicht übertreffen, soll aber nicht in der Menge untergehen. Das Übliche eben«, erläutert sie mit einem Augenverdreher. »Ich muss mich eben verabschieden und dann können wir los.«

Sie fragt nicht einmal, ob ich mit möchte. Es ist beschlossene Sache. Normalerweise würde ich bei dem Fremdzwang Panik verspüren. Bei Vanessa geschieht das nicht. Vielleicht, weil sie eine Frau ist und in keiner mir vorstellbaren Welt ein Nein akzeptieren würde.

Ich streiche mir die Haare aus dem Gesicht und setze meine Sonnenbrille wieder auf. Dann landen meine Augen wie von alleine auf einem Mann. Ich habe ihn noch nie gesehen. Er macht aber den Eindruck, als würde er zu der Security gehören. Ernster Blick und trainierter Körper. Er trägt aber Freizeitkleidung, sodass er mit Sicherheit nicht für die Dreharbeiten angeheuert wurde. Er erwidert meinen Blick. Anstatt aber woanders hinzuschauen, als ich ihn ertappt habe, vertieft sich unser Blickkontakt. Er muss sich sicher sein, dass ich ihn anschaue, obwohl er meine Augen durch die Sonnenbrille hindurch nicht sehen kann.

»Kommst du?«, sagt Vanessa und zieht mich am Arm. Für einen Moment nehme ich die Augen von dem Mann. Als ich versuche, ihn wiederzufinden, ist er in der Menge verschwunden. Mein Herz stolpert bei dem Gedanken, dass Logan ihn geschickt haben könnte ...

Ich schüttle den Kopf und verdränge den Gedanken. Hirngespinste helfen mir nicht weiter.

Vanessa hakt sich bei mir ein und wir gehen zur nächstgelegenen U-Bahn-Station, um die Suche nach einem passenden Outfit für eine 16-Jährige zu beginnen.

Am Abend liegen wir in Vanessas Bett. Während ich bereits unter der Decke liege und mit meinem Smartphone im Internet surfe, sitzt sie im Schneidersitz auf ihrer Seite und sortiert Fotos, Modezeitschriften und Kombinationen, die sie für ihre Kundinnen zusammenstellt.

»Ist das nicht anstrengend?«, frage ich und beobachte sie, wie sie konzentriert auf die Fotos blickt.

»Nein, warum?«

»Du musst etwas zusammenpuzzeln und hast nicht einmal die einzelnen Teile dafür.«

Sie hebt belustigt die Augenbrauen und lächelt bei meinen Worten ihre Notizen an. »Das ist doch der Reiz. Wenn du deine Kundin das erste Mal triffst, ist sie praktisch nackt. Sie legt ihr Vertrauen in deine Hände und es ist deine Aufgabe, sie zu einem Kunstwerk werden zu lassen. Entweder nur für einen Abend oder für jeden Tag. Du musst ihren Charakter erfassen und ihre Schwachstellen verstecken, dafür ihre Vorzüge mit allem, was du hast, hervorstechen lassen.«

»Das hört sich an, als würde man dafür einen eigenen

Abschluss brauchen«, murmle ich.

»Hast du mir nicht so etwas Ähnliches während deines Studiums erzählt? Aus jedem heruntergekommenem Loch kann man ein Luxusapartment zaubern? Man muss es nur *wollen*?« Ihr Blick ruht nun auf mir.

»Ja. So ist das. Aber ich habe nie als Innenarchitektin gearbeitet. Ich kenne nur die Theorie.«

»Hast du das Restaurant nicht eingerichtet?«

»Das war eher ein Abschlussprojekt an der Uni.«

»Trotzdem. Es ist toll geworden. Vielleicht solltest du das weiter verfolgen.«

Sie hat sich wieder abgewendet und den Satz in einer Belanglosigkeit fallen lassen, die zu ihrem schauspielerischen Talent gehört.

Ich habe oft darüber nachgedacht, was ich mit mir anfangen soll. Ich kann mich nicht ewig auf meinen Ersparnissen ausruhen. Zumal ich Lauries Ausbildung noch finanzieren muss. Sie geht zwar nebenbei arbeiten, weil sie es möchte, alleine kann sie die enormen Studiengebühren davon aber nicht bezahlen.

Da ich mit Guy kein einziges Wort gewechselt habe, seitdem ich ihm diesen ganzen Mist an den Kopf geworfen habe, weiß ich nicht, wie es um meine Arbeit im Restaurant steht. Ich habe nicht einmal eine Ahnung, ob ich zurück will. Das Restaurant war mein Leben, es hat mich vor allem die Zeit nach Pierre überleben lassen. Jetzt empfinde ich es vielmehr als Last. Vielleicht brauche ich einen Tapetenwechsel und sollte mich selbst neu finden.

Ich höre Papiere rascheln und werde aus meinen Gedanken gerissen. Vanessa fixiert mich mit ihren hübschen Augen. »Ich habe gesehen, wie du gelächelt hast, wenn er dir eine SMS geschrieben hat. Warum zum Teufel quälst du dich selbst so?«

Mit der Frage zieht Vanessa unverhofft einen Stöpsel in meinem Gefühlschaos. Alles rauscht aus mir heraus und ich spüre, wie ich ebenso körperlich erschlaffe. Das Einzige, was übrig bleibt, ist die Leere, die schon einmal von mir Besitz ergriffen hat. Mein

Blick hängt an Vanessas Mund, aus dem ich mit dieser einen Frage bereits gerechnet habe – aber hoffte, dass sie nie kommen würde. Jetzt hat sie sie gestellt und ihrer Entschlossenheit entnehme ich, dass sie mich nicht aus diesem Raum lassen wird, bevor ich mit ihr über diesen einen Mann gesprochen habe, den ich so vehement versucht habe, aus meinen Gedanken zu verdrängen. Ich war damit erfolgreich. Bis jetzt.

Mein Blick wird verschwommen und meine Stimme bricht. »Ich habe Pierre so sehr geliebt ...«, flüstere ich. Obwohl mir die Tränen in den Augen stehen, laufen sie noch nicht. Sie werden es aber gleich. Die Erinnerungen an meinen Ex-Mann haben diesen Effekt auf mich. Jedes Mal, wenn ich sie zulasse. »Es war perfekt. Er trug mich auf Händen, er legte mir die Welt zu Füßen.« Die erste Träne löst sich, die anderen folgen sofort.

Vanessa setzt sich um, sodass sie mich im Blick hat. Sie sagt aber nichts, sondern lässt mich reden.

»Und dann kam das verdammte Geld!« Ich fluche und schlage mit der Faust auf die Decke. Das Gefühl der bodenlosen Verzweiflung benetzt mein Inneres. »Es hat ihn so sehr verändert. Es hat *uns* verändert. Für Pierre zählte nichts anderes mehr als Geld. Jeder Atemzug, den er tat, war dafür bestimmt, noch mehr von dem Zeug anzuhäufen. Und wofür?« Ich lasse die Frage im Raum stehen. Vanessa und ich kennen die Antwort. Wir brauchen sie nicht auszusprechen. Mit dem Handrücken wische ich mir die Tränen von der Wange. »Er hat mit anderen Frauen geschlafen«, flüstere ich. Dann werde ich lauter. »Er hat mit anderen Frauen geschlafen, während er jeden Abend zurück zu mir ins Bett gekommen ist! Und weißt du, was seine Erklärung war? Er hat gesagt, er hat es für mich getan! Wegen mir hat er mit anderen Frauen geschlafen!«, schreie ich und mich überkommt das Verlangen, irgendjemanden oder irgendetwas kaputtzuschlagen. »Er hat mir vorgeschrieben, in welcher Kleidung ich das Haus verlassen soll. Er hat mir auch vorgeschrieben, wann ich weggehen darf!« Die Erinnerungen überwältigen mich und ich sacke in mich zusammen. »Und ich habe das alles mitgemacht«, flüstere ich nun erschlagen von meinen Gefühlen, »weil ich ihn so sehr geliebt habe und mit jedem Atemzug, den ich tätigte, darauf gehofft habe, dass er zu mir zurückkommt. Dass ich morgens aufwache und alles wieder beim Alten ist, da er der Mann war, ohne den ich nicht leben wollte.«

Erneut wische ich mir über das Gesicht. Vanessa schlägt die Decke nach oben und kriecht zu mir. Sie nimmt mich so fest in den Arm, dass ich mich kaum bewegen kann. Ich schmiege mich an sie und presse die Lippen aufeinander.

»Pierre war ein mieser Schweinehund. Darüber brauchen wir nicht zu streiten«, sagt sie und streicht mir sanft über die Haare.

»Er ist der Grund, warum ich Logan keine Chance geben kann. Es geht einfach nicht. Ich wünsche es mir so sehr.« Ich schluchze und die Tränen hören nicht auf zu fließen. »Ich vermisse ihn so sehr, Vanessa.«

»Ich weiß ...« Sie löst sich ein Stück von mir, um mir die Tränen aus den Augen zu wischen. »Aber du leidest.« Eine Feststellung, die mir aus dem Mund meiner besten Freundin ein Stück weiter das Herz zerreißt.

Ich leide fast so sehr wie damals und ich kenne keinen Ausweg. Ich weiß nicht, wie ich den Schmerz erträglicher mache. Die einzige Person, die das könnte, ist für mich unerreichbar geworden. Ich kann nicht mit einem Mann zusammen sein, der das Gift in meinem Körper wieder zum Leben erwecken kann. Ich würde es nicht überleben, wenn mir auf die gleiche Art und Weise ein zweites Mal das Herz gebrochen wird.

Wenn ich Logan eine Chance gebe, wenn ich ihm vertraue und meine Vergangenheit einfach ignoriere, dann stelle ich die Weiche für eine zweite Katastrophe in meinem Leben. Jedes Mal, wenn ich dachte, einen Weg gefunden zu haben, damit umgehen zu können, hatte ich Pierre vor Augen – wie er mit gesichtslosen Frauen schlief, wie er jeden Tag ein Stück seiner Liebe für mich verlor.

Ich kann das nicht noch einmal ertragen. Ich kann nicht erneut mit jemandem zusammen sein, der das Wort ›Macht‹ verinnerlicht hat, dessen ganzer Alltag um diese eine Sache schwirrt. Ein Anruf bei Logan, und mein Herz würde nicht mehr so schmerzen. Das weiß ich. Am Ende des Weges wird mein Herz aber gänzlich aufhören zu schlagen, wenn ein Mann mich erneut durch die Hölle schickt. Deswegen ertrage ich die Qualen jetzt, damit ich geschunden davon komme und nicht alles verliere.

In einem schwachen Moment habe ich Wells Media im Fenster einer Suchmaschine eingegeben. Mehrere Milliarden Euro Umsatz im Jahr und ein Mann an der Spitze – Logan Wells.

Ich kann mir das Leben mit ihm nicht vorstellen. Ich würde immer hinten anstehen. In jeder Sekunde könnte etwas geschehen, was seine Aufmerksamkeit fordert, mich in den Hintergrund schickt.

Ich will das nicht noch einmal.

»Vielleicht ist er anders ...« Ihre Worte sind ein zaghaftes, aber hoffnungsvolles Flüstern.

Ich deute ein Kopfschütteln an. »Das Geld ist überall das gleiche. Es vermehrt sich nur, wenn man ihm immer und überall hinterherrennt. Ich will kein Leben mit jemandem, ohne dass man einen Urlaub planen, dass man Geburtstage feiern oder Weihnachten mit der Familie feiern kann. Ich will mich nicht einer solchen Konkurrenz aussetzen, gegen die ich niemals eine Chance haben werde.«

Vanessa räuspert sich. »Ich glaube, du hast den Kampf schon längst gewonnen.«

»Ja, weil ich mich erst gar nicht als Verlierer zur Verfügung stelle.«

»Nein. Weil er seine Arbeit bereits so oft hinten angestellt hat, um dich zu sehen.«

Bei ihren Worten dreht sich alles in meinem Kopf. Es ist, als würde dort ein Wirbelsturm tosen und alle bestehenden Gedanken davon wirbeln. Dann macht sich dieses Fünkchen breit. Erst ist es ein Wort, dann ein Satz, am Ende eine Kette von Fragen, die immer länger wird. Wenn Logan so wäre wie Pierre, hätte er mich nicht ständig treffen können. Er hätte mir keine E-Mails oder Textnachrichten während Meetings geschickt. Er hätte sich nicht die Zeit für mich genommen.

Die Hoffnung keimt wieder auf, ich ersticke sie aber direkt wieder. Es hat keinen Sinn. Nur weil er sich jetzt ein paar Minuten für mich nehmen konnte, bedeutet es noch lange nicht, dass er es sein Leben lang tun wird. Irgendwann bin ich langweilig für ihn und der Fokus ändert sich. Das würde ich nicht ertragen.

»Kacey, hör endlich auf nachzudenken. Das kann man sich ja nicht mit ansehen«, tadelt mich Vanessa.

»Was soll ich denn bitte sonst tun?«

»Einfach auf dein Herz hören.«

»Das tue ich bereits die ganze Zeit. Und es sagt mir, dass es eine zweite Erschütterung nicht überleben wird.«

»Du hörst wahrscheinlich nicht richtig zu. Es sagt dir, dass du die zweite Erschütterung gerade erlebst und du den einzigen Weg, deine Sehnsucht zu beenden, kategorisch ausschlägst. Dein Herz weint. Anstatt die Ursache zu beheben, versuchst du seit Wochen verzweifelt, die Nebenwirkungen zu kurieren. Wenn du mich fragst, bist du damit nicht sehr weit gekommen. Du hast dich in Logan verliebt. Punkt.«

»Ich habe mich in eine Vorstellung von ihm verliebt, die es nicht gibt!«

Ich spüre die Wut in meine Adern zurückkehren. Vanessas Augen blitzen schelmisch auf. Sie provoziert mich absichtlich und ich lasse es zu, weil ich nicht anders kann.

»Dafür, dass es ihn nicht gibt, ist der Mann aber ziemlich real. Weißt du, was dein Problem ist? Du hast dich in den *realen* Logan verliebt und deine Vorstellung von ihm ruiniert dir alles. Das Schlimme daran ist, dass du ihm nicht einmal die Chance gibst, dir zu beweisen, dass er anders als Pierre ist.«

Ich will etwas erwidern. Vanessa dreht sich aber um, schaltet das Licht aus und zieht sich von mir abgewandt die Decke über den Kopf.

Damit ist das Gespräch beendet.

Ich liege auf dem Rücken, starre die Zimmerdecke an und lausche meinem wild schlagenden Herzen.

Meine beste Freundin hat recht und dafür kann ich sie diesmal ausnahmsweise nicht hassen.

17.

Am nächsten Morgen ist Vanessa bereits vor meinem Aufwachen aus der Wohnung verschwunden. Ich ziehe mir einen von Vanessas seidenen Morgenmänteln über, werfe einen Blick in den strahlend blauen Himmel und mache mir eine Tasse Kaffee. Damit setze ich mich auf den Balkon und genieße den frischen Morgen. Meine Finger umschließen das heiße Porzellan. Ich schaue auf die Balkone an der Fassade mir gegenüber, dort ist aber nichts los. Immerhin ist es schon recht spät am Morgen und normale Menschen müssen arbeiten gehen. Im Gegensatz zu mir, die sich nach wie vor in einem Strudel aus gemischten Gefühlen suhlt. Hass, Selbstmitleid und Hilflosigkeit sind die Hauptkomponenten. Die halbe Nacht lag ich wach und habe über Vanessas Worte nachgedacht. Sie haben sich immer tiefer in meinen Kopf gebohrt. Jeder Gedanke wurde davon infiziert.

Vanessa wird darüber kein Wort mehr verlieren. Sie hat gesagt, was sie sagen musste. Damit ist das Thema für sie erledigt. Es sei denn, ich verspüre den Drang, das Gespräch fortzuführen. Danach steht mir aber nicht der Sinn.

Ein Kribbeln in meinen Fingern deutet mir an, dass ich etwas tun will. Ich habe keine Lust mehr, den ganzen Tag tatenlos herumzusitzen und alles in mich hineinzufressen. Am liebsten würde ich meine innere Zerrissenheit laut in die Welt hinausschreien und sie auf diesem Wege loswerden. Das Einzige, was ich damit aber erreichen werde, ist womöglich eine Anzeige wegen Lärmbelästigung.

Ich trinke den letzten Schluck Kaffee aus, stelle die benutzte Tasse in die Spüle und ziehe mich an. Mein Outfit besteht aus einer weißen Stretchhose, einer roten Bluse in Knitteroptik und goldenen Riemchensandalen, die ich mir von Vanessa leihe. Ihre erste Amtshandlung, als wir ihre Wohnung betreten haben, war, mir ihr Ankleidezimmer zu zeigen und mich auf Knien anzuflehen, dass ich mich da austoben soll.

Alles, was meins ist, ist deins, Schwester! Das hatte sie gesagt. Bei dem Gedanken an den Satz muss ich lächeln. Ich lasse meine Haare offen und trage ein dezentes Make-up auf. Über die letzten Wochen habe ich viel Gewicht verloren. Der Sport und mein fehlender Appetit haben ihre Spuren hinterlassen. Immerhin passe ich in den Großteil von Vanessas Kleidung hinein und kann mich ordentlich bedienen. Ich übertreibe es aber nicht.

Für heute habe ich mir aber vorgenommen, mir einen schönen Tag zu machen. Starten werde ich ihn im Natural History Museum. Mit Laurie bin ich früher jedes Wochenende dort hingefahren, weil sie fasziniert von Dinosauriern war und morgens so lange quengelte, bis ich mich mit ihr auf dem Weg dorthin machte, damit sie sich die Skelette anschauen konnte. Ich packe eine Flasche Wasser in eine meiner neuen Handtaschen – schwarz mit goldenen Stickapplikationen –, nehme mein Handy und den Schlüssel an mich. Dann verlasse ich Vanessas Wohnung und ziehe die Tür zu. Ungewohnt beschwingt laufe ich die Treppen nach unten.

Ich fühle mich auf jeden Fall glücklicher und freier als die letzten Tage. Die Knoten in meinem Kopf und in meiner Brust sind aber noch weit entfernt davon, entwirrt zu werden. Vanessas gestrige Worte haben mir deutlich gemacht, dass meine Gefühle für Logan nicht so schnell verschwinden werden. Sie sind in jede Faser meines Körpers vorgedrungen und haben sich dort festgesetzt. Es wird sehr lange dauern, bis sie sich dort lösen – falls sie es überhaupt irgendwann tun.

Wenn ich mit den Gedanken zu lange abschweife, schmecke ich immer noch seinen Kuss auf meinen Lippen und fühle seine zärtlichen Berührungen auf meiner Haut. Damals fühlte es sich wie ein Segen an, jetzt ist es ein unumkehrbarer Fluch ...

Es war zu gut, um wahr zu sein.

Ich stoße die Haustür auf und trete in den strahlenden Sonnenschein. Schützend halte ich mir die Hand an die Stirn, da ich meine Sonnenbrille vergessen habe. Kurz überlege ich, ob ich sie holen soll, entscheide mich aber dagegen. Die letzte Zeit habe ich die Sonne nicht genießen können. Ich will heute damit anfangen.

Ich gehe ein paar Schritte, als ich abrupt stehen bleibe. Vor mir auf dem Gehweg steht ein Mann.

Diesmal trägt er einen schlichten, schwarzen Anzug und eine Krawatte im selben Farbton. Im Gegensatz zu meinen werden seine Augen von einer dunklen Sonnenbrille verdeckt. Ich würde ihn aber überall wiedererkennen. Es ist der Mann von dem Werbedreh, der mich beobachtet hat. Ich habe mir eingeredet, dass ich mir das eingebildet haben muss, sein Auftauchen vor Vanessas Wohnung belehrt mich aber eines besseren.

Frontaler Angriff ist die beste Verteidigung.

Ich atme tief ein, beschleunige meine Schritte und will wortlos an ihm vorbeigehen.

»Miss Croft«, spricht er mich aber an, als ich nicht einmal zwei Meter von ihm entfernt bin. Er nimmt die Sonnenbrille von der Nase. Wahrscheinlich, um weniger bedrohlich zu wirken. Erst jetzt fällt mir die schwarze Luxuslimousine auf, die neben ihm am Straßenstrand steht.

Ein Bentley.

Er kommt auf mich zu und streckt seine Hand aus. »Andrew Wilson«, stellt er sich vor. Ich blicke seine Hand an. Dann schaue ich ihm wieder ins Gesicht. Ein freundliches Lächeln umspielt seine Mundwinkel.

»Sie wissen augenscheinlich, wer ich bin«, erspare ich es mir, mich selbst vorzustellen, als ich seine Hand schüttle. Er hat einen kräftigen Händedruck, der zu seinem Auftreten passt. Unsere Hände lösen sich und er betrachtet mich aufmerksam.

»Kann ich Sie irgendwo absetzen?«

»Sind Sie Taxifahrer oder so etwas?«, frage ich kritisch. Mir ist die Situation nicht geheuer und ich kenne nur einen Mann, der dahinter stecken könnte.

»So in der Art.«

»Und Sie finden mit dem Auto keine andere Kundschaft, sodass Sie mich verfolgen und auf Ihre Chance warten?«

Er geht auf die Frage nicht ein und betrachtet mich lediglich amüsiert. »Würden Sie mir den Gefallen tun?«

»In Ihr Auto einzusteigen?«

Er nickt.

»Warum zum Teufel sollte ich in das Auto eines Fremden einsteigen, der mich verfolgt?«

»Ich bitte Sie höflich. Wenn ich Sie entführen wollen würde, bräuchte ich Sie nicht darum zu bitten.« Kurz flackern seine Augen auf. Und ich weiß, dass er die Wahrheit spricht – wenn er mir etwas tun wollen würde, hätte er andere Möglichkeiten.

»Für wen arbeiten Sie?«

»Whitman, Shape & Partner«, lautet prompt die Antwort. Ich ziehe die Augenbrauen zusammen. Von der Firma habe ich noch nichts gehört. Was aber nicht bedeutet, dass Logan die Tentakel seines Konzerns nicht auch dort hineingesteckt hat.

»Nein, danke. Die Sonne scheint und ich würde meinen Spaziergang ungern gegen eine trostlose Autofahrt eintauschen.«

Ich trete einen Schritt vor und will an ihm vorbeigehen, er versperrt mir aber den Weg.

»Fünf Minuten«, sagt er mit Nachdruck.

Ich wende den Kopf und blicke auf das Auto. Die Scheiben sind getönt, sodass ich nicht sehen kann, ob jemand bereits in dem Auto sitzt. Aber augenscheinlich will mich jemand dringend sprechen. Ein Blick in Mr. Wilsons Gesicht bestätigt mir, dass ich auf dem Wege bin, von ihm entführt zu werden, wenn ich mich nicht füge. Ich könnte weglaufen, aber ich befürchte, dass er mich überall finden wird.

»Fünf Minuten«, erwidere ich genervt. »Und ich bin auf dem Weg zum Natural History Museum.«

Ein zufriedenes Lächeln macht sich seinem Gesicht breit. Er beugt sich vor und öffnet die Tür zu dem Fond des Autos. Ich lasse mich auf den kühlen Ledersitz gleiten.

Wie vermutet, will jemand mit mir ein paar Worte wechseln, und das nicht in der Öffentlichkeit, sondern in der Privatsphäre eines der abertausenden in London herumfahrenden Autos.

Ein paar grüne Augen fixieren mich amüsiert.

»Ich muss ehrlich gestehen, dass ich damit gerechnet habe, dass er Sie am Ende entführen muss«, sagt mein Gegenüber. Gepflegtes Aussehen, maßgefertigter Anzug, eine Uhr am Handgelenk, die mehr kostet, als ich in einem Jahr ausgeben kann, und ein selbstsicheres Auftreten, das mir in den Jahren mit Pierre zuwider geworden ist.

»Wer sind Sie?«, frage ich den dunkelhaarigen Mann, ohne meine Abneigung zu verschleiern.

»Sie sind definitiv nicht auf den Mund gefallen, Miss Croft.«

»Ich kann auch um Hilfe schreien, wenn Ihnen das noch besser gefällt.«

Der Motor des Autos wird gestartet und wenige Sekunden später befinden wir uns im dichten Verkehr von London. Von hinten betrachte ich Mr. Wilson, der das Auto souverän durch den Verkehr lenkt, dann landet mein Fokus wieder auf dem unbekannten Möchtegern-Helden.

»Das wird Ihnen in dem Auto hier nicht viel bringen.«

»Wenn Sie mir schon nicht sagen wollen, wer Sie sind, spucken Sie endlich aus, was Sie von mir wollen. Ich habe nicht den ganzen Tag Zeit.«

»So wie ich das sehe, haben Sie ziemlich viel Zeit, Miss Croft. Immerhin gehen Sie nicht mehr zur Arbeit und schlagen sich den Tag mit Blödsinn tot.«

Meine Augenbrauen wandern nach oben. »Wie lange beobachten Sie mich schon?«

Der Mann hat die Nerven aufzulachen. »Eine Weile.« Sein Handy klingelt. Er zieht es aus der Hosentasche, wirft einen kurzen

Blick darauf und drückt das Gespräch dann weg. »Ich habe einen besten Freund, dem Sie momentan das Herz brechen.«

Bei seinen Worten setzt meine Atmung unwillkürlich aus. Alleine der Gedanke daran, dass es Logan genauso elendig zumute ist wie mir, schnürt mir die Brust zu. Ich war nur mit mir selbst beschäftigt und habe nicht einmal einen Gedanken daran verschwendet, wie er sich fühlen muss.

»Ich nehme an, Sie wissen, von wem ich rede.«

»Dem Weihnachtsmann?«, versuche ich zu scherzen. Mein Tonfall verrät mich aber und meinem unbekannten Sitznachbar ist sein Anliegen sehr ernst. Sein Kiefer ist angespannt und seine leuchtend grünen Augen liegen in einer unangenehmen Ruhe auf mir.

»Logan Wells«, spricht er den Namen aus, der mir jede Sekunde im Kopf herumschwirrt. Ich wende den Blick ab. Ich will nicht, dass er mir im Gesicht ablesen kann, was ich fühle, sobald der Name ausgesprochen wird.

»Es gab nie eine Beziehung zwischen ihm und mir und es wird auch nie eine geben«, erwidere ich so nüchtern wie möglich.

»Weil es an Ihnen liegt.«

Ich wende mich ihm wieder zu. »Selbst wenn, wüsste ich nicht, was Sie das angeht.«

»Ich hätte gerne meinen besten Freund wieder. Seitdem Sie in seinem Leben aufgetaucht sind, erkenne ich den Mann nicht mehr. Ständig verschwand er, war nicht erreichbar, grinste dümmlich sein Handy an, wenn Sie ihm schrieben, verließ Meetings, weil Sie ihn anriefen und prügelte sich beinahe mit mir, weil ich seinen dämlichen pinken Kaffeebecher beleidigt habe. Und dann, als ich dachte, dass die schlimmste Phase überstanden ist, zieht er sich zurück, redet mit niemandem ein Wort und verflucht sein Vermögen, das ich ihm angehäuft habe. Also erzählen Sie mir nicht, dass zwischen Ihnen nichts gelaufen ist. Ein Mann, der vom geschäftlichen Profi zum Amateur wird, weil er den Kopf nicht von einer Frau frei bekommt, verfällt in so ein Verhaltensmuster nicht ohne

Grund. Und wenn ich mir Ihres anschaue, sieht es bei Ihnen auch nicht besser aus.«

»Was wollen Sie von mir?«, frage ich mit überraschend ruhiger Stimme.

»Sie sollen mir sagen, wo ihr Problem ist, damit ich es aus der Welt schaffen kann.«

»Sie halten sich wohl für Superman, oder?«

»So in etwa.« Er lächelt mich überheblich an. »Und das da vorne ist Batman.« Er zeigt auf seinen Fahrer, der mich wie ein Profi vom Bürgersteig in das Auto verfrachtet hat. »Egal, was ihr Problem ist, wir zwei haben eine Lösung dafür.«

»Es tut mir sehr leid, Ihr nicht-existentes Realitätsempfinden in den Grundmauern erschüttern zu müssen, Mr. –«

»Fierce. Payton Fierce«, stellt er sich nun doch vor.

»Mr. Fierce«, nehme ich den Faden wieder auf. »Aber Sie können nichts tun, damit ich meine Meinung ändere.«

»Ist das so?«

»Ja, das ist so«, bekräftige ich meine Aussage. »Mit Geld kann man sich nicht alles erkaufen.«

»Das habe ich nicht behauptet.« Seine Augen verlieren ihren arroganten Schimmer und seine Gesichtszüge werden sanfter. Eine überraschende Wandlung, die ich von ihm nicht erwartet hätte. »Es ist Ihre Vergangenheit. Irgendetwas hat sich in Ihrem Kopf verankert und lässt Sie nicht los.«

Ich zucke unwillkürlich mit den Mundwinkeln und blinzle. Das verrät mich, bevor ich die Chance habe, es zu bestreiten.

»Sie müssen wissen, Kacey, Logan gehört zu den wenigen Menschen, die mir sehr am Herzen liegen, weswegen ich nicht tatenlos zusehen kann, wie zwei Menschen in ihr Unglück rennen.«

»Vielleicht bewahre ich mich vor meinem Unglück, indem ich mich von ihm fernhalte.«

»Glauben Sie das wirklich?« Sein Blick bohrt sich in meinen. »Ich weiß alles über Sie. Angefangen von ihrer ersten Schwimmstunde, bis hin zu ihrer Ehe mit Pierre Dupard. Ich weiß, warum

Sie der Meinung sind, sich von Logan fernhalten zu müssen.«

Mein Mund ist trocken und mir wird kalt. Er weiß alles? Woher? Wer verdammt noch mal ist der Kerl?

»Sie sind anders als alle die Frauen, mit denen er sich zuvor getroffen hat. Er ist nie jemand gewesen, der sich an eine einzige Frau binden wollte. Und dann kamen sie. Unverhofft schneiten Sie einfach in sein Leben und stellten alles auf den Kopf.«

»Er ist mir zuerst auf die Pelle gerückt«, stelle ich klar.

»Wie auch immer. Nennen wir es glückliche Fügung des Schicksals. Ich weiß, wovor Sie Angst haben. Sie verstecken sich hinter der Angst, erneut für Geld und Macht aufs Abstellgleis geschoben zu werden. Bei 90 Prozent der Männer in meinem Dunstkreis würde ich Ihnen recht geben und Ihnen empfehlen, sich woanders umzusehen. Aber Logan gehört zu den 10 Prozent, die wissen, auf welche Art und Weise man einer Frau Respekt entgegenbringt.«

»Wie will das jemand beurteilen, der wahrscheinlich selbst keinen Respekt vor Frauen hat?« Mein Ton ist schneidend.

»Touché. Wahrscheinlich haben Sie recht, aber es gibt eine Frau, der ich so viel Respekt entgegenbringe, dass es nicht mehr als männlich zu bezeichnen ist. Sie ist mein Leben, die Luft, die ich atme. Sie ist mein Herzschlag. Auch wenn sie sich jeden Tag mit meinen Schwächen auseinandersetzen muss, würde sie mir nie den Rücken kehren. Sie ist die Kraft, die meine Welt drehen lässt. Wenn sie nicht mehr da wäre, würde für mich die Zeit stehen bleiben. Also glauben Sie mir bitte, wenn ich Ihnen sage, dass Logan nicht zu den Mistkerlen gehört, die es dort draußen durchaus gibt.«

»Es tut mir leid, aber –«, setze ich reumütig an, da ich ihn offenbar falsch eingeschätzt habe.

Er hebt die Hand und unterbricht mich. »Ich bitte Sie nicht darum, mit ihm glücklich in den Sonnenuntergang zu reiten. Das kann ich nicht von Ihnen verlangen, da ich zu gut verstehe, welche Macht die Vergangenheit über die Gegenwart haben kann. Ich bitte Sie lediglich, ihm persönlich mitzuteilen, dass er sich keine

Hoffnung mehr machen soll. Denn die wird er sich in zwei Jahren noch machen und darauf warten, dass Sie sich bei ihm melden.«

Das Auto bleibt abrupt stehen. Ich wende den Blick ab und schaue nach draußen. Wir stehen vor einem großen Gebäudekomplex. Ich brauche nicht lange, um die großen Messingbuchstaben über dem Eingang zu lesen.

Wells Media.

»Er wird von Ihnen nicht loskommen, Kacey, sollten Sie das Band zwischen Ihnen nicht zerschneiden.«

Zweifelnd schaue ich meinen Mitfahrer wieder an.

»Sie können ihn auch anrufen.« Er reicht mir sein Handy. »Aber sagen Sie es ihm, egal auf welchem Weg.«

Mein Blick fliegt zwischen ihm und dem Handy, das er mir hinhält, hin und her. Ich beiße mir auf die Unterlippe und versuche, ruhig zu atmen.

Er hat recht.

Ich muss es beenden. Logan hat diese Situation nicht verdient.

»Danke für die Mitfahrgelegenheit«, sage ich, öffne die Tür und steige aus. Ich schlage die Tür zu, ohne einen Blick zurückzuwerfen.

Ich hole tief Luft und trete durch die Drehtür in das riesige Gebäude ein.

18.

Ich fühle mich wie in einem Sportmuseum. Überall hängen riesige Plakate, die diverse Sportgrößen im Moment ihres Triumphes zeigen. Signierte Fußballtrikots zieren die Wände, signierte Fußbälle die Mitte der Eingangshalle. Man muss nicht wissen, dass Wells Media das Monopol des Sportfernsehens ist, wenn man das Gebäude betritt – der Eingangsbereich füllt jede Wissenslücke, die die Besucher haben könnten.

Ich lasse die Eindrücke auf mich wirken, während ich mir den nächsten Schritt überlege. Ich bin hier und Logan wird ebenfalls hier sein. Ansonsten hätte mich sein bester Freund nicht hierher fahren lassen. Der Mann hat nicht den Eindruck gemacht, als würde er in seiner Gegenwart Fehler zulassen, geschweige denn selbst welche begehen.

Mit einem stummen Seufzer nehme ich all meinen Mut zusammen und gehe auf den Empfang zu. Er ist in einem schlichten Design gehalten, das sich perfekt in das Ambiente einfügt. Er ist von drei Personen besetzt – zwei attraktive blonde Frauen und ein junger Mann.

Ein unsicheres Lächeln streift meine Lippen, als ich vor dem Mann stehen bleibe. Er trägt ein kaum sichtbares Headset und nimmt den Blick von dem Bildschirm, als ich mich räuspere.

»Guten Tag«, sage ich höflich.

»Wie kann ich Ihnen helfen?«, erwidert er. Seine Augen fliegen über meine Erscheinung. Er ist nicht unfreundlich, aber strahlt eine gewisse Arroganz aus. Vielleicht hätte ich mich doch an eine seiner Kolleginnen wenden sollen.

»Ich würde gerne Mr. Wells sprechen.« Es ist raus und eine Welle der Erleichterung durchströmt mich. Ich kann nun keinen Rückzieher mehr machen. Gleich werde ich Logan gegenüberstehen und ihm genau das sagen, worum mich sein bester Freund gebeten hat. Das, was für mich schon längst beendet ist, spreche ich lediglich aus. Es sind wenige Worte, die über meine Lippen kommen müssen, damit die Tatsache, die sich in den letzten Wochen in meinem Kopf manifestiert hat, zur Realität wird.

»Haben Sie einen Termin?«, fragt mich mein Gegenüber.

»Nein«, erwidere ich wahrheitsgemäß. Ich beobachte, wie er eine seiner Augenbrauen kaum merklich nach oben zieht. Wenn er mich freundlich angeschaut hat, ist jetzt jegliche Höflichkeit verschwunden.

»Und Ihr Name ist ...?«

»Kacey Croft. Rufen Sie ihn bitte einfach an. Er wird mich sehen wollen.« Ich habe keine Ahnung, ob das stimmt, aber etwas Besseres fällt mir nicht ein. Und wenn Logan mich nicht sehen möchte, hat sich mein Besuch hier erübrigt.

Mein Blick landet auf dem Namensschild von dem Kerl. Joshua West. Ja, er sieht aus wie ein Joshua. Nun scheint er nicht nur seine Freundlichkeit verloren, sondern ebenfalls an Gereiztheit hinzugewonnen zu haben.

»Miss Croft«, spricht er meinen Namen mit einem süffisanten Lächeln aus. Offenbar scheint ihm das, was er mir gleich sagen wird, unheimliche Freude zu bereiten. »Wenn Sie keinen Termin haben, kann ich Ihnen keinen Besucherausweis ausstellen und ohne Besucherausweis lässt der Sicherheitsdienst Sie nicht ins Gebäude.«

»Dann rufen Sie ihn an und er wird mir einen Termin geben.« Ich musste all meinen Mut zusammennehmen, dieses Gebäude überhaupt zu betreten und habe keine Nerven übrig, mich mit so einer dämlichen Diskussion auseinanderzusetzen. Zumal mein Kopf sich bereits mit den Gefühlen auseinandersetzt, die in mir hochkommen werden, wenn ich Logan gegenüberstehe.

»Wenn ich Mr. Wells jedes Mal anrufen würde, wenn eine *Frau* der Meinung ist, dass er sie sehen wollen würde, hätte der Mann keine Zeit mehr zum Arbeiten. Hiermit fordere ich Sie höflich auf, das Gebäude zu verlassen. Ansonsten geleitet Sie der Sicherheitsdienst vor die Tür.« Sein arroganter und überheblicher Blick bohrt sich in meinen. Ich wünschte, ich könnte etwas entgegnen, aber er sitzt am längeren Hebel. Wie naiv ich auch war, zu denken, dass ich einfach bis zu seinem Büro spazieren kann. Genauer gesagt – wie naiv Payton Fierce doch war. Der Mann macht also doch Fehler, da er dieses kleine Detail in seinem Plan nicht bedacht hat.

Mein Herzschlag beruhigt sich unwillkürlich, sobald mir bewusst wird, dass ich Logan nicht begegnen werde. Unsere Welten werden nicht erneut aufeinanderprallen und mich aus meinem Gleichgewicht bringen.

Ich ringe mich zu einem Lächeln durch. »Danke, trotzdem«, erwidere ich viel höflicher, als Joshua West es verdient hat. Irritiert schaut er mich an, als ich mich verabschiede. Wahrscheinlich rechnet er jeden Moment damit, dass ich losrenne und versuchen werde, die Security auszutricksen. Ich bin aber jemand, der an Schicksal glaubt. Und das hier war ein Zeichen dafür, dass ich Logan nicht gegenüberstehen sollte. Punkt. Ende. Aus.

Ich atme tief durch, als ich eine bekannte Stimme direkt hinter mir reden höre. »Ich habe sie, Mr. Fierce.« Die Stimme und der Name lassen mich aufhorchen. Ich drehe mich um und blicke direkt Matt ins Gesicht, der mich erst ungläubig, dann fassungslos und am Ende mit offenem Mund anstarrt. Er nimmt in Zeitlupe das Handy vom Ohr und lässt mich nicht aus den Augen. »Kacey ...?«, fragt er unsicher nach. So als würde er daran zweifeln, dass es mich nur einmal gibt.

»Hi Matt«, erwidere ich mit einem schiefen Lächeln.

»Entschuldige«, sagt er verwirrt und schüttelt den Kopf. »Ich muss dich verwechselt haben. Mir wurde gesagt, dass hier eine brünette Frau ist, die ich zu meinem Boss bringen soll und ...«

Ich unterbreche ihn mit einem Lächeln. »Und das bin ich.«

»Aber ... du ... und ... das ...« Er stottert hilflos, blickt sein Handy an, dann mich und fasst sich unsicher in den Nacken.

»Hör zu«, beginne ich. »Ich muss nur kurz mit Logan sprechen. Zwei Minuten.«

Ich sehe ihm an, dass er mir die »Warum«-Frage stellen möchte, aber genug Respekt vor seinem Boss und mir hat, sie nicht zu stellen.

»Wenn ich dich nicht zu ihm bringe, werde ich einen Kopf kürzer gemacht«, raunt er mir zu und dreht sich zu Joshua um.

Payton Fierce.

Der Mann denkt doch an alles, denke ich mit einem zaghaften Lächeln. Man darf ihn auf keinen Fall unterschätzen.

»Ich brauche einen Ausweis für die Dame«, sagt Matt nun zu Joshua, dem die Wendung ganz und gar nicht zu gefallen scheint. Joshua tut seine Meinung mit Blicken kund, traut sich aber nicht, etwas zu sagen – oder er hängt zu sehr an seinem Job, als dass er ihn riskieren würde. Er fragt mich gespielt höflich nach meinen Personalien, macht eine Kopie meines Führerscheins und händigt mir dann einen frisch gedruckten Besucherausweis aus.

»Kategorie 1. Sie kommen damit überallhin«, erläutert er, als er mir die neue Plastikkarte und meinen Führerschein reicht.

»Danke, Joshua«, erwidert Matt, klopft auf den Tresen und nimmt mich mit sich. »Ich hasse den Kerl«, raunt Matt mir zu, sobald uns die Security-Leute zu den Aufzügen gelassen haben. »Aufgeblasener Mistkerl«, murmelt Matt weiter.

»Scheint, als hättet ihr eine gemeinsame Vergangenheit.«

Matt blickt mich von der Seite an, während wir auf den Aufzug warten. »Mich interessiert eher deine Vergangenheit mit gewissen Personen«, sagt er nun, als wir alleine in der Kabine stehen und die Türen sich schließen. Ich beobachte, wie er einen Code auf dem digitalen Display eintippt und sich dann wieder mir zuwendet. Ich begegne seinem Blick und kann die Ungläubigkeit, gepaart mit Neugierde deutlich sehen.

»Der Kaffee ist schuld«, gebe ich schließlich mit einem Schulterzucken wieder und wende den Blick ab.

»Der Kaffee?« Matts Tonlage hat um ein paar Oktaven zugelegt.

Ich nicke lediglich.

»Was für ein Kaffee?«, bohrt er nach.

Ich fasse mir nervös an die Stirn. Die Etagen, die der Aufzug höher steigt, nehmen mit jeder Sekunde zu. Ich will nicht hinschauen, meine Augen finden aber die Anzeige von ganz alleine immer wieder aufs Neue. Der Gedanke, Logan gleich sehen zu müssen, manifestiert sich in meinem Kopf und nimmt ungeahnte Ausmaße an. Alle möglichen Gefühle glimmen in meiner Brust auf, und Matts Nachfrage macht es mir nicht leichter. Die Erinnerungen an Logan und mein erstes Treffen, bis hin zu dem Moment, in dem er mich geküsst hat, tauchen in Bildern vor meinem inneren Auge auf.

»Der beste Kaffee von ganz London«, erwidere ich mit einem schiefen Lächeln, als der Fahrstuhl stehen bleibt und die Türen sich öffnen. Wir befinden uns laut der Anzeige im 21. Stockwerk. Dafür verging die Fahrt im Fahrstuhl viel zu schnell.

Matt verlässt vor mir die Kabine, ich folge ihm. Hier oben geht es wesentlich schlichter zu, als in der Empfangshalle. Obwohl vereinzelt ebenfalls Fotos von berühmten Sportlern an den Wänden hängen. Diesmal wirken sie aber wesentlich intimer.

»Weiß er, dass ich hier bin?« Die Frage ist ausgesprochen, bevor ich beschließen kann, dass ich das nicht wissen möchte.

Matt bleibt stehen. Ich tue es ihm gleich und wir treten an die Wand, um den Verkehr nicht aufzuhalten. Die anderen Leute um uns herum nehme ich gar nicht wahr.

»Bist du der Grund für seine schlechte Laune?«

»Er hat schlechte Laune?«, frage ich bedrückt nach, obwohl es für mich nichts Neues ist. Paytons Einlage vorhin, hat mir ein detailliertes Bild über die Situation verschafft.

Matt antwortet nicht, spannt sich aber an. »Wenn du der

Grund bist, lass das hier bloß niemanden wissen. Du wirst zum Staatsfeind Nummer 1. Er ist momentan nämlich zu jedem unausstehlich. Ich will gar nicht wissen, was vorgefallen ist, aber bitte kläre das mit ihm.« Matt hat nun seine Hände flehentlich gefaltet und schaut mich wie ein verlassenes Hundebaby an. »Ich liebe meinen Job hier, aber wenn Logan Wells ein unausstehliches Arschloch ist, würde ich lieber dem Teufel in der Hölle die Türschwelle fegen.«

Ich schlucke schwer und fahre mir schuldbewusst durch die Haare. »Wo ist er?« Eigentlich will ich es nicht wissen und einfach von hier abhauen. Er hat jedes Recht, wütend zu sein, insbesondere auf mich. Und ich denke, dass ich es mehr als verdient habe, diese Wut zu spüren zu bekommen. Auch wenn er mich hochkant rausschmeißen lässt, sobald er mich sieht und Matt wahrscheinlich endgültig feuert, weil er mich hergebracht hat, muss ich das jetzt durchziehen. Und je schneller ich anfange, desto eher stehe ich vor dem Gebäude auf der Straße und kann meinen Weg ins Natural History Museum fortsetzen.

Matt drückt sich von der Wand ab und setzt seinen Weg fort. Ich folge ihm mit einem halben Schritt Abstand. Er hat seine Hände in den Hosentaschen vergraben und schielt immer wieder zu mir.

Das Atmen nicht vergessen, erinnere ich mich mit jedem Schritt und mit jedem Sprint, den mein Herz an Tempo hinzugewinnt.

Dann bleibt Matt stehen und mein Herz setzt urplötzlich aus. »Die Höhle des Löwen. Wenn er dich auffrisst, schrei um Hilfe, ich komme dich retten.« Matt schenkt mir ein aufmunterndes Lächeln und zwinkert mir zu. Ich wünschte, ich könnte das Lächeln erwidern, aber meine Mundwinkel sind wie eingefroren.

Matt klopft an. Es ertönt keine Antwort, er öffnet aber trotzdem die Tür und schiebt mich mit einer bestimmenden Bewegung in das Büro. Ich will noch Widerworte geben, dass ich nicht so unhöflich bin und ungefragt in ein Büro platze, aber dafür ist es zu spät. Ich stolpere beinahe in den Raum und dann ist die Tür hinter mir zu.

Ich höre lediglich zuerst ein lautes Rauschen in meinem Kopf, dann kommt mein wild schlagendes Herz hinzu. Meine Lippen sind fest aufeinander gepresst und ich bemühe mich, den Drang, mich einfach wieder umzudrehen und abzuhauen, so weit es geht hinunterzuschlucken. Aber die Bemühung kann ich mir auch sparen.

Ich kratze all meinen Mut zusammen und hebe den Kopf. Wie von Magie gelenkt finde ich direkt seinen Blick. Er sitzt am anderen Ende des Raumes an seinem Schreibtisch. Die Ärmel hochgekrempelt, seine markante Brille auf der Nase. In der rechten Hand hält er einen Kugelschreiber und scheint die Papiere auf dem Tisch durchzuarbeiten. Momentan hängt sein ungläubiger Blick aber ganz alleine auf mir. Er blinzelt einmal. So als müsse er sich versichern, dass ich kein Geist bin. Ich bewege mich nicht. Ich bleibe auf meiner Stelle stehen, versuche, so ruhig es geht zu atmen und einfach seinem forschenden Blick standzuhalten. Er ist jetzt dran zu handeln. Entweder will er mich hier haben oder nicht. Innerlich bereite ich mich bereits darauf vor, vom Sicherheitsdienst hinausbegleitet zu werden. Joshuas süffisanten Gesichtsausdruck kann ich mir dabei lebhaft vorstellen.

Logan legt den Stift beiseite und steht auf. Er kommt um seinen Schreibtisch herum geradewegs auf mich zu. Nicht eine Sekunde hat er mich aus dem Blick gelassen. Wie ein Löwe, der kurz davor steht, seine Beute zu fressen, denke ich Matts Worte zu Ende.

Sein Gang ist fest, seine Miene unergründlich. Ich habe bereits so oft versucht, in seinem Gesicht zu lesen und hatte nie Erfolg. Er ist noch wenige Schritte von mir entfernt und ich bereite mich innerlich auf den Schmerz vor, der auf seine Worte folgen wird, sobald er mich bittet zu gehen. Aus Angst kneife ich die Augen zusammen und halte die Luft an.

Das Erste, was ich spüre, sind seine Hände, die nach meinem

versteiften Körper greifen. Er zieht mich fest an sich. Die eine Hand auf meinem Rücken, die andere in meinem Nacken. Seine warmen Fingerkuppen berühren meinen Haaransatz und ich verliere jede Anspannung. Sein Körper fühlt sich an, als würde ich endlich nach Hause kommen. Ich atme seinen Duft ein, den ich so sehr vermisst habe, und lasse mich in diesem einen Moment fallen. Ich vergesse, warum ich hier bin und warum ich mit Logan keine Zeit mehr verbringen darf. Ich vergesse mich und alles um mich herum. Das Einzige, was zählt, ist das, was Logan mich spüren lässt. Das, was er mich durch eine einzige Berührung wissen lässt …

Ich seufze unmerklich auf und greife mit den Händen nach seinem Shirt. Ich lehne mich an ihn und wünschte, ich müsste nie wieder etwas anderes fühlen, als diesen Moment. Ich wünschte, ich könnte die Zeit anhalten, mein Herz mit den Emotionen einfrieren lassen oder einfach den Moment nie vorbeiziehen lassen. Aber da ich nichts davon tun kann, klammere ich mich an Logan fest, wie ich mich an diesen Augenblick klammern möchte.

»Kacey …«, flüstert Logan meinen Namen, ohne mich loszulassen. Ich liebe den Klang seiner Stimme, wenn er meinen Namen ausspricht. Es klingt wie ein Versprechen. Seine Finger wandern in meinen Haaransatz und ich hebe automatisch den Blick.

»Ich mag die Brille an dir«, sage ich, als ich ihm in die Augen anschaue. »Es lässt dich so seriös aussehen.«

Er lächelt mich über meinen Kommentar an. »Bin ich sonst nicht sehr seriös?«

»Nicht besonders«, erwidere ich mit einem zaghaften Lächeln, das sogleich wieder aus meinem Gesicht verschwindet. Ich sollte mit ihm nicht flirten. Ich sollte ihm die Wahrheit sagen, wegen der ich hier bin.

Ich atme tief ein und öffne die Lippen, um die ersten Worte von mir zu geben. Logan legt mir aber einen Finger auf den Mund. »Nicht«, flüstert er.

Überrascht blicke ich zu ihm hoch.

»Du bist hier, um mir zu sagen, dass du es nicht kannst. Dass du dich selbst schützen musst und bezweifelst, heil aus der Sache mit mir herauszukommen.«

Mit jedem seiner Worte werden meine Augen größer. Wieso kann er mich so verdammt gut lesen?

»Wenn du mir diese Worte sagen willst, dann tue das. Aber ...« Er macht eine kurze Pause und nimmt mein Gesicht in seine Hände. »Aber gib mir vorher diese eine Chance. Nur eine Chance, Kacey.«

»Ich ...«, beginne ich und blicke ihm dabei starr in die Augen. Die Buchstaben fliegen mir wild durch den Kopf. Mein Verstand schreit mich beinahe an, dass ich dumm genug war, überhaupt herzukommen und spätestens jetzt gehen sollte. Mein Herz zerspringt gerade in eine Million Stücke, da es genau das Gegenteil von mir verlangt. Ich weiß nicht, was ich tun soll.

»Sag mir ... « Seine Lippen berühren das erste Mal meine. » ... dass sich das nicht ...« Ein erneuter Kuss. » ... so gut anfühlt, dass ...« Sein Mund findet erneut meinen und meine Brust explodiert mit jedem Kuss. » ... du mir diese Chance nicht geben kannst ...«

Atemlos hält er inne und wartet auf meine Antwort. Mein Herz brennt, meine Augen ebenfalls. Die Verzweiflung will mich weinen lassen, aber es fließen keine Tränen. Ich werde innerlich zerrissen und die Hilflosigkeit zieht eine glühende Wunde durch mich hindurch.

»Ich weiß, ich bin nicht die perfekte Lösung für dein Problem. Aber ein cleverer junger Mann hat mir beim Vorstellungsgespräch gesagt, dass es keine perfekten Lösungen gibt. Es gibt lediglich gute und schlechte. Und ich schwöre dir, dass ich alles in meiner Macht Stehende tun werde, die beste Lösung für dich zu sein, die auf diesem Planeten existiert.«

»Ich habe Angst, dir noch mehr weh zu tun«, flüstere ich kaum hörbar.

»Dann gib mir diese eine Chance.«

Seine Augen drücken dieselbe Hilflosigkeit aus, die ich tief in mir spüre. Ich will nicht gehen, ich kann aber auch nicht hier bleiben. Ich werde uns beiden lediglich tiefere Wunden zufügen, wenn ich zustimme. Die Hoffnung wird uns beide am Ende des Tages umbringen. Das weiß ich.

»Geh nicht. Gib mir diesen einen Tag«, wispert Logan in mein Ohr.

»Okay ...« Ich spreche das Wort so leise aus, dass ich glaube, es nur gedacht zu haben.

Als Logan mich aber flüchtig auf den Mund küsst, weiß ich, dass er es gehört haben muss. »Danke, Kacey. Hast du heute noch etwas vor?« Ich kann spüren, wie die Erleichterung von ihm Besitz ergreift. Vorher war die Situation extrem angespannt zwischen uns beiden. Aber dieses eine Wort, das ich eben von mir gegeben habe, scheint alles zwischen uns plötzlich so einfach gemacht zu haben.

»Ich wollte ins Natural History Museum«, erwidere ich wahrheitsgemäß. »Aber das kann warten«, winke ich schnell ab. Die plötzlich entspannte Situation überfordert mich hilflos. Es ist, als hätte sich ein schwarzes Loch in mir aufgetan und hätte die Verzweiflung samt Hilflosigkeit und Panik aufgesogen. Nun stehe ich vor Logan und fühle nichts, außer einer unangenehmen Leere. Ich habe mich dazu entschieden, den Tag mit ihm zu verbringen. Und ich habe keine Ahnung, ob mich diese Entscheidung am Ende endgültig umbringen wird. Aber nun werde ich es herausfinden. Ob ich will oder nicht.

Logan nimmt meine Hand und zieht mich zu seinem Schreibtisch. Seine warmen Finger schmiegen sich perfekt um meine und ein wildes Kribbeln läuft mir den Rücken hinauf. Ich sollte sachlich und nüchtern bleiben. Meinen Verstand nun den Vorrang lassen, damit mein Herz sich in die Vorstellung einer gemeinsamen Zukunft nicht verliebt. Aber es wird nicht funktionieren. Denn es ist bereits viel zu spät, verhindern zu wollen, dass ich mein Herz verliere.

Ich habe es schon längst verloren und zu spüren, dass es

Logan gehört, füllt mich mit einer ungeahnten Wärme. Es gehört zu ihm. Wie die Sterne neben den Mond. Eine unumstößliche Wahrheit.

Es ist ein klitzekleiner Funke Hoffnung. Aber er ist da. Die Hoffnung, dass Logan mir die Angst nehmen kann und ich am Ende des Tages nicht gehen werde, sondern bei ihm bin. Dass er sein Versprechen halten kann. Dass wir am Morgen nicht alleine, sondern zusammen sind.

Ein Gedanke, der mich lächeln lässt.

»Was ist es?«, fragt Logan besorgt klingend, als er mir ins Gesicht schaut.

»Ich habe deine besorgten Nachfragen vermisst.« Meine Antwort zaubert auch ihm ein Lächeln ins Gesicht. »Was zeigt mir denn der große Logan Wells als Erstes?«

»Etwas, dass dir mit Sicherheit gefallen wird.« Ohne meine Hand loszulassen, beugt er sich über den Schreibtisch und nimmt den Telefonhörer vom Gerät. Er tippt eine kurze Durchwahl und hält sich den Hörer ans Ohr. Sein Blick ist geradewegs auf mich gerichtet. »Ziehen Sie das Meeting mit Yvonne vor. Sie soll so schnell es geht herkommen.« Dann legt er ohne ein weiteres Wort auf.

»Wer ist Yvonne?«

»Das wirst du schnell genug herausfinden.«

Er drückt mir erneut einen Kuss auf den Mund, dann lässt er mich los, um sich seine Hemdsärmel nach unten zu krempeln. Sie sind kraus, was ihn aber nicht zu stören scheint. Er zieht sich das Sakko über, nimmt mich wieder an die Hand und zieht mich zurück zur Tür.

»Wird der ganze Tag so ablaufen?«, frage ich.

Ruckartig bleibt Logan stehen. »Wie meinst du das?«, fragt er alarmiert.

»Dass du Händchen haltend mit mir von A nach B läufst.«

»Ich würde dich auch tragen, aber das wäre dir wahrscheinlich unangenehm.«

»Ich mag es, deine Hand zu halten, aber wir sind hier auf deiner Arbeit«, gebe ich zu bedenken. Die unausgesprochenen Worte liegen zwischen uns in der Luft. *Und wir wissen nicht, ob ich morgen noch da sein werde ...*

»Ich habe Angst, dass du verschwindest, sobald ich dich loslasse.«

Ich löse meine Hand von ihm. »Siehst du. Ich bin noch da.«

»Mir egal«, erwidert Logan und nimmt mich wieder an die Hand.

Dann zieht er die Tür von seinem Büro auf und ich bekomme das erste Mal, seitdem ich Logan kenne, ein Gefühl dafür, was es bedeuten würde, ihn nicht nur heimlich zu treffen, sondern fester Bestandteil seines Lebens zu sein.

19.

Alle starren uns an. Obwohl ich ganz genau spüre, dass *alle* mich anstarren, rede ich mir nach wie vor ein, dass Logan ebenso angegafft wird. Es ist eine ungewohnte Situation für mich, da Pierre immer dafür gesorgt hat, mich im Hintergrund zu halten. Er wollte im Rampenlicht stehen und hat jeden gehasst, der mehr Aufmerksamkeit bekam – seine eigene Ehefrau inbegriffen. Logan hingegen schenkt dem ganzen Spektakel, das sich um uns abspielt, keine Beachtung. Ich weiß nicht einmal, ob er es bemerkt.

Ich lasse Logans Hand los, als Matt uns entgegenkommt. Ich war aber nicht schnell genug, da Matts Mimik nun noch mehr Fragezeichen beinhaltet. Er bleibt aber professionell und lässt sich nichts anmerken. Damit Logan nicht auf die Idee kommt, wieder nach meiner Hand zu greifen, verschränke ich die Arme vor der Brust und bereite mich darauf vor, einige Schritte zurückzutreten, sollte er es versuchen.

»Yvonne ist auf dem Weg. In 30 Minuten sollte sie hier sein«, informiert Matt seinen Boss.

»Gut«, erwidert Logan und schaut mich wieder an. Sein Blick fliegt zu meiner Hand und ich wende mich ein Stück von ihm ab. Das scheint ihm gar nicht zu gefallen. Eine steile Falte bildet sich zwischen seinen Augen.

»Also ... ihr zwei«, setzt Matt an und zeigt zwischen uns hin und her.

»Wir sind Freunde«, unterbreche ich ihn schnell.

»Sie ist meine Freundin«, korrigiert mich Logan mit einer Tonlage, die keinen Widerspruch duldet.

»Noch nicht«, werfe ich ein und funkele das männliche Exemplar an, das auf dem besten Wege ist, sein Wort nicht zu halten.

»Gib dem Ganzen bis Mitternacht und sie ist meine Freundin«, lautet Logans Erwiderung.

»Mr. Wells?«, wird Logan von hinten angesprochen. Wir drehen uns um. Eine hübsche Brünette steht hinter uns und hat ein Handy in der Hand. Ihr Gesicht hat leicht asiatische Züge. »Ich habe Kobayashi-*san* am Telefon.«

»Einen Moment«, sagt Logan an mich gewandt und nimmt der Frau das Telefon aus der Hand. »Pass auf, dass sie nicht abhaut«, sagt er zu Matt, folgt schließlich seiner Mitarbeiterin und verschwindet in einem der angrenzenden Räume.

»Kaffee-Buddys, hm?«, fragt Matt nun in einem sarkastischen Tonfall.

»Er hat ein Talent dazu, in Dinge völlig falsche Tatsachen hineinzuinterpretieren«, rechtfertige ich mich.

»Du magst ihn. Steh doch dazu. Er ist ein recht guter Fang.«

»Ich hatte nicht einmal eine Ahnung, wer er ist, als er plötzlich vor mir saß und den weltbesten Kaffee wollte«, verteidige ich mich erneut, damit Matt nicht auf die Idee kommt, dass ich mich nur in Logans Leben geschlichen habe, weil er der Eigentümer dieses Gebäudes ist.

»Komm. Ich bring dich runter.«

»Was ist unten?«

»Der Ort, an dem wir Yvonne treffen werden.«

»Du bist genau wie er.«

»Das nehme ich als Kompliment auf«, erwidert Matt mit einem genüsslichen Lächeln und ruft den Aufzug.

Augenscheinlich hat sich meine Anwesenheit in diesem Gebäude wie ein Lauffeuer herumgesprochen, da mich nach wie vor alle anstarren, und das, obwohl ich nicht mehr an Logans Hand hänge.

»Ignorier die Blicke«, raunt mir Matt zu.

»Sag bloß, die haben dich alle genauso angesehen«, erwidere ich in einer sarkastischen Tonlage.

»Bei mir waren es die, die nicht verstanden haben, warum Logan Wells sich einen Praktikanten an die Tischkante setzt, der gerade mit seinem Universitätsabschluss fertig geworden ist.«

»Was ist, wenn sich das nie ändern wird?« Meine Besorgnis ist mir anzumerken. Ungeteilte Aufmerksamkeit behagt mir nicht.

Matt schaut mir ins Gesicht und lächelt mich zufrieden an. »Das Schöne ist, dass sich daran nie etwas ändern wird.«

»Was soll daran schön sein?«, frage ich perplex nach und betrete nach ihm die Fahrstuhlkabine.

»Neid muss man sich sehr hart erkämpfen. Und wenn so viele Menschen auf einen selbst neidisch sind, ist es der beste Beweis dafür, dass man etwas richtig gemacht hat.« Matt drückt den Knopf für die Etage, in die er mich bringen möchte, und lehnt sich an die verspiegelte Rückwand. »Ich weiß, dass es mich nichts angeht und ich das wahrscheinlich nicht fragen sollte, aber meine Mutter sagt immer, ich hätte Investigativ-Journalist werden sollen, weil ich meine Klappe nie halten kann und alles wissen muss.« Ich schaue ihn abwartend von der Seite an. »Was ist zwischen euch passiert?«

Ich wende den Blick ab und betrachte das sanfte Licht an der Decke der Kabine. »Das, was passiert, wenn das Leben einem in die Quere kommt.«

»Als ich vorhin gesagt habe, dass der Mann unausstehlich war, habe ich nicht untertrieben. Und seitdem du unter seine Augen getreten bist, ist er wie ausgewechselt.«

»Ich mag ihn. Sehr sogar«, gestehe ich Matt, ohne ihn anzuschauen. »Aber ich weiß nicht, ob ich das hier kann.« Ich zeige in den Fahrstuhl, aber Matt weiß, was gemeint ist.

»Unterschätz ihn nicht. Er beschützt die Menschen, die ihm etwas bedeuten.«

Die Fahrstuhltüren öffnen sich und unser Gespräch wird unterbrochen, als wir geradewegs in eine schnatternde Traube Menschen hineinlaufen. Wir kämpfen uns hindurch. Matts Worte schlagen aber Saltos in meinem Kopf. Ich weiß, dass er mich beschützen würde. Mit allem, was er hat. Aber die Frage ist, ob er es kann.

Wir laufen erneut einen hellen Korridor entlang. Matt grüßt einige Leute und tauscht im Gehen kurze Worte mit ihnen aus, ehe wir unseren Zielort erreicht haben. »Mr. Wells kommt gleich ebenfalls«, informiert Matt einen jungen rothaarigen Kerl, der mit einem Headset am Ohr an uns vorbeiläuft. Er nickt Matt dankbar zu. Matt öffnet eine der Türen und schiebt mich hinein. Ich brauche einen Moment, um mich an die plötzliche Stille zu gewöhnen.

»Jordan weiß immer gerne Bescheid, wenn der Chef auf seiner Etage auftaucht, damit er ihm direkt ein Memo zustecken kann, auf dem alle wichtigen Infos stehen, die Logan am Ende des Tages sowieso in einer Mail erhalten hätte«, erläutert Matt mit einem Augenverdreher. Ich lächle ihn an, als er trotz ausreichendem Licht in dem Raum die Deckenbeleuchtung anknipst. »So, dann warten wir«, sagt Matt und lässt sich in einen der Sessel fallen.

Wir befinden uns offensichtlich in einem Tagungsraum, da er mit einer gemütlichen Sitzgruppe ausgestattet ist, von der ein Sessel von Matt in Anspruch genommen wird. Am anderen Ende des Raumes befindet sich ein Konferenztisch, an dem 16 Leute Platz finden. Erst jetzt fallen mir die Bilder an der Wand auf. Es sind Plakate, die an einer riesigen Magnettafel aufgehängt wurden. Zudem liegen auf dem Tisch weitere Entwürfe.

Mit langsamen Schritten gehe ich auf das erste Plakat zu. Ich erkenne sofort, was es ist.

Es sind die Räumlichkeiten, die Logan mir für das zweite Restaurant gezeigt hatte. Jedoch sind sie auf mehrere Computer-Animationen umgestaltet worden. Die Plakate zeigen verschiedene Konzepte, die alle atemberaubend sind. Ich sauge jedes Bild mit den Augen in mich auf. Sobald ich mir alles angesehen habe, drehe ich mich zu Matt um, der mich die ganze Zeit im Blick gehabt zu haben scheint.

»War das der Grund für eure Streitigkeit?« Mit dem Kopf

deutet Matt auf die Entwürfe.

Ich schweige. Stattdessen fasse ich mir an die Stirn und setze mich neben Matt auf einen der Sessel. »Wir wollten ein zweites Restaurant eröffnen. Also mein Geschäftspartner und ich. Wir fanden keine Location. Dann zeigte mir Logan das da.« Ich zeige hinter mich. »Das war nicht der Grund. Aber ich habe nicht damit gerechnet, dass das Angebot noch steht und daran weiter gearbeitet wird ...«

»Mr. Wells mag es nicht, an andere Firmen gebunden zu sein. Zu viel ist in der Vergangenheit schiefgelaufen. So auch mit Clubs und derartigen Lokalitäten. Im Sport-Business mögen es die Herrschaften häufig privater, wenn es um die richtig fetten Deals geht. Also hat er eine Abteilung gegründet, die sich nur um solche Events kümmert und Immobilien für diese Zwecke aufkauft. Irgendwas lief mit der Immobilie schief und sie lag tot in den Büchern. Bis er mich plötzlich gebeten hat, die Unterlagen herauszukramen. Und nun sitzen wir zwei uns gegenüber.«

»Yvonne ist die Designerin, oder?«

»Eine von Dreien.«

Ich stoße die Luft in meiner Lunge aus.

»Sie ist nett. Und heiß.«

»Stehst du auf sie?«

»Sie würde mich nicht einmal mit zu ihrer Türschwelle nehmen.«

Bei seiner Antwort muss ich lachen. »Das habe ich früher auch gedacht.«

»Ich weiß, warum er dich will.« Und schon sind wir wieder bei dem Thema, das Matt brennend zu interessieren scheint – sein Chef und die Kaffeetante.

»Weil ich vehement Nein sage und das sonst keiner wagt?«, rate ich.

»Nein. Weil du ihm den Kopf auf eine Art und Weise verdreht hast, die er nicht kannte.«

»Wieso sagst du mir ständig diese Dinge?«

»Weil ich meinen Job noch mehr liebe, wenn mein Chef erträglich ist. Und du bist das Wundermittel, das ihn zu einem schnurrenden Kater macht.« Er grinst mich an.

»Wie hält er es nur den ganzen Tag mit dir aus ...«, frage ich eher mich selbst mit einem Lächeln.

»Das frage ich mich auch«, ergänzt Logan. Er steht im Türrahmen und kommt auf mich zu.

»Ohne mich wäre Ihr Tag richtig langweilig«, beantwortet Matt die Frage. Logan schweigt und betrachtet Matt mit einer unergründlichen Miene, die Matt im Gegensatz zu mir offensichtlich zu lesen weiß. Matt springt von seinem Sessel auf und entfernt sich von uns Richtung Tür. »Ich eile los, um Yvonne zu holen«, sagt er, bevor er aus der Tür verschwindet. Er schließt sie und ich stehe mit Logan alleine in dem großen Raum. Er hält ein Tablet in der Hand, das er auf den kleinen Tisch legt.

»Wie lief das Gespräch mit deinem Japaner?«, frage ich. Logan nimmt neben mir Platz.

»Gut. Ich muss nächste Woche nach Japan fliegen.«

»Japan soll um diese Jahreszeit schön sein.«

»Davon können wir beide uns zusammen überzeugen.«

Meine Augenbrauen wandern nach oben. »Nein, Logan.«

Seine Mundwinkel zucken und ich begreife, dass er nur einen Witz gemacht hat. »Ich weiß, dass du es hassen würdest.«

»Ich würde Japan wahrscheinlich lieben.«

»Nein, das meine ich nicht. Ich meine die Tatsache, dass du dich wie ein Anhängsel fühlen würdest, wenn du mich begleitest.«

Ich verschränke meine Hände ineinander und habe damit zu kämpfen, seinem Blick standzuhalten. »Wenn du es so aussprichst, hört es sich falsch an.«

»Es kann sich auch nicht in deinem Kopf richtig anhören. Egal, wie du es formulierst.«

»Logan ...«, bitte ich ihn.

Er hebt entschuldigend die Hände. »Ich möchte einfach, dass du an die Sache unvoreingenommen herangehst.«

Ich wünschte, ich könnte ihm sagen, dass ich das tue. Aber da es nicht der Wahrheit entspricht, kann ich es nicht. Ich habe so viele Vorurteile gegen das, was er will, dass ich sie gar nicht aufzählen kann. Das Verzwickte an der Situation ist jedoch, dass ich selbst krampfhaft nach einem Ausweg suche. Aber ich kann einfach keinen finden. So sehr ich es mir auch wünschen würde. Die Erinnerungen an das, was Pierre mir angetan hat, sitzen so tief, dass ich mich nie von ihnen werde lösen können. Sie werden auf ewig ein Teil von mir sein.

Ich versuche, Logan anzulächeln, es will mir aber nicht gelingen. Er bemerkt es und steht auf, nimmt meine Hand und zieht mich zu sich an die Brust. Ich bin wieder von seiner Wärme und seinem Duft umgeben. Augenblicklich verliere ich mich in einer Welt, in der es nur uns beide gibt.

»Wir kriegen das hin. Hab ein bisschen Vertrauen.«

»Ein bisschen?«, flüstere ich.

»Ein bisschen reicht manchmal völlig aus.« Er küsst mich auf die Schläfe und drückt mich fest an sich. Ein bisschen Vertrauen reicht manchmal wirklich aus.

»Hast du das bisschen Vertrauen gehabt, als du beschlossen hast, das da eigenständig weiterzuführen?« Ich zeige auf die Entwürfe, die an der Wand hängen. Logan lässt mich los und folgt meinem Blick. Dann ruhen seine Augen wieder auf mir.

»Er hat dir nichts gesagt«, stellt er nüchtern fest und streicht mir einige Haare hinter mein Ohr.

»Wer?«, frage ich nach, obwohl ich weiß, welchen Namen ich gleich hören werde.

»Guy.« Logan legt den Kopf leicht schief und liest mir meine Gedanken vom Gesicht ab. Das scheint auch nicht schwer zu sein, da ich die Reue über meine Worte kaum ertragen kann. Das Gewicht meines schlechten Gewissens scheint mich schier erschlagen zu wollen. Erst recht, seitdem mir klar ist, dass Guy mich nicht hat hängen lassen, sondern trotz der unsäglichen Dinge, die ich ihm an den Kopf geworfen habe, weitergemacht hat.

Ich hole tief Luft und will mich sammeln. Aber es funktioniert nicht. Die Tränen rinnen mir plötzlich über das Gesicht und ich wische sie unbeholfen fort.

Logan zieht mich erneut in eine Umarmung. »Was ist passiert?« Seine Stimme ist sanft und seine körperliche Nähe macht den Schmerz über den Verlust meines besten Freundes beinahe erträglich, aber nicht vergessen.

»Ich habe ihm Sachen gesagt, die ich nie hätte sagen sollen. Sie sind einfach aus mir herausgekommen in der miesesten Situation, die es dafür hätte geben können«, erkläre ich mit brüchiger Stimme und trockne meine Tränen. Es folgen aber immer wieder neue. Logan nimmt mein Gesicht in seine Hände und wischt sie mir mit den Daumen von der Wange.

»Egal, was du ihm gesagt hast, er weiß, dass es nicht so gemeint war.«

»Woher willst du das wissen?«

»Weil er alles für euren Traum gegeben hat. Er rief mich an und sagte, ihr wollt das Restaurant. Dass ihr mit an Bord seid, du aber anderweitige Verpflichtungen hast. Ich dachte, dass du mich nicht sehen wollen würdest. Aber wenn du davon nicht einmal wusstest ...«

»Ich war seitdem nicht mehr auf der Arbeit«, gestehe ich und beiße mir auf die Unterlippe. »Ich war nicht ich selbst. Irgendwie ...«

»... war nichts mehr bedeutsam und jede Sekunde hat sich falsch angefühlt«, beendet Logan meinen Satz. Ich schaue zu ihm auf und verliere mich wie so oft schon zuvor in seinem Blick. Er zieht mich mit seinen Augen in einen Bann, dem ich mich nicht entziehen kann. Er hat die Macht, mich zu verzaubern und alles um mich herum vergessen zu lassen.

Langsam beugt sich Logan vor, bis seine Lippen die meinen berühren und ein wildes Verlangen von meinem Körper Besitz ergreift. Ein Funke entzündet ein Feuerwerk in meiner Mitte, das ich nicht kontrollieren kann. Logan setzt Gefühle in mir frei, die ich nie für möglich gehalten hätte. Seine Zunge trifft auf meine Lippen. Unwillkürlich drücke ich mich an ihn und wünschte, ich könnte einfach mit ihm verschmelzen. Jetzt, hier auf der Stelle.

Seine rechte Hand liegt in meinen Nacken, dir linke umfasst meine Hüfte. Seine Finger finden geschickt den Weg zu meiner nackten Haut und die Stellen, die er berührt, fangen Feuer. Ein Prickeln breitet sich aus und ich kann nicht anders, als sehnsuchtsvoll aufzustöhnen. In dem Moment löst sich Logan von mir. »Ich weiß ...«, keucht er und ich fühle, wie sehr er um seine Selbstbeherrschung ringen muss, »ich weiß, dass du mir einen Tag versprochen hast ... Aber bitte bleibe die Nacht bei mir.«

Ich lehne meinen Kopf an seine Brust und lausche seinem Herzschlag. Sein Herz schlägt schnell und in keinem für mich erkennbaren Rhythmus. Mein Unterleib zieht sich alleine bei dem Gedanken zusammen, was passieren wird, wenn ich zustimme. Kann ich das? Ich will es, das steht außer Frage. Ich habe ihm den Tag versprochen, was machen ein paar Stunden mehr oder weniger?

»Du musst es nicht jetzt entscheiden«, fügt er hinzu.

»Danke«, erwidere ich, ohne ihn anzublicken. Wieder einmal liefern sich mein Herz und mein Verstand einen erbitterten Kampf. Ich fahre mir mit der Hand über meine Augen und meine vom Kuss leicht geschwollenen Lippen. Logan betrachtet mich noch einige Momente, ehe er beschließt, die Situation zu entschärfen, wofür ich ihm unendlich dankbar bin, da ich mir sicher bin, nicht die gleiche Selbstbeherrschung wie er an den Tag legen zu können. Dafür bin ich bereits viel zu tief in seinen Bann gezogen worden.

»Ich zeige dir, was wir bislang haben«, wechselt Logan das Thema. Wieder schließen sich seine Finger um meine Hand und er zieht mich zu den Entwürfen. »Heute Nachmittag war das Meeting ursprünglich angesetzt. Wir wollten die Optionen eingrenzen.«

»Was ist euer Favorit?«, frage ich nach.

»Guy hat immer von deiner Vision gesprochen und dass du erst alles absegnen musst, bevor irgendetwas davon umgesetzt werden kann.«

Ich presse die Lippen zusammen, da Guys Fürsorglichkeit kein Stück nachgelassen hat. Und das, obwohl ich diesen dummen Streit vom Zaun gebrochen habe. Er hat mit dem Restaurant ohne mich mit Sicherheit alle Hände voll zu tun. Fiona und Quinlan müssen am meisten zurückstecken. Und trotzdem hat er meinen Wunsch nicht fallen lassen, sondern ihn sogar noch weiterverfolgt.

»Das hier war das, was er für den besten Entwurf hielt.« Logan zeigt auf das Layout in der Mitte. Ich trete näher heran und nehme jedes Detail auf. Es ist perfekt. Klassisch, dennoch trendy. Die Inneneinrichtung ist wandelbar und passt anstandslos in unser Konzept. Die Möbel sind alle mit runden Ecken ausgestattet. Diese weichen Linien werden durch die ausgewählten Pastelltöne aufgegriffen und auf den gesamten Raum übertragen. Dezent, aber nicht langweilig. Auf den Punkt gebracht, aber nicht aufdringlich.

»Es gefällt mir.«

»Warte ab, bist du den Rest siehst.«

»Den Rest?«, frage ich verwirrt nach.

»Das ist der Rohentwurf. Yvonne wollte heute die Detail-Entwürfe vorstellen. Und aus Erfahrung kann ich dir versichern, dass sie es jedes Mal schafft, noch einen oben draufzusetzen.« Logan lacht auf. Bei dem Klang erwärmt sich mein Herz, da ich es mag, ihn lachen zu hören. Ich habe das Gefühl, dass er das nicht häufig tut.

»Kommt Guy auch?« Ich kann die aufkeimende Hoffnung aus meiner Stimme nicht fernhalten.

»Nein. Er hat heute Morgen abgesagt und mich gebeten, ihm die Entwürfe zuzuschicken.«

Ich nicke und schlucke die Enttäuschung herunter. Es wäre zu einfach gewesen, die Sache sofort aus der Welt zu schaffen. Außerdem sollte ich ihm erst wieder unter die Augen treten, wenn ich mein Leben in den Griff bekommen habe. Und dazu zählt in erster Linie, morgen Früh eine Entscheidung getroffen zu haben. Dennoch ziehe ich mein Handy aus der Handtasche und öffne die

Konversation zwischen mir und Guy, die noch nie für so lange tot war. Ich atme tief durch und schreibe die vier Worte, die ich nicht länger für mich behalten kann.

›*Es tut mir leid.*‹

Ich warte eine Antwort nicht ab und stecke mein Smartphone direkt wieder in die Tasche. Zaghaft lächle ich Logan an. Sofort liege ich wieder in seinen Armen und spüre seine Lippen auf meinem Mund.

»Es war die Hölle ohne dich, Kacey«, raunt er mir zu.

»Wie soll ich so unvoreingenommen sein?«, frage ich an seinen Lippen nach und spüre, wie meine Mundwinkel nach oben wandern.

»Wenn ich nicht alles versuche, um dich dazu zu überreden, uns eine Chance zu geben, werde ich mir das nie verzeihen.«

Eine Antwort bleibt mir erspart, da es an der Tür klopft. Sofort entferne ich mich von Logan, um die intime Situation zu vertuschen, in der wir uns eben noch befunden haben. Die Klinke wird von außen nach unten gedrückt und Matt kehrt in Begleitung einer Blondine mit ungewöhnlich kurzen Haaren zurück. Sie hat große Augen, die vor Begeisterung strahlen. Auf ihren Lippen trägt sie einen blutroten Lippenstift, der zu ihrem kurzen Kleid passt.

Sie begrüßt Logan mit einer dezenten Umarmung und zwei Wangenküsschen. Dann reicht sie mir die Hand. »Sie müssen Kacey sein.« Ich nicke und schüttle ihre Hand. »Yvonne James«, stellt sie sich vor.

»Chefdesignerin«, ergänzt Logan.

»Du Charmeur«, erwidert sie mit einem breiten Lächeln an Logan. Ein Stich der Eifersucht schießt mir ins Herz, als ich beobachte, wie vertraut die beiden miteinander umgeben. Unwillkürlich frage ich mich, ob Logan mit ihr im Bett war. Sie hat etwas Besonderes an sich, das jeder Mann anziehend finden würde. Sie löst in Männern wahrscheinlich den Drang aus, sie besitzen zu wollen, auch wenn es nur für eine Nacht ist. »Ich habe schon viel von Ihnen gehört und bin wirklich froh, Sie endlich persönlich kennenlernen zu können«, sagt sie an mich gewandt. »Ich frage mich sowieso, warum Sie das Design nicht selbst übernommen haben. Ihr Talent haben Sie in ihrem jetzigen Restaurant bewiesen.«

»Das, was Sie bislang geleistet haben, hätte ich nicht geschafft«, erwidere ich wahrheitsgemäß.

»Frischer Wind ist manchmal nicht verkehrt, vor allem, wenn man eine Veränderung möchte. Dennoch freue ich mich sehr, ab sofort mit Ihnen zusammenarbeiten zu dürfen.« Ich sehe ihr an, dass sie das ehrlich meint und nicht nur höflich ist, weil Logan in Hörweite steht. »Dann fangen wir direkt an, oder?« Sie blickt fragend in die Runde.

»Wir sind bereit, uns von dir überraschen zu lassen«, erwidert Logan.

»Wunderbar.« Mit einem zufriedenen Lächeln nimmt sie ihre Handtasche von der Armbeuge und tritt an den Konferenztisch. Sie zieht einen Mem-Stick aus der Tasche und steckt ihn in den Port in der Mitte des Tisches. Logan hingegen nimmt sein Tablet wieder in die Hand und schaltet das Display an. Ich schaue ihm über die Schulter und kann einen Blick auf die E-Mail erhaschen. Der Text interessiert mich nicht, stattdessen bleiben meine Augen an den pinken Eulen hängen, die im Header zu sehen sind. Ehe ich etwas sagen kann, hat Logan das Tablet an Matt weitergereicht. Zusammen mit seinem Handy.

»Wenn etwas Wichtiges ist, du weißt, wo wir sind«, sagt er.

»Ich habe die Lage im Griff«, erwidert Matt. Logan betrachtet ihn aber kritisch. Wahrscheinlich war es eine ähnliche Situation, in der Matt sich den Fauxpas seines Lebens geleistet hatte. Logan kommentiert es aber nicht weiter, lässt Matt von dannen ziehen und geleitet mich zu dem riesigen Tisch.

Wir nehmen nebeneinander Platz. Logan ergreift unter dem Tisch sofort meine Hand und zieht sie zu sich auf den Oberschenkel. Mit dem Daumen malt er kleine Kreise auf meine Handinnenfläche. Diese eigentlich unschuldige Berührung erschwert es mir, meine gesamte Konzentration auf Yvonne zu richten, die sich bereits in Startposition begeben hat, um ihre Präsentation abzuhalten. Sobald sie aber das Wort ergreift, nimmt sie mich mit auf die Reise, die ihr mit dem Restaurant vorschwebt.

20.

Wir sitzen zwei Stunden mit Yvonne zusammen und sprechen ihre Konzepte durch. Da sie mich endlich vor sich sitzen hat, verlangt sie auf all ihre Ideen ein Feedback von mir und fragt mich zu jedem Detail aus. Mir schwirrt der Kopf, da ich immer noch nicht begreifen kann, dass das zweite Restaurant real werden wird.

»Dann haben wir alles«, sagt Yvonne schließlich sichtlich zufrieden und ordnet ihre Notizen.

»Eine Sache noch«, werfe ich ein. Logan und Yvonne schauen mich abwartend an. »Die Finanzen. Die Entwürfe sind alle besser, als ich es mir hätte vorstellen können. Dementsprechend teuer wird es wahrscheinlich und ... naja ...« Ich höre auf zu reden, da mir bewusst wird, in was für einer Sphäre ich mich befinde. Logan hat wahrscheinlich noch nie in seinem Leben Geldprobleme gehabt und Yvonne ist es gewohnt, von ihm einen Freischein zu erhalten. Logan hat zwar erwähnt, dass er die Inneneinrichtung übernimmt und wir alles von ihm pachten, aber wir müssen einen Teil dazu beitragen. Immerhin wechselt die Innendekoration mehrmals jährlich, damit es in unser Konzept passt. Und soweit ich informiert bin, betrifft Logans Angebot lediglich die fest integrierte Einrichtung. Möbel gehören da nicht zu.

Yvonne blickt zu Logan, da sie augenscheinlich dazu nichts sagen möchte. Logan spielt hingegen mit seinem privaten Handy, das er in der Hand hält, und dreht es hin und her. Matt hatte er sein Geschäftshandy gegeben. Zumindest eins von Dreien, wie er mir erklärte. »Du weißt, dass wir darüber nicht zu diskutieren brauchen.« Er zieht seine Augenbrauen nach oben und betrachtet mich eingehend.

»Das ist mir bewusst. Ich möchte aber darüber diskutieren.«

»Dann machen wir das gleich. Danke für deine Zeit, Yvonne«, sagt Logan und erhebt sich. Er knöpft sich sein Sakko zu und umarmt Yvonne zum Abschied. Sie küsst ihn wieder zweimal auf die Wange, ohne Lippenstiftreste zu hinterlassen. Dann zieht sie auch mich in die Arme.

»Ich ruf dich an«, sagt sie, als sie sich von mir löst und lächelt mich an.

»Ich freu mich«, erwidere ich.

»Und ich erst!« Sie lacht melodisch auf, nimmt ihre Sachen vom Tisch und geht zur Tür. »Ich finde den Weg alleine aus deinem Haus«, ruft sie Logan noch zu, dann ist sie durch die Tür verschwunden.

»Habe ich zu viel versprochen?«, fragt mich Logan.

»Nein. Sie ist toll. Und ihre Entwürfe sind perfekt«, erwidere ich. Logan schenkt mir ein Lächeln, als sein Handy wieder aufblinkt. Es hat während der letzten zwei Stunden mehrmals geklingelt und er hat es jedes Mal weggedrückt.

Diesmal blickt Logan sein Display unschlüssig an.

»Geh ran«, sage ich. Immerhin ist es sein privates Handy. Also muss es wichtig sein, wenn ihn jemand so vehement erreichen will.

Zögerlich nimmt er das Gespräch schließlich an. »Ja?«, fragt er schlicht, bevor er dem Anrufer für mehrere Momente lauscht. Da Logan für die meiste Zeit nur zuhört und nicht antwortet, habe ich keinen Schimmer, wer am anderen Ende der Leitung ist. Zumindest nicht, bis er den Namen des Anrufers ausspricht.

»Payton, wir müssen etwas besprechen«, sagt Logan schließlich. Ich werde hellhörig. »Nein, jetzt gleich.« Wieder wartet Logan auf die Antwort. »Alles klar. Bis dann.« Er legt auf und seine Augen liegen auf mir.

»Ein Freund?«, frage ich unschuldig nach.

»So in etwa«, erwidert er. »Wir müssen Matt finden und dann

geht es zu besagtem Freund.«

»*Was?*« Die Frage ist über meine Lippen gekommen, sobald mein Kopf begriffen hat, was Logan soeben gesagt hat. Sofort räuspere ich mich, um meine panische Nachfrage in Kontext zu bringen. »Ich dachte, du willst mir zeigen, wie ein Tag in deinem Leben aussieht und bislang dreht sich alles um mich.«

»Und wieso denkst du, dass das nicht die Normalität sein wird?«

»Weil ...«

»Versuch nicht einmal, dafür eine Begründung zu finden«, unterbricht er mich. »Mein Leben besteht aus meiner Arbeit. Das möchte ich gar nicht bestreiten. Ich habe jede freie Sekunde meiner Leidenschaft gewidmet. Der Grund dafür war, dass es nichts anderes gab, mit dem ich meine Zeit lieber verbracht hätte. Jetzt bist du aber da. Ich habe fähige Mitarbeiter, die auch damit zurechtkommen, wenn ich meine Aufmerksamkeit auf meine Freundin richte.«

»Ich möchte aber nicht, dass irgendjemand unter meiner Anwesenheit leiden muss.«

»Ich glaube, sie würden eher unter deiner Abwesenheit leiden.« Ein Lächeln stiehlt sich in sein Gesicht. Ich kann nicht anders, als es zu erwidern.

»Wir sind also so weit, dass du mich deinen Freunden vorstellst.«

»Du willst über die Finanzierung diskutieren, das werden wir gleich tun. Dafür muss ich dir leider Gottes einen meiner engsten Freunde vorstellen.«

»Payton, hm?«

»Er hat ein ziemlich loses Mundwerk. Lass dich davon nicht abschrecken.«

»Ich führe ein Restaurant. Mir begegnen ständig Gäste, die ein loses Mundwerk besitzen«, erwidere ich, ohne darauf einzugehen, dass ich mit Paytons Mundwerk bereits Bekanntschaft gemacht habe und er ein Exemplar der ganz besonderen Klasse ist.

»Dann freu dich, ihn gleich kennenzulernen.« Logan hält mir die Tür auf und ich schreite hindurch. Bevor ich Einspruch erheben kann, liegt meine Hand wieder in seiner. Auch wenn ich es Logan gegenüber niemals zugeben würde, mag ich es so unglaublich gerne, wie er mich auf Händen trägt und es das Selbstverständlichste auf dem Planeten darstellt. Ich drücke seine Hand und er erwidert den Druck. Ich muss mir auf die Unterlippe beißen, um nicht wie ein verliebter Teenager zu grinsen und mich zum völligen Deppen in seinem Büro zu machen.

Logan zieht mich durch das halbe Gebäude, wechselt mit fast jedem, der uns begegnet, ein paar Worte, nimmt Papiere entgegen, die sich in seiner freien Hand ansammeln, klärt Termine ab und bleibt immer höflich und respektvoll. Bis wir endlich vor Matts Schreibtisch stehen, habe ich das Gefühl, jedem einzelnen Mitarbeiter in diesem Gebäude begegnet zu sein.

»Du siehst fertig aus«, sagt Matt, als er mich betrachtet.

»Ich brauche keinen Sport mehr zu machen, wenn ich dem Mann jeden Tag hinterherrennen würde«, raune ich ihm zu.

Logan hört meinen Kommentar aber trotzdem. »Wenn du eine körperliche Betätigung wünscht, fallen mir spontan ein paar Dinge ein, die wir zusammen tun können.«

Matt räuspert sich und scheint schnell E-Mails checken zu müssen, während ich Logan mit verkniffener Miene meine ungeteilte Aufmerksamkeit schenke. »Muss das sein?«

»Sex? Ja.«

»Ich bin zwar volljährig, aber ...«, setzt Matt an.

»Ihn interessiert das vor allem nicht!«, zische ich nun.

»Interessieren irgendwie schon, aber nicht so im Detail ...«

Logan scheint der Diskussion nicht mehr beizuwohnen. »Wir fahren zu *WSP*«, kündigt er Matt an. »Wenn etwas Wichtiges ist, du hast meine Nummer.« Damit lädt er die Papiere bei Matt ab, checkt sein Handy ein letztes Mal und nimmt mich dann an die Hand.

»Wann sind Sie wieder da?«, ruft Matt uns noch hinterher.

Logan bleibt stehen und dreht sich ein letztes Mal zu seinem Praktikanten um.

»Heute gar nicht mehr. Wir fahren danach direkt in meine Wohnung. Du hast die Frau gehört. Sie braucht körperliche Betätigung.«

Perplex blickt Matt uns mit offenem Mund hinterher, als wir Richtung Fahrstuhl verschwinden.

»Du hast den armen Jungen sprachlos gemacht«, tadle ich Logan.

»Aber nicht wegen des wunderbaren Sex, den wir zwei heute noch haben werden, sondern weil ich noch nie vor 20 Uhr das Büro verlassen habe, ohne wiederzukommen.«

Meine Augen wandern nach oben. »Du bist deiner Sache mit dem Sex heute Abend verdammt sicher.«

Die Türen des Fahrstuhls schließen sich hinter uns. Wir stehen ganz alleine in der Kabine und Logan nutzt das schamlos aus. Er drückt mich gegen die kühle Wand und setzt den leidenschaftlichen Kuss aus dem Konferenzraum fort. Seine Zunge erobert meinen Mund in Windeseile. Ich ergebe mich ihm und nehme alles, was er mir gibt, ausgehungert an.

»Ich mag es nicht, wenn du Hosen trägst«, flüstert Logan mir ins Ohr, als er meine Pobacken drückt und mir ein sehnsuchtsvolles Stöhnen entlockt. Dann fährt er mit der Zunge meinen Hals entlang und entfacht erneut das wilde Feuer in meinem Unterleib, das er heute Nachmittag bereits in Flammen gesetzt hatte und das ich nur mit Mühe unter Kontrolle bekam.

Der Fahrstuhl wird langsamer und Logan löst sich von mir. »Das ist der Grund, warum ich meiner Sache so sicher bin«, raunt er mir zu und fährt mit seinem Daumen über meine Unterlippe.

Mistkerl, schießt es mir in den Kopf.

»Ich weiß, was du denkst«, sagt er mit einem zufriedenen Lächeln, als er mein Gesicht sieht. »Solange es in diesem Zusammenhang in deinen Kopf kommt, kann ich damit leben.«

Bevor sich die Fahrstuhltüren öffnen, drückt er mir einen

flüchtigen Kuss auf den Mund, greift meine Hand und führt mich durch die Lobby. Auch hier muss er verschiedenen Leuten kurz Aufmerksamkeit schenken. Während Logan seine Arbeit macht, schaue ich mich um und mein Blick bleibt bei Joshua hängen, der seine Augen starr auf mich gerichtet hat. Ich bin kein Mensch der Schadenfreude, aber das kann ich mir nicht nehmen. Ich lächle ihn süffisant an und hebe die Hand für einen kurzen Wink. Seine Mimik wird finster und ich beschließe, dass meine Handlung für die gewünschte Retourkutsche ausreicht. Zudem zieht Logan mich weiter, da er sein Gespräch beendet hat. Wir verlassen das Gebäude und treten in den für London typischen Nieselregen ein. Ich genieße den Kontrast von Logans warmer Hand und der kühlen Tropfen, die sich nach und nach auf meiner Haut bilden.

Logan steuert zielgerichtet einen Wagen an. Ein Wagen, der mir nur allzu bekannt vorkommt. Und zwar nicht erst, als ich Mr. Wilson aussteigen sehe, damit er uns die Tür zum Fond des Bentleys öffnen kann.

»Mr. Wells, Miss Croft«, begrüßt er uns, als wir bei ihm ankommen.

»Guten Abend, Wilson«, erwidert Logan und lässt mir den Vortritt. Mit einem unschlüssigen Blick auf Wilson setze ich mich in das Auto und rutsche durch. Dann setzt Logan sich neben mich. Das Prozedere, das folgt, ist mir noch allzu bekannt. Mr. Wilson steigt ein, startet den Motor und fährt das Luxusauto gekonnt durch den dichten Verkehr in London.

»Das ist Paytons Fahrer, Wilson. Ich habe das Vergnügen, ihn samt Auto häufig ausleihen zu dürfen«, erklärt Logan mir und zeigt auf den Fahrer.

»Freut mich«, sage ich nach vorne gewandt.

»Ebenfalls, Miss Croft.« Ich könnte schwören, dass seine Belustigung in seinem Tonfall mitschwingt, ich aber die Einzige bin, die das wahrnimmt.

»Sag bloß, du bist zu knauserig, dir einen eigenen Fahrer zu leisten?«, frage ich nun Logan, der sein Handy in der Hand hat.

»Ich sehe keinen Grund dazu. Die Taxifahrer in London sind gut. Und der Vorteil an meinem Job ist, dass die meisten Leute zu mir kommen und ich kann mir den Weg sparen.«

»Gibt es irgendetwas, auf dass du mich noch vorbereiten möchtest?«

Mich hätte Logans Antwort auf die Frage wirklich interessiert, jedoch geht in dem Moment ein Gespräch auf seinem Handy ein. Er blickt kurz auf das Display. »Tut mir leid, das ist wichtig«, sagt er an mich gewandt und nimmt das Gespräch an. Ich nehme seine linke Hand, da er das Handy mit der rechten hält, und schmiege mich an ihn. Ich schließe die Augen und lausche seinen sanften Worten, die er spricht. Auch wenn ich keine Ahnung habe, wer am anderen Ende der Leitung ist, kann ich anhand Logans Tonlage erkennen, dass es ein privates Gespräch mit jemandem ist, der ihm wichtig ist.

»Pip, ich rede mit ihm. Ja ... Versprochen. Ich kläre das. Ansonsten alles in Ordnung bei dir?« Eine kurze Pause folgt. »Das freut mich. Ich melde mich bei dir. Danke, dir auch.« Dann beendet er das Gespräch. Er scheint noch etwas in das Telefon einzutippen, ehe er es zurück in seine Hosentasche steckt.

»Wer ist Pip?«, höre ich mich fragen.

Logan lacht leise auf. »Eifersüchtig?«

»Nein. Neugierig.« Ich lehne mich immer noch an ihn und habe die Augen geschlossen. Obwohl ich Logan nicht ansehe, weiß ich bereits, was sich in seinem Gesicht abspielt.

»Piper ist meine Schwester. Halb-Schwester, um genau zu sein. Sie hat Probleme mit Trevor ihrem Bruder, meinem Halb-Bruder.«

»Oh ... ist es etwas Schlimmes?« Ich richte mich auf und blicke ihn nun doch an.

Er schüttelt den Kopf. »Die üblichen Streitigkeiten. Trevor ist nie aus seiner Pubertät gekommen und Pip war nie drin. Dann entstehen solche Situationen.«

»Leben sie auch in London?«

»Nein, in L.A. Meine Mutter ließ sich von meinem Vater recht früh scheiden und heiratete einen Amerikaner. Sie ging mit ihm nach Amerika und zog Piper und Trevor dort groß.«

»Hast du ein enges Verhältnis zu ihnen?«

Logan zuckt mit den Schultern. »Pip hat mich ihr Leben lang angehimmelt, mit Trevor war es eher schwieriger. Er hat in mir immer eine Konkurrenz gesehen.«

»Mir hätte ein großer Bruder gefallen«, gestehe ich.

»Der Älteste zu sein, ist nicht immer einfach. Vor allem nicht, wenn man eine jüngere Schwester hat, in der man nie eine erwachsene Frau sehen mag.«

»Wem sagst du das«, erwidere ich mit einem Seufzen.

»Was ist aus den Kondomen geworden?« Er grinst mich amüsiert an.

»Ich habe keine Ahnung und ich will es auch gar nicht wissen. Ich will nur, dass es ihr gut geht. Der Rest geht mich nichts an.«

»Leichter gesagt, als getan.«

»Du sagst es«, erwidere ich mit einem Seufzen. Ich lehne mich wieder an seine Schulter und blicke aus dem Fenster. Die Wassertropfen sammeln sich an dem Glas, um dann von der Schwerkraft davongetragen zu werden. Langsam springt die Straßenbeleuchtung in der Dämmerung an und die vielen Lichter der Stadt spiegeln sich auf der nassen Straße wider. Es ist ein melancholischer Anblick, der mich nachdenklich stimmt. Ich verdränge aber alle Gedanken an das, was nach dem heutigen Tage kommt. Das Einzige, das ich mir wünsche, ist, jede Sekunde in Logans Gegenwart zu genießen und den ›Was-wäre-wenn‹-Szenarien in meinem Kopf keine Beachtung zu schenken. An der Gegenwart möchte ich nichts ändern und dieser Wunsch erfüllt mich mit einer unbändigen Welle an glücklichen Gefühlen.

Logan und ich sitzen in Stille beieinander und genießen die Anwesenheit des anderen. Es ist ein Moment, der keine Worte braucht. Unser Schweigen drückt all das aus, was zwischen uns wichtig ist, und ich begreife, dass ich diesem Mann bereits wesentlich mehr als das von ihm gewünschte ›bisschen‹ Vertrauen entgegenbringe. Ich würde ihm mein Leben anvertrauen. So einfach und simpel und doch so kompliziert.

Der Nieselregen hat sich zu einem Schauer entwickelt und ich lausche den dumpfen Regentropfen auf dem Dach sowie den Scheibenwischern, die immer wieder über die Heck- und Frontscheibe fahren.

Ich hätte den ganzen Abend mit Logan zusammen durch London fahren können. Unsere Fahrt wird jedoch schneller beendet, als mir lieb ist. Der Bentley hält im Finanzviertel vor einem großen Gebäude. Wilson steigt aus und holt einen großen Regenschirm aus dem Kofferraum, um uns anschließend die Tür zu öffnen.

»Ich nehme an, Sie finden den Weg, Sir«, sagt er zu Logan, als er ihm den Regenschirm reicht, sobald Logan mir aus dem Auto geholfen hat.

»Ja. Danke, Wilson.« Mit einem Nicken verabschiedet sich unser Fahrer von uns und steigt wieder in das Auto ein. Logan hält den Regenschirm über uns und geht mit mir zu dem nächstgelegenen Eingang. Ich erhasche einen kurzen Blick auf das Schild, das die ganzen Firmen auflistet. Ich erkenne aber keine Firma, die den Namen *Fierce* trägt. Dabei hätte ich schwören können, dass der Mann, dem ich heute Mittag in dem Auto begegnet bin, nicht dafür geboren ist, die zweite Geige in irgendeiner Position zu spielen.

Sobald wir im Trockenen stehen, schließt Logan den Regenschirm und stellt ihn in einen der Ständer, die am Eingang stehen. Er wirft einen Handgruß zur Rezeption. Und dem Lächeln des älteren Herrn entnehme ich, dass Logan hier ein Dauergast sein muss, der freien Zutritt hat. Wieder fahren wir mit einem Fahrstuhl. Als wir die Kabine in der richtigen Etage verlassen, springt mir als Erstes der Name der Firma ins Auge.

Whitman, Shape & Partner.

Das *Partner* steht dann wohl für Fierce.

Ich umklammere Logans Hand und lasse mich von ihm durch die Büros ziehen. Er grüßt ein paar Leute und auch hier liegen fragende Blicke auf meiner Person. Vielleicht sollte ich mir ein Schild mit der Aufschrift ›Ja, ihr guckt alle richtig!‹ an die Brust kleben.

»Einen wunderschönen guten Abend, Jessica«, begrüßt er eine attraktive Brünette mit dunklem Teint. Sie kam uns entgegen, ist jetzt aber stehen geblieben und stemmt eine ihrer Hände auf die Hüfte.

»Dass du noch lebst, gleicht einem Wunder«, erwidert sie mit einem frechen Grinsen.

»War er so sauer?«

Sie nickt langsam. »Er war richtig sauer. So sauer war er nicht einmal, als Abrianna für zwei Wochen nach Amerika verschwunden ist, um an mehreren Konferenzen teilzunehmen.« Sie sagt den Satz an Logan gewandt, ihre Augen heften sich danach aber an meine Person. »Und du musst der Grund für das ganze Durcheinander sein.« Sie lächelt mich freundlich an. Ich sehe aber, dass mit der Frau nicht gut Kirschen essen ist, wenn sie jemanden als persönlichen Feind auserkoren hat.

»Langsam habe ich das Gefühl, der berühmt-berüchtigte Sack Reis in China zu sein«, erwidere ich mit einem zögerlichen Lächeln.

Jessica lacht auf und reicht mir ihre Hand. »Jessica Wilson«, stellt sie sich vor.

»Kacey Croft«, sage ich, als ich ihre Hand schüttle.

»Er wartet schon auf euch.« Sie zwinkert mir zu und setzt dann ihren Weg fort.

Ich blicke ihr hinterher. »Sag mal ...«, beginne ich, Logan weiß aber sofort, worauf ich hinaus will.

»Ja, sie und Wilson sind verheiratet. Sie ist Paytons Sekretärin. Obwohl sie eher seine Partnerin ist. Komm. Wie wir gehört haben, wartet der Mann bereits.«

Ich folge Logan den Flur entlang. Vor einer der letzten Türen bleibt er stehen, klopft an und betritt, ohne eine Antwort abzuwarten, das Büro. Nachdem ich in dem Raum stehe, schließt Logan die Tür. Payton Fierce steht mit dem Rücken zu uns gewandt vor einer großen Fensterfront und telefoniert. Er hat sein Sakko abgelegt und seine Hemdsärmel hochkrempelt.

Logan deutet mir stumm an, in der Sitzgruppe Platz zu nehmen. Ich setze mich auf das Sofa und er lässt sich direkt neben mir nieder. Nach einigen Wortwechseln beendet Payton das Gespräch, steckt das Handy weg und kommt zu uns herüber. Seine grünen Augen mustern mich mit einem unergründlichen Blick.

»Du hast es nicht verdient, dass ich überhaupt mit dir rede«, sagt er nun zu Logan und setzt sich uns gegenüber in einen der Sessel.

»Und die Kindergarten-Schlammschlacht beginnt«, seufzt Logan und reibt sich das Kinn.

»Du hast meine Gefühle verletzt. So etwas tut man seinem besten Freund nicht an.«

»Ich lade dich zu einem Spa-Wochenende ein, wenn das deine Gefühle wieder geraderückt, Payton.«

»Wir könnten wieder das Paket mit den Schlammmasken buchen, Buddy.«

Logan lacht leise auf. »Das da ist Payton wie er leibt und lebt, Kacey«, sagt er zu mir. »Schmollt wie ein Baby, wenn er nicht immer im Mittelpunkt steht.«

»Er übertreibt«, verteidigt sich Payton. Dann erhebt er sich und reicht mir seine Hand. »Freut mich, Kacey.« Seine grünen Augen bohren sich in meine und ich weiß, was er mir sagen möchte – Logan sollte nie erfahren, dass wir bereits das Vergnügen miteinander hatten.

»Freut mich ebenfalls«, erwidere ich und lasse seine Hand los.

»Ihr wollt also über Geld reden«, beginnt er, als er sich wieder gesetzt hat. Er lehnt sich zurück und betrachtet uns abwartend.

»Die Finanzierung für das Restaurant«, präzisiert Logan.

»Soweit ich informiert bin, haben Sie noch keinen Kredit bei einer Bank beantragt.« Payton blickt mich fragend an.

Ich schüttle den Kopf. »Die zu finanzierende Summe steht

noch nicht fest.«

Seine Mundwinkel ziehen sich bei meinen Worten genüsslich nach oben. »Für jedes Problem gibt es eine Lösung und ich habe sie alle.«

»Die Probleme oder die Lösungen?«, scherzt Logan neben mir.

»Alles von beidem«, erwidert Payton.

»Sie wollen mir einen Kredit geben, ohne zu wissen, wie groß der Pott sein muss?«, frage ich ungläubig nach.

»Ich schlage Ihnen etwas viel Besseres vor. Ich schenke es Ihnen.«

»Oh nein«, erwidere ich sofort mit einem deutlichen Kopfschütteln. »Das ist keine Option.«

»Lassen Sie mich erklären«, unterbricht er meine Ablehnung. Ich schließe den Mund und höre ihm zu. »Sie schenken es mir am Ende wieder zurück.«

»Ein wirklich genialer Plan«, sage ich mit triefendem Sarkasmus in der Stimme.

»Der wird noch besser«, fügt Logan hinzu, der die Situation offensichtlich amüsant findet.

Paytons Mimik wird ernst, als ich mich wieder ihm zuwende. Er hebt die Hand und ich behalte meinen Einspruch vorerst für mich. »Ich habe Klienten, die auf eine unbestimmte Zeit Geld zwischenparken wollen. Es wird in Ihr Restaurant investiert. Sie haben zu jedem Zeitpunkt volle Kontrolle über alle Anteile, da keine Leihgabe erfolgt. Sobald der Laden läuft und Gewinne abwirft, legen Sie die Summen zurück und zahlen meine Klienten aus. Es werden keine Zinsen fällig, lediglich ein Inflationsausgleich wäre zu zahlen.«

»Wo ist der Haken?«, frage ich nach.

»Es gibt keinen.«

»Ist das Geld illegal? Drogen? Menschenhandel? Waffenhandel?« Meine Stimme ist ernst. So ernst, dass Logan und Payton parallel in ein Gelächter ausbrechen und ich daraufhin nicht verhindern kann, dass ich rot anlaufe. »Was ist so witzig?«, frage ich pikiert nach.

»Halten Sie mich tatsächlich für einen Mann, der mit illegalen Geschäften seine Brötchen verdient?«

»Ich halte Sie für einen Mann, der keine Brötchen backt, sondern gleich mit fünfstöckigen-Torten aufwartet. Und die kann man bekanntlich nicht ohne ein bisschen Trickserei backen.«

»Ich habe Klientinnen, die die Untreue ihrer Männer satthaben und eine Scheidung anstreben. Sie wurden zum Zeitpunkt der Eheschließung aber in Verträge geknebelt, die ihnen nicht einmal einen Cent lassen würden. Also bedarf es ab und an ein bisschen Kreativität, dafür zu sorgen, dass sie Damen zumindest das Geld für ihren Unterhalt noch aufbringen können.«

Ich atme tief durch. »Ist das eine so gute Idee?«, frage ich Logan.

»Es belastet eure Bücher nicht und ihr seid wesentlich schneller in den schwarzen Zahlen, als ihr euch vorstellen könnt. Ihr müsst euch keine Gedanken um eine Zinsbindung machen, die euch entweder am Anfang oder am Ende das Genick bricht. Es wäre aus buchhalterischer Sicht die ideale Lösung für ein Start-up wie eures.«

»Ich kann das nicht alleine entscheiden«, sage ich schließlich.

»Ruf mich an, wenn du noch Fragen hast.« Payton zieht eine Visitenkarte aus der Tasche und reicht sie mir. So einfach gelangt man zum »Du«.

»Danke«, sage ich und nehme die Karte an.

Ein Handy klingelt. Payton und Logan ziehen ihre parallel aus der Hosentasche. Es ist aber Paytons Handy, das läutet.

»Wir machen uns wieder auf den Weg«, sagt Logan und steht auf.

»Ich warte auf die Einladung für das Spa-Wochenende«, erwidert Payton und zeigt mit dem Finger auf Logan.

»Grüße Abrianna von mir.« Logan schlägt seinem Freund zum Abschied auf die Schulter.

»Ihr könntet mal zum Essen vorbeikommen.« Payton wirft uns einen Handgruß hinterher, nimmt das Gespräch an und wendet sich von uns ab.

Logan schließt die Tür zu Paytons Büro und wendet sich dann mir zu. »Also Miss Croft. Ich habe offiziell Feierabend. Zu mir oder zu Ihnen?«

Ich lächle ihn voller Vorfreude an. »Zu Ihnen, Mr. Wells. Immerhin wollten Sie mir doch einen Tag lang ihr Leben zeigen.«

»Ihr Wunsch ist mir Befehl.« Er küsst mich flüchtig auf den Mund und wir verlassen das Gebäude auf demselben Weg, auf dem wir es vor wenigen Minuten betreten haben.

21.

»Du wohnst tatsächlich in einem Hotel«, entfährt es mir zum wiederholten Male ungläubig, als ich endlich in der luxuriösen Suite stehe. Als Logan mir eben im Taxi eröffnet hat, dass er in einem der piekfeinen Hotels in London residiert, habe ich es für einen Witz gehalten. Ich ging davon aus, dass er mit mir eine heiße Nacht hier verbringen möchte, um mir morgen Früh sein Apartment oder sogar Stadthaus zu zeigen. Aber nun stehe ich in der Suite und muss mir eingestehen, dass er in der Tat hier wohnt.

»Warum wohnst du in einem Hotel?« Ich lege nicht einmal meine Tasche ab, da ich das Gefühl habe, jeden Moment wieder zu gehen.

»Warum sollte ich nicht in einem Hotel wohnen?«, stellt er die Gegenfrage.

»Es ist ein Hotel.«

»Ein sehr gutes dazu.« Logan zieht sein Sakko aus, öffnet die obersten Hemdknöpfe und krempelt seine Ärmel nach oben.

»Aber es ist immer noch ein *Hotel*.«

Er kommt auf mich zu und nimmt mir meine Tasche aus der Hand. Dann ergreift er meine Hand und führt mich zu einer Sitzgruppe nicht weit von uns entfernt. Er deutet mir an, mich hinzusetzen. Ich gehorche wortlos. Er stellt die Tasche neben dem Sessel ab und geht dann auf die Knie, um mir meine Schuhe auszuziehen. Erst nimmt er meinen rechten Fuß in die Hand und öffnet die Schnalle der Riemchensandalen. Er fährt dabei sanft über meinen Knöchel und zieht mir den Schuh behutsam über die Zehen. Dann stellt er ihn auf den weichen Teppich und widmet sich dem linken

Fuß. Logan vollzieht das gleiche Prozedere. Ich stöhne wohlig auf, als er eine Fußmassage beginnt. Unwillkürlich schließe ich die Augen.

»Das fühlt sich wunderbar an ...«, flüstere ich, darum bemüht, bei der Wohltat, die Logan mir gönnt, nicht auf der Stelle einzuschlafen.

»Du wurdest wohl noch nicht oft in deinem Leben verwöhnt.« Ich kann sein Lächeln hören.

»Viele haben es versucht und sind gescheitert«, erwidere ich.

»Normalerweise empfinde ich keine Freude darüber, wenn jemand scheitert. Aber in diesem Fall bin ich dankbar für die Unfähigkeit meiner Vorgänger«, sagt Logan und führt meinen Fuß zu seinem Mund. Seine Lippen berühren meinen Knöchel. Dann setzt er seine Zunge ein. Ich hätte nie vermutet, dass es mich anmacht, wenn ein Mann vor mir kniend meinen Fuß liebkost, aber Logan belehrt mich eines Besseren. Eine Gänsehaut beginnt an der Stelle, die er mit seinem Mund berührt, und breitet sich bis zu meinen Oberschenkeln aus. Zwischen meinen Beinen beginnt, mein Lustzentrum zu pulsieren. Insbesondere als Logan seine Hände meinen Unterschenkel entlang langsam nach oben wandern lässt. Obwohl ich noch meine Hose trage, fängt meine Haut durch den Stoff hindurch Feuer. Als er meine Knie erreicht, spreizt er meine Beine. Mit den Händen wandert er an der Innenseite meines Oberschenkels zu meinen Schoß und öffnet den Knopf meiner Hose, dann zieht er den Reißverschluss nach unten. Mit den Fingerkuppen zeichnet er den Bund der Hose nach und berührt die Haut an meinem Bauch und meiner Hüfte.

Mein Blick ist auf den seinen gerichtet. Mit jedem Zentimeter Haut, den er mit seinen Händen erobert, weicht mir die Luft ein Stück weiter aus den Lungen. Er schiebt meine Bluse nach oben, sodass ich meinen flachen Bauch präsentiere. Quälend langsam beugt er sich vor. Wieder sind es erst seine Lippen, die ich auf meiner Haut spüre, ehe er mich mit seiner Zunge schmeckt. Mein Unterleib kribbelt und ich möchte mich ihm am liebsten entgegen drängen, sodass er endlich meinem Lustzentrum die nötige Beachtung schenkt.

Seitdem er mich in dem Konferenzsaal so leidenschaftlich geküsst hat, gleicht unser Zusammensein dem reinsten Vorspiel. Die ständigen Berührungen und Anspielungen haben das Feuer in mir weiter glühen lassen. Und nun hat er mich innerhalb weniger Momente so weit, dass ich mich ihm gegenüber völlig vergessen würde.

Logan richtet sich wieder auf und schaut mir in die Augen. Dort sehe ich das Begehren, das ich tief in mir fühle, und dem ich mich nicht mehr verweigern kann. Nicht nach diesem Tag und nicht, nachdem ich Logan so nahe gekommen bin. Ich will ihn. Noch nie wollte ich so sehr mit einem Mann schlafen, wie mit ihm.

»Logan ...«, flüstere ich seinen Namen. Er hält inne und blickt mich abwartend an. Seine Besorgnis, dass ich unser Intermezzo hier unterbreche, ist nicht zu übersehen. Auch wenn er versucht, sie zu verschleiern. Ich rutsche von dem Sessel in seine Arme. Er fängt mich auf. Obwohl ich ihm nicht näher sein könnte, reicht meinem Körper die Nähe immer noch nicht. Ich schlinge die Arme um seinen Hals. Unsere Nasenspitzen berühren sich und mir fällt das Atmen schwer. Mit den Fingern fahre ich seinen Nacken entlang und höre, wie er scharf die Luft einzieht. »Ich will dich, Logan ...« Meine Lippen verziehen sich zu einem Lächeln.

Logan nimmt seine rechte Hand von meiner Hüfte und legt sie an meine Wange. Mit dem Daumen fährt er die Konturen meines Kinns nach, schließlich berührt er meine Unterlippe. »Bist du dir sicher?«

»Ja ...«, hauche ich und senke meinen Mund auf seine Lippen. Wir verschmelzen sofort in purer Leidenschaft zu einer Einheit. Seine Berührungen und meine Bewegungen sind im Einklang und heizen die Luft um uns herum immer weiter an. Meine Lider flattern und ich bekomme meine Atemzüge nicht unter Kontrolle. Sobald Logan sich einen Augenblick von meinen Lippen löst, schnappe ich nach Luft, ehe er seinen Mund wieder gegen meinen drückt und mir den Atem nimmt. Wild küssend presse ich ihn auf den Rücken, sodass ich auf ihm sitze. Dann verhake ich meine Finger mit den seinen und verschränke seine Arme über ihm auf den Teppich. Er lässt sie dort liegen, während ich seinen Mundwinkel küsse, dann seinen Hals und ihm dann über die Brust lecke. Mit jedem Knopf, den ich von seinem Hemd öffne, wandert meine Zunge seinen Brustkorb hinab. Unter meinen Berührungen spüre ich seinen Herzschlag, der das gleiche Tempo aufweist wie mein eigener. Ein Tempo, das nicht mehr aufzuhalten ist. Genau wie mein Verlangen.

Seine Brustmuskeln sind hart und wohldefiniert, seine Haut darüber aber ungeahnt weich. Ich schmecke seinen Duft auf meiner Zunge, während meine Lippen seinen Oberkörper weiter hinabwandern. Ich öffne den letzten Knopf seines Hemdes und lasse den Stoff, den ich in Händen gehalten habe, achtlos auf den Boden fallen. Blind greife ich zu seiner Gürtelschnalle und öffne sie. Ich ziehe Gürtel und Schnalle auseinander, widme mich seinem Hosenstall und ziehe ihm die Hose samt seiner Trunk Shorts soweit nach unten, dass sein Schwanz in meine Reichweite gerät. Zu fühlen, wie hart er ist, lässt meine eigene Erregung ein neues Level erklimmen. Ich nehme ihn in meine Hand und streichle ihn sanft mit meinen Fingern. Dann senke ich meinen Mund auf seine Spitze und lecke zärtlich den ersten Lusttropfen ab. Ich sauge leicht und Logans Körper beginnt zu vibrieren.

Ich kann mir selbst nicht erklären, was in mich gefahren ist. In der Regel fülle ich eine devote Rolle beim Sex aus. Es war immer so gewesen. Aber jetzt will ich die Kontrolle über mein Verlangen. Ich will die Kontrolle über das, was ich tue, da ich bereits meine Gefühle an das Chaos verloren habe.

Ich sauge und lecke an Logans Schwanz und errege mich damit selbst. Logans Reaktionen auf meine Handlung feuern mich immer weiter an, bis er sich plötzlich auf den Ellbogen abstützt und nach mir greift. »Kacey, nicht«, keucht er.

Ich hebe den Blick und löse meinen Mund von ihm.

Genüsslich fahre ich mir mit der Zunge über die Unterlippe. Logans Augen brennen vor Feuer. Seine Begierde füllt mich mit neuem Selbstbewusstsein. Es ist die Selbstsicherheit, die Pierre mir damals genommen hat.

»Ich will, dass du in meinem Mund kommst«, erwidere ich. Ehe ich mich aber wieder seinem Schwanz widmen kann, richtet er sich auf und fasst mich an den Schultern an.

»Ich auch. Das kannst du mir glauben. Aber nicht hier, nicht so und vor allem nicht jetzt.«

Verwundert schaue ich ihm in sein attraktives Gesicht. »Nicht jetzt?«

Er steht von dem Teppich auf und zieht sich die Schuhe aus und streift sich dann die Hose von den Knöcheln. Nackt sieht der Mann einfach phänomenal gut aus. Wenn er mich nicht schon längst um den Verstand gebracht hätte, wäre ich spätestens jetzt kopflos. Logan streckt die Hand nach mir aus und hilft mir hoch.

Langsam knöpft er mir meine Bluse auf. Als er sie mir von den Schultern streift, bedeckt er meinen Hals, dann die Haut neben meinem BH-Träger mit Küssen. Er hat das Tempo aus unserer Leidenschaft genommen, aber nicht die Intensität. Vor wenigen Momenten hätte ich noch lautstark protestiert, da mein Körper ein Ende der süßen Qualen herbeigesehnt hat. Aber jetzt genieße ich jede von Logans Berührungen und wünsche mir, dass er nie damit aufhören wird, mich so anzufassen. Als wäre ich etwas Kostbares, Zerbrechliches und unendlich Wertvolles.

»Ich will in dir sein, wenn ich dich das erste Mal dazu bringe, zu kommen«, raunt er mir ins Ohr und knabbert an meinem Ohrläppchen, während er die Arme um mich schlingt, damit er meinen BH öffnen kann.

»Es wird wahrscheinlich nicht lange dauern«, flüstere ich mit einem Stöhnen.

»Dito«, erwidert er, nimmt meine Hand wieder in seine und führt mich in sein Schlafzimmer. Logan ist nackt, ich trage nur noch meinen Slip, bei dem ich davon ausgegangen bin, dass ich ihn mir heute Abend alleine von den Hüften streifen werde. Nun liege ich auf Logans Kingsize-Bett, er kniet über mir und seine Hände wandern meinen Brustkorb hinunter, bis sich seine Finger unter meinem Slip verhaken.

»Du bist so wunderschön«, flüstert er, drückt mir einen Kuss auf den Bauch und zieht mir den Slip hinunter. Ich kann nicht einmal verfolgen, wo mein Höschen landet, da Logan mit zwei Fingern in mich eindringt. Ich bäume mich ihm entgegen und mich überkommt das Gefühl, keine Kontrolle mehr über meinen Körper zu haben. Und es fühlt sich gut an. Mich in Logans Berührungen zu verlieren und mich in seinen Armen fallen zu lassen. Er lässt mich wissen, dass ich bei ihm sicher bin, weswegen es für mich ein Leichtes ist, alle Schutzmechanismen, die ich mir in den letzten Jahren angeeignet habe, einfach auszuschalten.

»Logan, lass mich bitte nicht flehen ...«, wimmere ich beinahe, als er seine Hand aus meinem Schoß zurückzieht.

»Verhütest du?«

Ich schüttle den Kopf. Logan lächelt mich an, während er sich vorbeugt und ein Kondom aus dem Nachtschrank holt. Er reißt die Packung mit den Zähnen auf und rollt es sich über seine Erektion.

»Ich glaube, ich würde drauf stehen, wenn du mich ein bisschen anflehst«, sagt er und beugt sich mit einem süßen Lächeln über mein Gesicht.

Ich öffne die Lippen, um Widerworte zu geben, sie verwandeln sich aber in ein lustvolles Stöhnen, als Logan langsam in mich eindringt. Es fühlt sich perfekt an. In meinem gesamten Körper starten sekündliche neue Feuerwerke. Meine Mitte zieht sich sehnsüchtig zusammen. Mein Atem stockt, mein Herz schlägt immer schneller. Logan beginnt, sich zu bewegen. Sanft und behutsam. Und es reißt mich in immer schwindelerregendere Höhen. Ich spüre seinen warmen Atem an meinen Hals, dann seine Lippen, danach seine Zunge. Mit den Ellbogen stemmt er sich auf und liegt über mir, sodass er mir in die Augen schauen kann. Er stößt weiterhin sanft und zärtlich zu. Das süße Ziehen verstärkt sich in meinem Unterleib, und als Logan mich küsst, kann ich es nicht länger kontrollieren. Obwohl Logan mit seinen Lippen meinen Mund verschließt, schreie ich wild auf. Ich werde überrollt von Millionen von Impulsen, die mich die Besinnung verlieren lassen. In meinem Delirium spüre ich, wie Logan sich unter meinen Händen versteift und die Stöße ausbleiben. Die fehlende Stimulation lässt mich endlich wieder meinen Atem finden und ich schlage die Augen wieder auf.

Logan beugt sich zu mir hinab und küsst mich vorsichtig auf den Mund. »Alles okay?«, fragt er nach.

»Wenn du das heute Nacht noch mal mit mir machst, dann ja«, erwidere ich mit einem befriedigten Grinsen im Gesicht.

»Wenn du wüsstest ...«, raunt er mir zu und legt sich neben mich. Ich kuschle mich an ihn und er zieht die Decke über unsere nackten und erhitzten Körper.

»Hast du Hunger?« Die Frage kommt unvermittelt. Logan streicht mir mit zärtlichen Berührungen über das Haar.

»Ein bisschen«, erwidere ich, als mir bewusst wird, dass ich heute kaum etwas gegessen habe. Matt hatte zwar während des Meetings mit Yvonne für Lunch gesorgt, aber ich habe davon so gut wie gar nichts angerührt. Da mir aber eine heiße Nacht bevorsteht, sollte ich auf meine Kräfte achten.

»Ein Vorteil im Hotel – man bekommt rund um die Uhr etwas zu essen.«

»Ich kann mir in meiner Wohnung auch rund um die Uhr etwas zu essen kochen«, erwidere ich und blicke zu ihm hoch.

»Aber wir müssen unsere Zeit nicht mit Kochen und Abspülen verplempern, sondern können uns den angenehmeren Dingen im Leben widmen.« Seine Lippen finden wieder meine und ich stimme ihm stumm zu. Ja, mehr Zeit für die angenehmen Dinge im Leben ist genau das, was ich gerade brauche.

»Was gibt die Karte denn her?«

Logan verzieht die Miene. »Jetzt habe ich doch glatt vergessen, dass es sehr schwer werden wird, dich mit Gerichten zu überzeugen, die nicht von Marko gekocht wurden.«

»Ich gehe davon aus, dass die hier ganz passabel kochen können, also bin ich bereit, das Experiment zu wagen.« Lächelnd beiße ich mir auf die Unterlippe.

»Dann werde ich uns etwas bestellen. Lauf ja nicht weg.« Logan küsst mich am Hals und bringt mich zum Kichern.

»Wieso denkst du immer, dass ich weglaufen werde?«

Sein ernster Blick trifft mich unvorbereitet. »Weil ich weiß, dass ich die Schlacht gewonnen habe, mir aber noch nicht sicher bin, ob ich auch als Sieger aus dem Krieg hervorgehe.« Ein trauriges Lächeln umspielt seine Mundwinkel, als er sich über mich beugt, mir einen letzten Kuss auf den Mund gibt und das Schlafzimmer verlässt.

Ich starre ihm auf den blanken Hintern und denke über seine Worte nach. Dabei kann ich seine Angst besser nachvollziehen, als jeder andere Mensch auf diesem Planeten. Die Angst davor, dass meine Vernunft am Ende doch über mein Herz siegt, weil das Teil meines Selbsterhaltungstriebes ist.

Meine Augen blicken den Türrahmen an, durch den Logan eben verschwunden ist. Ich atme tief durch und beschließe alle negativen Emotionen zu verdrängen. Es ist nicht der richtige Zeitpunkt dafür. Der wird noch früh genug in mein Leben treten und bis dahin sollte ich die Zeit mit Logan in vollen Zügen genießen.

Ich zwinge mir ein Lächeln auf die Lippen und schiebe die Grübelei beiseite. Sobald Logan in der Tür auftaucht, verwandelt sich das unechte Lächeln sofort in ein phänomenales Strahlen.

»Hey«, begrüße ich ihn. Er hat sich ein paar Shorts übergezogen.

»Hey«, erwidert er. Ich lege mich auf die Seite und beobachte ihn ungeniert dabei, wie er sich eine schwarze Sporthose und ein schlichtes weißes T-Shirt überzieht.

»Ist das deine Art und Weise, mir zu sagen, dass ich gehen soll?«, frage ich mit einem Grinsen nach, das er prompt erwidert.

»Das ist meine Art und Weise, dir zu sagen, dass du nackt in meinem Bett liegen bleiben kannst, während ich unser Dinner entgegennehme.«

»Was gibt es denn?«

»Neugierig wie eh und je. Lass dich überraschen.« Mit den Worten verschwindet er wieder aus dem Schlafzimmer und ich drehe mich zurück auf den Rücken.

»Möchtest du etwas trinken?«, höre ich ihn rufen.

»Wasser, bitte«, erwidere ich und ziehe mir die Decke bis unters Kinn. Wenige Momente später betritt Logan erneut das Schlafzimmer mit einem Glas Wasser in der Hand.

»Warum so schüchtern?«, fragt er und seine Augen wandern meinen gut eingepackten Körper hinab.

»Es behagt mir nicht, wenn du angezogen bist und ich vor dir auf dem Präsentierteller liege.«

Verwundert wandern Logans Augenbrauen nach oben und er scheint einen Moment über meine Worte nachdenken zu müssen. »Soll ich dir deine Kleidung bringen?«, bietet er an.

Ich kann mir ein Lachen nicht verkneifen. »Nein, Logan«, erwidere ich mit einem Augenverdreher. »Die Decke ist wunderbar. Ich möchte einfach nur für den Moment eingepackt sein.«

»Du weißt, dass ich dich nachher wieder auspacken werde?«

»Darum bitte ich sogar.«

Logan streckt die Hand nach meiner aus, die unter der Decke hervorschaut, und streichelt meinen Handrücken. Ich rücke ein Stück beiseite und er kommt der Aufforderung, sich neben mich zu legen, sofort nach. Wir liegen uns gegenüber und blicken uns an.

»Erzähl mir von deiner Schwester«, bittet er mich plötzlich.

Sobald ich Laurie vor Augen habe, muss ich bei dem Gedanken an sie lächeln. »Laurie ist eine fantastische Person. Sie ist intelligent, hilfsbereit, aufmerksam und löst einfach in jeder Sekunde ihres Lebens den ultimativen Beschützerinstinkt in mir aus.«

»Wenn sie auch nur ein Fünkchen von dir hat, weiß ich,

wovon du sprichst.« Ich klapse ihm spielerisch gegen die Brust.

»Sie ist eine bessere Version von mir. Sie macht all das richtig, was ich falsch gemacht habe.«

»Okay, Kacey. Ich werde das jetzt einmal sagen und dann nie wieder. Aber ich möchte zumindest einmal versucht haben, deiner Vergangenheit einen positiven Aspekt abzugewinnen.« Gespannt schaue ich Logan an. »Wenn alles nicht so passiert wäre, wie es gekommen ist, dann wäre ich nie in den Genuss des weltbesten Kaffees gekommen und du würdest nicht in dieser Sekunde nackt in meinem Bett liegen.«

»Du hast recht«, sage ich und lege meine flache Hand auf seine Brust. »Es ist einfach nur so, dass ich mir für Laurie wünsche, dass sie niemals in die Situation kommt –«

»Das wird sie nicht«, unterbricht mich Logan. »Weil sie eine große Schwester hat, zu der sie mit Sicherheit aufblickt und die ihr ein paar vernünftige Regeln im Umgang mit dem anderen Geschlecht beigebracht hat.«

»Und die ihr Kondome schickt, statt einer Anstandsdame«, seufze ich.

»Willst du mir gerade weismachen, dass Sex keine tolle Sache ist und verboten gehören sollte? Wenn ja, nehme ich das persönlich.«

»Du bist ein wunderbarer Liebhaber und ich sollte auch Sex haben. Bei Laurie ist das eine völlig andere Geschichte.«

Logan lächelt mich wissend an. Ich wende den Blick ab, hole tief Luft und schaue ihn wieder an. »Ich wäre eine grausame Mutter«, seufze ich.

»Grausam und besorgt sind zwei unterschiedliche Dinge. Du wirst die Besorgnis nie abschalten können. Das ist auch gut so. Du darfst es nur nicht zu sehr zeigen.«

»Spricht da der ältere Bruder aus dir?«, necke ich ihn.

»Piper hatte eine wilde Phase. Alkohol, Partys, am Ende sogar Drogen. Je mehr ich ihr helfen wollte, desto weiter habe ich sie von mir weggeschoben. Jede Besorgnis, die ich ihr entgegengebracht habe, wurde von ihr mit einer Trotzreaktion erwidert. Also habe ich es ganz bleiben lassen, den Kontakt abgebrochen und sie die Sache mit sich selbst ausfechten lassen. Dann kam eines Tages der Anruf aus einem Krankenhaus in L.A. Sie hatte eine Überdosis genommen und schwebte in Lebensgefahr. Ich habe hier alles stehen lassen und bin nach L.A. geflogen. Ich lüge nicht, wenn ich sage, dass es die schlimmsten Stunden meines Lebens waren. Ich hatte keine Ahnung, ob ich einen Anruf auf dem AB haben würde, dass sie nicht mehr lebt, wenn ich aus dem Flugzeug aussteige.«

»Oh Gott, Logan ...«, sage ich und fühle, wie mein Herz sich bei dem Gedanken zusammenzieht, dass es Laurie hätte sein können.

»Sie hat gekämpft und es geschafft. Sobald sie aus dem Gröbsten heraus war, habe ich sie mit nach London genommen. Sie studierte hier und bekam ihr Leben in den Griff.« Ein zaghaftes Lächeln platziert sich um seine Lippen. »Ihr werdet euch super verstehen.«

»Hast du das Problem von heute Nachmittag geklärt?«

»Ich hab's versucht. Ich bin aber leider nicht Gott und Trevor ein Dickkopf. Wenn er sich etwas in den Kopf gesetzt hat, dann kann nicht einmal das Gesetz ihn aufhalten.«

»Dann ist er wohl das Gegenteil von Piper.«

Logan seufzt auf und legt seine Hand auf meine Wange. »Trevor ist schlicht und ergreifend gesagt ein Idiot. Aber Familie kann man sich bekanntlich nicht aussuchen.«

»Nein, kann man nicht.«

»Genug von den ernsten Themen«, beschließt Logan und richtet sich ein Stück auf. »Wie sollen wir den restlichen Abend verbringen?«

»Das fragst du noch?« Mein breites Lächeln lässt ihn unmissverständlich in meinen Kopf gucken.

»Ich mag die Auswahl. Entscheiden lasse ich aber dich ... Bett, Sofa, Badewanne, Dusche oder Balkon?«

»Balkon?«, frage ich entsetzt nach.

Mein Gesichtsausdruck verleitet Logan aber lediglich dazu, laut aufzulachen.

»Das ist dann unser Plan B, wenn alles andere zu langweilig wird.«

»Ziehst du gerade ernsthaft in Erwähnung, dass Sex zwischen uns jemals langweilig werden könnte?«

»Du hast wohl einiges vor, hm?«, flüstert er an meinem Mund.

»Und ich dachte, du kannst alle meine Gedanken lesen«, erwidere ich. Seine Lippen landen endlich wieder auf meinen und das Feuer lodert in mir auf. Er will gerade mit seiner Hand unter die Decke fahren, als es an der Zimmertür klopft und jemand ›Zimmerservice‹ ruft.

»Gleich wieder da, nicht bewegen«, ermahnt mich Logan und steht auf.

Nicht bewegen. Das bekomme ich gerade noch so hin. Ich lausche, wie er unser Dinner entgegennimmt, ein paar Worte werden gewechselt. Dann höre ich eine Tür zuschlagen. Mit einem Teller samt dekorativ angerichteten Schokoladenerdbeeren kehrt Logan zurück. Er nimmt eine der Früchte von dem Teller und hält sie mir vor den Mund.

Gehorsam öffne ich meine Lippen und nehme die Beere in Empfang. Es ist eine kleine Erdbeere, die ich schnell heruntergeschluckt habe. Die Schokoladenglasur war aber recht flüssig, weswegen Logan Schokoladenreste an den Fingern hat. Ich greife nach seinem Handgelenk und führe seine Finger an meinen Mund. Dann lecke ich die Schokolade von seinen Fingerkuppen. Langsam und genüsslich lasse ich meine Lippen und meine Zunge über seine Finger gleiten. Ich sehe ihm sofort an, was das mit ihm macht.

»Gott ... Kacey ...«, flüstert er mit rauer Stimme, bevor er die Decke beiseiteschiebt und sich ein zweites Mal an diesem Abend meinem Körper widmet.

22.

Mein Körper schmerzt und fühlt sich schwer an. Aber es ist ein genussvolles Gefühl von Schwere. Mir ist warm und ich schlage die Augen mit einem Lächeln auf. Logan liegt auf der Seite, sein Gesicht zu mir gewandt und hat seine rechte Hand auf meiner Hüfte liegen. Er schläft friedlich und ich beobachte ihn dabei. Die Ruhe, die er in diesem Zustand ausstrahlt, scheint sofort auf mich überzugehen und mein Lächeln wird immer breiter.

Mit den Augen fahre ich die attraktiven Konturen seines Gesichtes nach. Dann betrachte ich seine langen Wimpern, die strubbeligen Haare, die sinnlichen Lippen, die mir gestern so viele Empfindungen geschenkt haben. Ich hebe die Hand und strecke die Finger nach seiner Wange aus. Halte aber inne, ehe ich Logan berühren kann. Die Hand lasse ich wieder sinken.

Behutsam hebe ich stattdessen seine und krieche leise unter der Decke hervor. Mit leichten Schritten gehe ich zur Tür. Auf dem Weg dorthin nehme ich Logans schlichtes T-Shirt an mich, das er gestern Abend angezogen hatte. Ich ziehe es mir über den Kopf und schließe leise die Tür. Mit dem Rücken lehne ich an der Tür und atme tief durch.

Ich habe ihm einen Tag versprochen und bin die Nacht geblieben.

Jetzt ist der Zeitpunkt nachzudenken.

Mit einem Stoß von der Tür begebe ich mich auf eine Erkundungstour der Suite. Sobald ich aber den großen Wohnraum betrete, bewegen sich meine Füße automatisch zu der riesigen Fensterfront. Ich lehne meine Stirn an das kühle Glas und platziere meine Hände daneben.

Ein atemberaubender Anblick bietet sich mir. Ich habe das Gefühl, über meiner Heimatstadt zu schweben. Wahrscheinlich bin ich immer noch in dem Delirium, in das mich Logan jedes Mal hineinzieht, sobald ich in seiner Nähe bin.

Ich war schon oft mit Laurie auf dem London Eye oder anderen Sehenswürdigkeiten, von denen aus man einen unglaublichen Blick über London hat. Aber noch nie habe ich mich dabei so frei gefühlt. So als lägen alle Möglichkeiten mir zu Füßen, ich müsste sie nur ergreifen wollen. Das Glücksgefühl der Unbesiegbarkeit hat aber einen faden Beigeschmack. So toll die Aussicht auch ist – ich weiß, welchen Preis diese Aussicht hat. Luxushotel, Suite, ein Milliarden-Konzern.

Ich schließe die Augen.

Logan ist all das, was ich nie wieder wollte. Ich habe mir damals am Meer geschworen, nie wieder Geld die Beziehung bestimmen zu lassen, da ich bereits einmal die Erfahrung gemacht habe, was es anrichten kann. Und doch scheint Logan all das zu sein, was ich so sehr brauche. Wonach es mich verzehrt, was mich leben lässt ...

Ich atme aus und öffne die Augen leicht. Die Scheibe ist beschlagen. Erneut hauche ich gegen die Glasscheibe, trete einen Schritt zurück und male ein Herz auf die beschlagene Stelle. Ich setze die Buchstaben *L + K* hinein und versuche, mich wie ein 14-Jähriger Teenager zu fühlen, der die Unbekümmertheit der Erwachsenen nicht kennt. Mich an die erste Liebe zurückzuerinnern und die Erfahrungen, die ich bislang mit diesem schönen, aber auch so dämlichen Gefühl gemacht habe, beiseite zu schieben.

»Ist das eine Art Liebesbeweis?«

Ich zucke zusammen, als ich Logans Stimme höre. Er blickt amüsiert auf das Bild, das ich mit dem Finger auf seine Glasfront gemalt habe. Es ist schon halb verschwunden.

»Habe ich dich geweckt?«, frage ich nach und drehe mich zu ihm um.

Er schüttelt den Kopf und seine Haare liegen ihm nun noch zerzauster auf dem Kopf. Der sexy Morgen-Look nach einer heißen Nacht. Logan steht er bestens. So als wäre dieser Look nur für ihn erschaffen worden.

Ich strecke die Hand nach ihm aus. Er folgt der Einladung und kommt auf mich zu. Er hat sich lediglich seine lange Sporthose übergezogen. Das T-Shirt habe ich ja in Beschlag genommen. Mit den Händen berühre ich seinen blanken Oberkörper, als er mich in eine feste Umarmung zieht. Er küsst mich auf die Schläfe und fährt mir über die Haare.

»Hast du gut geschlafen?«, fragt er.

»Ich hätte nicht besser schlafen können.«

Ich genieße seine Nähe und wünschte, ich könnte mich genauso einfach fallen lassen, wie gestern Nacht. Aber ich kann es nicht. Ich versteife mich und Logan bemerkt es sofort. Er löst sich von mir und nimmt mein Gesicht in seine Hände.

»Alles in Ordnung?« Seine Besorgnis ist ihm anzusehen.

Ich antworte nicht. Das brauche ich auch nicht. Er sieht es mir an.

»Ich denke, wir sollten reden.« Ohne eine weitere Erklärung nimmt er meine Hand und ich laufe ihm wieder hinterher, ohne zu wissen, was diesmal unser Ziel ist. Ein Teil von mir hofft, dass es sein Schlafzimmer sein wird. Er soll mich einfach wieder verführen und mich alles vergessen lassen. Ein anderer Teil von mir hofft, dass er einen guten Plan hat, wie er die Situation zwischen uns löst. Dass er mir auf wundersame Art und Weise meine Angst und meine Panik wegnehmen kann und meine Vergangenheit nichts weiter als eine lästige Erinnerung ist.

Er führt mich zu einem der Sofas. Ich setze mich neben ihn, während er sein Handy vom Tisch nimmt. Er hält nach wie vor meine Hand und scrollt mit seiner freien Hand durch seine Kontakte. Bei einem hält er inne und reicht mir plötzlich das Handy. Verdutzt nehme ich es in die Hand und blicke auf das Gerät hinunter.

Auf dem Display ist der Kontakt von Payton Fierce zu sehen.

Fragend wende ich mich wieder Logan zu. »Ruf ihn an«, sagt er und nickt mit dem Kopf zu dem Handy.

»Warum?« Ich habe nicht den blassesten Schimmer, was Logan damit bezwecken möchte.

»Du bist mir wichtig, Kacey. Das ist mir bereits seit einer langen Zeit klar, aber der Tag ... und die Nacht ... Ich kann dich nicht gehen lassen.« Die Verzweiflung, die seine Worte ausdrücken, steht ihm ins Gesicht geschrieben.

»Logan, ich ...« Er lässt mich aber nicht aussprechen.

»Seitdem ich dich kenne, ist alles andere so verdammt unbedeutend, wenn ich es nicht mit dir teilen kann. Und es gibt eine sehr einfache Lösung für unser Problem.«

Meine Augen heften sich wieder auf das Display und ich ahne, worauf dieses Gespräch hinausläuft. Ein kalter Schauer fährt mir den Rücken hinauf. »Logan, nein. *Nein.* Hörst du?« Ich reiße meine Hand von seiner los und umklammere sein Handy fest. »Ich bin das nicht wert. Keine Frau ist das wert!«

Er greift nach meinen Handgelenken, zieht mich zu sich und sein Mund presst sich auf meinen. Für mehrere Momente verharren wir so. Seine Lippen auf meinen, meine Hände in seinem festen Griff. »Sag so etwas nie wieder, Kacey. Du bist es wert«, flüstert er, als er sich wieder von mir löst. »Ich habe dich bereits einmal verloren und weiß, wie sich das anfühlt. Ich möchte das Gefühl nicht noch einmal erleben. Nicht nachdem du heute Morgen neben mir aufgewacht bist.«

Unschlüssig starre ich zwischen Logan und dem Handy hin und her. Dann spricht er endlich das aus, was er bereit ist aufzugeben. »Ich habe Payton gestern eine Vollmacht über alle meine Vermögenswerte gefaxt. Ruf ihn an und sag ihm, er soll damit machen, was er möchte. Ich will sie nicht mehr. Keinen Penny davon. Nicht, wenn es mich dich kosten wird.«

»Ich kann dafür nicht verantwortlich sein, wenn –« Meine Stimme bricht, da ich den Gedanken nicht einmal aussprechen kann.

Logan streicht sanft über meine Hand. »Du bist für so viele gute Dinge in meinem Leben verantwortlich, dass ich nicht einmal weiß, wo ich anfangen soll. Matt hat es dir zu verdanken, dass er den Job noch hat. Ich habe dir zu verdanken, dass Matt noch mein Assistent ist. Ich will wegen dir ein besserer Mensch sein. Ich erinnere mich zurück an die Person, die ich immer sein wollte und die ich dank dir sein kann. Du lässt mich mit anderen Augen auf die Welt schauen. Diesen Blick würde ich ohne dich nicht haben, Kacey. Du bist das Gute, das ich nicht mehr aufgeben kann.«

Er fleht mich an und es zerreißt mir das Herz, Logan in einer solchen Verzweiflung zu erleben. Er war für mich die Stütze. Der Halt in den letzten Wochen, der mich wieder an mich selbst glauben ließ. Dank ihm habe ich wieder ein Stück zu mir selbst gefunden.

Ich wende den Blick ab und versuche, eine Entscheidung zu fällen, die ich nicht fällen kann. Egal, wofür ich mich entscheide – der Verlust ist jeweils zu hoch. Ich kann ihm nicht sein Lebenswerk nehmen, nur weil ich Angst habe, dass ich langfristig den Kampf gegen sein Vermögen verlieren werde. Wenn ich mich dagegen entscheide und gehe, wird sein Leben für ihn keinen Wert mehr haben. Das sehe ich ihm an. Ich sehe es ihm an, weil ich dasselbe fühle. Er hat die Worte ausgesprochen, die ich seit Wochen in meinem Kopf sehe, aber nicht wahrhaben wollte.

»Ruf ihn an, Kacey.« Die Bitte trifft mich mitten ins Herz. Ich drehe den Kopf zur Seite und schaue Logan in die Augen. Ich liebe diesen Mann und das lässt mich wissen, dass mein Leben einer Hölle gleichen wird, wenn ich ohne ihn sein muss. Und wenn das die einzige Chance für uns ist, ... dann ...

Ich wähle Paytons Nummer und halte das Handy ans Ohr, meine Augen starr auf Logans Gesicht gerichtet, der mich nun anlächelt. Der Mann lächelt mich an, obwohl ich gleich den Startschuss dafür gebe, dass sein Lebenswerk nicht mehr ihm gehört. Ein Paradoxon, das ich wahrscheinlich nie verstehen werde.

»Ja?« Payton hat das Gespräch angenommen.

Ich räuspere mich und die Gedanken überschlagen sich in meinem Kopf. Wie beginnt man so ein Gespräch? »Hi, Payton ... Hier spricht Kacey.«

Stille am anderen Ende der Leitung. »Ernsthaft?« Sein Ton ist schneidend. Ich weiß, dass er mich nicht fragt, ob ich wirklich Kacey bin.

»Ja, ernsthaft«, erwidere ich und umfasse Logans Hand fester. Ich weiß, dass Payton seinen besten Freund beschützen will. Darunter fallen auch richtig dämliche Entscheidungen, wie die, die er augenscheinlich gestern Abend getroffen hat, als er Payton das Fax geschickt hat. Ich würde an Paytons Stelle wahrscheinlich dasselbe für meinen Freund tun.

»Kannst du dir vorstellen, wie viel von ihm in diesem Konzern stecken? 100 Prozent, Kacey. Der Mann hat dafür gelebt. Und ihr bittet mich nun, das einfach zu verscherbeln?«

»Ja.« Ich antworte kurz und knapp, damit ich ihm keine Vorlagen liefere, um eine Diskussion zu starten, bei der ich ihm in jedem Punkt uneingeschränkt zustimmen würde.

»Gib mir eine Minute«, sagt Payton plötzlich und es wird still in der Leitung.

Schweigend halte ich das Handy ans Ohr und versuche, meine Gedanken in den Griff zu bekommen. Aber das hat keinen Sinn. Wofür braucht er eine Minute? Um Wilson auf mich anzusetzen? Payton traue ich alles zu ...

Gerade als einige Horror-Szenarien vor meinem inneren Auge ablaufen, höre ich ein Seufzen. Payton hat offensichtlich eine Minute zum Nachdenken gebraucht.

»Also ...«, beginnt er. »Logan ist ein Idiot. Versteh mich nicht falsch. Du bist eine wunderbare Frau, die ihn zu einem besseren Menschen macht, aber er ist einfach ein Idiot. Ich habe keine Ahnung, welchen Vortrag er dir gegenüber abgelassen hat, damit du diesen Anruf tätigst, aber es war ein beschissener Vortrag. Er hat dir nämlich das Blaue vom Himmel vorgelogen. Ich kann dir auch ganz genau sagen, wo der Haken an seinem genialen Plan ist – du wirst es irgendwann nicht mehr aushalten mit ihm, wenn er Wells Media nicht mehr hat. Du bist eine intelligente, selbstständige Frau, die ihren Freiraum braucht. Du hast ein Restaurant, das bislang deine Aufmerksamkeit fordert, und bist dabei, ein Zweites zu eröffnen. Du hast keine Zeit und vor allem wirst du nicht die Nerven haben, dich um einen arbeitslosen Logan Wells zu kümmern. Was nämlich passieren wird, ist, dass er jede freie Sekunde an deinem Rockzipfel hängt und du in seiner Fürsorge ersticken wirst. Deswegen lass dem armen Mann seine Firma, damit er die Fürsorge wunderbar zwischen euch beiden aufteilen kann.« Er hält inne und wartet auf eine Antwort von mir. Ich bekomme aber nicht einmal die Lippen auseinander, um eine Silbe über die Lippen zu bringen. »Kacey ...«, spricht er nun sanft meinen Namen aus. »Ich war da. Ich war da, wo du jetzt bist. Vielleicht erzähle ich dir die Geschichte irgendwann mal bei einem guten Glas Whiskey. Aber vertraue mir für den Moment einfach, wenn ich dir sage, dass deine Angst unbegründet ist. Ich würde Logan mein Leben anvertrauen. Wenn mir etwas passiert, weiß ich, dass er sich um meine Freundin kümmern wird. Er ist der verdammt beste Mensch auf dieser Welt, der noch nie sein Wort gebrochen hat. Gib ihm diese eine Chance. Sollte er entgegen meiner Beschwörungen sein Wort brechen, dann ruf mich an. Du hast meine Karte. Diesen netten Zettel mit der Vollmacht werde ich mir nämlich eingerahmt in meinen Tresor legen. Wenn er irgendwann also zum Arschloch mutiert und dich nicht mit dem nötigen Respekt behandelt, den du verdienst, werde ich dafür sorgen, dass er die nötige Retourkutsche erhält. Ich bin dein Joker, Kacey. Es wird hart werden, das will ich nicht in Abrede stellen. Du wirst zweifeln, er wird daran verzweifeln, dass du immer wieder an einem Abgrund entlang läufst. Aber blicke einfach nicht in den Abgrund. Schau zu Logan. Denn er wird neben dir laufen und dir in jeder Situation die Hand reichen. Und wenn er das nicht tut – dann bin ich dein Fallschirm. Gib mir 48 Stunden und der Mann hat keinen Penny mehr auf dem Konto.«

Ich drücke Logans Handy so fest gegen mein Ohr, dass es bereits schon schmerzt. »Okay«, höre ich mich schließlich sagen und Payton aufseufzen.

»Auch wenn ich mich wiederhole – jedes Wort war mein voller Ernst.«

»Ich weiß«, erwidere ich. »Danke, Payton.«

»Nichts zu danken. Eine Sache noch ... Sag ihm, wenn er's verbockt, werden als Erstes die *Flying Ladys* dran glauben. Wir sehen uns.«

Dann ist die Leitung tot.

Ich reiche Logan das Handy zurück. Er nimmt es mir aus der Hand und legt es zurück auf den Wohnzimmertisch. Dann richtet er seine ganze Aufmerksamkeit auf mich. Er hat augenscheinlich nichts von Paytons Rede mit angehört. Seine Augenbrauen wandern fragend nach oben.

»Er sagt, er hat bereits Käufer für die *Flying Ladys*.« Logan bemüht sich, unbekümmert zu wirken, ich kann ihm aber ansehen, dass ich ihm gerade einen Stich versetzt habe. »Wer sind die *Flying Ladys?*«, frage ich.

Logan weicht nun meinem Blick aus. »Nichts Besonderes«, winkt er ab.

Ich packe ihn am Arm und ziehe seinen Oberkörper wieder in meine Richtung. »Nichts Besonderes?«

Er spannt seinen Kiefer an. »Auch wenn es gerade anders aussieht – aber ich wusste, worauf ich mich einlasse und ich bin froh, dass du dich so entschieden hast. Ich *wollte*, dass du dich so entscheidest.«

»Wer sind die *Flying Ladys*?«, bohre ich erneut nach, ohne seinen Worten Beachtung zu schenken.

»Meine Flotte.«

Verwirrt runzle ich die Stirn. »Deine Flotte? Eine Erklärung bitte, die aus mehr als nur einem Substantiv besteht.«

»Die Firma besitzt zwölf Learjets. Die *Flying Ladys*.«

Jungs sammeln Matchbox-Autos, erwachsene, wohlhabende

Männer Learjets. Ich kann mir ein Lächeln nicht verkneifen. Leider wird das Lächeln schnell in ein breites Grinsen und ich kann nicht verhindern, dass ich erst lospruste und dann in einen nicht mehr aufzuhaltenden Lachanfall schlittere. Ich krümme mich vor Lachen auf der Couch und muss mir den Bauch halten, weil Logan mich völlig hilflos anschaut. Irgendwann bringe ich ihn mit meinem Lachen trotzdem zum Lächeln.

Als ich endlich wieder zu Atem komme und der Lachkrampf vorbei ist, wische ich mir die Lachtränen aus dem Gesicht. Logan beugt sich über mich.

»Beehrst du mich endlich damit, mir zu verraten, was so lustig war?«

»Dein Gesicht«, erwidere ich wahrheitsgemäß. »Dein Gesichtsausdruck, als du dachtest, dass dein Lieblingsspielzeug weg ist«, erläutere ich.

Logan braucht nicht lange, um meine Worte in den richtigen Kontext zu setzen. »Als ich *dachte*? Willst du damit etwa sagen, dass Payton ...« Er wendet sich ab und will zu seinem Handy greifen. Ich bin aber schneller, schnappe es ihm vor der Nase weg und halte es hinter meinem Rücken versteckt. Nicht, dass das für Logan ein Hindernis wäre.

Die Belustigung, die ich vorhin noch gespürt habe, ist aus meinem Körper gewichen und ich schaue Logan ernst in die Augen. Payton hat recht. Ich muss nur ein bisschen Vertrauen aufbringen und das schaffe ich. Es ist nämlich schon längst da. Und dass Logan zur Plage werden könnte, wenn er seine Flying Ladys nicht mehr hat, kann ich mir nur allzu gut vorstellen.

»Versprich mir nur eins«, beginne ich, ohne den Blick von ihm abzuwenden. »Sei bitte immer da. Ich muss wissen, dass ich nur die Hand ausstrecken muss, damit ich deine finde, die mich festhält. Ich brauche diese Gewissheit einfach.«

»Was hat er zu dir gesagt?«, fragt Logan nun.

»Die Wahrheit«, gebe ich mit einem Schulterzucken wieder. »Ich will kein Feigling sein. Ich will die starke Frau sein, die du an deiner Seite brauchst. Und das kann ich sein, Logan. Ich muss nur wissen, dass ich den Weg nicht alleine gehe und du da sein wirst, wenn der Abgrund gefährlich nahe kommt.«

Logan streckt die Hände nach mir aus und zieht mich so fest zu sich an die Brust, dass mir die Luft aus den Lungen weicht. »Ich liebe dich«, flüstert er. Drei Worte, die mir die Tränen in die Augen treiben.

»Ich dich auch ...«, kommt es in einer unvorstellbaren Leichtigkeit über meine Lippen.

»Ein Anruf, eine SMS, ein Wort von dir und ich lasse alles stehen und liegen, um bei dir zu sein.« Logan streicht mir sanft über die Wange und ich lächle ihn an.

»Du hättest es nicht überlebt, wenn du Wells Media verloren hättest.«

»Doch. Weil du mein Leben bist. Und ich bin jederzeit bereit, Wells Media für dich aufzugeben.«

»Ich weiß«, sage ich. Ich nehme seine Hände in meine. »Wir kriegen das hin.« Zuversichtlich drücke ich seine Hände.

Er beugt sich vor und legt seine Lippen sanft auf meine. Ein Kuss, der alle die gesagten Worte und damit verbundenen Versprechungen besiegelt.

»Aber, Logan ...« Er zieht sich ein Stück von mir zurück und betrachtet mich abwartend. »Es gibt da etwas, dass ich unbedingt erledigen muss.« Ich beiße mir auf die Unterlippe.

»Guy?«

Ich nicke.

»Dann schlage ich vor, dass meine Art und Weise, dir ab sofort einen Guten Morgen zu wünschen und die Dusche heute zusammenfallen.«

Er richtet sich auf und hebt mich hoch. Ich kreische auf und muss dann kichern. »Wird so unser Alltag aussehen? Du trägst mich überall auf Händen hin.«

»Du hast es erfasst«, erwidert Logan, als er mich im Badezimmer wieder absetzt und mir sein T-Shirt über den Kopf zieht. »Und für die nächsten zehn Minuten wird nicht mehr gesprochen«, belehrt er mich noch, entkleidet sich schließlich selbst, schiebt mich in die Dusche und versiegelt meinen Mund mit einem leidenschaftlichen Kuss.

23.

Ich stehe auf der gegenüberliegenden Straßenseite und beobachte das K.C.'s. Gäste kommen, Gäste gehen und ich stehe bewegungslos davor.

Es hat acht Abschiedsküsse und vier Mal mein Ehrenwort gebraucht, dass ich zu ihm zurückkomme, ehe Logan mich vorhin gehen lassen wollte. Als wir zusammen das Hotel verließen, um danach getrennte Wege zu gehen, fühlte ich mich leicht und mein Vorhaben erschien mir so einfach. Jetzt stehe ich hier, wohl wissend, dass Guy im Restaurant ist, und finde nicht den Mut, meinen Fuß über die Schwelle zu setzen. Die Angst davor, dass ich nicht die richtigen Worte finde, um das Gesagte wieder gut zu machen, sitzt zu tief.

Liebend gerne würde ich Vanessa anrufen und ihre Stimme hören. Sie würde mich als ›Baby‹ beschimpfen und ich würde genug Mut finden, um ihr das Gegenteil zu beweisen. Gestern Abend ist aber mein Handyakku leer gegangen, weswegen mir diese Alternative verwehrt bleibt.

Meine Hände stecken zu Fäusten geballt in den Taschen des Trenchcoats, den ich mir von Zuhause geholt habe, als ich mich umgezogen habe. Ich blicke nach rechts, dann nach links. Als die Straße frei ist, setze ich den ersten Schritt auf den Asphalt und gehe endlich über die Straße. Ehe mich der Funken Selbstvertrauen wieder verlässt, den ich soeben aufgebracht habe, strecke ich die Hand aus, drücke die Tür zu dem Restaurant auf und betrete es.

Der wohlbekannte Duft von frischem Kaffee strömt mir sofort in die Nase und mich überkommt das Gefühl, nach einer langen Reise endlich nach Hause zu kommen. Mein Herz schlägt wild und mein Atem stockt mit jedem Schritt, den ich tätige. Als Erstes erblicke ich Nicola. Abrupt bleibt sie mitten im Restaurant stehen und blinzelt einige Male, als sie mich sieht. Sobald sie sich sicher ist, dass ich real bin, kommt sie auf mich zugestürmt.

»Du bist wieder da«, seufzt sie und zieht mich in eine viel zu feste Umarmung, die ich unbeholfen erwidere. »Bitte sei wieder da«, fleht sie mich an, als sie sich von mir löst, meine Arme aber festhält.

»Ist Guy da?«, frage ich und ignoriere ihre Worte. Dass ich wieder hier sein will, ist nicht die Frage. Die Frage ist, ob Guy bleibt, wenn ich zurückkomme.

»In der Küche bei Marko«, beantwortet sie mir die Frage und deutet mit dem Kopf in den hinteren Teil des Restaurants.

»Marko ist hier?« Meine Verwirrung ist mir deutlich anzusehen. Da wir morgens keine warme Küche anbieten, fängt Markos Schicht frühestens zur Mittagszeit an.

»Die beiden haben wohl etwas Wichtiges zu besprechen.« Sie zuckt mit den Schultern und wendet sich dann mit einem entschuldigenden Gesichtsausdruck ab, da ein Gast nach ihr ruft. Ich blicke ihr für einen Moment nach und setze meinen Weg in den hinteren Teil fort. So viele Erinnerungen prasseln auf mich ein. Guys und meine erste Begegnung, der Moment, in dem wir wussten, dass wir es geschafft haben ... Der dumme Streit ...

Seufzend bleibe ich vor dem Büro stehen. Die Tür steht auf und ich betrete den kleinen Raum. Es hat sich nichts verändert. Alles sieht genauso aus wie vorher. Bis auf eine Sache.

Auf der Tischplatte liegt ein weißer Briefumschlag, der an mich adressiert ist. Ich gehe auf den Schreibtisch zu und nehme den Brief an mich. Ich reiße den Umschlag unsauber auf und ziehe ungeduldig das Schreiben heraus. Dabei weiß ich bereits, was das ist. Nach den ersten Worten, die ich lese, bleibt mein Herz stehen.

... gemäß des Arbeitsvertrages ... fristlose Kündigung ... wirksam mit der Rückkehr der Geschäftsführerin ...

Mein Mund ist trocken. Selbst mehrfaches Schlucken hilft

dagegen nicht. Mir bricht der Schweiß aus und mir wird zugleich schlecht. Guy hat die versprochene Kündigung aufgesetzt. Wie naiv ich doch gewesen bin, zu glauben, dass es mit einer einfachen Entschuldigung getan ist. Immerhin hat er auf meine SMS bislang nicht geantwortet. Ich presse die Lippen aufeinander und versuche krampfhaft, die Tränen zurückzuhalten.

Guy war immer für mich da. Er war wie ein älterer Bruder, der immer ein Auge auf mich hatte, ob ich wollte oder nicht. Er hat auf mich aufgepasst, mir geholfen, sich immer für mich eingesetzt. Und jetzt ist dieser Mensch nicht mehr Teil meines Lebens. Die einzig Schuldige an der Situation bin ich selbst. Ich hätte ihm damals in der Küche einfach den Rücken zuwenden und ihn ignorieren sollen. Aber die Vergangenheit kann man nicht ändern. All das, was er je für mich getan hat, habe ich ihm in wenigen Sekunden zum Vorwurf gemacht. Begreifen zu wollen, dass Guy nicht mehr ein Teil meines Lebens sein will, erfüllt mich mit einem unglaublichen Schmerz. Mit der rechten Hand halte ich das Schreiben fest, die linke drücke ich mir auf die Augen.

Krampfhaft versuche ich, ruhig zu atmen. Das gelingt mir, bis ich Stimmen höre, die näher kommen. Markos und Guys Stimmen. Abrupt drehe ich mich um. Genau in dem Moment, in dem sie das Büro passieren. Marko nimmt mich als Erstes wahr. Er blickt zur Seite, bricht mitten in dem Satz ab, den er gerade zu Guy gesagt hat, und bleibt stehen. Fassungslos starrt er mich an. Guy bleibt nun auch stehen und blickt an Marko vorbei. Er schaut mir ins Gesicht und verschiedene Emotionen flackern über sein Gesicht. Allen voran die Enttäuschung, die ich ihn fühlen lasse. Ich habe sein Vertrauen ausgenutzt und ihm bewiesen, dass ich nicht die Person bin, die er zu kennen glaubte.

»Gibst du uns eine Minute?«, frage ich mit brüchiger Stimme an Marko gewandt. Keine Ahnung, wo der Mut herkam, das Wort als Erste zu ergreifen.

»Sicher«, erwidert er und tritt beiseite. »Ich warte dann vorne bei Nicola«, sagt er und verschwindet aus meinem Sichtfeld. Guy schaut ihm nach, dann richtet er seine Aufmerksamkeit wieder auf mich. Er steckt seine Hände lässig in seine Hosentaschen und kommt auf mich zu. Er schließt aber die Tür nicht und bleibt mit einem Abstand von mehreren Metern vor mir stehen. Keine Umarmung, nicht das übliche Geplänkel ...

Abwartend beobachtet er mich. Dass er immer noch nichts gesagt hat, versetzt mir einen Stich ins Herz, der mich zu Boden zu reißen droht.

»Guy, ich ...« Ich blinzle zu ihm auf, um den Tränen Einhalt zu gebieten. Zumindest bis zu dem Moment, in dem ich die Situation wieder in Ordnung gebracht habe. »Ich weiß nicht, warum ich das alles gesagt habe, aber ich hätte es nie tun dürfen ...«

Seine Augen verengen sich, er schweigt nach wie vor. Wahrscheinlich wäre es einfacher, wenn er mich anschreien würde. Damit könnte ich umgehen. Es würde mir beweisen, dass er Wut in sich hat und sie einfach nur loswerden muss, damit wieder alles in Ordnung kommt. Aber diese eisige Kälte, die uns momentan umgibt, lässt mich jede Hoffnung verlieren. Er hat bereits mit mir und dem Restaurant abgeschlossen. Das wird mir mit jedem Moment klar, den wir uns gegenüberstehen und er genau den Gesichtsausdruck trägt, vor dem ich so eine Angst hatte – er hat mir nichts mehr zu sagen.

»Ich wünschte, ich könnte es rückgängig machen«, fahre ich einfach fort, da ich nicht weiß, was ich sonst tun soll. Die erste dicke Träne löst sich auf meinen Augenwinkeln und läuft mir über die Wange, ehe ich sie unbeholfen wegwische. Mit einem glasigen und verschwommenen Blick betrachte ich Guy. Er bewegt sich nicht. Die Lippen fest aufeinander gepresst und eine Entschlossenheit in seinen Augen, die mir klar macht, dass nichts, was ich sage, die Vergangenheit aufheben kann.

»Es tut mir einfach so leid ...«, meine Stimme ist ein Flüstern, bevor sie bricht.

Guy löst seine verspannte Haltung und schüttelt ungläubig den Kopf. Ein letzter Blick auf meine jämmerliche Gestalt. Dann dreht er sich um und geht einfach.

Ich kann mein Schluchzen nicht mehr kontrollieren und sacke hilflos zu Boden. Es tut so verdammt weh, einen geliebten Menschen zu verlieren ...

Vor allem jemanden wie Guy, dem ich mein verdammtes Leben anvertraut hätte. Ich schluchze, schniefe und ringe nach Atem. Dass die Gäste meine Verzweiflung mit anhören könnten, schert mich nicht. Ich würde das ganze Restaurant dafür geben, wenn Guy mir verzeihen würde. Und dann verstehe ich plötzlich Logan. Er dachte, er würde mich verlieren, wenn er seine Fima nicht aufgibt. Alles verschwimmt in meinem Kopf zu einem undurchsichtigen Brei, der meinen gesamten Körper schwer werden lässt.

Ich weiß nicht, wie lange ich in meinem Elend auf dem kalten Fußboden kauere und bete, dass ich die Zeit zurückdrehen kann. Aber es fühlt sich wie eine Ewigkeit an. Dabei können es gerade einmal wenige Minuten sein.

Ich werde von klirrenden Gläsern in meiner Nähe zurück in die Realität gezogen. Dann höre ich ein Baby lachen. Ich reiße die Augen auf und blicke eine Aufnahme von Quinlan an. Sie hat eine rosafarbene Schleife auf dem Kopf und gluckst, während ihr der Sabber aus dem Mundwinkel tropft. Sie lacht aber immer weiter. Die Aufnahme ist zu Ende und ich schaue zu Guy hoch. Er steht vor mir und hat mir sein Handy vor die Nase gehalten. Er steckt es wieder ein.

»Ich schwöre, dass sie dabei einmal ›Daddy‹ zu mir gesagt hat. Fiona hält mich aber für paranoid, weil Babys in Quinlans Alter noch nicht sprechen können. Aber das ist mir egal. Und weißt du warum? Weil ich weiß, was ich gehört habe.«

Er schließt die Tür und setzt sich mir gegenüber an die Wand. So hocken wir beide auf dem Boden und blicken uns stumm an. Die Gläser, die ich habe klirren höre, hält er in der Hand. Samt einer Flasche Tequila. Unsere teuerste und beste Flasche. Unvermittelt stellt er die Gläser ab, öffnet die Flasche und gießt den Tequila in die beiden Longdrink-Gläser. Dann reicht er mir ein

Glas. Mit zittrigen Händen nehme ich es an. Er nimmt seins, prostet mir zu und kippt den Inhalt in einem Zug hinunter. Ich tue es ihm gleich. Der Tequila brennt höllisch in meinem Hals. Das Brennen löst aber den Knoten in meiner Brust und ich bekomme wieder Luft.

»Bei dir hingegen habe ich keine Ahnung, was ich da gehört haben soll«, fährt Guy fort und dreht das Glas in seinen Händen. Dann trifft sein Blick wieder auf meinen. Er beugt sich vor und hält mir die Flasche hin. Ich lasse ihn mein Glas auffüllen.

»Ich war so verdammt wütend ... Und dann standest du da und hast alles abbekommen. Mein Leben war verkorkst und ich habe nicht den Mut gehabt, die Entscheidungen zu treffen, die richtig gewesen wären. Du bist die letzte Person auf diesem Planeten, die das hätte abbekommen sollen.«

»Falscher Ort zum falschen Zeitpunkt«, ergänzt er und füllt sein Glas ebenfalls wieder auf. »Kannst du dich daran erinnern, als wir das erste Mal zusammen getrunken haben?«

Ich nicke und muss bei der Erinnerung lächeln. »Wir haben den Laden zusammen betreten und gedacht, dass wir ihn am nächsten Morgen zum letzten Mal öffnen werden.«

»Und da wir dachten, es wäre eh alles egal, haben wir uns die Kante gegeben. Du warst so betrunken, dass du dachtest, hier würde es spuken.«

»Ich behaupte nach wie vor, dass es hier spukt«, erwidere ich mit fester Stimme. Guy lacht auf.

»Das war der Wind, Kacey. Und der Alkohol.«

»Weder noch. Das Haus besitzt eine gute Seele, die uns durch die schlechten Zeiten gebracht hat.«

Guy fährt mit dem Finger über den Rand von seinem Glas. »Und das letzte Mal hatten wir zusammen getrunken, als ich dachte, Fiona würde die Beziehung beenden. Dabei war sie schwanger und hatte keine Ahnung, wie sie mir das beibringen sollte.« Er schüttelt an den Gedanken daran den Kopf.

»Das war das Beste, was dir je passiert ist«, sage ich.

Guy legt den Kopf leicht schief. »Was ist das Beste, was dir je passiert ist?«, fragt er mich nun.

Ich lehne den Kopf zurück. Der Alkohol beginnt bereits, mich zu wärmen und mir ein Gefühl des Wohlseins zu geben. »Bis vor Kurzem hätte ich gesagt, dass du es bist, Guy. Du hast mich damals vorm Ertrinken gerettet. In jedem denkbaren Moment wusstest du, was du sagen oder tun musstest. Du wusstest einfach, was ich brauche.«

»Aber jetzt gibt es da jemanden anderen, der dir das geben kann, was ich dir nie geben konnte.« Ein warmes Lächeln macht sich in seinem Gesicht breit.

Ich nicke. »Aber nur dank dir kann er mich diese unglaublichen Dinge fühlen lassen. Du hast mich zusammengeflickt.«

»Er macht den Feinschliff. Darauf sollten wir trinken.« Er füllt unsere Gläser erneut. Diesmal fast bis zur Glasmitte. »Cheers«, prostet er und hebt das Glas.

»Cheers«, erwidere ich und unsere Gläser stoßen aneinander. Stumm leeren wir den Tequila in einem Zug.

»Ich war nie wütend auf dich, Kacey«, gesteht er mir nun. »Ich war wütend auf mich selbst. Ich wusste nicht, was ich tun soll. Du hast so sehr gelitten und ich konnte dir dieses Mal nicht helfen.«

»Du hast mir geholfen. Mehr als du dir vorstellen kannst.«

»Hast du mit ihm noch einmal gesprochen?«

Ich schließe für einen Moment die Augen und kann nicht anders, als zu lächeln, sobald ich Logans Gesicht vor meinem sehen. »Ich habe ihm die Chance gegeben«, flüstere ich und öffne meine Lider wieder.

Überrascht zieht Guy die Augenbrauen nach oben. »Tatsächlich?«

»Oh ja. Und weißt du was? Er wollte sein ganzes Vermögen praktisch in der Kanalisation versenken, damit ich ihm diese Chance gebe.«

»Das heißt, dein Freund ist einer der reichsten Kerle in ganz

England?«

»So sieht es aus«, erwidere ich mit einem amüsierten Lachen. Wer hätte das gedacht? Ich Kacey Croft date den Mann, dem ich vor einem halben Jahr nicht einmal ein nettes Wort gegenüber herausgebracht hätte, wenn er mir als Logan Wells begegnet wäre.

»Darauf trinken wir noch einen«, beschließt Guy und füllt unsere Gläser erneut auf. Ich setze das Glas gerade an meine Lippen an, als die Tür zu dem Büro aufgerissen wird. Guy zuckt vor Schreck zusammen und hat Schwierigkeiten, den Tequila nicht zu verschütten.

In der Tür steht eine wütende Vanessa. Ihr Gesicht ist rot angelaufen und sie ist sichtlich außer Atem. »Du!«, sagt sie wütend und zeigt auf mich. »Was fällt dir ein?! Einfach aus meiner Wohnung zu verschwinden, ohne ein Wort zu sagen! Weißt du, was ich mir für Sorgen gemacht habe? Dein blödes Handy war aus und niemand wusste, wo du warst! Weißt du, was ich mir für Sorgen gemacht habe?« Tränen bilden sich in ihren Augenwinkeln und sie beginnt zu schniefen.

»Vanessa ...«, spreche ich ihren Namen aus, da mich ihre emotionale Reaktion völlig überrumpelt. Zumal ich mich in allen Anklagepunkten schuldig fühle.

»Sie war bei Logan. Er wollte seine Firma für sie verschenken«, fährt Guy dazwischen und hebt das Tequilaglas erneut an seine Lippen. Vanessa ist aber schneller, nimmt es ihm weg und verzieht sogleich das Gesicht, als sie den Alkohol auf der Zunge schmeckt. Mit dem Handrücken wischt sie sich den Mund ab und reicht Guy das Glas zurück.

»Du warst bei Logan?«, fragt sie. Keine Spur mehr von den Tränen oder ihrer Wut. Das ist Vanessa. Wandelbar wie eine Puppe.

»Ja, war ich. Wir haben geredet und ich habe ihm die Chance gegeben, um die er mich gebeten hat.«

»Wow ... Ich habe dich tot in irgendeinem Straßengraben von London vor Augen gehabt. Nicht nackt im Bett von dem attraktiven Kerl. Und jetzt betrinkt ihr euch hier warum genau?« Sie blickt abwechselnd zwischen uns hin und her.

»Wir haben uns lange nicht mehr betrunken«, erkläre ich mit einem Schulterzucken.

»Wir haben festgestellt, dass dabei eigentlich immer gute Dinge bei rumkommen, wenn wir trinken.«

»Na dann, Prost!«, sagt Vanessa, nimmt Guy die Flasche aus der Hand, füllt unsere Gläser wieder und begnügt sich selbst mit der ganzen Flasche.

»Wieso trinkst du?«, frage ich nach, ohne mein Glas anzurühren. Es ist möglich, dass ich meine nüchternen Gehirnzellen noch brauche.

»Ich könnte ein bisschen Glück gebrauchen.«

Ehe ich nachfragen kann, wieso, erscheint Marko in der Tür. »Sie hat dich also gefunden«, sagt er und blickt mich entschuldigend an.

»Du hast sie angerufen?«

Er nickt. »Sie hat alle die Nacht wahnsinnig gemacht, als du verschwunden bist. Ich dachte, bevor sie zur Polizei rennt und eine Vermisstenmeldung aufgibt, entschärfe ich die Situation.«

Unverhofft beginne ich zu schniefen. »Ihr seid die besten Freunde auf der ganzen Welt.« Dann hebe ich mein Glas und leere es erneut in einem Zug.

»Du bist die beste Freundin«, erwidert Vanessa und hebt die Flasche, um einen Schluck zu nehmen.

»Und die beste Chefin!«, ergänzt Marko, nimmt Vanessa die Flasche aus der Hand und nimmt ebenfalls einen Schluck des Tequilas.

»Und der beste Mensch, den ich kenne. Abgesehen von Quinlan ... Die schlägt leider alle«, fügt Guy noch hinzu.

»Ich meine das ernst ... Ihr seid das, wofür sich das Leben lohnt. Du auch, Nicola«, sage ich, als sie in der Tür erscheint.

»Freut mich wirklich sehr, aber ich könnte da vorne Hilfe gebrauchen«, sagt sie mit ernstem Gesichtsausdruck. Dann bemerkt sie aber die fast leere Tequilaflasche und Guys dümmliches Grinsen. »Das ist nicht wahr, oder?«

»Du bist befördert«, werfe ich ein. Verdutzt schaut sie zu mir. »Marko geht und Guy und ich müssen uns demnächst um zwei Restaurants kümmern. Wir machen dich zur stellvertretenden Geschäftsführung.«

»Ist das ein Witz, den ich nicht verstehe?«

»Sie ist zwar betrunken, aber solche Dinge meint sie ernst«, erklärt Vanessa. »Glückwunsch!«, fügt sie noch hinzu und tätschelt Nicolas Schulter.

»Glückwunsch!«, fallen wir anderen schließlich auch noch mit ein.

»Darüber reden wir, wenn ihr wieder nüchtern seid«, sagt sie, kann sich aber ein erfreutes Lächeln nicht verkneifen. »Nichtsdestotrotz brauche ich Hilfe.«

»Ich mach das schon«, bietet Marko an und krempelt die Ärmel seines Shirts nach oben.

»Ich komme mit«, sagt Vanessa und will den beiden folgen.

»Ach ja?«, hakt Marko überrascht nach.

»Ja. Eine neue Flasche hiervon holen, samt Salz und Zitronen. Wenn man Tequila trinkt, dann richtig.« Damit quetscht sie sich an Marko vorbei, der ihr mit gemischten Gefühlen hinterherblickt.

»Ihr kommt klar?«, fragt er dann Guy und mich.

»Sicher doch«, erwidere ich.

»Wir kamen noch nie besser miteinander klar«, pflichtet Guy mir bei.

Kopfschüttelnd verschwindet Marko.

»Er mag wohl keinen Tequila«, kichere ich los.

Guy fällt in das Lachen sofort mit ein. »Wahrscheinlich.«

Dann erscheint Vanessa endlich mit Nachschub. »Auf geht's!«, sagt sie, setzt sich zu uns auf den Boden und öffnet die zweite Flasche.

»Wie viel hast du getrunken?« Logan trägt mich die Treppe zu meiner Wohnung hinauf. Ich kuschle mich dicht an ihn.

»Du riechst immer so gut«, seufze ich.

»Wo ist dein Schlüssel?«

»Tasche.«

»Okay. Dafür muss ich dich absetzen. Kannst du alleine stehen?«

Ich bewege meinen Kopf in eine undefinierbare Richtung. Logan lässt mich langsam zu Boden, hält mich aber weiterhin an der Hüfte fest.

»Du bist so toll ...«, säusle ich. »So stark und so sexy.«

Logan nimmt meine Tasche und versucht mit einer Hand, meinen Wohnungsschlüssel zu finden, da er mich nicht loslassen möchte. Er hat aber keinen Erfolg.

»Kacey? Du lehnst dich jetzt an die Wand hier an und kippst nicht um. Kriegen wir das hin?«

»Na logo!«, rufe ich viel zu laut. Logan platziert mich an der Wand, bleibt aber in Reichweite stehen, falls ich doch das Gleichgewicht verliere.

»Schön«, sagt Logan mit einem Lächeln, bei dem ich nicht weiß, ob es nun seine Belustigung über die Situation oder Besorgnis ausdrückt. »Und da haben wir ihn.« Er hält meinen Schlüssel hoch und schließt sofort meine Tür auf. Er wirft meine Tasche in die Wohnung, da er mich nicht aus den Augen lassen will. Dann greift er nach mir und hebt mich wieder hoch.

»Du riechst wirklich gut ... Was ist das für ein Duft?«

»Chanel.«

»Mhm«, gebe ich von mir und presse meine Nase gegen seinen Hals. Mit dem Fuß tritt Logan die Tür zu. Ich habe die Augen geschlossen und schon längst die Orientierung verloren. Erst als ich die weichen Laken unter mir spüre, weiß ich, dass Logan mich in mein Bett gelegt hat. Er löst sich von mir, zieht mir die Schuhe von den Füßen und widmet sich dann meinem Trenchcoat.

»Das gefällt mir, wenn du mich ausziehst.« Ich schenke ihm

ein anzügliches Lächeln, das er sofort zu interpretieren weiß.

»Kacey, nein. Wir haben keinen Sex. Du bist betrunken. Schlaf deinen Rausch aus und wir können noch einmal in die Verhandlung gehen.«

»Das macht mich voll an, wenn du so redest.« Ich klimpere mit den Augen.

»Es ist nicht einmal 13 Uhr und du bist stockbesoffen. Was zum Teufel habt ihr da gemacht?« Ich weiß, dass Logan vorwurfsvoll klingen will, die Situation scheint ihn aber zu sehr zu amüsieren.

»Guy und ich sind wieder Freunde«, erläutere ich mit einem glücklichen Lächeln.

»Das habe ich mir fast gedacht.«

»Und immer, wenn wir zusammen getrunken haben, ist etwas richtig Gutes passiert. Außerdem trinken wir viel zu selten zusammen.«

»Euer Pensum von heute reicht wohl für das nächste Jahr.«

»Vanessa war schuld. Sie hat die zweite Flasche geholt ... Wie geht's ihr eigentlich?«

Logan setzt sich zu mir an die Bettkante und streicht mir ein paar Haarsträhnen aus dem Gesicht. »Ganz gut, nehme ich mal an. Marko hat sie mit nach Hause genommen, und Guy wurde von seiner Frau abgeholt, die nicht amüsiert war.«

»Guy und Fiona sind nicht verheiratet. Sie haben nur dieses furchtbar süße Baby. Hast du es gesehen?«

»Ja. Quinlan war dabei und fand ihren betrunkenen Daddy wirklich lustig.«

»Meinst du, wir werden auch so süße Babys haben?«

Logan schaut mich an, als hätte ich gerade vorgeschlagen, bei der nächsten Olympiade im Stabhochsprung anzutreten. »Sehr süße Babys. Schlaf jetzt, Kacey«, erwidert er und lacht in sich hinein.

»Danke, dass du mich abgeholt hast«, murmle ich, als er mich zudeckt.

»Ich hab's dir versprochen«, flüstert er mir ins Ohr und küsst mich auf die Schläfe.

»Ich liebe dich ...« Meine Augen werden schwer und ich habe Schwierigkeiten, wach zu bleiben. Der Sog in die Dunkelheit ist einfach zu stark, sodass ich nicht mehr mitbekomme, was Logan sagt. Aber er lässt mich nicht los. Er hält meine Hand, als ich die Ruhe um mich willkommen heiße.

24.

Ich schlage die Augen wieder auf und es ist bereits dunkel draußen. Die Straßenlaterne scheint grell in mein Schlafzimmer. Schlaftrunken reibe ich mir über die Augen. Mein Kopf brummt und meine Glieder fühlen sich viel zu schwer an. Ich versuche, die Erinnerungen an die letzte Nacht zusammenzubekommen. Als mir aber bewusst wird, dass ich bei heute Mittag anfangen sollte, lasse ich es ganz schnell bleiben. Dennoch sehe ich die Bilder in meinem Kopf.

Guy und ich auf dem Fußboden im Büro.

Dann Vanessas Auftauchen, das die Sache noch verschlimmert hat.

Und plötzlich sehe ich Logans Gesicht vor meinem ...

Schlagartig bin ich wach und sitze aufrecht in meinem Bett. Ich taste an mir herunter. Ich trage ein langes T-Shirt und einen Slip. Sonst nichts. Ich schlage die Decke beiseite und falle beinahe aus dem Bett, ehe ich mich noch fangen kann und mit ausgestreckten Armen versuche, das Gleichgewicht zu halten. Als ich überzeugt bin, nicht auf dem Hintern zu landen, gehe ich mit langsamen Schritten zur Tür. Ich halte mich am Rahmen fest, als ich sie öffne. Das Licht in Küche und Wohnzimmer brennt, und als ich den Kopf um die Ecke strecke, sehe ich Logan. Er sitzt vor einem Laptop und einem Tablet an meinem Esstisch und hält sich das Handy ans Ohr.

Da er mich noch nicht bemerkt hat, nehme ich mir die Zeit, ihn in Ruhe beobachten zu können. Sein gleichmäßiges Profil, seine starken Hände, seine Mimik, wenn er sich auf etwas konzentriert.

Unwillkürlich fange ich an zu lächeln und lehne meinen Kopf an den Türrahmen. Logan lässt mein Herz jedes Mal höher schlagen, ohne dass er etwas dafür tun muss. Vor nicht allzu langer Zeit habe ich felsenfest behauptet, dass ich keinen Mann brauche. Und nun stehe ich in meiner Wohnung und weiß, dass ich nicht mehr ohne Logan sein möchte. Er gibt jedem Moment meines Lebens das Funkeln, das mir ein Lächeln ins Gesicht zaubert.

Plötzlich dreht er den Kopf zu mir und hat mich fest im Blick. Augenblicklich werde ich rot, da ich das Gefühl habe, bei etwas Unerlaubtem erwischt worden zu sein. Logan hebt seinen Zeigefinger, um mir anzudeuten, dass er noch eine Minute braucht. Ich nicke, wende ihm den Rücken zu und betrete das Badezimmer. Ich muss mir dringend die Zähne putzen, bevor ich in die Nähe von Logan gelange. Sobald ich das Licht anschalte, muss ich die Augen fest zusammenkneifen, da mein Kopf mit der plötzlichen Helligkeit nicht so gut klarkommt, wie ich es mir wünschen würde. Blind versuche ich, mir die Zähne zu putzen. Immerhin erspare ich mir so den Anblick meines grausamen Aussehens im Spiegel.

Gerade als ich meinen Mund ausgespült habe, legen sich zwei warme Hände auf meine Hüften und Logan schmiegt sich von hinten an mich. Ich spüre seinen warmen Atem im Nacken, dann setzt er mir dort eine Reihe von Küssen hin. Mit einem Handtuch wische ich mir das Gesicht trocken, bevor ich mich in seinen Armen zu ihm umdrehe.

»Gut geschlafen?«, fragt er mit einem amüsierten Grinsen, als ich meine Arme um seinen Hals schlinge.

»Wie ein Stein.«

»Wie geht's deinem Kopf?«

»Im Dunkeln ganz gut.«

Logan tritt einen Schritt beiseite, ohne mich loszulassen, und schaltet das Licht aus. Nun stehen wir in beinahe in Dunkelheit dicht aneinander gepresst in meinem Badezimmer. Lediglich ein leichter Schimmer vom Wohnzimmer lässt mich Logans Umrisse sehen.

»Besser?«, fragt er.

»Ja«, flüstere ich und schmiege mich an ihn. »Es tut mir leid.« Ich will das hinter mich bringen, bevor ich den Mut verliere.

»Du musst mir auf die Sprünge helfen. Für was genau entschuldigst du dich?«

»Alles«, seufze ich. »Dafür, dass ich mich zur Mittagszeit mit Tequila betrinke, dass du extra kommen musstest ... Für all das, was ich wahrscheinlich zu dir gesagt habe und an das ich mich nicht erinnern kann.«

Mit der Hand fährt Logan langsam an der Haut unter meinem Shirt nach oben. »Erstens – Guy hat sich bereits bei mir entschuldigt, auch wenn ich nur die Hälfte von dem, was er sagen wollte, verstanden habe. Aber er hat wohl so etwas gesagt wie: Immer wenn wir trinken, passieren grandiose Dinge. Zweitens – du bist wichtiger als meine Arbeit. Egal, was ist. Und Drittens hätte ich um kein Geld der Welt dein süßes Gebrabbel heute Mittag verpassen wollen.«

»Was habe ich den gebrabbelt?«, frage ich nach, obwohl ich es nicht wissen will.

»Du hast etwas von unseren süßen Kindern gefaselt.« Logan lacht leise auf und ich wünschte, ich könnte mich in Grund und Boden schämen.

»Und du hast wirklich kein wichtiges Meeting verpasst?«

Ich fühle, wie er den Kopf schüttelt. »Nein. Dank neuester Technik habe ich ausnahmslos alles von deinem Esstisch aus erledigen können.«

»Scheiße!«, rufe ich plötzlich aus und spanne mich direkt an. »Das Restaurant ... Wenn Guy und ich ... Oh Gott!«

»Alles im grünen Bereich«, beruhigt mich Logan sofort. »Nicola hat alles im Griff gehabt. Sie wollte lediglich, dass wir euch drei nach Hause schaffen, damit ihr die Gäste nicht vergrault.«

»Sie hat das alles alleine geschafft?«, frage ich überrascht nach.

»Nein. Sie hat noch jemanden spontan erreicht, der einspringen konnte. Und ich habe ihr meine kompetenteste Kraft an die Seite gestellt, bei der du noch etwas gut hattest.«

»Du hast Matt dazu genötigt, auszuhelfen?« Schockiert starre ich ihn im Dunkeln an.

»Er hatte es dir versprochen. Außerdem hat er sich gefreut, zu helfen.«

Ich reibe mir über das Gesicht. »Das darf nie wieder passieren«, murmle ich.

»Gib uns allen einfach eine Vorwarnung, damit wir uns darauf vorbereiten können.«

»Logan, das ist nicht witzig. Das war verantwortungslos und kindisch ...«

»Es war etwas, das Guy und du gebraucht habt. Und Vanessa hatte auch ihren Spaß.«

»Geht's ihr gut?«

»Ich denke. Marko hat sich um sie gekümmert.«

»Dann muss es ihr tatsächlich gut gehen«, erwidere ich erleichtert.

»Komm. Du musst etwas essen.« Damit ich nicht mal den Hauch einer Chance habe, Widerworte zu geben, zieht er mich in den Flur. Am Esstisch angelangt, schiebt er mich auf einen der Stühle und ich kann lediglich beobachten, wie er den Tisch von seinen Arbeitsutensilien befreit. Dann geht er in die offene Küche und holt etwas aus dem Kühlschrank.

»Was ist das?«, frage ich nach, da ich die Plastikverpackung hören kann, aber nicht sehe, was sich darin befindet.

Logan antwortet erst, als er das Essen auf einen Teller in die Mikrowelle verfrachtet hat. »Lasagne«, erwidert er. Er setzt sich zu mir an den Tisch und ergreift meine Hand. Dann strömt mir auch der unglaublich leckere Geruch von Lasagne in die Nase und mein Magen beginnt augenblicklich zu knurren. »Marko hat sie mir mitgegeben. Seine Worten waren ›Es ist ihr Leibgericht und wenn sie wieder wach wird, wird sie dafür morden‹.«

»Wie recht er hat«, erwidere ich mit einem Lächeln. Mein Blick trifft Logans und die Berührung unserer Hände reicht mir nicht mehr aus. Ich erhebe mich und setze mich auf seinen Schoß. Erneut schlinge ich meine Arme um seinen Hals und bin ihm mit meinem Gesicht so nahe, dass sich unsere Nasenspitzen berühren. »Du hast gestern gesagt, dass du nach Japan musst ...«

Logan nickt. »Und du hast gesagt, dass du nicht mit möchtest.« Sein Lächeln verrät mir, dass er weiß, worauf ich hinaus möchte.

»Ich habe gesagt, dass ich nicht als deine Begleitung mit möchte. Aber was wäre, wenn ich eine Geschäftsreise daraus mache.«

Überrascht hebt Logan kaum merklich seine Augenbrauen. »Eine Geschäftsreise?« Die Tonlage in der er das fragt, deutet mir an, dass er gerade versaute Gedanken im Kopf hat.

»Nicht *so* eine Geschäftsreise. Den Sex mit dir brauche ich nicht so billig zu tarnen.«

»Wir werden Sex haben?« Gespielt überrascht betrachtet er mich.

»Wenn das Gespräch weiter in diese Richtung tendiert, werde ich es mir noch einmal überlegen«, stöhne ich.

»Du willst nach Japan wegen deines neuen Restaurants?« Logan hat schwer damit zu kämpfen, ernst zu bleiben.

»Genau. Und ich möchte Marko mitnehmen. Er muss sich schließlich inspirieren lassen. Wir können gerne mit demselben Flugzeug fliegen, aber während du vorne in der ersten Klasse dein Ding machst, werden Marko und ich hinten in der Economy Class sitzen und unser Ding machen. Von 8 Uhr–20 Uhr werden wir unsere Jobs machen, danach können wir uns gerne privat sehen.«

»Was ist mit einer Mittagspause?«

»Die werde ich einlegen. Ohne dich.«

»Das ist gemein. Wir könnten die Mittagspause zusammen verbringen.«

Ich seufze auf. »Na gut. Wenn es zeitlich passt, sehen wir uns auch zur Mittagspause.«

»Ich werde mich dann um die Flüge kümmern. Und das Hotelzimmer.«

Ich habe den Mund bereits geöffnet, um ihn an den Plural zu erinnern, als mir bewusst wird, dass ich mich sowieso nicht von ihm trennen kann und jede Nacht in seinem Bett liegen werde.

»Keine Widerworte?«, fragt Logan feixend nach.

»Ich kann auch vernünftig sein«, verteidige ich mich.

»Ich mag die vernünftige Kacey.«

Seine Lippen berühren meine und mit einer unbändigen Erleichterung küsse ich ihn. Ich fühle mich glücklich. So leicht und unbekümmert. Ein Gefühl, bei dem ich geschworen hätte, dass ich es nie wieder empfinden würde. Aber Logan belehrt mich eines Besseren.

Die Mikrowelle piept und wir unterbrechen den Kuss. »Dein Essen ist fertig«, stellt Logan fest.

»Ich würde es bevorzugen, mit dem Dessert anzufangen«, murmle ich an seinem Mund.

»Du solltest wirklich etwas essen ...«, erwidert Logan, aber ich höre heraus, dass er lediglich pro forma vernünftig sein will.

»Dem vernünftigen Logan hingegen kann ich nicht sehr viel abgewinnen«, erwidere ich mit einem Lächeln. Das will Logan nicht auf sich sitzen lassen und erhebt sich, während er mich hochhebt. Vor Überraschung schreie ich auf.

»Lass mich runter!«, fordere ich mit einem Lachen.

»Dann wäre ich ja vernünftig und das magst du nicht.«

Erst als wir vor meinem Bett stehen, lässt er mich los. Ich falle auf meine weiche Matratze, Logan folgt mir sogleich aufs Bett. »Du glaubst gar nicht, wie schwer es mir gefallen ist, mich zu konzentrieren, während ich wusste, dass du halb nackt einen Raum weiter liegst.«

»Ich bewundere deine Selbstbeherrschung«, kichere ich.

»Mit der ist es aber gleich vorbei, wenn du weiterhin

eingepackt unter mir liegst.«

»Dabei habe ich nicht einmal viel an ...«, erwidere ich mit einem lasziven Augenaufschlag.

»Ein T-Shirt und ein Höschen sind in meinen Augen zu viel.«

Logans Augen funkeln mich bereits voller Begierde an. Ich strecke die Hände nach ihm aus und drücke ihn ein Stück nach oben, damit ich genug Bewegungsfreiheit habe. Ich richte mich weit genug auf und fange quälend langsam an mein T-Shirt auszuziehen. Erst schiebe ich es meinen Bauch hinauf, ehe ich meine Brüste entblöße und es dann über meinen Kopf ziehe und gleichgültig zu Boden fallen lasse. Dann schiebe ich meine Daumen unter das Bündchen meines Slips und schiebe ihn langsam über meine Hüften, dann meine Oberschenkel und ziehe ihn zuletzt über meine Knöchel. Ich knie mich vor Logan, der stumm alles mit angesehen hat, und fahre bei ihm fort. Knopf für Knopf öffne ich sein Hemd, dann seine Gürtelschnalle. Ich ziehe ihm alles aus, bis wir beide uns nackt im Bett gegenübersitzen.

»Gott, Kacey ...«, raunt er. Seine Stimme ist tiefer als sonst. »Du bist so unfassbar schön.«

»Das sagt ausgerechnet der attraktivste Mann, dem ich je begegnet bin, zu mir«, erwidere ich mit einem Lächeln und nehme sein Gesicht in meine Hände. Dann beuge ich mich vor und küsse ihn sanft. Lediglich unsere Lippen berühren sich, aber es könnte keine intensivere Verbindung zwischen uns geben. Seine Hände fahren meinen nackten Körper entlang. Logan drückt mich sanft in die Kissen. »Nicht bewegen«, flüstert er und steht auf. Als er zurückkehrt hat er bereits ein Kondom übergezogen. Er legt sich über mich, sodass sein gesamter Körper meinen einhüllt. Dann dringt er mit einem einzigen Stoß sanft in mich ein.

Ich keuche auf, da sich unsere Verbindung vollkommen anfühlt. Er bewegt sich langsam und küsst mich, während ich ihn berühre. Seine warme Haut über den festen Muskeln, sein warmer Atem an meinem Hals und die Worte, die er mir zuflüstert. Es ist perfekt. Das ist Liebe.

Obwohl Logans Bewegungen zärtlich und bedächtig sind, ist es die wortlose Intimität, die unser Inneres zum Glühen bringt. Es dauert nicht lange und mein Höhepunkt erfasst mich und damit jede Faser meines Körpers. Mir wird glühend heiß und das süße Ziehen ist so intensiv, dass ich weiße Flecken sehe. Logan versteift sich, keucht auf und sackt auf mir zusammen.

»Ich liebe dich«, flüstere ich, während ich ihm durchs dichte Haar fahre. Er hebt seinen Kopf, den er zuvor auf meiner Brust abgelegt hatte, und schaut mir in die Augen.

»Ich liebe dich, Kacey.« Er küsst mich auf die Lippen.

»Versprich mir etwas«, sage ich.

»Alles, was du willst.«

»Versprich mir, dass wir jedes Mal um das, was wir haben, kämpfen werden und dass es niemals etwas gibt, was wichtiger ist, als das, was uns verbindet.«

Logans Mundwinkel wandern leicht nach oben. »Warum soll ich dir etwas versprechen, das für mich selbstverständlich ist?«

Mit den Fingerkuppen fahre ich über seine Wange. »Danke, dass du mich nicht aufgegeben hast.«

»Ich werde dich niemals aufgeben, Kacey.« Er küsst mich erneut. Das erste Mal in einer Ewigkeit lasse ich mich in diese Worte fallen. Ich glaube sie und ich vertraue ihnen. Ich vertraue vor allem dem Mann, der sie von sich gibt. Und das verleiht mir den Mut und das Selbstvertrauen, das ich für die Zukunft brauche. Ich werde noch lange mit meiner Vergangenheit zu kämpfen haben, aber der Anfang ist getan. Ich kann wieder glücklich sein und dafür könnte ich gegenüber dem Mann in meinen Armen nicht mehr Dankbarkeit empfinden.

Leseprobe

You make me wanna love

Part 1

Abrianna

Er führt keine Beziehungen mit Frauen. Eine Nacht, eine Frau. Das sind seine Regeln. Er ist die Art von Mann, von der ich die Finger lassen und an die ich nicht einmal im Traum denken sollte. Aber bei mir beschränken sich die Gedanken an ihn nicht auf meine Träume. Er fasziniert mich, er geht mir unter die Haut und setzt meinen Körper in Flammen, wenn ich auch nur in seiner Nähe bin. Dabei sollte er mich kalt lassen. Er ist ein Mann, dessen Sphäre ich niemals betreten werde. Das dachte ich zumindest, bis zu dem Tag, an dem sich alles für uns veränderte.

Prolog

Payton

Um erfolgreich zu sein, muss man Regeln aufstellen. Die wichtigste Regel ist, keine Ausnahmen zuzulassen. Egal wie groß die Versuchung, egal wie gut die Argumentation der Gegenseite ist. Wer Ausnahmen zulässt, verliert.

Ich weiß, wovon ich rede, denn ich bin einer der Besten in meinem Job. In einer einzigen Situation habe ich eine Ausnahme gemacht und im richtig großen Stil verloren. Es war dumm zu glauben, dass es Dinge im Leben gibt, für die die Regeln nicht gelten. Dieses Erlebnis habe ich am eigenen Leib erfahren. Seitdem nie wieder. Ich stelle meine erste Regel nicht mehr infrage.

Meine Prinzipien sind das, was mich am Leben hält, was meinen Erfolg und mir meinen bedingungslosen Spaß im Leben sichert.

Mein Umgang mit Frauen erfolgt nach den simpelsten Regeln:

Regel Nummer 1: Eine Nacht, nicht mehr.

Regel Nummer 2: Sie dürfen nicht jünger als 26 sein. Darunter spielt das Wort Liebe für die meisten eine viel zu große Rolle.

Regel Nummer 3: Ich habe keine beruflichen oder privaten Verbindungen zu ihnen.

Alicia scheint in mein Schema zu passen und diese Regeln verstanden zu haben.

›*Was erwartest du von mir?*‹, schreibt sie.

Ein Lächeln macht sich in meinem Gesicht breit, während ich meine Antwort auf dem Handy-Display tippe.

›*Ich will, dass du nackt in dem Hotelzimmer auf mich wartest. Ich will, dass du bereit bist, meinen harten Schwanz in dich aufzunehmen. Ich will, dass du erst kommst, wenn ich es dir sagen werde. Ich will, dass du dir vorstellst, wie es sein wird, von mir gefickt zu werden, bis ich es tatsächlich tue.*‹

Ich schicke die Nachricht ab, verlasse die Konversation und stecke dann das Handy in meine Manteltasche. Ich nehme die Unterlagen von meinem Schreibtisch, die mich beschäftigen werden, nachdem ich meiner Ankündigung gegenüber Alicia Folge geleistet habe.

Ich klemme mir die Papiere unter den Arm und lasse die Tür zu meinem Londoner Büro mit Blick auf den *Big Ben* und das *London Eye* ins Schloss fallen. Bei dem Feierabendverkehr wird mein Fahrer eine gute halbe Stunde brauchen, um mich zu dem entsprechenden Hotel zu fahren, in dem Alicia auf mich wartet.

Wilson, mein Fahrer, wartet bereits am Straßenrand auf mich. Der dunkle Himmel verrät mir, dass es bald regnen wird. Kein ungewöhnliches Wetter in London. Ich steige in den Bentley ein und Wilson fädelt den Wagen gekonnt in den Londoner Verkehr ein. Ich muss ihm nicht sagen, zu welchem Hotel er mich bringen und wann er mich dort wieder abholen soll.

Er weiß es.

Seit fünf Jahren arbeitet er für mich und kennt meinen üblichen Zeitvertreib nach Feierabend.

Exakt 30 Minuten später hält er den Wagen vor dem Luxushotel. Ich steige wortlos aus und betrete das Foyer. Da heute Dienstag ist, reisen viele Geschäftsleute für morgige Meetings in der britischen Hauptstadt an. Der Empfangsbereich des Hotels ist dementsprechend voll und laut. Ich ignoriere die Betriebsamkeit und steuere direkt auf die Aufzüge zu. Mit der Keycard fahre ich in die Suite, die ich für meine bestimmten Zwecke reserviert habe. Wenige Momente später betrete ich sie. Meine Augen bleiben direkt an der Frau hängen, die bereits auf mich wartet.

Alicia liegt auf dem Kingsize-Bett und schaut mich mit ihren dunklen Augen an. Während sie mich mustert, umspielt ein laszives Lächeln ihre Mundwinkel.

»Du hast dir Zeit gelassen«, sagt sie und richtet sich auf ihren Ellbogen auf.

»Und du hast meine Anweisungen nicht befolgt«, erwidere ich, während ich Mantel, Jackett und Krawatte ablege. Dabei lasse ich sie keine Sekunde aus den Augen. Ihr Körper ist perfekt. Zumindest das, was ich sehen kann, denn sie trägt entgegen meiner Anweisung immer noch ihre Unterwäsche. Ein schwarzer Spitzen-BH, der ihre prallen Brüste perfekt in Szene setzt, einen String und die dazu passenden Netzstrümpfe.

»Ich dachte, dass du es präferieren würdest, dein Geschenk für den Abend selbst auszupacken«, sagt sie und beißt sich auf die Unterlippe.

»Du kennst mich nicht und hast keine Ahnung davon, was ich präferiere und was nicht«, merke ich tonlos an, da es immer böse endet, wenn die Frauen zu wissen glauben, was ich will. Keine von ihnen wusste es bislang. Und ich bezweifle, dass Alicia die Erste sein wird.

»Ich kenne Männer wie dich und weiß ganz genau, was sie wollen.«

Sie richtet sich auf und krabbelt auf dem Bett auf mich zu. Dann zieht sie mich an dem Hosenbund zu sich. Sie öffnet gekonnt Gürtel und Reißverschluss und packt meinen harten Schwanz aus.

»Wie ich sehe, gefällt dir, was du siehst«, sagt sie, ehe sie ihn in den Mund nimmt. Während sie meinen Schwanz nach allen Regeln der Kunst mit dem Mund verwöhnt, hält sie stur den Blickkontakt mit mir.

Vielleicht weiß sie doch, was ich will. Zumindest für die nächsten zwei Stunden.

Erst als ich später am Abend wieder im Wagen sitze, wird mir bewusst, dass ich mein Handy nicht mehr bei mir trage. Ich bitte Wilson, im Hotel anzurufen und nachzufragen, ob ich es dort vergessen habe. Aber es ist nicht in der Suite. Vielleicht hat Alicia es gefunden. Sie hätte es jedoch an der Rezeption abgegeben. Sie wirkte auf mich nicht wie der Typ Frau, der anhänglich wird. Sie wollte einfach nur Spaß. Und den hat sie bekommen. Rache oder emotionale Erpressung sind definitiv nicht ihr Steckenpferd. Sie würde eine andere Taktik anwenden, wenn sie mich wiedersehen wollen würde. Dessen bin ich mir sicher. Wahrscheinlich habe ich es im Büro liegen gelassen, da ich mit Alicia noch Textnachrichten ausgetauscht hatte, ehe ich das Gebäude verließ. Jessica, meine Sekretärin, wird mir morgen innerhalb von zehn Minuten ein Neues besorgt haben, sollte es sich wider Erwarten nicht auf meinem Schreibtisch befinden.

Für einen Moment blicke ich aus den getönten Scheiben auf die mittlerweile ruhigen Straßen der Londoner Innenstadt. Die Lichter der Straßenlampen flackern an meinem Fenster vorbei und ich hänge meinen Gedanken nach. Ich schließe die Augen und genieße die Ruhe, die ich immer seltener in meinem Leben spüre.

»Jessica, ich habe mein Handy ver ...«, setze ich an, als ich am nächsten Morgen vor ihr stehe, halte aber inne, als sie mir mein Gerät mit einem breiten Lächeln überreicht.

»Ich bin froh, Ihnen einmal zuvorzukommen«, erwidert sie mit einem Augenzwinkern.

Ich nehme das Handy an mich. »Wo haben Sie das her?«, frage ich, da sie es mir nicht überreichen würde, wenn ich es auf meinem Schreibtisch liegen gelassen hätte.

»Es wurde gestern Abend unten im Foyer abgegeben. Und jetzt wüssten Sie wohl gerne, wie es den Weg in meine Hände gefunden hat, nicht wahr?«

Sie grinst mich mit einem sehr zufriedenen Gesichtsausdruck an. Sie arbeitet mit mir zusammen, seitdem ich bei Whitman, Shape & Partner angefangen habe, und ist für meine Existenz mittlerweile so wichtig wie die Luft zum Atmen.

»Wie gut Sie mich doch kennen, Jessica«, erwidere ich und warte geduldig auf die Erklärung. Sie starrt mich genüsslich an und kostet jede Sekunde dieses Momentes aus. Das kann ich ihr deutlich am Gesicht ablesen. Sobald ich die Erklärung für ihr Verhalten höre, kann ich ihre Belustigung über die Situation sehr gut nachvollziehen.

»Ich bin heute Morgen pünktlich zur Arbeit gekommen. Als ich vor den Fahrstühlen wartete, begann plötzlich ein Handy zu klingeln. Es nahm jedoch niemand das Gespräch entgegen, weswegen es ziemlich lange klingelte. Da mir der Klingelton äußerst bekannt vorkam, habe ich mich also auf die Suche nach dem Ursprung gemacht. Für einen Moment glaubte ich, dass Sie vor mir auf der Arbeit sind. Am Ende stand ich bei Pete, einem der Sicherheitsleute, der peinlich berührt auf das Handy vor sich starrte. Ich konnte gerade noch einen Blick auf den Anrufer werfen, und als ich den Klingelton und den Anrufer zusammenfügte ...«

»... war Ihnen klar, dass Sie mein Handy vor sich liegen hatten«, beende ich die Ausführungen für sie.

»So kann man es ausdrücken, ja.« Sie hebt die Augenbrauen und signalisiert mir, dass sie auf eine Erklärung wartet. Ich schweige aber und lächle sie lediglich freundlich an. »Sie wissen, dass Sie mir den Klingelton jetzt endlich erklären müssen?«

»Ich bin Ihr Boss.«

»Und ich bin die Person, die Ihre Arbeit erträglich macht. Das kann sich ganz schnell ändern.«

»Ich werde Ersatz finden.«

»Versuchen Sie das mal. Ich bin einmalig.«

Wir starren uns für einige Momente stumm an. Ich wusste in dem Moment, in dem sie die Erklärung abgegeben hatte, dass ich nicht darum herumkommen werde, ihr endlich zu erklären, warum die Titelmelodie von der Muppet Show ertönt, wenn Joe Whitman, einer der Seniorpartner, mich anruft.

»Ich fand es irgendwie passend«, liefere ich ihr als Erklärung.

»Passend?«

»Witzig.«

»Wollen Sie mir gerade ernsthaft erklären, dass Sie Humor besitzen? Wo hat der sich bitte die letzten fünf Jahre versteckt?«, fragt sie erschrocken nach und kann ihre Belustigung kaum zurückhalten. »Welchen Klingelton haben Sie denn meiner Wenigkeit zugeordnet?«

»Das werden Sie niemals herausfinden.«

»Oh doch«, erwidert sie selbstsicher. Ihre Hände verschwinden unter dem Tisch und wenige Sekunden später beginnt, mein Handy zu vibrieren.

»Das habe ich kommen sehen«, kommentiere ich die Enttäuschung auf ihrem Gesicht darüber, dass ich mein Handy auf lautlos gestellt habe.

»Ich werde noch dahinter kommen.«

»Dann wünsche ich Ihnen viel Spaß dabei.«

»Sie werden den Klingelton jetzt ändern. Habe ich recht?«

»Es gibt viele Gründe, warum Sie meine Sekretärin sind. Ihre schnelle Auffassungsgabe ist einer von ihnen.«

»Das ist wirklich nicht fair«, schmollt sie.

»Sie können sich geehrt fühlen. Denn Sie sind die Einzige, die weiß, mit welchem Klingelton mir Whitmans Anrufe angekündigt werden.«

»Sie sollten aufpassen, dass das sonst niemand mitbekommt. Ich kann mir vorstellen, dass er das nicht besonders *witzig* findet.«

»Dafür sind Sie meine Sekretärin, Jessica ...«, erwidere ich und schenke ihr ein aufrichtiges Lächeln. Sie ist wohl eine der wenigen Frauen, die diese Gefühlsregung von mir noch zu Gesicht bekommen.

»Tun Sie mir dafür einen Gefallen und beantworten Sie zumindest einen Teil Ihrer E-Mails selbst, wenn Sie mir schon nicht verraten wollen, mit welchem Klingelton Ihnen meine Person angekündigt wird.«

»Jessica, Sie wissen ganz genau, dass ich einen Ruf zu verlieren habe«, erwidere ich scherzhaft und verschwinde endlich in meinem Büro. Ich plaudere wirklich gerne mir der Frau, die mein Leben häufig besser im Griff hat, als ich selbst. Insbesondere, da sie meinen Humor versteht und ein Auge auf die Gerüchteküche der Firma hat. Aber meine Arbeit erledigt sich nicht von selbst.

Ich lege das Handy auf meinen Schreibtisch und rufe das interne Messaging-System auf.

›*Mit Schirm, Charme und Melone*‹, schreibe ich ihr und drücke mit einem Lächeln die Enter-Taste.

Prompt kommt die Antwort von Jessica: ›*Ich habe mich schon immer mit Dr. Catherine Gale identifiziert.*‹

Ich schließe das Fenster und wähle die Durchwahl zum HR-Departement. Während ich der Frau am anderen Ende erkläre, dass Jessica zu ihrem Geburtstag in drei Wochen einen extragroßen Blumenstrauß inklusive Wellness-Gutschein bekommen soll, nehme ich mein Smartphone wieder zur Hand und entsperre den Bildschirm. Augenblicklich gefriert mir mein Blut in den Adern.

»Mr. Fierce?«, fragt die Dame aus der Personalabteilung verwirrt. Ihrem Ton entnehme ich, dass sie meinen Namen gerade nicht zum ersten Mal sagt, weil ich plötzlich aufgehört habe, mit ihr zu sprechen.

»Ich melde mich später noch einmal«, sage ich kurz angebunden und knalle den Hörer zurück auf das Telefon, ohne meinen Handy-Bildschirm aus den Augen zu lassen.

Ich blicke geradewegs die SMS-Konversation zwischen mir und Alicia von gestern Abend an. Im Gegensatz zum Vorabend befindet sich in der Konversation eine Antwort auf meine letzte SMS an sie. Zudem bin ich mir sicher, dass ich die Konversation geschlossen habe, ehe ich das Büro verließ.

Mit dem Display nach unten lege ich das Handy auf den Schreibtisch und wähle die Durchwahl für die IT-Abteilung. Ich erkundige mich, ob Steven heute da ist. Das hätte ich mir im Prinzip auch sparen können, da er jeden Tag da ist. Egal ob es ein Feiertag ist oder die Queen ihn persönlich empfängt. Steven verlässt seinen Arbeitsplatz für keine fünf Minuten.

»Ich bin gleich wieder da«, sage ich zu Jessica gewandt und rausche so schnell an ihr vorbei, dass sie keine Möglichkeit hat, mir zu antworten. Ich drücke ungeduldig auf den Knopf für die

Aufzüge. Als die Türen sich endlich öffnen, kommen mir einige Mitarbeiter entgegen. Für einen kurzen Moment bleiben meine Augen an einer blonden jungen Frau hängen, die mich, sobald sie mich erkennt, mit weit aufgerissenen Augen anstarrt. Sie öffnet leicht die Lippen, als würde sie etwas sagen wollen, scheint sich aber eines Besseren zu besinnen und geht, ohne ein Wort zu verlieren, an mir vorbei. Ich schaue ihr hinterher, da ich so eine Reaktion noch nie von einer Frau bekommen habe. Sie wirkte ängstlich, peinlich berührt, fast panisch. Ich verdränge den Gedanken an die Frau. Vielleicht habe ich mittlerweile diese Wirkung auf das weibliche Geschlecht. Ich habe momentan ein ganz anderes Problem. Ich muss wissen, wer mein Handy gefunden und die Konversation zwischen mir und Alicia gelesen hat.

Sobald ich im Keller angekommen bin, wo die IT-Abteilung sitzt, die für die IT-Sicherheit meiner Firma zuständig ist, laufe ich Steven praktisch in die Arme.

»Mr. Fierce«, begrüßt er mich trocken.

»Steven«, erwidere ich, um Freundlichkeit bemüht. »Ich bräuchte einen Gefallen.«

»Der da wäre?«, fragt er mich und wendet sich von mir ab. Ich folge ihm durch das Labyrinth von Servern, auf denen unsere Daten liegen. Das Brummen der Kühlsysteme treibt mich bereits nach wenigen Sekunden in den Wahnsinn. Zudem ist die Luft stickig, das fehlende Tageslicht verbreitet eine triste Stimmung.

»Ich brauche Einsicht in die Videoüberwachung von gestern Abend.«

Steven bleibt abrupt stehen und dreht sich zu mir um. Er blickt mich kritisch an. »Wieder einer Ihrer *Ausrutscher*, der vom Überwachungsmaterial verschwinden soll?«, fragt er.

Ich halte seinem Blick stand. »Nein. Ich muss wissen, wer gestern nach mir noch im Gebäude war und etwas im Foyer abgegeben hat.«

»Von wie viel Uhr genau sprechen wir?«

»Wahrscheinlich zwischen 21 und 22 Uhr. Es kann aber auch

später sein.«

»Ich sehe, was ich tun kann«, sagt er, während ich ihm vier 100-Pfund-Noten in die Brusttasche seines Hemdes stecke.

»Danke«, sage ich und habe mich bereits von ihm abgewendet, als er fragt: »Sollen die Aufnahmen verschwinden?«

»Nicht nötig«, schüttle ich den Kopf. »Ich muss nur sehen, wer auf den Aufnahmen ist.«

»Geben Sie mir 20 Minuten«, vernehme ich von Steven, ehe er wieder im Labyrinth der Server verschwunden ist.

20 Minuten, bis ich weiß, wer in meine Privatsphäre eingedrungen ist.

Wie erwartet, enttäuscht mich Steven nicht, und ich habe bereits zehn Minuten später die entsprechende Datei im Anhang einer internen E-Mail.

Ich spiele sie auf dem Desktop ab und starre gebannt auf die Bilder, die sich mir zeigen.

Mir fällt das Handy aus der Manteltasche, als ich den Fahrstuhl rufe. Sobald sich die Türen geschlossen haben, taucht eine junge Frau auf und nimmt es irritiert an sich. Sie blickt sich um, als würde sie den Besitzer ausfindig machen wollen. Sie steht mit dem Rücken zur Kamera, sodass ich ihr Gesicht nicht erkennen kann. Irgendetwas bewegt sie dazu, auf das Display zu schauen. Dann spannt sich ihre gesamte Körperhaltung an. Die SMS von Alicia wird auf dem Handy eingegangen sein. Die junge Frau scrollt in der Konversation auf dem Handy nach oben.

Ich muss vergessen haben, den Stand-by-Modus anzuschalten. Ansonsten hätte sie lediglich Alicias SMS auf dem Display lesen und nicht die gesamte Konversation einsehen können. Ich fahre mir wütend über das Gesicht.

Das darf nicht wahr sein ...

Verdammt noch mal! Wie konnte das passieren? Es gibt nichts, was ich so sehr verabscheue, wie die Kontrolle zu verlieren. Und die Unbekannte auf dem Bildschirm hat sie mir förmlich, ob gewollt oder ungewollt, aus der Hand gerissen.

Ich muss unbedingt herausfinden, wer sie ist, denke ich, als sie sich zur Kamera umdreht, da einige Mitarbeiter auf den Aufzug zusteuern. Ich starre ihr Gesicht an. Dann trifft es mich. Sie ist die Frau, die mich heute Morgen panisch angeschaut hatte. Jetzt machen ihr Gesichtsausdruck und ihre gesamte Reaktion auf die Begegnung mit mir Sinn.

Ich stoppe die Aufnahme und springe von meinem Stuhl auf. Sie muss eine der Interns sein. Zum zweiten Mal an diesem Tag rausche ich an Jessica vorbei, die wieder keine Möglichkeit hat, etwas zu sagen. Wenige Sekunden später stehe ich in dem Großraumbüro. Ich brauche einige Momente, um sie ausfindig zu machen, aber dann erblicke ich sie. Sie starrt konzentriert auf den Bildschirm vor sich.

»Kann ich Ihnen behilflich sein, Mr. Fierce?«, fragte eine rothaarige Mitarbeiterin, die mir am Nächsten sitzt.

Sobald der Name Fierce im Raum steht, hört das allgemeine Gewusel auf und alle schauen mich an. Alle Augenpaare sind auf mich gerichtet. Bis auf eins, das immer noch auf den Bildschirm vor sich starrt. So als ob sie mit allen Mitteln verhindern will, mich anzuschauen.

»Nein«, erwidere ich knapp und drehe auf dem Absatz wieder um. Ich muss mir etwas überlegen. Und das so schnell wie möglich.

»Payton«, ruft mich plötzlich jemand. Ich bleibe abrupt stehen. »Dass man dich mal bei den Normalsterblichen erblickt«, scherzt die Person. Es ist Noah, einer der Juniorpartner, die mir des Öfteren zuarbeiten. Ein kluges Köpfchen, der es mit den richtigen Verbindungen weit bringen wird. Für meinen Geschmack redet er zu viel.

»Wenn du genug Zeit hast, in der Gegend herumzuspazieren und mich zu belästigen, hast du wohl nichts zu tun«, begrüße ich ihn weniger freundlich.

»Ich habe dank dir immer genug zu tun«, erwidert er mit einem Lächeln. »Also, was führt dich her? Sag bloß, du wolltest die

Interns auschecken, um dir eine Assistentin zuzulegen?«

»Jetzt weiß ich zumindest, wo die ganzen Gerüchte über mich herkommen.«

Noah schlägt mir freundschaftlich auf die Schulter. »Für die bist du ganz alleine verantwortlich. Aber es überrascht mich nicht, dass du wie immer auf eine Assistentin verzichtest und die gesamte Firma für dich arbeiten lässt.«

»Wie schön, dass du dich darüber freust, weiterhin meine persönliche Sklaverei zu unterstützen«, merke ich an und werfe einen Blick auf meine Rolex. »Ich muss los«, sage ich knapp und gehe zurück zu meinem Büro. Vor Jessica bleibe ich diesmal stehen und betrachtete sie eingehend.

»Oh. Ich bin überrascht ... Sie wissen noch, wer ich bin«, sagt sie mit anklagender Stimme, ohne von den Papieren in ihrer Hand aufzublicken.

»Ich bräuchte die Personalakten aller Interns.«

Sie hebt langsam den Blick und mustert mich. Offensichtlich muss sie sich davon überzeugen, dass ich keinen Witz mache. »Muss ich mich um meinen Job sorgen?«, fragt sie und runzelt beunruhigt die Stirn.

»Nein.«

»Dann nehme ich an, dass Sie lediglich die Akten der gut aussehenden und weiblichen Neuzugänge einsehen möchten?« Ihr vielsagender Blick erübrigt meine Nachfrage.

»Nein, Jessica. Alle.«

Ich vernehme ihr Kichern, als ich die Bürotür hinter mir schließe. Das ist der beschissenste Morgen, den ich seit Langem hatte.

Abrianna McLain.

Das ist die Frau, die Dinge über mich weiß, die niemand wissen sollte. Bis jetzt ist mir keine Lösung zu meinem Problem eingefallen. Ich kann sie schlecht einer Hypnose unterziehen, um ihre Erinnerung zu löschen. Ich schließe die Personalakte und werfe sie zurück auf den Stapel der anderen. Obwohl ich ihr Foto nicht mehr ansehe, habe ich sie immer noch vor Augen. Blaue Augen, eine leichte Röte auf den Wangen, volle Lippen ...

Ich fühle, wie ich hart werde. Allein die Vorstellung, was sie gedacht hat, als sie die Konversation gelesen hat, erregt mich. Aber das sollte es definitiv nicht tun. Denn sie arbeitet für das gleiche Unternehmen wie ich, ist zu jung und wirkt auf mich wie eine Frau, die die Worte Liebe und Sex nicht einmal im Ansatz auseinanderhalten kann. Ich muss sie und das, was sie weiß, vergessen. Wenn sie es ausplaudert, werde ich mich dem Problem annehmen müssen. Bis dahin sollte es keinen Ärger für mich darstellen.

Ich nehme den Stapel Akten und deponiere ihn auf Jessicas Schreibtisch.

»War irgendetwas für Sie dabei?«, fragt sie mit einem Lächeln, das mehr als deutlich die Zweideutigkeit ihrer Worte widerspiegelt.

»Nein.«

»Sie sollten an Ihrer Kommunikation arbeiten. Einsilbige Antworten sind nicht sehr höflich«, belehrt sie mich und lässt mich zum ersten Mal an diesem Tage schmunzeln.

»Jessica ... Sie wissen doch nur zu gut, wie Sie damit umzugehen haben.«

Sie lacht. »Ich nehme es jedes Mal als Kompliment auf«, witzelt sie.

»Sie verstehen mich«, erwidere ich mit einem Lächeln, ehe ich wieder in meinem Büro verschwinde, um mich zum ersten Mal an diesem Morgen meiner eigentlichen Arbeit zu widmen. Dass ich den Anblick von Abrianna McLain, wie sie unter mir liegt und vor Wollust stöhnt, nicht mehr loswerde, ist zumindest ein Problem, mit dem ich umgehen kann.

Eine neue Frau, eine Nacht.

Das sind die Regeln, nach denen ich lebe, und die ich niemals ändern werde.

15108519R00182

Printed in Poland
by Amazon Fulfillment
Poland Sp. z o.o., Wrocław